英国小说的视觉唤起

Visual Evocation of British Novels

罗杰鹦　著

科学出版社
北　京

内 容 简 介

本书是一种经典阅读的新尝试。哈代、艾略特、劳伦斯、福斯特、康拉德、伍尔夫、詹姆斯等作家在“现代主义转型期”完成了小说视觉性概念的摆渡工作，对小说视觉性传统的推进发挥了关键作用。他们针对工业革命的影响和对世界大战的焦虑提出了文明进程的视觉命题，对诸如文本和图像的审美类比、记忆和直觉产生的视觉感知是否能反映一种唤起的情感，绘画艺术及其启发的视觉经验对小说写作产生何种影响等命题发出追问，这给予了后人一次文学与图像的对弈，一场视觉的盛宴；于当下图像时代文学与绘画的跨界研究和经典的视觉性阐释，具有一定的启示和资鉴。

本书适合文学理论和小说爱好者，高校人文学科教师、研究生、本科生研究或者作为教材或参考书籍使用。

图书在版编目（CIP）数据

英国小说的视觉唤起 / 罗杰鹦著. —北京：科学出版社，2020.9
ISBN 978-7-03-063663-8

Ⅰ. ①英… Ⅱ. ①罗… Ⅲ. ①小说研究–英国 Ⅳ. ①I561.074

中国版本图书馆 CIP 数据核字（2019）第 272729 号

责任编辑：王 丹 / 责任校对：贾伟娟
责任印制：李 彤 / 封面设计：蓝正设计

科 学 出 版 社 出版
北京东黄城根北街 16 号
邮政编码：100717
http://www.sciencep.com

北京九州迅驰传媒文化有限公司 印刷

科学出版社发行 各地新华书店经销

*

2020 年 9 月第 一 版 开本：720×1000 B5
2020 年12月第二次印刷 印张：16 3/4
字数：292 0000

定价：98.00 元

目　录

导　论

本书可以看作笔者博士阶段的研究成果之一。本书主要讨论的是出版于1860—1920年，与社会、审美、意识形态三方面相关联的，分别由托马斯·哈代（Thomas Hardy，1840—1928）、乔治·艾略特（George Eliot，1819—1880）、戴维·赫伯特·劳伦斯（David Herbert Lawrence，1885—1930）、爱德华·摩根·福斯特（Edward Morgan Forster，1879—1970）、约瑟夫·康拉德（Joseph Conrad，1857—1924）、弗吉尼亚·伍尔夫（Virginia Woolf，1882—1941）、亨利·詹姆斯（Henry James，1843—1916）等作家创作的英国经典小说。英国小说中的视觉唤起，即语言描述的视觉想象性，源于作者的视觉经验。我们通过对小说文本、历史图像的审美类比，通过绘画媒介，或曰绘画手段在小说创作中的运用，来说明视觉形式、感知、思维，通过记忆、情感、直觉，往往反映一种唤起的情感。视觉感知也常常意味着一种生动、合理的，犹如特定时空的艺术在现实中的再现，从而揭示绘画艺术或绘画艺术所启发的视觉经验对小说写作的影响。

审美类比表达了艺术间的内在关系，增添了小说丰富性与复杂性的新维度，而这一切增加了小说创作的潜在可能性，使其具有包含视觉艺术的再现特征。本书按照英国小说发展的进程分为十章：从研究哈代、艾略特小说中荷兰绘画的再现性，劳伦斯、福斯特本人视觉经验之于其创作的影响，福斯特小说中视觉媒介的使用，到康拉德、伍尔夫作品中视觉隐喻的特征与绘画元素的体现，再到詹姆斯、托马斯·曼（Thomas Mann，1875—1955）、爱德华·马奈（Édouard Manet，1832—1883）小说与绘画所构成的现代主义三联图，阐释现代主义视野下绘画与文学的关系已经上升到世界文学与文化整体性研究的层面的现象。

本书以当今图像学转向当代文学终结论的大讨论为背景，试图通过对小说文本的解读，说明文学不但不会消亡，还会与图像一起互为阐释，互相借鉴，作家与画家将创造出更为经典的作品。研究分析图像对小说创作的影响可以为文学研究提供一个新的参考角度，更深入和全面地分析 19 世纪 60 年代—20 世纪 20 年代，哈代到伍尔夫期间，英国社会从现实主义转型到现代主义时，小说具有的视觉特征，阐释并论证视觉艺术作为一种叙事策略在文本构建中的“挪用”而赋予小说的新的视觉冲击、感性、知性及智性元素，使小说继承浪漫色彩及多元风格的同时，亦兼具绚烂、逼真、生动的视觉意象。这与绘画游离于现实和想象之间的审美特质殊途同归，希望对绘画与文学之间关系的研究能够在推动学术发展中起到一定作用。

第一节 研究的理论意义与阐释意义

从本质上说，小说是一种线性艺术，通过时间顺序描述事件。而绘画艺术与现实相联系，能同时使人产生经验的共鸣。比较艺术作品唤起的共鸣，是在试图突破小说的限制，将连续时间点转化为脑中的瞬间意象。

视觉唤起即语言描述的视觉想象性，而这些想象正是来源于作者的视觉经验。视觉的形式、感知、思维，通过记忆、情感、直觉，往往反映一种唤起的情感。视觉感知也常常意味着一种生动、合理的，犹如特定时空的艺术在现实中的再现。一般说来，作为注重视觉领域实践活动的艺术，显然指绘画、素描和雕像等。正如昆图斯·贺拉斯·弗拉库斯（Quintus Horatius Flaccus，65BC—8BC）在《诗艺》（*Ars Poetica*，15 BC）中指出，诗和画紧密相连（诗中有画，画中有诗），因为诗人和其他有创造性的作家会运用暗喻、转义、明喻等各种修辞手法使他们头脑中的图像呈现在观众眼前。舞蹈、电影、戏剧等高度可视化艺术，甚至最抽象的艺术——音乐，亦经常与视觉图像联系在一起。

虽然小说一向被认为是文字艺术，与绘画所建构的视觉艺术不同。但是，文字符号在读者心中引发的联想和意象如绘画中的色、光、影、线、形一样，也可以营造出视觉意识的美学效果。所谓视觉，也即视知觉，视觉思维与视知觉和视觉意象是紧密联系在一起的。它是人类感官知觉中最重要，也是最具研究价值的知觉形式。美国德裔艺术心理学家鲁道夫·阿恩海姆（Rudolf Arnheim，1904—2007）提出“视觉思维”（visual thinking）这一概念。1969 年，《视觉思维》（*Visual Thinking*）出版。在这一专著中，阿恩海姆明确指出，视知觉具备思维或者想象的理性功能，一切想象活动，特别是创造性思维活动都离不开“视觉意象”。通过观看、想象和构建二者间的互动，我们可以把视觉意象定义为运作单元，它是具有理性功能的视知觉，是创造性思维的前提之一。通过文字的描述，在读者眼前唤起图像意象，实现视觉再现的目的。

小说创作中的视觉召唤，是通过视觉思维使视觉物象的呈现从一般性趋向特殊性，激发人们对新图形的追求及想象的可能。通过视觉通道或者视觉皮质的刺激产生视觉信息，视觉召唤自然就随之发生。正如马克思所说的“语言是思想的直接现实”（马克思、恩格斯，1960：525），这就是说，没有了语言也就没有了思想。思想当然必须反思存在，但是，首先必须把存在从语言的牢笼中解放出来。因此研究语言也就应该研究视觉。召唤（evocation）一词从 evoquer 和 evocare 转化而来。“e”意为“出来”，“vocare”意为“召唤”。该词有唤起精神、鬼魂之意，或者有引起一种特别的精神意象或反映之意。在 16 世纪 70 年代文艺复兴时期，该词转义于拉丁语“evocationem”，意为“唤起、引起”“唤醒、激起”“传唤、召唤”。Evocatio（招魂）用于罗马人传统中，他们向上帝祈求敌方放弃城池、归附罗马。后又常常译成“理想的、不切实际的回忆”，记忆起一种先验的、潜伏存在的知识。该词往往还反映一种唤起的情感。它也常常意味着一种生动、合理的，犹如特定时空的艺术在现实中的再现。以往，以焦点透视为依据的视觉习惯使人的观察方式显得陈旧而具有局限性，直接影响了人们对事物的全面认识和感受的深度，从而阻碍了人们对新事物的了解和创造意识的培育。视觉思维虽然是一种不同于言语思维或逻辑思维的富于创造性的思维，但与后者有着千丝万缕的联系。阿恩海姆研究的创造性特征主要表现在三个方面：其一，视觉想象是一种直觉思维，具有源于直接感知的探索性；其二，视觉想象的思维工具是视觉意象，它易于操作，能够激发丰富的想象；其三，它便于产生灵感、顿悟或诱导直觉，能唤醒主体的“无意识心理”（傅世侠，1999：64-68）。其中第三个方面最为重要，是人的视觉思维所独具的，它是人认识的感性和理性的交汇或融合。

自古希腊时期到 20 世纪，艺术家和理论家们一方面遵从亚里士多德（Aristotle，384BC—322BC）的教义，一方面又不断地争论着柏拉图（Plato，427BC—347BC）的问题。到 20 世纪后期，法国思想家米歇尔·福柯（Michel Foucault，1926—1984）从比利时超现实主义画家雷内·马格利特（René Magritte，1898—1967）的艺术中获益匪浅，以马格利特的名画《这不是一只烟斗》（*This is Not a Pipe*，1968）作为自己的文集之名，写了一本小册子，讨论这位前辈艺术家绘画中的再现问题。福柯将被再现的物象与进行再现的媒介归结为符号的所指和能指（Shapiro，2003：326）。通过艺术再现的媒介揭示小说深层次的意义。研究视觉再现/唤起的认识论之意义就在于：知觉与思维之间本来并不存在鸿沟，鸿沟是人们在认识上的割裂造成的。所以，人类在认识史上究竟以何种媒介形式将视觉思维再现出来，便是当下值得探索的。

从柏拉图到意大利哲学家詹巴蒂斯塔·维柯（Giambattista Vico，1668—1744），历代哲学家多认为视觉和思想是同一的。格奥尔格·威廉·弗里德里希·黑格尔（Georg Wilhelm Friedrich Hegel，1770—1831）更断言思想中最好的东西是集中在眼睛里的，思想是语言的囚徒，那么语言可被视作视觉的牢笼。视觉的快感可能不似它的一些姐妹感官那样来的直接，但是毋庸置疑，无论思想，抑或挑战思想，它是人类最可贵的感知外部世界的途径。人类看到，人类生存。人类的文字记录了人的活动、思想。当人类用时间形式将人的观看和生存经验记录并抽象出来，人类就有了文字艺术。而文字艺术作为视觉经验的载体，从根本上而言，背后所呈现的是人的世界观和生命感。本书以英语小说文本为具体研究对象，论证和阐述小说中的视觉唤起，即语言描述的视觉想象性，从而揭示绘画或绘画所启发的视觉经验对小说写作的影响。我们认为在进行实证分析前，有必要将一些概念加以厘清，旨在界定文本阐释时的重点和范围。

一、视觉经验对文字文本创作起极为重要的作用，是小说艺术研究的重要内容

视觉经验广义上由艺术教育、艺术审美、艺术批评与艺术作品构成，并在信息的传达过程中产生影响（Hobbs，2004：57）。这里主要指对小说创作的影响。作者的视觉经验对视觉信息的准确传达对小说创作起着至关重要的作用，而作者根据读者的视觉经验充分调动读者视觉心理的能动反应，使读者“所看”与“所知”同时产生感觉，从而积极主动地参与到文本的理解和感悟之中，让读者通过欣赏来与作者的审美体验相沟通，以此达到信息在表层与深层的传达、文本主题意义的建构的目的。

狭义上而言，视觉经验包括生理机能和文化经验两方面内容。视觉所感受到的不仅是眼前所见的信息，过去积累的信息也会参与影响。由于生活环

境、生活体验、视觉经验及专业知识的不同，人们对同一形式的认知会出现差异，这种差异的出现既源于先天个性的不同，又源于生活和社会的不同。而且，人的感觉能力部分源于先天的功能，部分源于生活的体验和积累。首先，不同的人生阅历导致体验的差异，专业素质的差别亦会影响艺术感受。人们在观看理解物体时，并不满足于把看到的东西"组织"成一种视觉意象，还要进一步把这个直接看到的形象与另一个形象联系起来。同理，文本中各种不同的表现形式也不可能让所有的人都有所感悟，对于同一作品，感受会有简单与丰富之分，体会也会有深浅之别。一个人的现时观察，总会受到以往所见、所闻、所知的影响，积累越多，感受就越丰富。这种潜在的经验图式对观察的影响，在写作中也始终存在。熟悉 18 世纪后半期英国版画家托马斯·比维克（Thomas Bewick，1753—1828）的自然写实主义画风的观者一眼就能从艾米莉·简·勃朗特（Emily Jane Bronte，1818—1848）的小说中看出后者"贡达尔王国"的一些不同于故乡荒原的地理环境细节主要来自于比维克的画；了解几何抽象画家彼埃·蒙德里安（Piet Mondrian，1872—1944）绘画的观者，也能瞬间从服装设计大师伊夫·圣罗兰（Yves Saint Laurent，1936—2008）设计的时装中看出两者之间的联系，而不了解蒙德里安画风的观者则可能只是将这些时装看成大格子式样。其次，集体文化经验的视觉体验在人的视觉心理中具备一种推论倾向，可以使不连贯的、有缺口的图形尽可能在视觉心理上得到弥补，格式塔心理学家称之为视知觉的"完结效应"（Arenheim，1969：33）。能否在视觉的"完结效应"中正确地"填补空白"，与观者的阅历、感悟、想象有关。大量事实表明，对色彩、形状的把握能力会因观者所处的生存环境、文化氛围和所受教育程度的不同而存在差异。观者对对象越熟悉，填补的空白就越准确。诚如恩斯特·贡布里希（Ernst H. Gombrich，1909—2001）所说："由于我们是生活在一个熟悉的环境中，我们见到的事物总是与我们预期相符，所以视觉的节省也就越来越增加了。"（E.H.贡布里希，2003：119）人在不知不觉中早已先入为主地将许多未曾谋面的事物定性，想当然地认为它理应如此。

二、视觉经验通过视觉符号完成的视觉传达是文字文本创作的途径之一

视觉经验的准确传达需要作者写作前知己知彼。作者可用一种同构的思

维方式，将图形语言折射到另一种与其有着某种联系的相通之物上，并造成一种心理暗示，引导人们去联想、想象。心理预设因素显示，人的理解活动发生之前，存在某种根据生活经验而形成的心理期待，它事先设定了理解对象的应有图像，这种心理定势常常在审视符号时将理解重心导向理解者本人所期待的方向。如果一幅画、一个图形、一种抽象的形式可以唤起观者丰富的审美感受，那是视觉“调动”了观者以往的生活体验和视觉经验，并有专业知识参与的结果。因此，一方面，文学作品的强大感染力源于作者力求与观者所处的环境条件相适应，以观者的共有经验为根据，充分考虑到观者视觉心理的能动反应，与观者一道，把与传达信息有关的知、情、意等心理联系起来并统一到“一种经验”中，从而形成互动。另一方面，视觉符号就是以线条、光线、色彩、力度、表现、形式等符号要素所构成的用以传达各种信息的媒介载体。视觉符号可以分为静态的表现形式（绘画、雕塑等）和动态的表现形式（摄影、电影、电视、动画等）。本书主要指绘画。视觉符号作为独特的文化载体，在传达意义、交流思想中意义重大。作为视觉的语言和符号，有两组基本概念需要确立，即语言/言语、能指/所指。视觉经验则是视觉符号产生、解读和交流的基础，任何时代的艺术几乎都与视觉经验有着不可分割的关系。费尔迪南·德·索绪尔（Ferdinand de Saussure，1857—1913）的语言/言语概念奠定了语言学研究的基础。其语言/言语概念同样有助于视觉语言的理解，将其沿用至视觉系统研究中也很有必要。确定视觉语言或曰符号言语的内涵和概念是研究视觉符号的前提。

视觉语言是在视觉经验的基础上，逐步建立起来的视觉传达和图式创造的手段和途径。视觉经验的潜在和客观存在，视觉传达和图式创造的途径与手段是对视觉经验的理解和利用。语言在每个孤立的个体层次上是不完备的，只有在说话的大众中才能完全存在（罗兰·巴尔特，1988：17）。两方面的关系决定了视觉语言即使不被大众学习和使用，也是能有效进行沟通和交流的代码系统，具有制度性和集体契约特征。言语是个人对视觉语言的选择和实现行为。视觉语言和言语只有在两者统一的辩证关系中，才能获得各自的完整定义。首先，语言是“通过言语实践存放在某一社会集团全体成员中的宝库”（费尔迪南·德·索绪尔，1980：35）。其次，语言只有从言语出发才有存在的可能。再次，使用中的言语会不断创造出新的语言，使集体视觉语言集合得以积累和扩充，从而形成更为完善和系统的视觉语言体系。视觉语言/言语概念明确之后，才有可能进入视觉符号的探讨。在索绪尔的术语系统中，符号是能指和所指的统一。所指并不是“一个事物”，而是该事物的“心理再现”（罗兰·巴尔特，1988：18）。能指是一种纯相关物，这是能指性质的共同特征。哥本哈根语言学派的语符学理论的主要创立者和阐发者路易·叶尔姆斯列夫（Louis Hjelmslev，1899—1965）在对之进行阐发时指出，能指的层面构成表达层（expression），所指的层面构成内容层（content）（罗兰·巴尔特，1988：105）。在视觉符号中，能指是由视觉语言组合而成的，符合人们视觉经验的图式，视觉经验的相似性引发事物的心理再现和相关心理经验的唤醒。例如，熟悉 17 世纪荷兰风俗画家约翰内斯·维米尔（Johannes Vermeer，1632—1675）的画作，或者 17 世纪荷兰风景画的观者，自然会在阅读哈代的作品时产生联想。这便是荷兰风景画的视觉经验唤起了哈代小说中折射出的绘画视觉特征。

舆论学创始人沃尔特·李普曼（Walter Lippmann，1889—1974）在《公众舆论》（*Public Opinion*，1922）中提出：“图像始终是最可靠的观念传达方式，其次则是能够唤起记忆图像的文字。”（沃尔特·李普曼，2006：123）视觉符号在传播中所传递信息的效果在某些情况下是文字信息难以达到的，视觉符号可以超越文字传递信息的意义局限，不同的受众可以根据已往的视觉经验解读出自我认同的含义。视觉符号本身具有直观性、形象性，受众可直接通过感觉器官去感知看到的信息，这是在传播过程中视觉符号与文本文字最本质的区别。

视觉语言和视觉符号的建构和解读都以视觉经验作为前提和基础，这也是视觉符号研究的重要环节。本书以哈代到伍尔夫期间的英国经典小说为阐释对象，说明文本创作者的视觉经验，将小说中不同种类的视觉符号所构成的视觉文化，通过视觉传达，激起读者的情感，唤起读者的视觉想象，达到小说形式与情感的统一。

总之，视觉经验影响作者的文学创作，而语言描述又会唤起读者的视觉想象。

三、视觉经验唤起的视觉想象由视觉意象完成，是深入理解小说艺术的关键

小说创作中视觉想象源于生活与自然两方面的直接感知。一方面，小说中

的主题、素材都来源于作者对生活的直接感知。只有把小说还原到具体情境的动态想象结构中，才是对小说艺术的一种全面、整体的认识。阿恩海姆一针见血地指出："艺术之所以受到忽视，是因为它的基础被认为是感知；感知之所以受到鄙薄，则是因为它在一般人的心目中与思维是两回事。"（鲁道夫·阿恩海姆，1998a：4）阿恩海姆还以大量事实与科学实验为依据，证明人类任何思维，尤其是创造性思维，都是通过意象进行的。这种意象，不是通常所认为的那种个别、琐细的心灵迹象，而是通过知觉的积极选择作用生成的意象。阿恩海姆借用亚里士多德"论心灵"（Soul Theory）中的一句话确定了意象的地位："心灵没有意象就永远不能思考。"（鲁道夫·阿恩海姆，1998a：16）这里，意象被视为思维与知觉、理性与感性、抽象思维与形象思维之间的纽带或桥梁。另一方面，作家在各种行为方式中，能时刻感悟自身以外的环境，无论是具体的还是抽象的、是稳定清晰的还是变幻莫测的，都有可能在其心智结构中生发出各种图形意象。这种外在世界与内心感受相互交融、互为影响的作用成为作家日常生活的常态，激发了他们的创作灵感，也是他们创作的源泉。

视觉意象是实现视觉想象的工具。经过加工的词语或概念，既灵活，又易于操作。阿恩海姆认为，视觉意象是对其认识对象的性质和关系进行积极主动地把握而生成的，思维者将注意力集中于事物的关键部位，它有时产生一种不清晰的、不具体的，甚至模模糊糊的景象。正是这种模糊的景象代表着心灵对事物本质的认识和解释，是对对象的总体结构特征的主动把握。小说创作运用视觉意象主要通过意象的选择、意象的组织与意象的升华三个步骤实现。

第一，意象的选择。意象的选择在小说中的表现之一便是对整体事物的把握。首先，小说家选择了能够表现整体和完美的意象来进行图形创作。这种整体性的"视觉暗示"与小说家头脑中的"期望"相一致。而这种"期望"很可能来自于西方哲学思想整体的宇宙观，即崇尚完美。"完满（或圆满）不外乎多样性中的统一，部分与整体的调和完善。"（左汉中，1992：243）而且这种"完美"还摆脱了固有形的束缚，不以外表形的完整为满足，而是深入对象内部，体现内部结构的完整。其次，小说家还利用知觉整体性特点，用以往习惯性经验中既有的形象认知去唤醒相似性的形象轮廓，进而赋予这些整合的图像一种可辨识、可读取的外形形象。例如，劳伦斯小说《儿子与情人》（*Sons and Lovers*，1913）的描述，经由视觉经验上的整体性认知却能辨认出月亮的外形及产生的视觉意象。在创作小说文字文本时，小说家的脑海里已经有个隐约具体的图像轮廓产生，然后再借由不同属性的物质内容填充组合出内心所拟定的形象，从而引发极大的视觉兴趣和敏锐的知觉。

第二，意象的组织。通过意象的组织，视觉能把事物对象本身那些不够令人满意的结构重新合理组合，“最大限度地运用视觉的‘补足’与‘重构’功能，把它在自然中发现的东西加以选择和重新组合，使之服从于它发现、创造和纯化过的秩序结构”（转引自李彦，2009：133）。意象的组织通过图示的抽象形象、抽象的认知结构、人类经验和理解中一种联系抽象与具体的关系而得以完成。画家在看待事物与自身的关系时并没有把自己放在一个支配客体对象的地位上，而是认为那些物体仿佛和自己有着亲缘关系。这种亲缘关系使他们常常将自己置于对象之中，把自身和对象物融合在一起，通过想象找出主客体之间的关系，然后理性构建。

第三，意象的升华。作品创作中意象的升华表现在造型的抽象概括上。就像德国艺术史家威廉·沃林格（Wilhelm Worringer，1881—1965）在《抽象与移情》（*Abstraktion und Einfühlung*，1908）中论述原始人的“抽象冲动”时那样：“他们最强烈的冲动，就是这样把外物从其自然关联中，从无限地变幻不定的存在中抽离出来，净化一切依赖于生命的事物，净化一切变化无常的事物，从而使之永恒并合乎必然，使之接近其绝对的价值。”（W.沃林格，1987：17-18）他们在这种造型中就能获得心灵的安息。小说家在反应、认识这两方面已经得到自由感知和自由表现现实形象的能力，在面临纷繁的外界世界时，终于能以自由的姿态，把感知和形象吸收进自己的形成程式中，抛开现实形象本身的各种细节和不规则因素，用极简单的线条抽象概括客观对象。

视觉想象源于无意识心理。无意识心理源于视觉经验。小说家展示出了一个五彩缤纷、不可思议的艺术世界。然而，小说家有时并不能对此创造的缘由做出满意的解释。他们告诉我们的或许只能是一些个人的亲身感受。但是：从作品通过想象生成的图形结果来看却是有规律可循的，这些图形或是充满着生命的节律，或是和谐对称，或是体现着无法言传的深刻含义，这也不是盲目和混乱的本能冲动所能胜任的（滕守尧，1998：404-407）。这种创造的无意识选择，无形中其实是受意识的影响的。这种有意识的积累大多来自于视觉思维或想象。首先视觉思维源于小说家在生活或自然中的直接感知，使主体对客体直接感受和体验，为意象的产生做好准备。其次便是对视觉意象的灵活运用，即选择、组织、升华过程，在头脑里自由地进行再生和组合。最后这种头脑里长期积累的经验知识突然间得到升华而产生某种顿悟，即获得某种直觉。视觉思维在此过程中，打通了主体的自觉意识与无意识心理之间的屏障，从而使沉默的“无意识体验”，能够迅速转化为可以被自觉意识加以利用的现实和有效的知识，从而以一种前所未有的独特方式重新排列并组合成新奇的意象和图示。

维柯在《新科学》（*New Science*，1725）中将神话视为各民族的真实历史。他断定想象活动（即诗的活动）是人类历史发展的最初阶段，着重研究了想象活动与诗和其他文化事项的密切联系，所以他的美学观点是他的历史哲学的一个重要组成部分。维柯强调人类形象思维的重要性，他从研究原始民族的心理功能出发，认为他们的心理活动类似于儿童期的想象活动，而“形象思维的普遍性基于人类本性的共同性”（朱光潜，2013：327）。维柯的历史观被当代英国颇具影响力的文学批评家安东尼娅·苏珊·拜厄特（Antonia Susan Byatt，1936—）认同。后者在其创作中体现了维柯美学观的影响。在《小说中的肖像》（*Portrait in Fiction*，2001）一书中，拜厄特系统阐述了肖像绘画与文本人物刻画，以及从更广泛意义上来阐述绘画与小说创作的关系。拜厄特强调在文本中对视觉艺术的借鉴有助于激发想象力，即使视觉语言对一张脸或一个身体进行描绘，也仰赖于对不可见事物的想象而使之具有感染力（Byatt，2001：1）。在激发了思维意象之后，语言催生出隐喻与关联（Byatt，2001：31）作为视觉与想象的双重盛宴，《小说中的肖像》是结合两大文类做出的令人称奇的探寻（Byatt，2001：封底）。

四、英国小说中视觉经验研究为艺术审美与艺术教育提供理论基础与实践模式

我们仅讨论那些关注视觉艺术的英国小说创作家、艺术理论家和批评家。尽管各种艺术分享相似的概念和相似的审美体验，却是截然不同的，必须在它们各自的历史、传统背景下讨论。历史上许多理论家特别强调视觉的重要性和独特性，这绝不是巧合。从里昂·巴蒂斯塔·阿尔贝蒂（Leon Battista Alberti，1404—1472）到丹尼斯·狄德罗（Denis Diderot，1713—1784），从约翰·罗斯金（John Ruskin，1819—1900）到克莱门特·格林伯格（Clement Greenberg，1909—1994），视觉感知都是他们审美理论定义的一个方面（Holt，2001：5）。在今天“图像转向”时代，后现代艺术理论里似乎没有提到人类对创造艺术、

寻找艺术意义的需要。但是，所有从事艺术（在本文中指小说、绘画）教学的人必须要寻找艺术意义，全面理解艺术。我们通过解读现代主义思潮下的英国经典小说，如《黑暗的心》（*Heart of Darkness*，1899）、《到灯塔去》（*To the Lighthouse*，1927）、《看得见风景的房间》（*A Room with a View*，1908）、《螺丝在拧紧》（*The Turn of the Screw*，1898）等，探讨作家的视觉经验对小说创作的作用，为艺术审美与艺术教育提供实践的操作模式。

视觉审美的重要性历来在艺术批评史家那里受到重视。阿尔贝蒂对于视觉艺术的兴趣超越任何一位人文主义者，他总能引起艺术历史学家的特殊兴趣。雅各布·布克哈特（Jacob Burckhardt，1818—1897）将其描述为典型的文艺复兴时期人物，他深知视觉艺术是具有自身基本规则的人文科学。阿尔贝蒂编写《论绘画》（*De Pictura*，1435）一书的目的是将视觉艺术的地位提升到文学艺术的高度。他希望视觉艺术能像诗歌一样成为大学课程。他认为，视觉艺术家的职责便是发现隐藏于自然中的美。若要完成这点，视觉艺术家必须有一定的教育背景。他希望画家尽其所能通晓所有文科知识，但最重要的是通晓几何学（Alberti，1991：88）；画家还必须通晓文学，因为他们还需和有识之士进行沟通交流。视觉艺术家切不可剽窃杰作，而应重现自然，“因为自然最终引导创造”（Alberti，1991：47）。在发现自然的美时，艺术家必须注意只选取唯美且值得的，而不是随意创造（Alberti，1991：91）。《论绘画》中能看到柏拉图哲学和新柏拉图哲学的玄学痕迹，认为美可以通过柏拉图式回忆得以重拾、体验和欣赏。阿尔贝蒂在文艺复兴初期就强调有关视觉艺术教育的客观概念的重要性，并寻求视觉艺术中的美学意义，为现代美学研究开了先河。他在唤起长期受到压制的美学意识，在为实现美学概念和美学体验的进一步发展提供必要的基础方面起着举足轻重的作用。对于现代独立的艺术批评的模式建立者、18 世纪艺术沙龙的创始人狄德罗来说，画家们工艺的直观性，及其能力所体现的自然世界在一个特别的位置取代了视觉艺术家。他们不仅是符号的操作者，还直接处理大自然本身的生机论。自然生机论被视觉的特性所意识到，体现了狄德罗对视觉感知及视觉艺术的毕生追求。狄德罗懂得艺术的认知与一个人的普通认知不同，提出视觉艺术独特的美学地位。他说：画家可以表达的只是短暂的时间，不能够像诗人那样表现这么多分散的症状，但他们更动人；画家展现给我们真实，而诗人和音乐家展现的不过是符号（Jourdain，1932：212）。

罗斯金是 19 世纪英国最有影响力的艺术理论学家之一，坚信在艺术领域自然至上。他的著作《现代画家》（*Modern Painters*，1843—1860）与《威尼斯之石》（*The Stones of Venice*，1853）促使了维多利亚时期英国审美观的形成。罗斯金认为自然和艺术的视觉认知过程和其他认知经历完全不同。如果一个人能够仔细地观察自然世界，那么他就能领会和创造真正的美。这种“完美热情”来源于我们对自然世界的认知。罗斯金的艺术准则及其对于艺术的评价都是建立在对自然的无限热情上的。他不像夏尔·皮埃尔·波德莱尔（Charles Pierre Baudelaire，1821—1867）那样不相信纯美亲近的自然世界，而是坚信自然世界是极其优美的。罗斯金在其著作中提出并且宣扬对于直觉的教育。他相信，真正的对自然美的欣赏不只是视觉听觉等官能上的满足，而且是一种精神上的陶冶，一种灵魂的深思或者精神深处对于审美的理解（Holt，2001：83）。罗斯金在《现代画家》第一版前言中为约瑟夫·玛罗德·威廉·特纳（Joseph Mallord William Turner，1775—1851）辩护，说特纳比那些学院派对自然更加忠实，但是并不像一个作家一样拥有创造力。当然，这两种概念因为想象的存在而相互矛盾，如果说想象的存在势必要影响艺术家对自然的忠实性，那么一味地忠实自然又会使艺术家失去自由诠释自然的能力。罗斯金认为自然和艺术的视觉经验是一种审美。它区别于我们日常认知经验的地方在于它的复杂性，以及对美的感受的直觉。对于自然和艺术审美观的反映从开始便是他写作的特点。他对于视觉现象的敏感性需要影响了年轻一代的艺术理论家，其中包括：沃尔特·佩特（Walter Pater，1839—1894）、奥斯卡·王尔德（Oscar Wilder，1854—1990）、阿瑟·西蒙斯（Arthur Symons，1865—1945）和罗杰·弗莱（Roger Fry，1866—1934）。

罗斯金视觉艺术理论思想最先主导美国的艺术批评。直到美国艺术批评家、形式主义艺术理论家格林柏格的著作出版，认为视觉艺术应该继承巴黎学派的传统，这才开始发生显著转变。格林伯格认为，亨利·马蒂斯（Henri Matisse，1869—1954）、巴勃罗·毕加索（Pablo Picasso，1881—1973）、胡安·米罗（Joan Miró，1893—1983）、蒙德里安都是 20 世纪最杰出的艺术家，正是这些前卫艺术家继承了传统，将立体派发展成纯粹的抽象主义艺术（Holt，2001：99）。他们从使用的媒介中获得灵感。他们艺术的动人之处似乎主要在于对创造和组织空间、表面、形状、色彩等的完全关注而排除一切和这些因素无关的东西。（Greenberg，1961：7）格林伯格似乎是继承了古典时期就存在着的传统审美意识。

艺术教育理论的核心必须重新接受审美传统，也必须接受其他可能形式的观点和理解，如直觉思想。在人类理解世界的独特探索中，曾有非常复杂和全面的方法，这必须是艺术教育的最终目标，且这一过程必须包括审美体验和视觉经验。当今人类生活在充满图像的虚拟媒介环境里。人类的衣食住行无不是由这些象征性的视觉符号所引领的。人类的物质生活及精神需求无时无刻不被视觉符号所冲击。更重要的是，人类宁愿生活在这样一个到处弥漫着由视觉符号所营造的虚拟“现实”中。事实上，视觉图像与文本的关系是一个古老的问题。西方当代艺术史学始终在“语言转向”与“图像转向”的张力之间不断摸索着化解“形式”与“内容”的矛盾对立、解决“文本”与“情境”的复杂关系的理论与方法，试图更理性地探究视觉艺术的永恒品质及其与使之产生的历史文化的关联。因此，研究英国小说中的视觉性或曰视觉召唤是视觉艺术审美与艺术教育的一种实践模式。

第二节　学术渊源：为什么是文学与视觉

纵观西方美术学与文学史，从艺术理论角度论述“视觉”（本书主要指绘画）与“文学”（本书主要指小说）这一问题的文献较多，多集中在 20 世纪 80 年代前，而直接对“绘画”与“小说”互为阐释的研究，特别是“绘画”与“小说”主题的互文性，或曰主题一致性方面的研究并不多见，只散见于一些著作中，是“艺术”这一大概念主干的枝丫。80 年代后，特别是 90 年代，“图像转向”时代的到来，也迎来了视觉艺术对文学影响研究的高潮。

21 世纪初，国际学界出现了“文学终结论”的大讨论。在西方以雅克·德里达（Jacques Derrida，1930—2004）为代表的解构主义派与以 J.希利斯·米勒（J. Hillis Miller，1928—）为代表的耶鲁学派尤为突出，德里达在《明信片》（*The Post Card*，1980）这本书里给我们指出了答案：“在特定的电信技术王国中（从这个意义上说，政治影响倒在其次），整个的所谓文学的时代（即使不是全部）将不复存在。哲学、精神分析学都在劫难逃，甚至连情书也不能幸免……”（希利斯·米勒，2001：131-139）而米勒在《论文学》（*On Literature*，2002）一书中就以“再见吧，文学？”展开他的论述：“文学就要终结了。文学的末日就要到了。是时候了。”（希利斯·米勒，2007：7）在中国，2000 年米勒在北京语言大学作了题为“全球化时代文学研究还会继续存在吗？”的演讲，把他的“文学终结论”漂洋过海带到了中国。一石激起千重浪，这不啻在中国文学研究界投下了重磅炸弹，广大中国学者纷纷撰文反驳米勒的观点，进行“第四次的为诗辩护”[历史上的另外三次为：亚里士多德的《诗学》（*Poetics*，335BC）、菲利普·锡德尼（Philip Sidney，1554—1586）的《诗辩》（“An Apology for Poetry”，1581）、珀西·比希·雪莱（Percy Bysshe Shelley，1792—1822）的《为诗辩护》（“A Defence of Poetry”，1821）]。中国学界出现了像童庆炳、李衍柱、余虹、姚文放、陶东风等反对群体和盛宁、王宁、王一川、王逢振、赖大仁、金惠敏、吴泽泉等接受群体，他们纷纷著文回应（罗杰鹦，2006：38-45）。学界以米勒的“文学终结论”为中心展开中西对话。当然，文学是不可能被电子媒介或者图像所取代的，但这样的讨论也为我们的研究提供了理论基础与现实意义，即在“图像转向”时代如何阅读、研究小说经典文本，打开经典研究的新视角与提供小说文本生存的必然性与永恒性。因为这是由文字文本本身与视觉文本各自的生存形式与转换形式决定的。

一、从符号学的角度研究视觉艺术与文学之关系

阿尔贝蒂的著作《论绘画》认为透视是纯视觉符号系统的组成部分，随即定义了这些符号是如何描绘经验现实的，并且详细阐述了视觉系统与再现文字系统的种种关联。如此一来，他索性重新定义了那些与一些学者有所关联的画家的社会地位。因此，从阿尔贝蒂的著作中，我们可以发现历史的种种特定行为，而在其中，绘画作品以一种边缘形式，尤其是以修辞艺术和文学艺术的形式，被重新构造出来。但这并不表示阿尔贝蒂促成了一场瞬间发生，而且不可避免的认知革命。他所表达的是一种新的艺术理论，采用乌托邦式的视角，推崇绘画的至尊地位。而这种视角却经历了几个世纪人类社会实践的验证。因此，阿尔贝蒂并非以一位严肃而纯粹的智者身份为人所知，他的成名是因为他投身于一场智慧的斗争。其实他要斗争的问题与欧文·潘诺夫斯基（Erwin Panofsky，1892—1968）的一样，即艺术形式的意义是什么？透视是艺术的方法还是自然的方法？艺术家怎样才能了解意义，把握艺术技巧？该怎么写艺术的文章？写出来的文章要讲给谁听？它们将如何改变听众？

潘诺夫斯基在《早期尼德兰绘画》（*Early Netherlandish Painting*，1953）

一书中认为，透视理论在发展的同时也形成了一种认识论上的突破，其相对应的是一种新的原因模式。这种原因模式也充分表现在其他欧洲文化因素中。正如他在 1925 年开创性的文章中表述的那样：作为“象征形式”的透视在透视上所获得的成就，只是一种基于同时在认识论和自然哲学领域获得成就之上的具体表达。主观的视觉印象被彻底合理化了，因而它可以直接构成经验世界的结构基础。（Hulse，1990：47-48）潘诺夫斯基对于透视的分析，是认真尝试去理解世间想象和现实相互塑造的过程。他深知新康德主义的权重，在“作为‘象征性形式’的透视”的理念下，有意识的使自己的立场来源于德国哲学家、文化哲学创始人恩斯特·卡西尔（Ernst Cassirer，1874—1945）（Miller，1973：200）。他将透视定义为“象征性形式”，并把它当作一种能建构视觉符号系统的基本感知的模式。这种崭新而纯粹的视觉形式知识在透视中得以具体化。它不仅独立于那些从神学、哲学、修辞或者文学等艺术中提炼的知识，而且与之并驾齐驱。遗憾的是，他的分析并没有把视觉知识与其他文化形式的直接关系说清楚。即使是在上述引用的一些句子中，透视也只是一种对于某些不确定的潜在原因（推测来说是一种时代的思潮）的“表达”，只是现实结构的一种“基础”或是一种决定因素。

阿尔贝蒂的《论绘画》第 2 卷，表面看来涉及的是诗作而并非几何，但是对视觉修辞进行了一次平行分析，进而把它深入到认识论和社会的领域。鉴于视觉金字塔在第 1 卷中是视觉单位的来源，因而现行的修辞单位则要通过历史，或者说是对象物质的概念进行分析。而这个概念能在绘画中通过视觉来展现。要解释历史，就要运用以下三个主要的元素：轮廓，即画出图像的轮廓；构图，即将各个部分整合；光影，即表面的颜色和受光。阿尔贝蒂在第 1 卷中建立了画家和观者之间的对称性。该卷中，他就用历史中的这一系列元素来描绘现实中画家是如何作画，受众是如何感知的。

“首先讨论轮廓，当我们看一样事物时，首先会把它视为一个占据一定空间的物体……。当我们做进一步观察时，就会去认知这个物体的几个表面究竟是怎样结合在一起的，也就是我们先感知到该物体的轮廓，最后，在后续观察中，对表面的色彩有了更为清楚的认知。”（Hulse，1990：60）这种轮廓、构图和色彩次序直接对应了经典修辞的组成次序（Hulse，1990：60）。就构图而言，要详细地探讨主题和辅助部分之后把对象挖掘出来。在布局上，要运用逻辑的顺序把各个主题部分安排好，又要吸引眼球，令人耳目一新。在阿尔贝蒂的系统中，前两个元素是决定和塑造一幅作品历史性的最为重要的元素。在风格上，作品的影响力随着修辞的增加而得到升华。如若把构图的概念转换为对结构模型的描绘，从修辞的角度来说，它就是相当准确的隐喻。构图曾是专业术语，任何人文学科的学生都会把它运用到语言上。但在这里它并不是我们文学作品中的意思，而是在四个元素等级层次的框架下，相关的单句得到了整合：一些词汇构成了短语，短语形成了分句，分句又构成了句子（见图 0-1）。

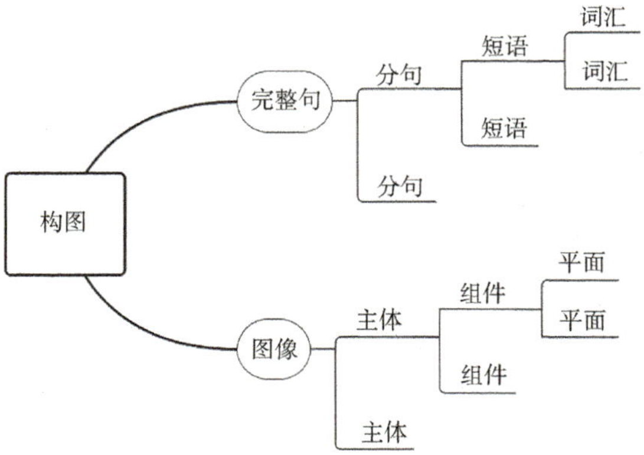

图 0-1　结构

阿尔贝蒂的立场非常清楚。他认为绘画与修辞、诗学及人文学科的关系是双边的：诗学、修辞与文学本身要以这种与绘画相平行的方法得到重构。

20 世纪著名的文学批评家勒内·韦勒克（René Wellek，1903—1995）在《文学与艺术的平行性》（*The Parallelism between Literature and Art*，1941）中提出："试着将所有的艺术归类到符号学的范畴，或者是归类到很多符号系统的范畴。这些符号系统必须要被看作是加强某种标准系统的力量，而这种标准系统要能包含不同的价值观。"关于"具有统治地位的标准系统"的调查，他建议："要去调查艺术的标准是如何依附于具体的社会阶级，即臣服于整体变化的……在这些符号、标准和价值中，我会试图寻找关于艺术间的共同基础的描述。"（Wellek，1942：63）宾夕法尼亚大学英语系教授温迪·斯坦纳（Wendy Steiner，1949）在其著作《色彩的修辞：现代文学绘画之关系问题》（*Colors of Rhetoric：Problems in the Relation between Modern Literature and Painting*，1982）中用现代符号学方法充分阐释了绘画与文学的关系（Steiner，1982：2-181）。韦勒克所提到的符号学研究方法只作为一种"遥远的解决方法”。符号学家经常忽略，甚至是阻碍关于社会和历史维度的意义分析，特别是当它复制了再现中的模仿理论时（就如在文艺复兴时期非常兴盛的那些）。韦勒克与斯坦纳的研究方法虽然都梦想着能有一套关于符号的全球性科学理论，但是符号学不仅必须要取得一种历史的维度，而且它本身就是一种历史下的产物，而对这种产物，符号学自身是无法研究的。历史符号的崛起要求美学理论自身也要将自己视为历史实践的一种形式，并且要不断地在过去寻找自己的双重意义。

纵观中国文献，美术理论家曹意强教授的《图像与语言的转向——后形式主义、图像学与符号学》（2005）、《后形式主义、图像学与符号学》（2005）、《视觉习惯与文化——巴克森德尔的〈意图的模式〉及其他》（1998）等文章从符号学与图像学的研究视角，系统梳理了符号学可以成为解释艺术的卓有成效的方法。曹意强的研究基于格林伯格、海因里希·沃尔夫林（Heinrich Wolfflin，1864—1945）、弗莱、罗莎琳·克劳斯（Rosalind E. Krausse，1941—）、查尔斯·桑德斯·皮尔士（Charles Sanders Peirce，1839—1914）、卡西尔、潘诺夫斯基等形式主义理论家与艺术符号学家的研究成果，认为艺术史家以文字为媒介来探究图像，以此为论，图像产生文本。20 世纪 60 年代以来，西方艺术史学科越来越觉得自己面临“图像与语词”之间的固有困难的挑战。正因为如此，诺曼·布列逊（Norman Bryson，1949—）和艾尔弗雷德·汉密尔顿·巴尔（Alfred Hamilton Barr，1902—1981）等文学批评家带着符号学的武器跨进了图像世界，而在图像世界里的艺术史家也指望能从他们那里得到一些启示，更好地缓解图像与语词的紧张关系。曹先生的文章认为罗曼·雅各布森（Roman Jakobson，1896—1982）的符号学理论对文学批评和艺术史都产生了深刻的影响。发送者、讲话者把一条信息（文本、言语或图像）传发给接收者、读者、听者或观者。为使这条信息可以被理解，它必须指涉发送者和接收者共同理解的现实。这一现实就被称为“情境”或“上下文”。国内学者张坚的《视觉形式的生命》（2004）亦从包括沃尔夫林、沃林格、阿洛伊斯·李格尔（Alois Riegl，1858—1905）等在内的形式主义符号学家的理论出发，认为视觉艺术风格作为一种隐喻符号对艺术史研究有重要意义，它是文化“普遍史”的隐喻。但是总体而言，纵观国内期刊，在 1979—2019 年发表的文章中，研究“诗与画”关系的文章达 160 余篇，而探讨“视觉艺术与文学”之关系的文章相对较少，探讨小说与绘画关系的文章更少，因而有关此类关注点的研究有待加强。

二、从社会历史学、哲学角度研究视觉与文学的关系

美国历史学家伊丽莎白·爱森斯坦（Elizabeth Eisenstein，1923—2016）在《作为变革动因的印刷机》（*The Printing Press as an Agent of Change*，2005）中论述了 15 世纪中期印刷技术的传入如何沉重地打击了一整套错综复杂的艺术关系的问题（Eisenstein，1979）。爱森斯坦认为对于诗人而言，这一变化最终开启了广阔的新市场，为把握作品表达提供了一种更强有力的手段；而对于那些力图理解各种艺术之间关系的文化历史学家而言，它调动了新的一套物质、社会以及概念的因素，组成了并最终成为诗作和画作之间相联结的新联合机制。并且为了冲破原稿书页的限制，整合艺术的片段，它也将新的行为方式和思维方式都调动了起来。

从事文艺复兴时期人文主义研究的重要学者——美国哥伦比亚大学教授保罗·奥斯卡·克里斯特勒（Paul Oskar Kristeller，1905—1999）撰写的《艺术的现代体制》（*The Modern System of the Arts*，1980）提出，文艺复兴时期美学发生的巨大转变并非在于内容的具体变化，而在于理论本身的组织结构发生的变化，即艺术首次成为知识主体。他认为美术是 19 世纪取得的成就（Kristeller，1980：163-227）。它从人文科学中脱离出来，在 19 世纪又与社会科学分裂。文艺复兴时期，“人文科学”的不同学科和艺术形式组合在一起，人文科学主宰哲学、历史、文学和艺术的研究，这些作为人性研究的学科与数学和自然科学区别开来。也就是从文艺复兴起，绘画与文学的关系一直都是众多艺术家、哲学家、史学家研究的课题。克里斯特勒的书中认为阿尔贝蒂、锡德尼等人的相继出现与他们提出的文学和艺术理论可被视为中世纪体系的强大干涉力量，对固定角色、话语和艺术的学科分类提出挑战和重组需要，并从根本上改变了它们之间固有的关系。在 12 世纪著名的基督教神学家霍诺留斯·奥古斯托杜南西斯（Honorius Augustodunensis，c.1080—1154？）的理论范围内，诗歌和绘画是主从关系。在圣维克多·休（Hugh of St. Victor，1096—1141）的分类中，他认为诗歌的好战使其自身的地位比绘画高。绘画只是机械艺术的一种（Taylor，1961：76）。诗歌借以提升自己修辞和哲学水平的力量是一种奇特的形象力量，即一种统一的、想象的力量，能获得超越语言的知识。诗歌能在人文艺术领域中占据一定的地位依赖于它获得和挖掘了绘画之机械艺术的源泉。这种知识殖民的行为是充满一定挑战的，而且诗

歌与绘画的优劣地位很有可能被颠倒过来。克里斯特勒还论述到：精神修辞是中世纪手稿绘画的一个永恒因素。大约 1324 年，巴黎伟大的手稿插画家让·皮塞尔（Jean Pucelle，1300—1355）的《贝勒维尔祈祷书》（*Belleville Breviary*，1323—1326）一书中，绘画被提升到自我意识的高度。在皮塞尔的日历中，所有的视觉因素都被集中起来，以使信条在读者的记忆中留下深刻印象。皮塞尔在书页中插入绘画，这种微妙的处理方式，区分并融合了这两种艺术形式。

假如诗歌词汇想要弥补它的修辞和物质本质，那么绘画词汇将分裂，而非表现出二元性。在以教皇格里高利一世（Gregorius I，c.540—604）和皮塞尔为代表的修辞和文本的绘画词汇之下是物质的、非等级的技艺词汇。前者在神学家、画家之间广为流传，属于人文科学的范畴。后者完全处于这个范畴之外，画家通过这些词汇说明自己。当中世纪画家写自己的艺术时，会为颜料和活页夹编写一本“食谱”，也即美国艺术史学家伯纳德·贝伦森（Bernard Berenson，1865—1959）所说的“烹饪书”。这些手册在表现一个中世纪画家所需知识时，意义重大。

纵观中国学者从社会历史学研究视角对绘画史的研究，曾是“古史辨派”和“禹贡学会”的重要成员，20 世纪中国有影响的历史学家童书业（1908—1968）在其《童书业美术论集》（1989）中提出，绘画史研究必须兼顾史学、考古学、艺术史，美术史研究应放在历史时代背景下的绘画理念。他自 1961 年起写的一系列对画家、画作的评论都非常注意时代性。“以治史治画，为治画史之要旨”在他的论著中阐述得淋漓尽致。他的《唐宋绘画谈丛》（1958）与滕固的《唐宋绘画史》（1958）不谋而合：“滕氏的著史方法和许多见解虽和我不尽相同，但他也是在寻求绘画演变的线索。”（陈池瑜，1999：56）他在《唐宋绘画谈丛》中提出：中国画的基础，是一种具有民族性的哲学。它不超出自然和人生范围之外，却又不受自然和人生拘束，他是希望在自然和人生之中获取一种超自然和人生的趣味。换句话说：这种哲学只是一种寻觅解脱的人生艺术。若不是早逝，恐怕童先生的文化通史式的中国绘画通史定然会给中国美术、文学界添上最为璀璨的一笔。陈池瑜的《诗画特征之中西美学比较》（2006）一文从历史学视角分析公元前 5 世纪古希腊抒情诗人西蒙尼德斯（Simonides，556BC—468BC）提出的“绘画是无声的诗，诗是有声的画”之观点。古罗马诗人贺拉斯在《诗艺》中谈到鉴赏诗歌时说过“诗歌就像绘画”，文艺复兴时期的列奥纳多·迪·皮耶罗·达·芬奇（Leonardo di ser Vinci，1452—1519）把绘画看成是自然的女儿，他强调绘画高于诗，画能直接模拟自然对象（列奥纳多·达·芬奇，1979：20、17）。德国美学家戈特霍尔德·埃夫莱姆·莱辛（Gotthold Ephraim Lessing，1729—1781）在1766年出版了讨论画与诗的界限的问鼎之作《拉奥孔》（*Laocoon*，1766）（《拉奥孔》雕像见图0-2），在该书扉页上还引用了古希腊历史学家普鲁塔克（Plutarchus，c.46—120）的话，诗与画“它们在题材和模仿方式上都有区别”。黑格尔认为诗所使用的语言媒介是一种精神性的媒介，不同于大理石、颜料和音调这些感性的媒介，他阐释了西方为何强调视觉艺术与文学的差异，通过划清诗与画的界限，找出诗与画的表现手段与表现对象各自的规律,以更好地模仿自然物体与事件情节，或者更好地表达绝对理念与绝对精神。中国古代哲学与美学具有异于西方的特点，中国先秦哲学十分强调人的主体性地位，《尚书》谈到包牺氏（伏羲氏）画八卦，唐代的张彦远在《历代名画记》（847）“叙画之源流”章节中提到在远古书画同体而未分，宋代大家欧阳修强调画外之意与言外之旨的相通性，说明了中国为何强调视觉艺术与文学的联系与融合。

图0-2　《拉奥孔》（2018年8月摄于乌菲兹美术馆）

三、从艺术心理学与艺术形态学视角研究视觉与思维

从柏拉图到福柯，历代哲学家多认为视觉和思想是同一回事。语言是思想的牢笼，而视觉就是知觉。因此，我们从艺术心理学与艺术形态学角度述评研究现状有利于理解为何视觉对文字文本创作会产生冲击力，这也符合当今“读图时代”的艺术实际。斯图尔特·休斯（H.Stuart Hughes，1916—1999）曾回

顾亨利·亚当斯（Henry Adams，1838—1918）的说法：1800年，美学具有的一种文化特质几乎无一例外地局限于文学、神学和演说学方面。视觉艺术及感官消费艺术的领域几乎不存在，而“目前占统治地位的却是视觉观念”（丹尼尔·贝尔，1989：154）德国艺术史家沃林格认为20世纪初的表现主义艺术家在探讨视觉形式时多沿用移情理论。他的两篇作为申请博士学位的论文《抽象与移情》与《哥特艺术形式》（*Form in Gothic*，1911）的发表，以及格式塔（“Gestalt”，即指完形，即具有不同部分分离特性的有机整体。）心理学对视觉形式所作的实证性考查，极大地推进了视觉形式研究的进程。

格式塔心理学对知觉和创造性思维问题的研究，初步打开了知觉和思维之间严格界限的缺口。阿恩海姆在20世纪60年代末关于视觉思维的一些基本思想便已形成，并在发表的论文的基础上于1969年出版了直接以《视觉思维》为书名的专著。他用大量的知觉实验和艺术（主要是绘画）实践的事实，不仅进一步阐述了视知觉的理性功能问题，而且还阐明了“视觉意象”（visual image）在一般思维活动，尤其是在创造性思维活动中的重要作用和意义。他认为“所谓视知觉，也就是视觉思维”（Arenheim，1969：14）。知觉与思维之间本来并不存在鸿沟，鸿沟是由人们在认识上的割裂所造成的。而且他还认为，之所以产生这种认识上的割裂，根源则在于西方文明的偏见（Arenheim，1969：2-5）。“视觉思维”不仅涉及哲学史、科学史、艺术史等诸多方面，而且还涉及东西方文化差异或跨文化研究的问题。

在伊曼努尔·康德（Immanuel Kant，1724—1804）的影响下，英国形式主义美学家、当代西方形式主义艺术的理论代言人克莱夫·贝尔（Clive Bell，1881—1964）认为一切审美方式的起点必须是对某种特殊感情的亲身感受，唤起这种感情的物品，我们称之为艺术品。他在代表作《艺术》（*Art*，1913）一书中提出著名的“有意味的形式”（significant form）说，同时对审美情感作了解释：“艺术家灵感产生时的感情与某些普通人偶尔艺术地看待事物的感情，以及我们许多人凝视艺术品时的感情，是同一类的感情，即：都是人们通过纯形式对它所揭示的现实本身的感情。”“艺术家的感情只有通过形式来表现，因为唯有形式才能调动审美感情。”（克莱夫·贝尔，1984：36、37）“赋予形式以意味的正是这种感情的本质或目的”，“那个支配艺术品创作的东西实际就是使艺术家有能力创造出有意味的形式的感情”“艺术品的特质在于它具有能激起人们的审美感情的固有的力量”（克莱夫·贝尔，1984：40、41、42）。在此书中，贝尔声称：“线条、色彩以某种特殊方式组成某种形式或形式间的关系，激起我们的审美感情。这种线、色的关系和组合，这些审美地感人的形式，我称之为有意味的形式。‘有意味的形式’，就是一切视觉艺术的共同性质。”（克莱夫·贝尔，1984：4）这些话是有合理因素的，但贝尔把它说成“一切视觉艺术的共同性质”就略显极端。他认为绘画艺术之所以能够激起我们的审美感情，可能的回答只有一个，那就是“有意味的形式”。总体而言，贝尔给审美感情下的定义就是，以创造有意味的形式为指向或被有意味的形式所激起的感情。

德裔美国著名哲学家、符号论美学代表人物之一苏珊·朗格（Susanne K.Langer，1895—1985）对贝尔的学说作了进一步的阐释：“有意味的形式，即一种情感的描绘性表现，它反映着难于言表从而无法确认的感觉形式。”（苏珊·朗格，1986：50）对艺术中表现的这种情感，她称之为“情感想象”“情感概念”“情感符号”，以区别于艺术家“自身的情感状态”（苏珊·朗格，1986：38）。她指出艺术中的这种情感是“逻辑地表现的情感”（苏珊·朗格，1986：63），“艺术所表现的并非实际情感，而是情感的概念，正如语言并非实际表达的事物和事件，而是事物和事件的概念一样”（苏珊·朗格，1986：70）。她以“情感概念”一词（相当于贝尔所说的“审美感情”）把艺术中的这种情感与理性联合在一起，“情感本身是一种真实的生物活动，而情感概念则是一种理性的对象，或一个符号的含义”（苏珊·朗格，1986：208）。她还指出“艺术家表现的决不是他自己的真实情感，而是他认识到的人类情感”（苏珊·朗格，1983：25）。朗格的“情感概念”一词之所以能把情感与理性相联结，就是因为她指出了它是一种想象中的情感：“这种概念没有必要是真实发生的情感概念，艺术的意义是一种想象出来的情感和情绪，或是一种想象出来的主观现实（存在）。”（苏珊·朗格，1986：109）朗格揭示了想象或者直觉与理性逻辑或（抽象）概念思维之间的内在联系：想象力是“人的最大概念能力”（苏珊·朗格，1986：51）。“想象或许是人类所具备的一种最为古老的精神活动，它比理性能力要早得多，它甚至还是产生梦幻、理性、宗教和一切概括性观察力的共同源泉。而艺术恰恰也就是人类所具有的这一最为基本的能力——想象能力——产生出来的。”（苏珊·朗格，1983：65）浪漫主义所崇尚的就是艺术创作的想象力。无论是贝尔的“有意味的形式”说，还是朗格的“形式与情感”说，对于理解哈代、艾略特、福斯特小说的深刻思想艺术性都能起到积极作用。

第三节 问题的提出与研究方法

视觉艺术在蓬勃发展的进程中，似乎面临一场不见硝烟的“战争”，那便是图像对文字的“征服”。一个令人担忧的结论呈现出来：传统的阅读在某种程度上正经历着“边缘化”，而各种视觉艺术实践则独领风骚。这个结论看起来有点夸大，但正是在这夸大了的视角中，我们才可能看到问题的严峻性。一些学者指出：“以往文章解释图像，现在则是颠倒过来：照片图解报纸上的文章；照片使报纸文章再度具有魔术性。以往是文章主导，现在是照片主宰。在技术性图像主宰的这种情况下，文盲有了新的意义。以往文盲被排除在被文章符码化的文化之外；现在文盲几乎可以完全参与被图像符码化的文化。未来，如果图像完全使文章臣服于它们自身的作用中，我们可以预期一种普遍性的文盲状态，只有少数专家受过写作训练。”（威廉·弗卢塞尔，1994：78）因此，我们有必要关注视觉艺术强势所造成的阅读文本困境，并采取相应的策略和立场，重建经典阅读，培育文本阅读。

事实上，绘画与文字之争古已有之。古罗马教皇格里高利一世颁布的法令中，就指出教堂应该用绘画装饰，继而巩固了绘画在中世纪的地位。公元600年，古罗马教皇给马赛主教塞伦诺（Bishop Serenus of Marseilles，c.595—600 在位）写信，斥责他的破坏圣像运动，并指出绘画是给没有知识文化的民众看的，而写作是给接受过教育的人看的，那些目不识丁的民众可能是通过绘画了解宗教教义的（Hulse，1990：30）。古罗马教皇对教众们欲取代文字的欲望加以管控，其目的并非摧毁图像本身，而是拯救教众，免受圣像崇拜的危害。他把绘画在社会等级和学识中降级了，处于写作之下。因此神圣的图像再现了写作本身，尤其是手稿中的历史（historiae）。

这种极端文本化的图像形象要求非常精确，因为马赛地区没有接受过教育的教区居民一直都对视觉形象顶礼膜拜，他们的行为已经说明感官的形象比文字更有力。当采取简单的破坏圣像这种方式镇压人民的认知暴动（epistemological insurrection）时，格里高利一世采取更细微、更困难的方式去抑制这种力量的膨胀。他提出绘画的方法和技艺本身并没有与词的媒介及修辞方法类似的哲学意味。在古罗马教皇时代，有学识的教士如古力慕斯·迪郎都斯（Gulielmus Durandus，c.1230—1296）也许会对教堂装饰提出见解。他的《理性的神圣规则：早期教堂的基本象征》（*Rationale Divinorum Officiorum: The Foundational*

Symbolism of Early Church，c.1286）是一本手工插图，用以说明圣人的光晕应该怎么画或者羔羊应如何代表耶稣。但是他只关注能转化为文字的图画意义，而并非感官的图画。

在任何一个阅读成为地位与权利关键根源的时代，我们都不难发现将口头语和视觉知识置于等级制度两端的词汇。受过教育的教士制约着主要通过视觉学习的俗人，而词和图像的两极在形成文化领域的等级里占据一角。然而，这比谁是统治者的游戏要复杂得多了。词和形象的极化（polarization）其实是一个过程，在这过程中，两者都向大众目的发展，并受制于精神修辞。

把绘画形象作为次于写作的修辞形式，这一观点与视写作为控制神圣形象的过程相同。它们首先在教皇格里高利一世和主教塞伦诺发布的教堂装饰规定里找到物质基础，即解释如何给中世纪手稿做插页（Camille，1985：133-148）。对修辞和手稿特殊形式发展的一个重要因素是人们仍然在大声地朗读，因此文字对于耳朵仍是感官的媒介，如同图像是眼睛的媒介一样（Hulse，1990：31）。他们的产生和接受方式都是类似的。文字就像它们边上的插画，由抄写员画在书页上，并利用书页本身形状，通过图示或图解手段，加强文字的视觉效果。

因而休可以利用亚里士多德的“视觉认知”（visual epistemology）传统，其中思想仍是感官的基础。视觉感官尤其重要，通过视觉，人们可以构建心理图解，转而刺激理论的思考（Hulse，1990：33）。用来构建视觉形象的艺术或技艺是绘画，因而休自然地用了 pingare 这个动词去描绘绘画。休的视觉“图画”是引导其读者思考的，读者又通过“图画”将文字的心理形象深深烙在记忆中。“图像”与文字有着同样的修辞和哲学目的，其空间维度犹如修辞主体或者是“地方”，从那儿我们开始探索神性和人性本真。

如前所述，精神修辞是中世纪手稿绘画一个永恒的因素，皮塞尔的《贝勒维尔祈祷书》一书中，绘画被提升到自我意识的高度。此手稿别出心裁，它的插画既精美又创新，描绘了一系列在《新约》（*The New Testament*，c.78—115）中完成的《旧约》（*The Old Testamnet*，c.600BC—100BC）中的预言。更奇特的是，此手稿还有一篇序言，其中神之词被描绘成一个图画形象。

从历史角度看，对书面文字或语言的阅读，乃是印刷文化的典型范式。今天人类已进入了高度电子化和媒体化的时代，它显然有别于印刷文化。从印刷文化到视觉文化，可以看作是以语言及其阅读为中心的文化向以图像及其凝视为中心的文化的转变。诚然，理想的方式是两种文化和平相处，但视觉文化的异军突起的确对阅读文化造成了某种程度的压制和排斥。造成这一文化张力的原因是相当复杂的。

从比较的角度说，图像与语言有诸多差异，而相对说来，图像似乎更加切合这个时代的文化潮流。视觉文化的图像狂欢，乃是因为图像本身的特性更符合“眼球经济”的要求。因为图像是感性的、直观的，与消费文化之间存在着某种内在联系。从阅读文字的智性快乐转向看图像的感性直观满足，在相当程度上揭示了当今社会文化的转变逻辑。从学理上说，语言是线性的、抽象的和思考性的，阅读语言不但给读者以反思的可能性，而且为其自身的想象提供了更多空间。

语言文化/思维文化必然是一种“静观型”的文化/思维，文化/思维活动的主体与对象之间保持着一定的审美距离；而图像文化正好相反，它排除了对象的“韵味”（aura），转向“震惊”（shock），于是主体与对象之间的距离便消失了（瓦尔特·本雅明，1993：156-164）。正如一些学者所发现的，在当代视觉占据主导地位的文化中，感性的、快感的、当下即时的、无距离的体验成为主导形态（丹尼尔·贝尔，1989）。阅读是“静观”（contemplation）的典型形式，它允许读者不断地体验作品的深刻含义，反复地吟咏和停下来沉思，因而审美主体与对象保持一定的距离；而看图像则不同，观者完全沉浸在情境中，主体与对象之间的距离消失了，片刻的、当下的快感使主体忘却了自身的现实存在，主体的欲望直接进入对象情境。

21 世纪的视觉文化转向是在当代高新科技的基础上发生的人类划时代的媒介革命的表征，具有建构的后现代性。当代视觉文化遇到的最具前设性的问题是语言文字与图像的关系问题。我们生活在一个视觉图像的时空境域之中，享受视觉的饕餮盛宴。正像美国视觉文化专家、“图像转向”的首倡者、美国芝加哥大学教授汤姆·米歇尔（W.J.Tom Mitchell，1942—）所论述的，图像转向是一个比喻，是从古代以来就被多次重复的一种修辞用法。他说：“无论图像转向是什么，我们都应该明白，它不是向幼稚的摹仿论、表征的复制或对应理论的回归，也不是一种关于图像‘在场’的玄学的死灰复燃；它更应该是对图像的一种后语言学的、后符号学的再发现，把图像当作视觉性（visuality）、机器（apparatus）、体制、话语、身体和喻形性（figurality）之间的一种复杂的相互作用。我的认识是，观看行为（spectatorship）（观看、注视、浏览，以及观察、监视与视觉快感的实践）可能与阅读的诸种形式（解密、解码、阐释等）是同等深奥的问题，而基于文本性的模式恐怕难以充分

阐释视觉经验或‘视觉识读能力’。”（陶东风、金元浦、高丙中，2002：17）

当路德维希·约瑟夫·约翰·维特根斯坦（Ludwig Josef Johann Wittgenstein，1889—1951）在《哲学研究》（*Philosophical Investigations*，1953）中抱怨“图片能够俘虏了我们，而我们无法逃脱”时，他是在哀叹有一种“镜映的隐喻”禁锢了哲学的思维方式（维特根斯坦，2001）。这些现代的尝试把视觉知识定义为理性和标准语言的对立面，有着显著的特征。即一种冲动，把现代主义者对视觉知识的复兴看作是逃离历史的手段之一。卡西尔有时情愿相信，艺术的象征形式可以恢复我们与神话意识的接触。约瑟夫·弗兰克（Joseph Frank，1918—2013）更坦言现代主义减轻了我们对“历史法难题”的恐惧。通过对比（和对卡西尔思想的历史维度的忠实），潘诺夫斯基在他的图像学（Iconographical）研究中寻找揭示语言的理性结构可以转变成图像的历史情境。他的《图像学研究》（*Studies in Iconology*，1972）的“序言”可以被认为是将历史的符号学定义为视觉图像的早期尝试（Panofsky，1962：3-17）。潘诺夫斯基主张建立他的所谓“图像”，成为描述视觉文化研究的基本论述。他的研究告诉我们，图像或视觉的转向并不是我们这个时代所独有的东西。它是一个被历史重复了多次的叙事性象征。潘诺夫斯基在其《图像学研究》一书的序言中为我们描述了他创立谱像学的“最初场景”：“当一位熟人在街上举起帽子向我打招呼时，我从形式的角度所看到的仅仅是一个结构 （configuration）里的某些局部变化，这个结构是由色彩（colour）、线条（lines）和体积（volumes）所组成的总体模式（general pattern）的一部分，而这个总体模式便构成我的视觉世界（world of vision）。”（欧文·潘诺夫斯基，2017：1）

早在20世纪30年代，德国哲学家马丁·海德格尔（Martin Heidegger，1889—1976）就看到了视觉文化发展的大趋势。他认为，视觉文化依赖于存在的图像化或视觉化这一现代现象。20世纪60年代，法国思想家、情境主义代表人物、学者居伊·德波（Guy Debord，1931—1994）针对视觉文化时代的来临，写下了《景观社会》（*The Society of Spetacle*，1967）这部大作。他在该书的“序言”中告诫读者：“在阅读本书时，应牢记在心的是，它的写作抱有一种颠覆景观社会的强烈意图。”（居伊·德波，2006：3）绘画与文学共同建构视觉文化。视觉文化的核心是探讨与“看”的实践相关的种种问题。英国爱丁堡艺术学院的当代视觉艺术理论家马修·兰普利（Matthew Rampley，1966—）博士在其2005年出版的一本视觉文化研究文选《探索视觉文化：定义、概念、语境》（*Exploring Visual Culture：Definitions，Concepts，*

Contexts，2005）中曾给出了视觉文化的定义。虽然他指出了英国、美国学术界对视觉文化的理解与法国和德国学术界有所不同的，但是，“看”的根本方式就是社会和文化建构的产物，是要研究与“看什么”“怎么看”“谁在看”相关联的一些问题。视觉文化到底“看什么？”是“看”公认的艺术经典作品，还是人们日常生活中的视觉形象？美国学者尼古拉斯·米尔佐夫（Nicholas Mirzoeff，1962—）认为，日常生活中的跨文化视觉经验构成了视觉文化的疆域。

在视觉图像文化所开辟的这些新问题域之中，当代视觉文化遇到的最具前设性的问题是语言文字与图像的关系问题。语言是存在的家，语言是人类理解的边界。文字和图像都是人类思维的直接现实。文字语言中形象的解读是二度转换的：表述者将现实的形象转化为文字；解读者在感受和理解时，再将文字转换为形象。图像的感知则与之不同，图像是被直接感知的，更多地诉诸直觉。但是，它不再是仅有低级的感觉功能的图像，而是包含着深刻的视觉思维和视觉整体的人类认识方式，视觉图像也是作为整体的人类语言的一部分，体现了发展着的人类语言的最新成果。美国纽约州立大学视觉文化理论家米尔佐夫秉承了海德格尔的思想，认为视觉文化的本质并不在于图像本身，而是在于将生存转化为视觉化或图形化的现代倾向。在这个倾向中，视觉化并不是取代语言的话语，而是使之更容易理解，更快和更有效（Mirzoeff，1998：7）。本书主要以哈代、艾略特等小说家创作的经典小说为例，剖析视觉经验对小说文本创作的影响，彰显文字的魅力。而正视视觉图像与语言文字之间的冲突与互补的现象，不失为图像时代倡导人类思维和交往的新时代——图文时代的一种尝试性的阐释实践活动。

尽管近年来围绕“视觉文化”“图像转向”“读图时代”而展开的讨论非常热烈，但仍然有一些基本问题，如视觉与阅读经典小说的关系问题、当代中国文化的视觉经验问题以及视觉理论资源的辨析问题等，并没有被认真厘清。我们围绕“英国小说中的视觉唤起即语言描述的视觉想象性”展开学理的反思，揭示绘画或绘画所启发的视觉经验对小说写作的影响。以期深化视觉文化的研究。绘画与文学之关系的渊源问题历史悠久。如前所述，我们研究的范围定在1860—1920年出版的英国经典小说中，旨在从现代主义维度阐释绘画与小说的关系，补强图像与文字的学科交叉研究，力求解决研究过程中所遇到的难点，希冀在推动学术进步之路上做出些许努力。

绘画与文学之关系理论层面的研究从文艺复兴起，以阿尔贝蒂为开端，在艺术理论界展开争论。而从实践层面把绘画作品与文学文本结合的阐释研究是20世纪70年代从国外开始兴起的。在中国，虽然由于学科分类的限制，两者之间的交叉研究不多，但在国外资料浩瀚庞杂的有关绘画与文学关系的研究中，我们发现绝大多数学者主张两者的并存和统一整体性。尽管如此，在现代美学理论中，关于此类艺术整体性的调查一直都饱受怀疑。在1941年一篇很有影响力的名为《文学和艺术的平行性》的文章中，韦勒克不仅反对个人绘画和文学作品间的平行关系，还反对整体上的转换。他说，每种具体的媒介“都有其自身的历史，都和其他媒介很不一样”。“‘因此我们不应该感到惊讶’，他说，‘当我们发现一些时期或是一些国家只在一个或几个艺术形式上产量丰富，而在其他的艺术形式上要么没什么成就，要么仅限于模仿和衍生的层次。伊丽莎白时期文学的昌盛并没有带来其他艺术形式的共同繁荣便是一个最好的例子’”。（Wellek，1942：59-60）但是，韦勒克在否定中还是说明他会对艺术进行比较性研究。无论是并存还是换转，两者都不是本书研究的重点，这里只涉及资料的提取与结果分析，以及取舍的标准问题。

以英国小说文本为依托，以艺术学的理论为指导，学科之间互相借鉴。以往的研究中，多以图证史，或以史证图，抑或互为印证，而我们却从艺术史，尤其是从历史图像、艺术媒介（色、光、影、线、形）的角度诠释被当代美国著名文学批评家耶鲁学者哈罗德·布鲁姆（Harold Bloom，1930—2019）列为经典的英国小说。从结构学的角度分析语言文本，在一定程度上，比绘画文本更具魅力。古代所谓“一目十行”的说法实际上是不可能的。但是，我们通过文字叙述的时间艺术，通过文字语言在头脑中形象的二度转换，可能产生比图像直接感知更为深刻的理解，更为生动的画面。

诚如本书第十章“一幅奇异的现代主义三联图——论詹姆斯、曼与马奈的现代主义文化人”阐释詹姆斯的小说《螺丝在拧紧》、曼的中篇小说《威尼斯之死》（*Death in Venice*，1912）与马奈的绘画《奥林匹亚》（*Olympia*，1863）和《草地上的午餐》（*Le Déjeuner sur l'Herbe*，1863）等所描述的被人窥视的现代主义文化人，说明现代绘画与艺术的研究，或曰绘画对小说创作的影响，不论是主题的互文性，还是人物创作思想的一致性，已经上升到的文化研究的层面。从这个方面阐释绘画文本与小说文本亦是我们的实践性尝试。

基于上述难点，笔者确定研究支点后，将艺术史学与小说断代史结合，同时融入结构语言学、文本细读、阐释学和心理接受美学的研究方法。将绘画与文学的关系放在作家（艺术家）——文学（小说、绘画）——读者（观者）相互关系的基础上逐个进行考察，认为它们是不断对话的过程。

文艺复兴以来，视觉与文字的关系一直是如阿尔贝蒂、卡西尔、潘诺夫斯基、迈克尔·巴克森德尔（Michael Baxandall，1933—2008）等学者在大量的实证中以视觉为媒介，体现在以画家、观察者为中心的画中，体现在以作者、读者为中心的文字中。他们已经将文学和绘画定义为在艺术系统中相互依赖的搭档，并且提出通过文字图像和视觉文本发展和调配中的身份来重新定义的观点。在此，本书主要以英国小说为依托，对视觉艺术，特别是历史图像、绘画媒介如何影响并形成小说家的文字创作做出诠释。

视觉艺术研究本质上就是对文字语言的研究。索绪尔的语言/言语概念奠定了语言学研究的基础。他的语言/言语概念同样有助于视觉语言的理解，将其沿用至视觉系统研究也很有必要。语言之语是意义传达、思想交流的中介和基础，是一个须学习才能掌握的代码系统。只有在这个系统中，制码、解码、交流、沟通才有可能。因此，确定视觉语言之语的内涵和概念是研究视觉符号的前提。它一方面必须具备语言广泛性、普遍性、规律性和系统性的特点；另一方面又要有视觉系统的特点和属性。文学作品中的视觉唤起即语言描述在读者那里产生视觉想象性。而按照结构语言学家索绪尔的观点，语言并非独立的单位，而是一种系统和结构。符号借助于对立关系而起作用，“语言是形式，而不是实质”（费尔迪南·德·索绪尔，1980：169）。因此，一切语言遵循四个原则，即语言和言语、能指与所指、历时和共时方法、系统差异决定语义。根据这一观点，对绘画与文学之关系的理解也应从历时和共时的角度进行，绝不是静态与不变。利用语言结构学的概念来考查和研究绘画与文学之关系也是视觉艺术研究中的一条可能的途径。

“细读”指对文本的语言、结构、隐喻、文体等因素进行仔细解读，从而挖掘在文本内部所产生的意义。它强调文本内部语言语义的丰富性、复杂性，以及文本结构中各组成部分之间形成的纷繁复杂的关系。“细读”是一种阅读方法，也是一种批评策略。其主要特点是“确立文本的主体性”，强调文本内部的语义和结构对意义形成所具有的重要价值，从不同的角度去寻找文本的意义。在西方，细读一直或多或少地存在于文学批评的实践中。对文学形式的研究、对文本结构的分析、对语言的内涵和外延的探索一直在文学批评中占有一定的位置。

20 世纪新批评的领军人物约翰·克罗·兰塞姆（John Crowe Ransom，1888—1974）《新批评》（*New Criticism*，1942）一书的出版拉开了细读批评的序幕，艾・阿・瑞恰慈（Ivor Armstrong Richards，1893—1979）的《实用批评》（*Practical Criticism*，1929）引发了一场阅读变革，20 世纪 30 年代在燕京大学任教的威廉・燕卜荪（William Empson，1906—1984）的《七种类型的含混》（*Seven Types of Ambiguity*，1930）则指出文本内部意义的相互联系、相互制约所给予文本的艺术价值，而剑桥大学文化批评家弗兰克・雷蒙・利维斯（Frank Raymond Leavis，1895—1978）主编的杂志《细绎》（*Scrutiny*，1944—1945）声称要将批评的目光专注于"纸页上的文字"，并希望形成"对真正的判断的共同追求"，这都表明新批评的代表孜孜不倦地为确立文本批评的方法而进行理论阐释与建构。本书试图对哈代、艾略特、劳伦斯、伍尔夫、詹姆斯等小说的细读阐释文字与视觉符号的转化，说明文字描述唤起视觉想象，以及视觉经验对小说创作的影响。

第四节　当代文化动因与研究内容

文学以言语的方式，艺术以视觉的方式传达信息，而阅读是获取这些信息的有效途径，帮助人们从多样性信息中抓取两者发出的共同信息，而这个共同信息恰成为当代文化批评的主题。被认为是客体的小说、诗歌、绘画、雕塑，甚至建筑作为事物代表的基础，源于一定时期的文化心态。19 世纪艺术家认为"感知"是对视觉习惯、选择、行为的知晓。视觉体验作为过程，是个人表演或经历的行为和事件，与所观看事物之间的交流永不停止。视觉艺术工作是一种记录或多种过程的结合体，一种已经存在于艺术家与他们主题之间的关系。因此，它揭露的不是一项事物或一种固定的观念，而是一种存在的模式；反过来，它又提供了一种存在的模式，并成为多层次的经验的起点。

《维多利亚时期的语境：文学与视觉艺术》（*Victorian Contexts：Literature and the Visual Arts*，1996）一书即为描述这种趋势的深思熟虑的例子。借助莱辛关于绘画与诗歌之书《拉奥孔》，墨里・罗斯顿（Murray Roston，1928—）揭示，学者们已不再支持莱辛所坚守的"有着极大不同的目的与过程的两类媒介"（视觉艺术与文学）这一观点，而是趋同于新批评奠基者、美国文学批评家、"文化诗学"之父斯蒂芬・格林布拉特（Stephen Greenblatt，1943—）所倡导的："……共享代码，一套套环环相扣的比喻和相似处。"罗斯顿置身于传统之中，试图理解维多利亚时期的学者们所面临的挑战以及各种各样的“技巧，主题和符号用于应对从作品分析中产生的那些挑战”（Roston，1996：4）。该方法被定义为反对猜想“时代精神”的存在。罗斯顿优异的才学对 19 世纪现实主义思想产生了一定的影响。

最近 30 年来，特别是 2000 年以后的研究成果表明：视觉艺术和文学作品作为产品的学术推动力广为流传。例如，金伯莉·雷诺兹（Kimberley Reynolds，1955—）与尼古拉·亨布尔（Nicola Humble，1964—）的《维多利亚时期的女主人公：19 世纪美术与文学女性意识的再现艺术》（*Victorian Heroines：Readings of Femininity and Its Representation in Nineteenth-century Literature and Art*，1993）；赫伯特·萨斯曼（Herbet Sussman，1937—）的《维多利亚时期的刚毅之气：维多利亚早期美术与文学诗论的刚毅之气》（*Victorian Masculinities：Manhood and Masculine Poetics in Early Victorian Literature and Art*，1995）；乔纳森·沃尔特斯（Jonathan Walters）的《维多利亚时期美术与文学中溺水死亡的妇女》（*The Drowned Woman in Victorian Art and Literature*，1998）；尼古拉·波恩（Nicola Bown）的《19 世纪美术与文学的精灵》（*Fairies in Nineteenth-century Art and Literature*，2001）；利亚纳·F.派勒（Liana F. Piehler）的《空间动力学与维多利亚时期美术和文学作品中女性地位的发展：创造女性的自由》（*Spatial Dynamics and Female Development in Victorian Art and Novels：Creating a Woman's Space*，2003）；林恩·梅·亚历山大（Lynn Mae Alexander）的《妇女、工作和再现艺术：维多利亚时期美术和文学中的缝纫女工》（*Women，Work，and Representation：Needlewomen in Victorian Art and Literature*，2003）；索菲亚·安德斯（Sophia Andres）的《维多利亚时期小说的前拉斐尔艺术：视觉性别界限下的叙述性挑战》（*The Pre-Raphaelite Art of the Victorian Novel：Narrative Challenges to Visual Gendered Boundaries*，2004）；马丁·A.戴纳黑（Martin A. Danahay）的《维多利亚时期文化中的职场性别：文学、美术与刚毅之气》（*Gender at Work in Victorian Culture：Literature，Art and Masculinity*，2005）；乔纳森·史密斯（Jonathan Smith，1942—）的《查尔斯·达尔文和维多利亚视觉文化》（*Charles Darwin and Victorian Visual Culture*，2006）；瑞秋·奥博尔特（Rachel Oberter）的《维多利亚英国的灵性与视觉想象》（*Spiritualism and the Visual Imagination in Victoria Britain*，2007）；吉姆·切斯希尔（Jim Cheshire）的《丁尼森的转变：丁尼森和视觉艺术》（*Tennyson Transformed：*

Alfred Lord Tennyson and Visual Art，2009）；艾里希娅·克莱门茨（Elicia Clements，1978—）的《维多利亚美学状况：超越艺术的佩特》（*Victorian Aesthetics Conditions：Pater Across the Arts*，2010）；朱迪思·佩齐（Judith Page）的《妇女、文学和家庭风景》（*Women，Literature and Family Lanfscape*，2011）；珍妮丝·卡莱尔（Janice Carlisle，1969—）的《维多利亚英国的图像改革》（*Picturing Reform in Victorian Britain*，2012）。一方面，作者作为整部作品的发言人对作品做出解释，他们“将维多利亚时期绘画与文学作品进行交互索引”，以扩展对于“视觉意象与文本的更广泛领域”的分析；另一方面，他们证明这种同一性是对多元文化刺激的回应，对美学和文学的交叉性研究始于 20 多年前，这一趋势表明，学界在整体性的视野下，对两者开展差异性和共通性研究。此类主题通常建立在艺术史料理论分析与多种媒介外在差异的基础上。我们侧重史实证据，再现艺术 “告知”我们更多的信息，旨在说明该时期画家与作家相互调用彼此作品，他们公开竞争以期使他们自己特定的艺术形式跨入艺术殿堂中的最高等级。

事实上，艾莉森·拜尔利（Allison Byerly，1961—）的《19 世纪文学的现实主义、表现和艺术》（*Realism，Representation，and the Arts in Nineteenth-Century Literature*，1997）堪称此类方法研究最为综合细微的例子。就艺术真实性而论，这项研究把等级制度具体地与现实主义的问题联系起来。引用南希·凯瑟琳·海勒丝（Nancy Katherine Hayles，1943—）的《约束的建构主义》（*Constrained Constructivism*，1991），拜尔利展示了源自阅读文字和文本与图片版式的艺术产生的问题，最重要的是“还原二分法”，它对“对与错的二元逻辑”毫无帮助。拜尔利认为这种还原性在本质上与历史有关，她认为 19 世纪英国小说家并不一定愿意把一件事物仅仅划分为真实或非真实，相反，他们通过艺术多棱镜的过滤后，谨慎地给现实的感觉赋予模糊性。就此，19 世纪英国小说家把对现实观察赋予模糊性的兴趣看作已知前提。拜尔利还声称，包括萨克雷和勃朗特在内的小说家引发了其他的艺术形式（音乐、戏剧和视觉艺术），并将小说本身作为一种艺术形式“置之度外”。

女性主义作家帕姆·莫里斯（Pam Morris，1940—）断言：19 世纪英国小说在与法国，俄国以及美国 19 世纪的现实主义相比，就塑造“忠诚或现实代表”的可能性方面，已有了独特的正反感情并存的现象。莫里斯援引乔治·莱文（George Levine，1931—）在《英国现实主义者的想象力：从科学怪人到查泰莱夫人的情人》（*The Realistic Imagination：English Fiction from*

Frankenstein to Lady Chatterley，1981）的观点，即 19 世纪小说家已经意识到“确定含义的可能性”，该观点探寻了浪漫情感，基于“感同身受/合意的想象力”了解世界，一定程度上对“童话，音乐剧，诗歌，宗教等”产生了影响。就在小说家考虑学习艺术，开始写作时，乔纳森·柯拉瑞（Jonathan Crary，1951—）在其著作《观察者的技术》（*Techniques of the Observer*，1990）中令人信服地说到一种感知的不确定性，就像莱文和莫里斯由于对视觉体验的彻底整顿而引起的融合。他们对 19 世纪关于“现实”的讨论富有启发。

在柯拉瑞看来，其不稳定性在于把普遍认同的观察者形象从完全客观的角度转变成主观视角。柯拉瑞认为这种仅源于浪漫本能的主观意识性不能被还原。相反，他通过该时期新观察设备的扩增，如体视镜，论证仪器如何展现感知是一种植根于观察者自身经验的即时观点的现象，即主观性不仅是一种同情心的表达，还是一种自然生理的视觉现象，它在科学领域被认可和应用，也在艺术领域、精神领域和政治领域被叙述和反映。柯拉瑞的研究表明，最具历史广泛性的观点是，感知或许不能精确地表现一种叫做真实性的东西，这种形式的视觉体验通常不加鉴别地被归类为现实主义，其实这种关于视觉的观点是不真实的，它曾有效地统治了这个真实世界（Crary，1990：14）。19 世纪有影响力的现实主义理论学家们清楚地知道客观表现和世界并非一致，但是通过视觉途径，他们倡导“现实”的活动重于对即时的模仿（Levine，2000：75）。

这种调解活动就是一种感知过程。那么，感知世界对于 19 世纪现实主义艺术家意味着什么？当时，艺术学校和教学手册中的方法，用来训练艺术家的眼和手，它基于个人对真实性的感知并被个人能力所局限。真实性有着比任何一个观察者所看到的更多的层次和表象。人们必须尽力来提高感知能力。该时期小说家强调人们不可掌握的真实性。无论它是通过叙述者的自我定位，如将“我”和读者的“你”相关联，还是通过自我介绍，它们都是艺术之所为，提供了一种或几种关于纷繁复杂的真实世界的观点，但并非某个特定观点。

小说家往往努力去扩展他们对于不同的意义、表达和名称的理解，以便找到现实的出处。如米勒在关于查尔斯·狄更斯（Charles Dickens，1812—1870）和插图画家乔治·克鲁克香克（George Cruikshank，1792—1878）的一文中，提出有关“现实”如何在言语和视觉中再现的问题。米勒认为《雾都孤儿》的插画并不是模仿不真实的伦敦和虚幻世界，而是克鲁克香克自身特有的特殊的思想和视野，伦敦生活对于波兹而言就像 18 世纪法国小说《保罗和弗吉尼亚》（*Paul et Virginie*，1787）中的幻想，或者就像舞台上的一幕剧，抑或像威廉·霍加斯（William Hogarth，1697—1764）的雕刻画。某种程度上，现实主义手法更像是不同的小说家以相同的艺术工具、不同的表现方式，公正地展示自己对外部世界的认识。正如艺术视角本身，现实主义在这里更多表现为一种过程而不是一种物体，因此也不需要确切地说明，但是或多或少，现实主义的发展取决于观念的不断实践。

本书共分十章。

第一章，哈代从视觉艺术的发展中汲取力量，创作出《德伯家的苔丝》（*Tess of the d'Urbervilles*，1891）这部具有荷兰风俗画特色与极富文字视觉效果的重要小说。小说对充满盎然生趣和诗情画意的山水牧场、田园等富有地方色彩的景物的描写，对人物细节准确细腻地精心描绘，启发挖掘了荷兰艺术，以及以此为模型的该时期小说的种种特征。不言而喻，建筑师及画家哈代的视觉经验对这部小说的创作起到了决定性作用，其展现了荷兰画似的真实情景与诗画艺术特色。

第二章、第三章，艾略特的小说创作充满了荷兰风俗画、前拉斐尔派现实主义绘画特征。西方学界对艾略特的视觉品味颇有分歧，如现实主义小说家詹姆斯、美国艺术批评家查尔斯·艾略特·诺顿（Charles Eliot Norton，1827—1908）、艺术批评家威廉·约翰·哈维（William John Harvey，1578—1657）都曾从不同层面对艾略特小说视觉艺术加以批评和褒奖。这两章论述统御艾略特现实主义绘画描绘技巧的视觉传统及其作品中对这些传统的运用，旨在阐述其小说中所描述的日常生活，融合前拉斐尔派现实主义绘画与其他不同学派和不同绘画的风格，带有独特的英意肖像画风格。艾略特的小说实践始终贯穿着其主张的艺术理论，即可视与不可视是视觉艺术与文学所要阐释的双面现实。艾略特的视觉经验在其笔下熠熠生辉。

第四章、第五章，劳伦斯的小说《虹》（*The Rainbow*，1915）、《恋爱中的女人》（*Women in Love*，1920）分别通过文艺复兴意大利画家弗拉·安吉利科（Fra Angelico，1387—1455）的《末日审判》（*The Last Judgment*，c.1435）、英国现代画家马克·格特勒（Mark Gertler，1891—1939）的《旋转木马》（*Merry-Go-Round*，1916），表达作家对画家身份的双重认识，突破传统创作手法，是实现视觉体验的力作。两部小说的驱动力来自作者受到安吉利科、格特勒的绘画强烈震撼的心灵深处。

第六章、第七章，从 20 世纪 60 年代历史哲学的语言学转向到 90 年代文化的图像转向，是视觉文化对后现代主义的反动。图像以不可阻挡之势冲击并排挤文本的生存空间，为此不少学者发出了担忧文学终结的呼声。历史图像在读者心中引发的联想和意象犹如文字符号通过绘画中的色、光、影、线、形一样，可以营造视觉意识的美学效果。福斯特的《天使不敢涉足的地方》（*Where Angels Fear to Tread*，1905）、《看得见风景的房间》是通过视觉艺术之美，透视维多利亚人精神面貌的图像文本。小说中光与影的辉映，文字的力度，整体与变化统一的页面跃动在读者心中，使读者产生联觉。通过这两章，我们将领略到福斯特用文字符号建构的一幅美丽的风景画。

第八章，康拉德的中篇小说《黑暗的心》采用了印象主义的创作手法。该章从视觉艺术的角度出发，以分析文本中的色彩、光线、形式三方面为切入点，论述康拉德小说如何将枯燥平淡的词语幻化成更加形象、生动的视觉形象，依靠读者在阅读时产生的“瞬间印象”来挖掘作者所要表达的隐藏在文字背后的情感，进而勾勒出作品的主题。

第九章，绘画与写作有许多共同之处。现代主义小说家也如同画家一样，试图让我们能够“看到”他们所描绘的一切。在《到灯塔去》中，现代主义代表之一伍尔夫打通了绘画和写作的艺术界限。小说中的绘画隐喻定义了词和现实的关系。它是一部在诗的意象与现实生活之间维持着微妙平衡的小说。绘画隐喻在现代主义文学和艺术中发挥着至关重要的作用。该章从三方面，即线条：“生命”之隐喻、光与影：“回忆”之隐喻、色彩：“记忆”之隐喻，论述绘画给伍尔夫小说创作带来的视觉冲击。

第十章，绘画和文学的关系，已上升到文化研究领域。文化人物的构造能给文化历史带来新的理念。从文化人物分离出的现代文化的必要元素往往可以跨越风格和艺术形式的界限。因此，我们有必要去理解、梳理现代主义家谱和那些为文化遗传密码的修改做出贡献的人，特别是存在于当代艺术和文学中与我们息息相关的文化人。该章根据詹姆斯、曼、马奈三人作品的相似点，勾勒出一幅现代主义的三联图，探索他们所表现的现代主义主题的一致性，认为现代主义的文化力量促成了这种布局。

有必要提出，作家和画家之间有着千丝万缕的联系。有时绘画和文学互相交错，有时绘画与文学又以同一原型为创作素材。这样说，并不等于这些作家认识那些画家，虽然十之八九他们确实是熟识的。我们应该透过艺术看文学，通过文学看艺术。从中不难发现，无论是立体派画家，还是现代主义作家，虽然他们以不同形式表现作品，但其根本是一致的。康拉德、詹姆斯·乔伊斯

（James Joyce，1882—1941）、伍尔夫、托马斯·斯特尔那斯·艾略特（Thomas Stearns Eliot，1888—1965）、华莱士·史蒂文斯（Wallace Stevens，1879—1955）所探索的技巧与主题是对马蒂斯、毕加索、保罗·克利（Paul Klee，1879—1940）这些画家们模仿能力的挑战。同时，画家们也不断挑战传统叙事手段和诗歌概念，并为作家在色、线、面及呈现转移方面提供了参考案例。我们认为现代主义是采石场，充满着记忆、回忆、形象、隐喻；又是一种传统，部分像留恋过往的哀歌，部分游离于过去与现在，部分树立自我意识，如同毕加索的拼贴画和碎片。英国批评家玛里琳·巴特勒（Marilyn Butler，1937—）指出：没有哪个时代（浪漫主义）曾涌现这么多举足轻重而又各具特性的诗人、小说家、批评家，每个人都发出独到的声音。这用于评论 19 世纪末 20 世纪初的世界绘画与文学发展状况一点也不为过。

法国近代画家保尔·高更（Paul Gauguin，1848—1903）于 1897 年创作的一幅题为《我们从哪里来？我们是谁？我们向何处去？》（*Where Do We Come From? Who Are We? Where Are We Going?*，1897）的油画（见图 0-3），意在表现“无法理解我们的来去之谜”及对生命的诘问。当我们进入信息社会、网络时代时，各种平面视觉影像艺术对绘画艺术的挤压使绘画处于文化的边缘。人们屡屡提出“绘画与文学从哪里来？绘画与文学是什么？绘画与文学要往哪里去？”的问题。本书主要通过英国小说从现实主义转向现代主义时期经典著作的文本阐释，对以哈代到伍尔夫为代表的艺术家如何理解这段时期内的文化渗透做出了细致的文本阐释。分析该时期绘画与文学作品的创作来源，相互的对应物，文艺通感，连续性和亲属关系。我们试图发掘绘画与文学的关系，强调研究策略，并把它们的关系放到一定的文化模式中探讨，即在把绘画与文学作品放到一起研究之时，应该把视觉的和文字的文本看作是一种不存在绝对界限的可以无限衍生的文本领域。

图 0-3　《我们从哪里来？我们是谁？我们向何处去？》

第一章

鸟迹与龙文：哈代《德伯家的苔丝》的视觉艺术

英国批判现实主义作家哈代的《德伯家的苔丝》已被列入世界古典文学阆苑。它对充满盎然生趣和诗情画意的山水牧场、田园、荒原等富有地方色彩的景物的描写，对细节准确细腻地精心描绘，都具有独到之处，极富绘画效果。我们探讨建筑师及画家哈代在创作小说时所运用的绘画艺术，说明哈代早年接受的艺术熏陶，对《德伯家的苔丝》这部小说的创作起了决定性的作用，并体现了小说中完美结合的诗画艺术特色。伍尔夫认为从哈代那里，人们已经摆脱了生活所强加的羁绊和猥琐的情感，人们的想象力已经得到扩展和提高。哈代以他的广阔的主题，无穷的内涵，把读者带进了一个无限的思想空间。

如恩格斯所言，《德伯家的苔丝》中的手法是一种"把无产阶级姑娘被资产阶级男人所勾引这样一个老而又老的故事作为全书的中心时所使用的简单朴素、不加修饰的手法"（转引犹家仲，1994：12）。贫家女儿，外出谋生，失足泥淖，遗恨千古。《德伯家的苔丝》自问世以来，每逢英国和其他国家举办有关哈代的各种集会，仍不失为种种场合的主角。但是，正像有些著名作家的优秀作品问世之初的情形一样，它出版之时，在维多利亚时期的英国读书批评界得到毁誉不一的待遇（Merryn，2005：29）。尽管如此，哈代的《德伯家的苔丝》显然经受住了时间的考验，直至今日仍向全世界展示着其深远的社会意义和独特的艺术魅力。它在世界范围内为广大读者所喜爱，为专业研究人士所瞩目，为电影、戏剧界的艺术家们所礼遇。哈代为苔丝设计的人生舞台，时限极短，从她在家乡舞会上出场，到她在标志死神的黑旗下丧生，历时不过五六年，但她那短暂的一生中遭遇的种种悲惨情景，却让人惊心动魄，荡气回肠。

“哈代是在英国文学传统中成长起来的作家，其创作体现了英国文学传统的一切优秀方面。但是他又不囿于传统的束缚，而是采取借鉴、吸收、扬弃的态度。”（聂珍钊，1992：11-12）作为小说家，哈代对艺术有着广泛而深刻的涉猎，他的创作形态表现出对绘画、音乐、舞蹈、戏剧等艺术门类的借鉴和兼容，在作品中表现出的美的观点、表现技巧、创作模式至今还有重要价值。在《德伯家的苔丝》这部作品中，哈代恰似一位使用文学替代画作作为媒介的艺术家。他丝毫没有试图掩饰或伪装这一事实，相反，他注重使用画家的术语，如“前景”“中景”“透视”“平面”“色调”“色彩效果”等。这些技术性的介绍使风格本身为画面提供了全景框架。哈代小说中使用的光线、色彩、线条等绘画手段十分明显且普遍存在，文字描述被精妙地转化为画面，绘画艺术的运用得心应手，他表现出的分明是一位“绘画”巨匠的才能。它在描绘山水牧场和男女情爱方面所发挥出来的盎然生趣和诗情画意都有独到之处，“有时也使人捕捉到狄更斯和乔治·艾略特等作家的影子”（哈代，1984：11）。仅仅从《德伯家的苔丝》这一部作品中就足以看出哈代观念先进，思想深邃，品格正直。小说第一版前言最后所引之箴言，正表明了他这种无畏精神：“如果为了真理而开罪于人，那么，宁可开罪于人，也强似埋没真理。”（哈代，1984：12）

第一节　绘画之于哈代的意义

19世纪晚期，著名的雕塑《拉奥孔》不仅唤醒了大理石上的阿波罗牧师，还成了莱辛区分时空艺术边界的例子。此外，美学特征不仅基于类型的法则，有时甚至被其所决定。在有意或无意间，哈代在作品展示中，将美学和性别的界定联系在一起。这种趋势不只表现在哈代的文章中，甚至在整部小说中都有所体现。小说始终提到现代画作唤起传统与非传统的性别界定。传统通常会被裘德和苏的个人异质打破，而他们正是那时期的代表人物，他们坚持抵触社会对传统的性别界定，最终打破了这种传统。哈代的其他小说保留了不同艺术之间的限制性，如《无名的裘德》（*Jude the Obscure*，1895）这部作品中，哈代利用不同艺术之间的亲密关系，时刻注意细微之处，表达一种紧张的情感和不考虑性别的界定。

在最后一部小说及其他作品中，哈代经常将绘画方法运用到叙事技巧中，表达强烈的感情或用于美学和社会政治的辩论之中。在他的随笔中，一些叙事艺术和前拉斐尔派艺术的目标似乎与意大利文艺复兴时期的画家卡洛·克里韦利（Carlo Crivelli，c.1430—1495）和乔凡尼·贝利尼（Giovanni Bellini，c.1435—1516）相吻合，不过哈代像前拉斐尔派画家一样，对描写激情感兴趣。他在随笔中写道："1885 年 1 月 3 日。我的创作是为强化事物的表达从而使内在含义更生动可见，就像克里韦利和贝利尼的作品一样。"（Millgate，1984：183）同年，他在书中又提到他为小说创作做出的努力："3 月 4 日。小说创作作为艺术不能后退。到了分析阶段更要在以前的基础上改进与超越。为什么不通过描述可见的本质、幽灵和分析法学派的抽象思考方面去实现它？"（Millgate，1984：183）从本质上看，哈代似乎描述了前拉斐尔派艺术审美活动的目标，使之变得可见，抽象的概念从爱德华·伯恩·琼斯（Edward Burne Jones，1833—1898）的画《创造日》（*Days of Creation*，1870—1876）、《克制》（*Temperantia*，1872—1873）、《信仰》（*Fides*，1872）和《希望》（*Spes*，1871—1877）中体现。哈代一定从前拉斐尔派艺术中学习到了许多能够使其作品令人难忘和更具意义的方法。

哈代小说作品中关于绘画的典故比比皆是，这体现了他在绘画方面的渊博的知识，这源于他早期在伦敦经常参观南肯辛顿博物馆（现在的维多利亚与艾尔伯特博物馆）和英国国家美术馆的经历。他很有绘画天赋，1898 年他的《韦塞克斯诗集》（*Wessex Poems*，1898）中的插图就由他自己所绘。当代评论家经常注意到他的小说的语言和视觉的交点。例如，1872 年 6 月出版的《非常手段》（*The Desperate Remedy*，1871）中的雅典娜神庙被称为"乡村生活的图片"。理查德·霍尔特·赫顿（Richard Holt Hutton，1826—1897）在评论《远离尘嚣》（*Far from the Madding Crowd*，1874）时，提到其描述的画面之美，有许多都像是精致生动美丽的水彩画图片，是很好的描述。哈代有关视觉艺术的知识已被学者广泛记录。例如 C.J.韦伯（C.J.Weber，1894—1966）编制的一本有关 30 位欧洲艺术家的书中，就提到了哈代对这些艺术家了如指掌。阿历斯泰·斯马特（Alistair Smart，1922—1992）认为英国小说家应该精通视觉艺术，而其他的小说家则没有这些知识、技巧和想象力，这一问题是有争议的（Smart，1961：263）。

人们对哈代关于视觉艺术的典故有不同的解释和争议。例如，有的评论家认为哈代是在炫耀他的知识（Gittings，1975：141；Page，1977：66）。米勒指出哈代的图案象征意义“很生硬，直接……让人难以理解”（Miller，1968：211）。有些评论家认为哈代关于视觉艺术的典故不协调、无理由，他们注意到哈代突然在自己的作品中提及那些典故并在没有任何暗示的情况下迅速放弃他们（Byerly，1997：153）。在《林地居民》（*The Woodlanders*，1887）、《还乡》（*The Return of the Native*，1878）和《远离尘嚣》中，艺术的引用出现得很突然。然而大多数评论家没有发现哈代的艺术典故在其作品中逐渐变得更复杂。《德伯家的苔丝》是哈代描绘普通人的一部艺术杰作，在《德伯家的苔丝》与《无名的裘德》中，哈代不仅影射了当代绘画并加以重绘，还在此过程中参与有关于美学、阶级、性别等问题的辩论。约翰·B.布伦（John B. Bullen，1941—）已经指出，当哈代的描写变得更有说服力时，绘画作品的名字在他的小说中便不再被提及（Bullen，1986：7）。一些评论家甚至指出哈代在其作品中重构了绘画，这些绘画均是前拉斐尔派的杰出作品。

1878年，哈代参观了格罗夫纳的画廊后，说出了充满迷恋之情的语句：“1878年6月8日访格罗夫纳画廊，脱离肉体，进入了灵魂世界”（Millgate，1984：124）。正如这些话语所表达的，前拉斐尔派艺术吸引、鼓舞了文学艺术工作者，引导他们用自己的方式将那些著名的前拉斐尔派画作重构，将其转化成反映各式文化与社会问题的叙述性意向。

哈代创作生涯的前期作品《绿荫下》（副标题：一幅荷兰乡村绘画）（*Under the Greenwood Tree：A Rural Painting*，1872）关注了小说与视觉艺术的关系。然后，评论家开始跟风。例如，《周六评论》（*The Saturday Review*，1872）写道：“作者创造了一系列充满生活气息与纯粹色彩的田园画面。”（Lerner，1968：19）一篇关于《远离尘嚣》的评论中，读者质疑该小说的逼真性，他们认为这部作品缺少“景色描写以及生活气息”，缺少“关注这些景色以及生活方式的人类的画面”（Lerner，1968：26）。《托马斯·哈代与他的读者们》（*Thomas Hardy and His Reader*，1868）一书在对《无名的裘德》的评论中探讨了哈代对自然与道德的描绘能力：显然，艺术家们已经将自己训练得能准确到位地观察自然，因此他们的作品才能够更生动、更深远地来报答道德精神。他们对于自然的观察越新鲜，越亲密，他们的精神作品就会越令人惊奇（Lerner，1968：142）。

第二节　绘画术语的应用

哈代可以说是一位绘景造境的大艺术家，在他的“威塞克斯系列”小说中，景物描写随处可见，均显得细致，准确，富于色彩和特征，既增强了作品的意蕴和深度，又使作品产生了绘画效果。在《德伯家的苔丝》这部作品中，色彩词既明显又丰富，且经常用到绘画术语。同时哈代更是时不时把小说中描绘的场景直接同名画家的画作进行对照和比较，用画作来比喻小说中文字想要表达的场面或者要达到的效果，这更是突出了小说浓厚的艺术韵味。

《德伯家的苔丝》的开篇，作者描绘苔丝的故乡。在苔丝眼里，它“就是整个的世界，谷里的居民就是世界上所有的人类”“这一片土壤肥沃、山峦屏嶂的村野地方，田地永远不黄，泉水永远不干……”（哈代，1984：21、57）哈代使用“中景”这一绘画术语，它指的是一幅画中介于背景和前景之间的那一部分。很明显，这是画家的视角，甚至可以说是画家对一幅画的分析。除此以外，这么短短十几个字中却含有极为丰富的色彩：“大气无颜无色”“篱路漫漫灰白”“浅绿色的草地”“深绿色的树篱”，“浓重蔚蓝”的山下的大气，远处的天边是“最深的群青”，这些丰富的色调，由淡逐渐变浓，铺开各种层次。哈代运用俯视的透视法，自上而下写出了从高岗上俯瞰布蕾谷的实景，使其具有鲜明的立体感，而且以柔和的色彩带给读者一种宁静祥和的艺术美感，令读者不禁想到，在这样群山环抱、幽静偏僻美丽如画的山谷中出生和成长起来的苔丝，拥有纯朴自然的美貌和善良敦厚的品性也就不足为奇了。哈代沉浸于对故乡强烈的乡土感情中，不仅仅是由于他喜欢那里如画的美景，更是由于他对熟悉和热爱的土地上的生活比别人看得更清楚。哈代描写乡间风景就像亲身经历过一样，不仅仅是被动参与，而且娴熟地运用了绘画中的光、色彩和气氛（Grundy，1979：50），这是英国著名的浪漫主义海景画家特纳的风格。

介绍苔丝姑娘时，哈代写道：“苔丝老是中间那一个——穿着一件毛布褂子，褂子原来的颜色都褪了，变成了无可形容的三级颜色了……”（哈代，1984：58）这里“三级颜色”也是一绘画术语：红、黄、蓝为一级颜色，由两种一级合成者为二级，由两种二级合成者为三级而来。令人惊讶的是，哈代对颜色的表述竟精确到如此地步，已不满足于简单地直接陈述物体的颜色了，而需要借助调色板上的专业术语才能表述清楚，足见哈代对物体色彩观察的细致入微。

哈代描绘苔丝第二次离家前往塔布篱奶牛场时写道：“这儿的世界，是按照一种更广阔显敞的图样描绘的”，“它们点缀在那一片青绿的草地上，密札札地和凡·阿思露或者沙雷尔的画上画的市民一样”（哈代，1984：156、157）。哈代直接使用“色调”“光线”“阴影”等绘画术语，更将意象中的风景与凡·阿思露（Van Alsloot，1590—1657）或者安东尼斯·沙雷尔（Anthonis Sallaert，1590—1658）的风景画相提并论，足见伊波利特·阿道尔夫·丹纳（Hippolyte Adolphe Taine，1828—1893）和法国浪漫主义画家欧根·德拉克洛瓦（Eugène Delacroix，1798—1863）所谓的“绘画侵入文学的领域”（德拉克洛瓦，2008：13）。虽然在德拉克洛瓦看来从绘画与文学中得到的满足是不一样的，绘画唤起的是一种特殊情感。小说中奶牛场是苔丝生活的另一个重要舞台，景色中色彩、光线、色调的变化突显了它的地理特征，表明了小说的发展方向。

苔丝和克莱一同在雨夜赶车送牛奶到火车站的路上，哈代写道：“她的脸本来是淡淡的玫瑰色，这一季里的阳光，却给它渲染了一层淡淡的褐色，现在叫雨点打得湿淋淋的，颜色更深了。”（哈代，1984：280）绘画术语“渲染”的使用恰到好处，真实地反映了苔丝的肤色在夏天的微妙变化。

小说中哈代不时会用画家的画作来作比较。前面所引的“凡·阿思露或者沙雷尔的画上画的市民”就是其一。此外，当克莱在婚后发现苔丝的旧事，心灰意懒，在回父亲的牧师公馆路上思索人生的意义时，哈代写道：“不过如今他心目中的人生，却不再像意大利的艺术里那种铺眉蒙眼的幽静甜美了，只是韦尔博物馆里那种瞪目直视、阴惨可怕的态度，只是范·毕尔画的那些睥睨而视的险诈面目了。”（哈代，1984：384）

这里，“意大利的艺术里那种铺眉蒙眼的幽静甜美”。意大利的画家，像拉斐尔·圣齐奥（Raphael Sanzio，1483—1520）、达·芬奇等多画《圣经》人物故事，如《佛利诺的圣母》（*The Madonna of Foligno*，1511）、《神圣家庭》（*The Holy Family*，1518）、《圣母与施洗者圣约翰》（*The Virgin and Child with Saint John the Baptist*，1507）等，极幽静甜美。哈代提到的“韦尔博物馆”是比利时画家安东阿·约瑟夫·韦尔茨（Antoine Joseph Wietz，1806—1865）的故居，他去世后改为韦尔博物馆。韦尔茨晚年的作品被评论者认为惨淡，不健全，没有美的本质。哈代借此十分形象生动地体现了克莱当时的心境：绝望，痛苦，而又无可奈何。

哈代在书中分析克莱抛弃苔丝的原因时，更是十分明显地运用了画家独特的构图法，他说："而且还有一层，遇到这种时候，近在眼前的人，总是处于不利的地位，因为他们的缺点都明显地呈露，好象一幅图画，有明无暗……"（哈代，1984：392）哈代用"人物""明暗""污点"等绘画术语来解读克莱当时的心境。他先单纯用文字解释了一番克莱为何会抛弃苔丝，说他虽然是位"有先进的思想，善良的用意，是最近二十五年以来这个时代里出产的典型人物。但是虽然他极力想要以独立的见解判断事物，而一旦事出非常，他却不知不觉地还是信从小的时候所受的训教，还是成见习俗的奴隶"（哈代，1984：392），然后用绘画作类比，更形象生动地进一步说明了克莱无法宽恕苔丝所犯的过错而对苔丝产生郁积于胸的深深偏见的根本原因。

在小说的尾声，当克莱和苔丝的妹妹丽莎·露手挽手走在大道上时，哈代再一次以画作喻："这一对人里面，一个是安玑·克莱，另一个是克莱的小姨子丽莎·露；只见她身材颀长，像正要开放的花蕾。……他们一言不发，手拉着手往前走，他们那样低头俯首的神气，跟昭托画的《二门徒》一样。"（哈代，1984：575）此处哈代用意大利文艺复兴时期著名画家乔托·迪·邦多纳（Giotto di Bondone，1267—1337）的画作《二门徒》（*Two Apostles*，1325—1337）（现藏于英国国家美术馆）（见图 1-1）比拟二人之俯首无言，更有深层的含蓄意义，以温屯寨及其教堂塔楼、塔尖等，还有圣·凯撒琳山为背景，颇使人联想到文艺复兴时期诸画家所绘之《耶稣受难图》（*The Crucifixion*，1470—1471）（见图 1-2）中之背景，于是温屯寨变为近代之耶路撒冷，而监狱则成为耶稣受难之骷髅地了。

图 1-1　《二门徒》

图 1-2　《耶稣受难图》

第三节　叙事中色彩、光线、透视的互动

众所周知，色彩是绘画表现形式的重要组成部分。大自然的色彩又是非常丰富的，不仅是画家，任何一个感情丰富、善于观察的人在观察自然界的客观对象时，都会于不同的情感支配下见到不同的色彩。而不同的色彩又可以引起人们不同的心理感应，如红、橙、黄等暖色能给人以热烈、兴奋、向上的感觉；绿、蓝、紫等冷色及灰、褐、黑等暗色则给人以清冷、低沉、孤寂、萧索的感觉，因而色彩是具有情感性和寓意性的。

色是光之子，光是色之母。根据光学知识，日光中含有各种色光，物体具有反射和吸收色光的功能，从而能呈现各种色相，并随着时间、空间的迁移而变化无穷。（吴甲丰，1989：115）简言之，就是光的照射在不同条件下会使物体产生色彩和明暗不同的变化，从而展现光与色的互动。哈代在《德伯家的苔丝》中的景物描写显然注意到并体现出了这种变化，展现给读者的则是一片片丰富多变、色彩斑斓的美丽景象。

苔丝第一次走进德伯家的宅第时，那红砖门房、青的蔓藤、深红的正房、柔和浅淡的景色、一丛石蜡红、飘渺清淡的蔚蓝景色（哈代，1984：60），这些不同的色彩融合在一起，呈现出来的俨然是一幅色彩鲜艳的风景画。它们构成了画中的和谐美：和谐的色彩、和谐的远近视角、和谐的浓淡，散发出沁人心脾的韵味和异乎寻常的光彩。在这里，自然界在艺术家的笔下不断得到重构，艺术家的所见通过手中的笔源源不断地涌向纸面，而“我们在艺术作品里发见为美的东西，并不是直接由眼睛，而是由想象力通过眼睛去发见其为美的。通过人为的或自然的符号就可以在我们的想象里重新唤起同实物一样的意象，所以每次也就一定可以重新产生同实物所产生的一样的快感，尽管快感的强度也许不同”（莱辛，2006：44）。

小说中哈代充分调动色彩、光线、线条这三大绘画艺术中的重要元素，使它们各司其职，又交互作用，完美地表达作品的主题。而在其所用的所有不同的绘画技巧中，出现得最多且最显著的是印象主义或印象派的绘画技巧。“印象”是印象主义画派的重要特色，哈代深刻地理解了它的含义和价值，在作品中运用得几乎炉火纯青。在谈论印象派的绘画时，我们的目光一定要聚拢到印象派绘画的关键词——“光”之上。《圣经》有云：上帝说要有光，于是就有了光。光在某种意义上就是印象主义的一切。

印象主义选择了光，这一选择具有非常重要的意义，因为这种选择是自觉的、批判性的。由于这种光在绘画史上的出现史无前例，因而它导致了风景画的根本性革命。“风景”不再是全景式的风景，自15世纪以来主宰风景画的透视法也被彻底动摇，所有的“风景”也失去了被过去那些画家们珍视的漂亮细节。笼罩在风景之上的大气也不再仅是灰色或银色，还是晶亮的、颤动的、五彩缤纷的。“印象主义想在画中产生这样一种方法，就是让对象打动我们的视觉，冲击我们的感官。印象主义让物体再现于这样一种氛围当中，使我们对之产生一种瞬时的感受，没有绝对的轮廓，物体相互之间由光线与空间来连接。为了表现这种光的笼罩，那就必须舍弃大地的颜色：赭石色及黑色，而只使用三棱分光镜分解出来的那七种颜色。”（李行远，2004：23）

当苔丝在黄色的亮光和蓝色暮霭中来到凋敝衰败了的市集村镇围场堡时，“那正是九月里傍晚的时候，天气很好，太阳刚要落，黄色的亮光和蓝色的暮霭，……苔丝就在这样光线暗淡的暮霭里，往前从从容容地走去”（哈代，1984：96）。无数“在空中乱舞的小飞虫”，极富动感地成为这幅光线昏暗的黄昏画的背景。在围场堡的舞会上，苔丝从外面的庭园看到：“从敞着的门里面冒出一股黄迷迷、亮晃晃的雾气，一直冒到门外的暗处。……苔丝走到门口，往里一瞧，看见一些模模糊糊的人影，按照跳舞的步调，一来一往地回旋”（哈代，1984：97）。再近些，一个青年吸引了苔丝的视线：“把草帽尽量往后脑勺子上扣，因而帽沿（檐）围在后脑勺子上，都看着好象是圣像头上的一圈祥光。”（哈代，1984：98）蓝色光影是印象派画家广为人知的特点之一，模糊的光影、隐约的人物和戴草帽的青年，几乎是印象派大师皮埃尔·奥古斯特·雷诺阿（Pierre-Auguste Renoir，1841—1919）《煎饼磨坊的舞会》（*Ball at the Pancake Mill*，1876）（见图1-3）的乡村版。这幅画的画面上没有任何明显清晰的线条，在那细碎含混的笔触中，一切都是互为渗透、交相掩映的。光与影的交响被更加活泼地表现出来，形成了一整章交响乐。阅读这些文字，仿佛就能听到声音——兴头十足的舞者的欢声笑语和嬉戏喧闹，像是凭借着光与影的交响传达了出来。

苔丝受德伯的诱惑而“陷淖沾泥”，从此以后她的身份，和她刚迈出父母家的门槛，到纯瑞脊的养鸡场去碰运气那时候的身份，这之间已有了一条深不可测的社会鸿沟。她的人生观也因为那一番教训完全改变了。这时，工匠刻下：

图 1-3 《煎饼磨坊的舞会》

你，犯，罪，的，惩，罚，正，眼，睁，睁，地，瞅，着，你。（《彼得后书》，第二章第三节）（哈代，1984：121）

那块古老的灰色垣墙，以一种不自然、不习惯的神情，开始把刚才涂在篱阶上同样火红的大字揭示出来，好象它作这种向来没人让它作过的事，有些感到痛苦似的。（哈代，1984：123）

由此可见，哈代的确是一位擅长着色的画家。他又一次运用色彩这一绘画手段，诠释了他的伦理道德观。那一抹鲜红充满宗教色彩的字迹，给读者以强烈的心理冲击。我们不免嗟叹，苔丝不由自主地就破坏了人类普遍接受的社会法律。色彩是绘画的基本要素，它在绘画中必须揭示主题，否则就失去了存在的意义；而效果最深刻、最真实的奥秘甚至连肉眼都看不见，它只能为心灵所感受。哈代在创作中感觉和运用色彩显然受到其主观情感的支配。

作为一位批判现实主义作家，哈代的作品总能给人一种真实感和可视性。《德伯家的苔丝》的真实感和可视性除了表现在前面我们说到的色彩描写外，还表现在哈代对光线明暗的描绘中。因为这种描绘同样惟妙惟肖，细腻逼真，丝毫不逊色于绘画大师在画布上的表现。

小说中的朝夕更替，四时光景的时间流转使人物活动的环境也随之呈现不同的面貌，光线明暗的不同就是其中一点。哈代用准确、细腻的文字为我们绘出了这种变化和差异。六月里黄昏时分，“照耀的亮光，大半是从西天上一片云翳上一个大洞穴那儿透出来的；它好像是残余的白昼，出于偶然而遗留下来，因为别的地方都是暮色四合了”（哈代，1984：186-187）。“九月里傍晚的时候，天气很好，太阳刚要落，黄色的亮光和蓝色的暮霭，正一丝一丝地互相斗争，大气自己本身，就成了一番异景”（哈代，1984：96）。稍晚一些时候，便会有“月光把一片闪烁的露水，映成一圈一圈半透明的亮光”（哈代，1984：105）。十月里则是“夕阳的光线，差不多和牧场平行，在一片大地上，散出一层象花粉似的光辉”（哈代，1984：292）。

苔丝与克莱订婚后相互陪伴在田间野外时，那儿的风景又呈现出另一番色彩。

光与色彩同时呈现在读者面前，作者将画家的表现对象表现成了文字，那么逼真。“一个画家如果根据汤姆逊的描绘作出一幅美的风景画来，他比起直接临摹自然的画家在成就上就还更大。后者看到他的蓝本自然就摆在面前，而前者却须用想象力把那蓝本想象为仿佛就在面前。后者凭生动的感官印象去创造出一件美的作品出来，而前者却凭一些人为的符号所产生的朦胧的苍白的表象。”（莱辛，2006：72）哈代就是一位胜过“直接临摹自然的画家”的“前者”。另外尤其值得一提的是“树荫和篱影下面”的“蓝色浓雾”，“蓝色”“花粉”“舞”“光辉”，这些完全就是印象派画家的技法。

在描写棱窟槐这片穷乡僻壤时，哈代为了再现景物的空间感，着力探索天空和地面的色彩关系，其间有种极度的对比效果，体现了他对于宽度和力度的感受力。哈代牵引着读者在句子的节奏和绵延中欣赏他以“线条”画成的“素描”，此时的他放弃了物象的多色性，借助素描语言——线条及透视将现实景象搬上画面。棱窟槐农场是一个极其艰苦和恶劣的环境，苔丝在那儿一无所有，她忍受着残酷的剥削和压迫，实际上进入了一个更加悲惨的境地。荒凉苦寒的环境考验着苔丝对爱情的忠贞，衬托出她坚强的意志。在辽阔的景色中，色彩和线条使这幅画表现出人类与自然共同的命运。

透视法在绘画上表现为画面上的高度、斜度、弯度和圆弧度，用以体现画面的深度和层次，从而使平面上的物象给人以立体感和空间感。透视法主要有俯视、平视、仰视三种。在《德伯家的苔丝》中，我们可以发现，哈代在运用文字描绘一幅风景画时，主要运用了平视和俯视这两种透视法，把从高处或地平线等处视线所能触及的地方，或以简练的手笔进行勾勒，或用细腻的工笔技法反复刻画，使人读之如身临其境；这些风景描绘中所呈现出来的强烈的立体感，与文森特·威廉·凡·高（Vincent Willem van Gogh，1853—1890）的画作，如《麦地与乌鸦》（*Wheatfield with Crows*，1890）（见图 1-4），有异曲同工之妙。

图 1-4 《麦地与乌鸦》

哈代把布蕾谷描写为“一片绿草为茵的平野……从东到西，一直伸展到眼睛看不见的地方”（哈代，1984：160）。这里用平视写出了布蕾谷的广阔无垠；写苔丝在塔布篱奶牛场做挤奶女工，于夏季一个黄昏听克莱弹琴时，也运用了平视，但却是从近处进行描写的。“苔丝现在站的地方……长满了富于汁液的牧草和花繁梗长的丛芜；……这些丛芜开的花儿，颜色或红或黄或紫，构成一幅彩图，灿烂得耀眼眩目，不亚于人工培养出来的花朵。她从这一片繁茂丛杂的幽花野草中间，象一只猫似的，轻轻悄悄地走了过去……”（哈代，1984：186）

除平视外，俯视也在《德伯家的苔丝》中屡被运用。例如，写苔丝初到塔布篱时“居高临下所看到的这一片风景……它的空气清新、爽利、飘渺、空灵。……和天上浮云的阴影一样地飘忽，它里面铺着石头子的浅滩，还一天到晚，对着青天喋喋不休。那儿水里长的花儿是睡莲，这儿长的却是水毛茛。”（哈代，1984：157）正所谓“欲穷千里目，更上一层楼”，视点高了，视野自然也就开阔了。

此外，哈代还把视点加以移动，把平视、俯视、仰视结合起来加以综合运用，使得描写动静相生。如哈代写道：“往西看去，只见由棘树作成、把那一块大片地界断开的树篱上面，树叶儿都脱光了，……往上看去，木星象一朵盛开的水仙似地悬在天上，它亮得差不多都能照出影子来。……远处有一只狗在那儿叫。”（哈代，1984：507）显然，这种由远处看到高处，再把目光转下移到远处的观察描写方法，不仅使文中景物显得多变，而且层次清楚，显现了作者对绘景状物的总体把握，仿佛哈代在用手指点他的精美画作给读者看。

第四节　肖像画与主题意境

哈代不仅是一位出色的风景画家，也是一位细致入微的人物肖像画家。小说人物的特性固然要依靠情节去诉之于读者的心灵，但必须用语言文字诉之于读者的感官。哈代的肖像描写显然成了其小说创作的一部分，他运用绘画艺术的重要元素——色彩、光线和线条等富于意义的表现手段，不遗余力地刻画人物的复杂性，使其笔下的人物栩栩如生，更具动感和活力。小说《德伯家的苔丝》注重人物外形与众不同的特征，特别精于局部细微处的摹写，而且随着时间和环境的变化，对人物外形予以不同侧面的动态式的呈现。我们知道，人的动态和手势与面部表情的变化同步。因而，"面部表情特征的把握及其微妙变化的刻画，要靠平时多观察，多速写记录""注意人在运动过程中重心的瞬息变化，是掌握运动规律，表现人的动态的艺术要素"（黄堃源、张文博，1984：48-49）。《德伯家的苔丝》对人物的脸及五官的"动作"和"神气"的描写达到了相当精细的程度。

苔丝的仪容是从全体女性里提炼出来的一个"典型仪容"，但是对这副"典型仪容"的塑造并不具有典型化的拼接组装性质。据统计，小说中对苔丝脸部的描写约有 52 处，所用的语汇极少重复，笔法细致。在刻画苔丝的过程中，哈代通过借鉴绘画艺术的技巧对人物的面部特征、情感变化、性格特征及悲剧命运的表现倾尽全力。在刻画苔丝面部的时候，哈代多利用色彩和线条的丰富内涵。

让我们来看看苔丝出场时的那一幕："她是一个姣好齐整的女孩子……不过她那两片娇艳生动的红嘴唇儿，……她头上扎着一根红带子，在一片白色的队伍里，能以这样引人注目的装饰自夸的，只有她一个人。"（哈代，1984：25-26）

此处色彩元素用于创造瞬间印象画面。红嘴唇儿、红发带在一片白色的衬托下是那么的夺目、鲜亮，是画面的点睛之笔。在众多不同的色调中，红色有着不易丧失的不可抗拒的光辉，它衬以白色能够表现出这是一个不谙世事的健康、美丽、纯洁的大自然的女儿，犹如田野、天空一样纯净质朴。此外，这里还处处以朴素简单的线条勾勒出苔丝童贞般的人物形象，她生活在充满田园情调的乡村，尚未经历生活的磨难。哈代如同一位画家，在把握色彩关系的前提下，深入对局部如眼、嘴唇、头发等进行描写，把表现人物的精神特征和生理特征有机地结合起来，加强了人像的深度，最后的效果是形神兼备、色彩生动、富有感染力。这一幅苔丝人物肖像精细简朴，具有某种令人倾倒、无法估量的活泼愉快的气质，半属空灵，半属朴实，简直无与伦比。在哈代的肖像描绘中，“肖像中所谓‘天然’与‘人工’之间的矛盾处理得如此和谐的了”（朱伯雄，2005：47），手法颇像18世纪著名的英国学派肖像画家托马斯·庚斯博罗（Thomas Gainsborough，1727—1788），“在肖像色彩上，这位画家表现得与英国的诗韵一样美，一样耐人寻味，因而使英国的绘画大大地推进了一步”（朱伯雄，2005：47）。

又如，在传统习俗的阴影之中，苔丝一时犯下的过错使自己成了无可挽回的堕落之人。哈代的观点却与社会偏见尖锐对立，他以绘色的笔触，仍然描绘了一个美丽、纯洁、高贵的苔丝。在塔布篱奶牛场时，克莱眼中的那个挤奶女工是纯洁的自然的女儿：

> 那时的太阳，恰巧对着挤奶那面，一直射到她那外着粉红长衫的形态上，射到她那白色带檐儿的便帽上，射到她那脸蛋儿的侧面，把她的白脸蛋儿和褐色的牛身子，衬托得非常清晰，非常明显，好象花纹凸起的玉石雕刻一般。（哈代，1984：227）

> 在他看来，她的脸太可爱了。……在那个红红的小嘴儿上，那上唇中部往上微微撅（噘）起的情态，就是心肠最冷的青年见了，也不由得要着迷，要发狂，要中魔。伊丽莎白时代，有一位诗人，拿“玫瑰含雪”，来比喻唇红齿白；他生平见过的女人，再没有象她那样，叫他不断地老想起那个比喻来的了。（哈代，1984：228）

绘画手段的运用使人物情感有了外在的宣泄，情感和色彩、线条相互交映、投射，获得难以名状的丰富内涵，进一步渲染烘托了人物的思想感情。这是一幅克莱坐在奶牛的身底下仔细欣赏的人物头像画。但对他而言，这不仅是一幅画，而且反映着的一切全都是实在的生气，实在的温暖，实在的血肉。好的肖像画通过色彩、光线和线条刻画人物。哈代以画家的眼光看他的人物的面部特征，他注意到直线、曲线、色彩，注意到其中能告诉人们的个性特征。

在塔布篱奶牛场的生活是苔丝短暂的一生中最为快乐幸福的一段，“而幸福，就是说精神与肉体的健康，无论在哪里出现总是美的”（丹纳，1996：389）。因此哈代花了更多的笔墨刻画这一时期的苔丝。在克莱从他父母家回到奶牛场的那个下午，苔丝正下楼，打着呵欠，睡眼惺忪，哈代写道：

> 日光从窗户眼儿斜着射了进来，射到克莱的脊背上，同时射到苔丝低垂的脸上，射到她那太阳穴的青筋上，射到她那露着的胳膊和脖子上，又深深射进她那又多又厚的头发里。她原是穿着衣服睡的，所以全身发暖，象在太阳地里晒过的猫一样。起初她不肯向他直视，但是待了一会儿，她就抬起头来，一直瞅着克莱，瞅的样子，大概就是夏娃第二次醒来瞅亚当的时候所应有的。克莱也一直瞧着她的瞳人（仁），尽量领略，只见瞳人（仁）深邃变幻，不可测度，射出千丝万缕或蓝或黑或灰或紫的色彩。（哈代，1984：257）

此处，印象派画家的敏感在起作用。借助日光这一绘画中常用的手段，苔丝的线条得到充分展示，就像从雷诺阿的画中走下来的女性，亲切恬静，散发着女性的光彩。同时光线的运用也极大地帮助了作者刻画人物情绪和感情的变化。

再如，哈代运用灯光细微的光线调节变化使主人公显示出不可思议的生动：

> 火车头上的灯光，在苔丝身上一闪，照见她一动不动，站在冬青下面。天真未凿的苔丝，露着圆圆的胳膊，脸和头发都叫雨打得湿淋淋的，象老老实实的豹趴着的样子，她身上穿的印花布长衫，说不上是什么时代的，什么样式的，头上戴的白布软帽低垂在额上：那时的她，跟那闪闪发光的火车轮子和汽机曲轴一对衬，天地间再也找不出更格格不入的情况来了。（哈代，1984：282）

苔丝在奶牛场当挤奶女工，虽然失去了田园般的生活，变成了靠出卖劳动力挣工资的工人，然而因爱情的滋润和对美好生活的向往，她又是幸福的。当色调明朗的时候，年轻、美貌、爱情和兴奋热烈的情绪会在她娇艳的面颊上，染出一片可爱的红晕。哈代对这一段生活中的苔丝的描写不惜笔墨，而且用色明朗，光线柔和，“画作”就像苔丝本人，十分甜蜜和柔美。接着，哈代又以粗壮的线条勾勒出苔丝的内心世界：“苔丝现在的生命之线，分分明明是两股儿扭成的，一股儿是绝对的快乐，一股儿是绝对的苦痛”（哈代，1984：266）。还用了极其丰富的笔墨描绘其肤色、神气的变化。所有这些变化都是苔丝的生活境遇、内心情感变化的一支晴雨表。

总之，哈代对苔丝容貌细致地刻画，从某种程度而言，正反映了西方对艺术和世界之间关系的理解。自文艺复兴以来，西方就一直强调艺术是对客观世界的模仿、再现。“模仿的方法和数学的逻辑，构成了西方绘画科学再现客观世界的形式主义的基础。”（王庆生，1991：140）尤其是文艺复兴时期的绘画要求令人信服地表现出真实三维空间中的人物形象，展现人物与众不同的个性。

哈代对克莱的第一次面部描写运用有详有略、有轻有重的素描方式，简略勾勒。克莱第一次出场时，哈代只是用略带说明性的口吻这样写道：“最小的老三，只凭外貌，还不大看得出来是个什么样的人；他的眼神、他的服装，都带着一种无拘无束，不郎不秀的神气，表示他对需要循规蹈矩、黾勉从事的职业，还没找到门径呢。”（哈代，1984：28）哈代以一个画家的眼力描绘了一幅肖像画，画中除了人物和表现人物的景色外，什么都没有。哈代的笔下，文学与绘画和谐渗透。他描写的是一种姿态，而不是一种身材；是一种表情，而不是准确细致的一个人像；他善于洞察人物的内心世界，通过眼神、神态把人物的性格特征表现了出来。

哈代对克莱在牛奶场的第二次描写，通过色调的层次、色彩的对比，达到了色彩的精致和细腻。细麻布围裙，青绒布夹克，浆硬了的白衬衫，灯芯呢短裤和皮裹腿，这些富于质感的衣物，使克莱这一艺术形象具有了真实感和生命力。透过这种外表往里看，我们可以看到一些散漫、受过教育、郁郁不乐、神秘难测和与众不同的神情，以及对未来的道路没有明确的目标。哈代所表现的既是自然的人，又是社会的人。哈代的艺术是强化对事物的表达，以使心灵和内涵生动再现。正如画家克里韦利和贝利尼崇尚的哥特式风格一样，表现完全通过线条来完成。哈代在他的小说中几次提到克里韦利（即文中的克锐维利），每一次都表示了自己对克里韦利艺术的欣赏。

克莱放弃了父兄的信仰，成为一位思想进步的青年，希望用自己所学的知识“为人类争荣，增光”。在奶牛场工作的经历而引发的态度改变，是他爱上苔丝的主要原因。然而苔丝却是那种克莱的家人从没想到过，也从没预料过克莱会娶的女孩子。促使克莱在后来拒绝接受苔丝的并不是他内心自然的情感，而是他从小所在的家庭环境给他留下的残余的偏见。克莱所面临的困境堪称哈代所有小说中最具悲剧意味的两难窘况之一。（Merryn，2005：

97）在思想上一个人想要超越他所处的时代并不是一件容易的事，无论如何这在维多利亚时期的英格兰肯定是十分困难的。那时，在个人所遭受的冲击下，即使是最真挚的信念也有可能崩溃。苔丝告诉了克莱她的过去，即使克莱心里清楚苔丝和他自己一样纯洁，但他还是抛弃了她，并且残酷而不无势利地称她为“不懂事儿的乡下女人”。更糟糕的是，他使得苔丝以为他已经永远离开她，不要她了。而苔丝在最后的绝望和极度贫困的双重压迫下，不得已回到先前诱奸她的德伯身边。在小说的尾声，苔丝被施以绞刑后，克莱也同样被折磨得痛苦不堪，“只是一个黄瘦的骷髅了”，注定要被内心的负罪感萦绕终生。文学与绘画都讲究意境的创造。真实而具体的空间景物与作者的主观情感相融合，意境便油然而生。在《德伯家的苔丝》中，细节中运用绘画艺术进行描绘起着烘托主题、创造意境的作用。正所谓“一切景语皆情语”，绘画艺术在《德伯家的苔丝》细节描写中的直接或间接的运用，对这部作品的人物刻画、气氛的烘托、主题的阐发，以及读者的心理都产生着重要的影响，真实而富于感染力地展现了女主角苔丝短暂一生中的恋爱、婚姻悲剧，使读者对这一出人生奋斗的悲剧感同身受，唏嘘不已。

在新婚之夜，苔丝与克莱两人坐在壁炉旁，看着炉火，互相忏悔时：“现在残火没有火焰了，但是它所发出来的稳定光辉，却把壁炉的两侧，亮晶晶的火架，和那两股合不到一块儿的旧铜火钳，都一齐染了一层通红的颜色。”（哈代，1984：334）这里光与色的交织使人想到了印象派画家中最大胆和最有独创性的克劳德·莫奈（Claude Monet，1840—1926）。就像莫奈，哈代在捕捉瞬间的光的效果方面取得了惊人的成功。他那诗人的气质和对色彩的激情已开始占上风。对光和色彩的感受在这幅“画”中成为突出强调的东西。他把紧凑的色点交织在一起，产生了颤动的效果，使“画面”的表面结构变得厚重起来，从而达到独特的色彩的协调。运用这样的笔触，达到了色彩更加闪亮的效果。色调具有表现力，在绘画中可以用来创造画面效果。暖色调具有刺激、浓厚、固定、厚重、近等特点，恰如其分地表现了苔丝的心理，她激动、迫切、压抑、焦急、忐忑不安，还有生命的脉搏在跳动。“他们的手还是互相紧握。炉栅底下的灰，叫炉火从上往下映照，显得好象一片毒热的荒野。煤火的红焰，照到他们两个的脸上和手上，透进了她额上松散的头发，把她发下的细皮嫩肉映得通红。这种红焰，让人想起来，觉得仿佛末日审判的时候那样阴森吓人。她的身子，映成一个大黑影，射到墙上和天花板上。她向前弯腰的时候，脖子上的钻石都跟着闪烁了一下，好象毒蛤蟆的眼睛那样不怀好意。”（哈代，1984：337-338）依然是暖色调，依然是煤火的红焰，却更加厚重，更加阴暗。哈代利用光、色彩为手段，让物体发生了奇妙的变化，“炉火”好像“一片毒热的荒野”，“红焰”仿佛“末日审判的时候那样阴森吓人”，脖子上闪烁的钻石好像“毒蛤蟆的眼睛那样不怀好意”。这一切分明预示着苔丝又一次厄运的降临，既渲染了气氛，又让读者产生丰富的联想，造成了悬念。

此外，哈代对苔丝被捕细节的描写似乎受到威尼斯画派贝利尼的绘画作品《花园里的痛苦》（*The Agony in the Garden*，1456—1459）（见图 1-5）的影响，极为重视光和色彩的表现。不同的是苔丝睡着了，克莱和追捕者在观望。但两者同是描述黎明前的神秘时刻。小说中，苔丝躺在象征异教的巨石阵石头祭台上，而在《花园中的痛苦》中，耶稣跪在花园的岩石中间。

图 1-5　《花园里的痛苦》

哈代这样写道：“那时候，东北远处的天边上，已经有一道白光，在双柱之间可以看见。”（哈代，1984：572）“那时候，东方天边上一道银灰的白光，使得大平原离得远的那些部分，都显得昏沉黑暗，好象就在跟前；而广大景物的全体，却露出一种嗫嚅不言、趔趄不前的神情，这是曙光就要来临的光景。”（哈代，1984：573）

贝利尼的画中，远处的地平线是粉色的，带着第一缕黎明的红晕，金色的光已触及基督及其睡着的门徒的脚，罗马士兵们穿过的平原正如哈代所描绘的，仍然是“一团阴影”。尽管贝利尼的情景以红色和金色为主，而哈代的描绘以银色和灰色为主，但光的作用都同样服务于提高，同时又缓和故事情节的戏剧性，从而表现一种平静的悲哀，达到协调统一，揭示了哈代对于苔丝成为牺牲品的宗教理解。

《德伯家的苔丝》所呈现出来的绘画效果，是作者用饱蘸感情之笔对熟悉的故乡村镇加以艺术性的描绘和刻画的结果，也是情感与景物有机统一的结果。哈代无论在能力上还是行为上都是早熟的。几乎在学会走路之前他就能识字了，并且在很小的年纪就能熟练演奏小提琴。他的音乐天赋来自他的父亲，然而他对文字的热爱则来自他的母亲。哈代本人在给友人的一封信里写道，他的母亲是“一位极其热爱文学的女子，读书差一点就把她的眼睛给弄瞎了”。她给小哈代买了所有买得起的书，从约翰·德莱顿（John Dryden，1631—1700）翻译的史诗《维吉尔》（*Virgil*，1698），到约翰·班扬（John Bunyan，1628—1688）的《天路历程》（*The Pilgrim's Progress*，1678）。（Merryn，2005：7）哈代也曾有过一段学习建筑的生活。1856 年，哈代 16 岁，跟从建筑师希克斯学习建筑学，从那时起到开始写小说时（1867 年）止，哈代专攻建筑，兼习绘画。1882 年，哈代去凡尔赛研究卢浮宫的绘画。1890 年哈代 50 岁时，仍然忙于观画。哈代从未忘记早年所接受的训练。当他已是一个白发苍苍的老人时，人们还能注意到他一下子就可以抓住一幢建筑的所有细节特征。（Merryn，2005：23）他从事的建筑工作，以及对建筑艺术的兴趣，也是深刻影响他未来创作艺术风格的重要因素。而音乐和建筑作为艺术的两个重要部分，无一不与绘画艺术息息相通。

哈代通过有限的文字媒介成为一名“善变”的画家，源于他对艺术的宽容：他可以吸收他所欣赏的任何一位画家或流派的风格。他具备必要的绘画知识：他在伦敦建筑事务所的老板阿瑟·布鲁姆菲尔德（Arthur Blomfield，1829—1899）就是位优秀的水彩画家。哈代还无数次地参观过国内外画家的画廊和画展，还定期到在伦敦举办的万国博览会的艺术画廊，欣赏英国皇家学院最优秀的作品及意大利、法国、德国、荷兰等国的名画。在写作并完成《德伯家的苔丝》之前，哈代曾有机会在伦敦和巴黎扩展他对于印象画派的认识。1888 年，他参观了巴黎艺术沙龙，接受了其中一些艺术家的作品，意识到与他的作品的联系：他认为印象派绘画对于文学比对于其他艺术更具有暗示性。在《德伯家的苔丝》“第五版及后出各版序言”中，哈代阐明了自己的观点，“让我重说一遍好了：一部小说，只是一种印象，不是一篇辩论”，“这部书的本意，既不想教训人，也不想攻击人，而只想在描叙的部分，简单朴素地把意思表达出来，在思考的部分，多写进去一些印象，少写进去一些主见”（哈代，1984：4）。这些都印证了他对印象画派的了解和研究。

哈代非常热爱大自然，他对大自然有着自己细腻、独特、敏锐的感受——

一种美的、诗意的，甚至是神秘的、恐惧的感受，因为这位天才的画家能够用自己无限热情的真挚情感，用绘画的手法和细腻的表达，为我们描绘出一幅幅或是明快、淳朴的乡村图画，或是凄惨、暗淡的生活画面，从而构成了其小说的深远意境，并使其拥有了独特的艺术魅力。这种诗情画意的实现，正像莱辛在《拉奥孔》中所说的一样："诗人在把他的对象写得生动如在眼前，使我们意识到这对象比意识到他的语言文字还更清楚时，他所下的每一笔和许多笔的组合，都是具有画意的，都是一幅图画，因为它能使我们产生一种逼真的幻觉，在程度上接近于物质的图画特别能产生的那种逼真的幻觉，也就是观照物质的图画时所最容易地最快地引起来的那种逼真的幻觉。"（莱辛，2006：87-88）哈代首先是一位极具天赋的优秀画家，而后才成为同样伟大的著名小说家和诗人。正是由于哈代早年受到的艺术熏陶，才成就了《德伯家的苔丝》这样一部具有深厚诗画艺术底蕴和不朽艺术魅力的世界文学传世之作。

第二章

艾略特《丹尼尔·德龙达》中的肖像叙述

肖像画是一种带有一定道德寓意的绘画。其重要功能就是通过夸张的外形描绘再现理想化的主体。《丹尼尔·德龙达》（*Daniel Deronda*，1876）这部深切关注现实中呈现理想的小说尤为突出。艾略特肖像叙述在理想化主体的同时，讽刺性地使其逆转，指出其缺陷。小说的英式肖像画传统彰显其国民性，意式画风力显犹太人之宽容和高贵品质，以昭示民族差异。小说在现实主义的平铺直叙和理想主义英雄史诗般的肖像叙述交错中，昭示跌宕起伏的人生命运、锲而不舍的人生志向，憧憬未来的社会理想。

自从弗兰克·雷蒙·利维斯（Frank Raymond Leavis，1895—1978）在《伟大的传统》（*The Great Tradition*，1960）里重新谈到小说《丹尼尔·德龙达》中英国人和犹太人，并认为没有哪一部作品像《丹尼尔·德龙达》那样，把其长处和短处结合得那样显眼或者那样的不幸（利维斯，2002：137），其同时存在性和难以协调性引发了评论界对该小说的激烈讨论。有些评论家把小说中这两类人的共存视为悖论，有些则认为，两者的不一致性是有意而为，亦在情理之中，还有一些将其称为有名无实（Gottfried，1972：164-175）。但关于小说双重情节的众多解释中，这两类人分别包含的独特肖像叙事方式却无人问津。肖像叙事是一种形式描述，即任何给予读者有关小说人物具体外表、道德和心理分析之综合视觉印象的形式叙事（Shesgreen，1972：10-44）。在此，我们取其形式描述狭义性，旨在清晰地再现小说中作者如何唤起可视图像或绘画流派。英国现实主义小说家艾略特经常以肖像画传统刻画英式人物，表达英国的民族性格，凸显 18 世纪英国绘画传统俗气做作的风格；以意大利，尤其是威尼斯画作的方式描述犹太人角色，赋予其视觉上的威望，使其在英国人的眼里变得有尊严。这两大画派风格上的差异，通过呈现问题，反映出所描写种族的道德差别。小说希冀说服英国读者容忍、尊敬、接纳有着明显非新教徒宗教传统的地中海犹太人。本章试图关注肖像叙述的独特视觉隐喻，利用可辨图像和肖像传统，说明小说《丹尼尔·德龙达》现实主义叙述性与思想性的统一。

第一节 全家福与阳刚女子

《丹尼尔·德龙达》以英国第二次议会改革法案 （1865—1866 年）为背景，以此建立雨果·马蔺格和其社交圈人士与改革前的贵族的身份联系。小说中马蔺格家族的全家福从伊丽莎白时代延续到乔治四世时期，反映了英国人物肖像画标准。马蔺格家族两代人物肖像画直接或间接地体现出女性充满阳刚之气，而男性却气质阴柔。私生子德龙达便是例证。身着黑色天鹅绒和肥臀裤的阴郁男子，手牵男孩的惊恐妇人，戴着精美假发的微笑政客，玫瑰花苞式红润的嘴唇与深色眼帘的高傲小姐。第一代人物肖像画出自荷兰画家彼得·莱利（Peter Lely，1618—1680）之手；第二代人物的脸以英国肖像画家戈弗雷·内勒（Godfrey Kneller，1646—1723）的审美加以美化修正；约书亚·雷诺兹（Joshua Reynolds，1723—1792）和英国肖像画家乔治·罗姆尼（George Romney，1734—1802）时期，诸如此类的精致家庭画像传统延续到雨果先生和他弟弟亨雷时才画上了句号。在雨果先生的早年画像中，托马斯·劳伦斯（Thomas Lawrence，1769—1830）充分展现了其惬意的神态，乐观的性格。但劳伦斯还是做了一些超乎真实的修改，如略微加长了鼻子的尺寸。小说尾声，雨果先生试图放大全家福，建议梅里克放弃历史画转至社会肖像画，就是由雨果先生的一幅“三个女儿坐在岸边……以庚斯博罗的风格”的画开始的（Eliot，2003：137）。

马蔺格家族的全家福映射出开业于 1857 年的国家肖像馆里的收藏品。该画廊的负责人是乔治·亨利·刘易斯（George Henry Lewes，1817—1878）的家族朋友乔治·莎孚（George Scharf，1788—1860）。美国耶鲁大学的教授，传记作家戈登·谢尔曼·海特（Gorden Sherman Haight，1901—1985）编撰的 9 卷本艾略特书信集中详细记录了艾略特的生活轶事。如第 7 卷中提到，艾略特于 1862 年早期遇见莎孚，并且同年春季展览之旅，参观了该国家肖像馆（Haight，1954—1955：7：13）。艾略特还在书信中谈道：能够看到过去的英国人以他们的习惯生活着是多么有意义的事，特别是画家为庚斯博罗和约书亚先生，但即使是内勒也间或地令她感到开心，内乐让她看到一幅精美构思、细致绘制的肖像画。一幅令人难忘的牛顿肖像画就出自他手。（Haight，1954—1955：4：362）早在撰写《丹尼尔·德龙达》之前的20年，艾略特就对历史肖像画产生浓厚兴趣，还发现了那段时期公共展览的用武之地。

《丹尼尔·德龙达》中，英式肖像画传统不仅刻画了马蔺格一家，也刻画了被视为传统美女的英国女主人公格温多伦。小说还再现了她渴望成为贵族的社交志向，如她嫁入马蔺格家族后，梅里克就将她称为如同凡·戴克画般的美丽公爵夫人（Eliot，2003：21）。艾略特非常巧妙地利用维多利亚小说中的陈腐情节赞美女主人公，将其塑造为自我欣赏者。格温多伦的自我欣赏经常通过虚构的自画像方式呈现，如小说开头写道：偶然地侧着身子坐在她两扇窗子间的长条镜前，她转过看着自己，将胳膊肘倚在椅背上，摆出一副可被用作自画像的姿势。虚构自画像就像是一面镜子，映射出传统的虚荣图像。例如，大卫·派博（David Piper，1918—1990）在其著作《英国人的脸》（*The English Face*，1957）中写道：谦逊的确与虚荣——画像的主要动力相对立。（Piper，1957：139）《丹尼尔·德龙达》中的叙述者总会让读者欣赏摆着高雅姿势的格温多伦，而读者的反应总被外围认识所限定，即一种格温多伦欣赏的姿势：……清透的午后光线里，她优美体形的完美的确令人挪不开眼。她是那幅优美图像的主体，所有在场的人都必将凝视着她。那样就足够了，她的眼里铁定没有任何一个特别的人。（Eliot，2003：87）

格温多伦对于自身持续的审美意识篡夺了叙述者的审美。绘画叙事被该角色内在化，与形体叙述一样，它成了心理叙述的一种技巧。格温多伦虚构自画像里其最中意的姿势都源于凡·戴克式的社会寓意肖像画。17世纪和18世纪，一种时兴的做法是将坐着的人描绘成服饰华丽、姿势优雅的理想人物，而用以衬托的背景往往能令人联想起早期艺术著作中英雄式、神秘宗教式人物（Praz，1970：7），即通过隐射经典雕塑中的形式和姿势，通过模仿英雄史迹和绘画艺术中的神话，通过创造图形艺术中令人回想图标和图像的寓意式的人格化（Hugstrum，1958：144），彰显小说人物的社会历史寓意。当安东尼·凡·戴克（Anthony van Dyck，1599—1641）将他的绘画风格由热那亚人的宗教作品转化为社会肖像画时，这一技巧在英国得到了大力推广（Praz，1970：97）。这些画都暗含历史画和虚构图像的主体，因此有时被称作“想象肖像画”（Tinker，1939：14）。

《丹尼尔·德龙达》中，与格温多伦关联最显著的正是“想象肖像画”：在布拉肯夏公园举行的射箭大会上，穿着射箭礼服一边跳舞，一边甩掉夹克就是时尚；白色山羊绒和淡绿色的边儿将她的体形衬托到极点，脖子上细细的金项链和胸前的那颗黄金五角星是她仅有的饰品，柔顺的长发盘成大皇冠的形状，在她眉毛的上方形成清晰的线条。约书亚先生相当乐意为她画上一幅画像。（Eliot，2003：94）

显然，18 世纪著名的肖像画家约书亚要是还活着，就会将哈利斯小姐的画像命名为“戴安娜”。早在小说第十章的类似场景中，作者就曾把格温多伦比作叛逆女神卡吕普索（Calypso）。其姿势让所有人都不得不认同她的无尽魅力（Eliot，2003：82）。然而，最令人难忘的是格温多伦模仿赫敏和圣·塞西莉亚的姿势。这一雕塑般的姿势经常会被希顿斯夫人和其他一些 18 世纪的女演员在《冬天的童话》中借用：“高约 6 英尺的赫敏……靠着用手支着枕头的姿势展现她的玉足和光滑的脚背。”（Eliot，2003：48）著名德裔英国艺术史学家埃德加·温德（Edgar Wind，1900—1971）在关于英国 18 世纪英雄肖像画的经典论文中再现了希顿斯夫人和法恩小姐装扮赫敏——摆着精确的姿势，昭示其传承于缪斯女神的经典表演。而且模仿该姿势已成为 18 世纪扮演雕塑场景的所有女演员的一条既定规则。格温多伦就是模仿扮成赫敏的希顿斯夫人画像中的姿势。

格温多伦扮演的赫敏主要是为穿着希腊礼服的她能摆出“雕塑般的姿势”而设计。此预期效果完美体现了罗斯金的主张，“现代‘理想’的高雅艺术是一种令人惊奇的，将优雅和保留在画室中带有一种特定正统的感觉性的混合物”（约翰·罗斯金，2005：61）。但格温多伦的表情受到突然显现的死者之脸和飞奔而去的身影等一系列幻象的影响，而非呈现出《冬天的童话》结尾处喜剧般容光焕发的面色。就此，格温多伦无意中带上了悲剧色彩。她如雕塑般站着，展现出令人恐惧的惊慌神色，恐惧之神进入其内（Eliot，2003：48）。

如意美人格温多伦变成了相学的研究对象、恐怖之神的优美化身。恐惧是亚里士多德式悲剧的两种强烈感情中的一种。小说第一章，母女俩卧室的对话叙述所展现的虚构肖像画风格让读者体悟到更合乎格温多伦品位的是约书亚的《如同圣·塞西莉亚的谢莉登夫人》（*Mrs. Sheridan as Saint Cecilia*，1775）（见图 2-1）和内乐的《如同圣·塞西莉亚的伊莉莎白·克伦威尔女士》（*Lady Elizabeth Cromwell as Saint Cecilia*，1703）（见图 2-2）中的圣·塞西莉亚的姿势。格温多伦渴望的贵族生活再次以 18 世纪的风流韵事呈现。肖像画圣·塞西莉亚的姿态已成为教皇讽刺作品《道德论》（*Moral Essay*，1735）中“女人的特征”之主题而广为人知。

图 2-1　《如同圣·塞西莉亚的谢莉登夫人》

图 2-2　《如同圣·塞西莉亚的伊莉莎白·克伦威尔女士》

温德提出寓言式肖像画反映了人类的英雄观念，但艾略特在这些肖像画中看到了上流社会做作、愚蠢的叙事。事实上，就维多利亚中产阶级而言，华丽肖像画已概括了乔治三世、四世时期上流社会中的花花公子。罗斯金写道：这些作品把漂亮的孩子画成了小天使，把美丽的妇女画成玛利亚和埃及的马丽斯或者把高雅的圣人刻画成庇护者。但更多的是直接恭维，通过再次采用异教神话把娇弱的女士画成女神或美惠女神，对愚蠢的国王加以无比神化。（Moore，1967：336）

就艾略特而言，格温多伦希望看到的自画像并没有真正表现理想化主体。画像主体为了满足虚荣心，歪曲了事实。雨果先生建议梅里克绘制肖像画是因为他认为画家有少量真实的，大量虚假的技能。画家的理想主义对上帝、女神和英雄传说毫无益处，但却可以作为恭维，卖个好价钱。梅里克对此表示反对，其肖像画真实性有更高的标准。或许他以汉斯·荷尔拜因（Hans Holbein，1497—1543）命名的事实得以印证（Eliot，2003：149）。

第二节　宽容与崇高的双重性格

《丹尼尔·德龙达》中，早期德国画派并非唯一与英国画派对比的画派。艾略特对荷兰风俗画情有独钟，荷兰人历史上以对犹太人宽容而闻名，荷兰艺术成了再现《丹尼尔·德龙达》这部小说中犹太人的主要载体。最伟大的先辈非伦勃朗·哈尔曼松·凡·莱因（Rembrandt Harmenszoon van Rijn，1606—1669）莫属。罗斯金提到伦勃朗对犹太人独特的性格很感兴趣，也提及艾略特了解过一些伦勃朗的犹太人肖像画。刘易斯给《丹尼尔·德龙达》出版商的一封信中说：对犹太人的戏剧性叙述以伦勃朗画派作为背景，而且小说本身对末底改的文学叙事也以伦勃朗的绘画为原型。第一眼看到末底改，就能发现伦勃朗式的明暗法也体现在对末底改脸部的描写中。（Davis，1972：210-237）“深邃，出神地凝视着远方，有着焦黄苍白的脸，在看到昏暗的落后的商店后如释重负”（Eliot，2003：319）。之后，梅里克绘画时叙述道：他们的先知是位非凡的模特，是比伦勃朗的拉比更好的模特。人们无从了解梅里克脑海中的拉比具体指伦勃朗所谓拉比中的哪一个，或许是 1844 年收藏在英国国家美术馆的那幅，标题为《一个犹太拉比》（*A Jewish Rabbi*，1814）中的拉比。写到末底改：“他经常戴一顶布帽，周围有一圈黑皮。没有哪一个画家会让他摘下这顶帽子。”伦勃朗模特的这顶奇特帽子或许给艾略特留下了深刻的印象。“当他从对荷兰和波西米亚的犹太人的记忆以及唤起他记忆的那些画作中想象着他的救星时，末底改可能想到了伦勃朗。”（Eliot，2003：392、393）

然而，把“伦勃朗的犹太画像”说成是艾略特《丹尼尔·德龙达》中对犹太人处理的“真正原型”则略显夸张。除了末底改，小说中并无其他重要人物与伦勃朗的肖像画有关。艾略特对荷兰风俗画精挑细选，无疑想使犹太角色理想化，以避免读者预设荷兰画派的局限性，即荷兰风俗画的主题是“对普通事物的如实表现”。荷兰画派几乎不描绘先知、美丽女性和英雄人物。与《亚当·比德》（*Adam Bede*，1859）不同，《丹尼尔·德龙达》大胆启用再现先知、女神的非凡体验，源于当时人们对荷兰风俗画的偏见：荷兰风俗画缺乏崇高性。

相反，艾略特推崇意大利，特别是威尼斯画派，极力把犹太人与意大利人联系起来，以至于《丹尼尔·德龙达》的英国读者们常常把习惯性对待意大利人的宽容和尊敬态度在潜意识中迁移于犹太人。后者把习惯性对待意大利人的宽容和尊敬态度在潜意识中迁移于犹太人。小说第二十九章中，艾略特向信奉新教的读者谈道：你已经学会欣赏意大利人了，尽管他们的种族、宗教和文化不同；你也可以以同样的方式尝试欣赏犹太人。这两个民族都起源于地中海，都有异于新教的宗教传统。你赞赏的意大利文艺复兴的画作体现了希伯来圣经的很多理念。与意大利人的联结不但影响了重要角色，还影响了次要角色。例如，法兰克福犹太教堂中的老人，满面白须与帽子形成精致的侧面轮廓，相得益彰。这很可能是意大利人，也可能是希伯来人。犹太钢琴家克莱兹梅尔则身披宽松外套，头戴一顶佛罗伦萨四角帽，站在达·芬奇旁边再合适不过（Andrews，1964：75-76）。甚至米拉·科恩，也在梅里克的提图斯和贝蕾妮斯系列中与罗马人相连，她将成为未来罗马皇帝情人的典范。接着梅里克解释，这一系列最初是由“在特拉斯提费列地区的一个非常显赫的妇女”提出的，“那里最高贵的女人都有一半犹太人血统”，“她使我开始寻找犹太女性在罗马的良好处境”（Eliot，2003：380）。犹太人和罗马人的身份认同之融合昭示了贝蕾妮斯、特拉斯和米拉的联结。米拉被想象成一块“浮雕玛瑙”“一幅完美的浮雕”，而非历史画中的女英雄，其明亮的脸庞映衬黝黑的背景。这种肖像叙事形式也与意大利画派有关。如英国学者西里尔·达文波特（Cyril Davenport，1848—1941）所说：后期意大利艺术家特别专注于浮雕剪贴。最后，德龙达在热那亚了解到自己的犹太血统，其脸并不比我们看到的很多称为拉丁族的人更具东方特色(Eliot，2003：411)。针对此事，格温多伦的母亲说得更简洁：“他让我想起意大利绘画。”德龙达很明显不属于英国画派。格温多伦注意到“比起雨果爵士在底普楼的蜡笔画像上的脸，几乎没有哪张脸更像德龙达了”（Eliot，2003：274）。

《丹尼尔·德龙达》中再现的意大利绘画地域性流派中，最突出的便是威尼斯画派，前拉斐尔派发展之后的 19 世纪 60 年代和 70 年代，威尼斯画派重新在英格兰获得威望。在《现代画家》最后一卷，罗斯金重新评价了威尼斯画派，得出结论：“威尼斯人的思想，特别是提香的思想的中心在于他们是完全的现实主义者，他们显得非常通俗，并且大众化……从作品力里的根源、作品的方式来看，从信仰、广度、判断来看，我发现威尼斯的思想是最完美的。”（约翰·罗斯金，2005：269-270）罗斯金把威尼斯文艺复兴的肖像画与现代英国肖像画进行了对比，该方式与艾略特在《丹尼尔·德龙达》中对这两种流派的处理如出一辙。罗斯金认为，消除脸部虚伪是通往高贵的第一步，也是肖像绘画的重要目的和原则。从意大利威尼斯画派那里可以追溯肖像画的真实性和崇高性，这就像在肖像画上的盔甲并不能构成勇士，丝绸也并不能代表贵妇。

就罗斯金而言，其 1600 年后的画作比早先作品体现出更纯粹的宗教精神，且威尼斯画派是“意大利最后有信仰的画派”。因此，威尼斯画派十分合乎《丹尼尔·德龙达》中的犹太人物，他们与其古老的宗教信仰保持了一种至关重要的联系。而虚荣世俗的现代画派则契合小说中的英国人形象。在将现代肖像画冠以虚荣艺术时，罗斯金预见了艾略特对格温多伦的叙述。

维多利亚时期，威尼斯人最擅长色彩的使用。《威尼斯之石》一书中，罗斯金谈到威尼斯色彩所体现的强有力的精神，在提香·韦切利奥（Tiziano Vecelli，c.1488—1576）的作品中展现得淋漓尽致，罗斯金还认为纯粹的色彩与深刻的思想之间总是存在着一种联系。《丹尼尔·德龙达》中写到德龙达去以斯拉·科恩的家中时，艾略特就利用了威尼斯绘画中的纯色：

> 当她把德龙达带入位于商店后面的房间时，他被眼前美丽的场景惊呆了……天花板和墙像被烟熏过，周围的环境都是深色的，足以把身着鲜艳色彩的人物烘托出来。（Eliot，2003：326）

在德龙达看来，威尼斯色彩在群像上的光环使这个伦敦犹太家庭显得更为崇高。当然，读者眼中也会有同样的效果。在艾略特眼中，威尼斯画作多彩的风格无疑更富有异国情调，更具“东方色彩”。因此，小说中的犹太人比其他意大利学派的线型风格更适合艾略特。

第三节　理想与现实的兼容并蓄

《丹尼尔·德龙达》中，如果约书亚在英国人的肖像画上占主导地位，那么提香则在犹太人肖像画中占优势。简·哈格斯特鲁姆（Jean Hagstrum，1913—1995）说：人们总是能指望英国文人对提香的赞誉。某种意义上，《丹尼尔·德龙达》的创作受到提香的收藏于威尼斯圣罗科学院的《天使报喜》（*The Annunciation*，1575）的启发。这幅画给艾略特提供了“充满戏剧性的主题”，她先后在《西班牙吉普赛人》（*The Spanish Gypsy*，1868）和《丹尼尔·德龙达》中阐释了该主题。“这幅小小的提香画作中”，年轻人被选中去履行伟大的使命，是前述的世袭身份的结果。这便是詹姆斯所说的《丹尼尔·德龙达》的萌芽，提香对犹太人“主题”的处理是最重要的来源。

因此，艾略特作品中主人公的肖像叙述主要源于提香的以下两幅画作就不足为奇了。小说前半部，德龙达接受犹太复国主义者的使命之前，艾略特将他与存放在卢浮宫的肖像画《戴手套的年轻人》（*The Young Man with a Glove*，1520）（见图 2-3）联系在一起。小说后半部，在其命运被揭示之后，艾略特又将德龙达与在德累斯顿的宗教画《贡金》（*The Tribute money*，1516）（见图 2-4）联系在一起。人物叙述之改变表征了德龙达从一个没有目标的上流社会人士转变为有宗教信仰和使命感人士的过程。该过程与亨雷的人生截然不同，尽管后者最初的肖像叙述与德龙达如出一辙，但并没有达到更高的境界。《戴手套的年轻人》在第十七章，即德龙达在泰晤士河上划船时出现：他的双手并非女性般柔弱、纤细，而是修长灵活、孔武有力，呈现了提香画作中特有的精细，以及与力量的完美结合。小说人物与画中人物还有其他相似之处，如棕褐色的手、直立的眉毛、平静而具有洞察力的双眼（Eliot，2003：153）。

图 2-3 《戴手套的年轻人》

图 2-4 《贡金》

艾略特对德龙达最初的描述与第二十八章中对格兰考的描写十分相似。对那双苍白精细而又修长的双手来说，铺着红棕色天鹅绒锦缎的椅子作为背景恰到好处：略去雪茄，你可能会想象这是一幅莫罗尼的肖像画，将这种无法看透的凝视和与生俱来的独特完美呈现出来。

意大利文艺复兴画家乔凡尼·巴蒂斯塔·莫罗尼（Giovanni Battista Moroni，1524—1578）的肖像画受到了威尼斯画派的影响。19 世纪 60 年代与 70 年代，他的许多作品被英国国家美术馆和南肯辛顿博物馆购入。尽管艾略特脑海中可能并没有一幅特定的画，但莫罗尼最早被英国国家美术馆购得的名作《裁缝》（*The Tailor*，1565—1570）蕴含艾略特对格兰考叙述的诸多特征，包括神秘又令人惊讶的表情。莫罗尼与提香在风格上相似度极高。

格兰考和德龙达的原初背景几乎相同，都是雨果先生的养子，格温多伦的追求者。但格兰考从未有过超越其社会阶层的形象。通常，只要其形象有所改变，在格温多伦心头就会浮现出一张恐怖的脸，首次是在奥芬敦（Offendene）一块隐蔽的平板上，然后是她记忆中的帆船事故。与德龙达不同，格兰考绝不会成为刘易斯坚信的“一张精心描绘，透射着尊贵神色的脸庞是艺术顶点”这一说法的典型例证。

这些画面（上述提到的绘画）凸显了年轻人高贵的表情，其人物表情的精神层面在德龙达的肖像画中得以再现。末底改认定德龙达为救世主的化身，继而唤起人们对提香《贡金》的记忆：

> 十分钟里，这两个人，带着一种就像两个没有公开的恋人的强烈情感，在烧着煤气的小书店里感到了自身的孤独。……看着这么一幅肖像画你会自然地想到末底改。……德龙达凝视这位神秘贫穷的男子，声称自己是他期待已久的朋友……（Eliot，2003：410-411）

书店场景和《贡金》中的场景虽不尽相同，却很相似。特别是末底改并不像基督徒心目中假冒为善的法利赛人。然而提香的基督与《戴手套的年轻人》看起来十分相像，与德龙达也有几分相似，可能我们有意通过提香画的基督使德龙达形象化。借用艾伯特·其里洛（Albert R. Cirillo，1923—2004）的说法，用这种方法，艾略特让德龙达成为一个典型，一个象征，一个具象的个人救世主的形象。此刻，德龙达与艾略特最喜欢的一幅画联系了起来。1858年夏天，艾略特和刘易斯在德累斯顿每星期参观3次画馆，每次都欣赏《贡金》。一篇写于同期的文章中，刘易斯解释了他们赞美这幅作品的原因。艾略特用《贡金》阐明艺术中理想主义与现实主义的兼容性，如果与其他画家的作品做比较，《贡金》同样能在精彩的现实描写中发现深刻的意义和理想主义：头部描绘比其他任何表现耶稣的画作更具人性，而人性与我们更高的设想相一致。

换言之，《贡金》是理想在现实中的崇高例子。当想象式肖像把端坐的人物描绘成圣人，或者虚构的神时，它成功地实现了英国画派想象式肖像画未能实现的理想。而且与《戴手套的年轻人》相比，它展现了人性观念的更高层面，这一点在刘易斯根据罗斯金“伟大”的定义为这两幅画排名时就作了清晰的评述。提香的肖像画《戴手套的年轻人》尽管不是伟大的艺术，却是艺术上的伟大作品。因为它让观者既看清画面人物的伟大灵魂，又看清了画家之手（Lewes，1865：85-95）。小说中，德龙达反对精神上的距离，针对刘易斯的定义，把《戴手套的年轻人》与《贡金》加以区分。他从世俗之人变成了拥有宗教信仰的人，从肖像画中静止的被画之人变成了神圣绘画史上引人注目的表演者。

《贡金》中把德龙达描述成耶稣，是小说里肖像叙述的顶点。其他诸如劳伦斯风格的雨果先生，雷诺阿风格的格温多伦，伦勃朗风格的末底改，莫罗尼风格的格兰考等肖像画均居于从属地位，有时甚至处于德龙达的对立面。利维斯指出这组肖像画暗示着艾略特有意识地，小心翼翼地理想化小说中的犹太人物，而非冲动无意。更非“被热情的情感潮流席卷”，她的智慧被“压倒性的情感压力”淹没。她通过将犹太主人公与威尼斯文艺复兴时期的绘画相联系的方式，使犹太主人公变得更加高贵；而她则把其英国女主人公与前文所提的无人问津的18世纪绘画相提并论，讽刺女主人公。为在世俗环境中将德龙达塑造成基督形象，艾略特将角色中无意识形象化的使命与格温多伦自觉的使命进行对比，就像上流社会（fashionable society）的肖像画中圣人和女神之对比。

第三章

艾略特小说与前拉斐尔派绘画

前拉菲尔画派从其诞生之日起，便引起维多利亚画家的关注，引来诸多批评。前拉斐尔派用现实主义处理宗教或历史问题的做法，看似否定了一切崇高的价值、艺术的美感与优雅，似乎尝试否认一切人类社会认为神圣和不容置疑的事物。随着前拉菲尔派画家个人的发展，画作的形式和主题也发生了变化，这些变化初步奠定了英国现实主义的特点和细致风格，并成为英国几乎整整一个世纪最强有力的视觉表达方式。维多利亚前拉斐尔派小说艺术探索出了一条独特的道路，成就了具有前拉斐尔派绘画特色的 19 世纪维多利亚小说。如现实主义作家伊丽莎白·盖斯凯尔（Elizabeth Gaskell，1810—1865）、威尔基·柯林斯（Wilkie Collins，1824—1889）、艾略特、哈代等。他们看到前拉斐尔派的艺术作品都会产生一种共同的兴奋与敬畏之情。如 1873 年，艾略特参观了画家、图书插画家爱德华·伯恩·琼斯（Edward Burne-Jones，1833—1898）的工作室后，在给后者的信中写道：“艺术服务于所有能被它感动的人”“我万分感激，你的作品使我的生活变得更宽广，更美丽”（Burne-Jones，1904：31）。

众所周知，前拉斐尔派对言语和视觉的结合不仅体现在诗歌与绘画的程式化创作中，而且还在另一重要的 19 世纪维多利亚现实主义小说中升腾发展。前拉斐尔派吸引了诸多在哲学与文学上观点迥异的小说家，如盖斯凯尔、柯林斯、玛丽·伊丽莎白·布雷登（Mary Elizabeth Braddon，1835—1915）、艾略特及哈代。这些作家与前拉斐尔派画家通信，参观画家们的工作室，并且时常委托画家用画作来解释说明他们的小说。通过搭配文本的插图，前拉斐尔派以一种更为微妙、含蓄的方式融入维多利亚小说。令人感兴趣的是维多利亚小说与前拉斐尔派之间是一种互惠互利的关系。如威廉·霍尔曼·亨特（William Holman Hunt，1827—1910）的画作《黎恩济》（*Rienzi*，1891）、《良心觉醒》（*The Awakening Conscience*，1853）（见图 3-1）就分别受到了英国政治家兼作家爱德华·鲍沃尔·李敦（Edward Bulwer Lytton，1803—1873）的小说《黎恩济》（*Rienzi*，1840）与狄更斯的小说《大卫·科波菲尔》（*David Copperfield*，1850）的启发。维多利亚小说与其姊妹艺术间的亲缘关系已成为广泛的学术研究的主题。尤其是威廉·梅克比斯·萨克雷（William Makepeace Thackeray，1811—1863）、艾略特、哈代三位作家深受其益。这一时期小说中的前拉斐尔派将这种学问部分延伸扩张，部分集中浓缩，形成了小说中的前拉斐尔派代表画作。对这些画作进行文本重绘时，小说家往往会使读者对严格的传统性别界限产生疑问。与此同时，读者也发现了支配该时期英国性别建构的社会政治矛盾，并卷入一场新时代的激辩之中。本章从生动形象的画作及清晰的文学形式中追寻以艾略特为代表的英国现实主义最为鲜明的特点。

图 3-1 《良心觉醒》

第一节 艺术反映当下社会的担忧

在 1851 年，罗斯金写信给《泰晤士报》为前拉斐尔派辩护，反驳人们对前拉斐尔派艺术中的拟古主义的控诉，提出前拉斐尔派的艺术目的在于“不向现有的知识或是创造低头”（Cook、Wedderburn，2010：321-322）。此文收录在英国学者爱德华·泰亚斯·库克爵士（Sir Edward Tyas Cook，

1857—1919）和亚历山大·韦德本（Alexander Wedderburn，1854—1931）共同编撰的 39 卷本《约翰·罗斯金全集》（*Works of John Ruskin*，1903—1912）第 7 卷中。由此，前拉斐尔派的艺术主张与自然主义的准确性就联系了起来，成为现代社会最大规模的知识扩张。罗斯金阐述了前拉斐尔派兄弟会提出的或许最具争议的原则。它意味着绘画有更为广阔的文化意义，而不单是先前单独的艺术内涵。作为一条实验性原则，它指出绘画的目的在于理解世界的物质和精神结构，人们需要通过作品创作视角的深刻性、创作方法的严谨性来评判一幅作品，而不再是通过“传统的绘画原则”来评论。至少在先前的浪漫主义艺术批评家中已经出现对传统绘画主义原则的否认，但在这期间，英国的文学艺术创作环境已经发生了决定性的变化。19 世纪 40 年代晚期，人们倡导研究朴素的自然主义，认为这是艺术的基础，而这是否对当代绘画创作的辩论做出了贡献却仍具争议。

在这样的情况下，前拉斐尔派艺术家成为现实主义者，他们提出艺术应该是对现实的一种刻画，应该反映当时的社会焦点。亨特记录了早期前拉斐尔派艺术家对绘画的讨论，认为人们常常侵占科学和历史的领地，他自己先前的阅读和思考并没有使其变得深刻，但他却深深被它们吸引，他相信它们对现在艺术的诗意化和图像化有着重要的作用；他相信这种吸引力可以通过人们对先前人类社会知识积淀的理解而得到进一步加强（Murdoch，1974：313）。

因而，前拉斐尔派兄弟会面临的真正争议围绕着自然科学以及社会历史中实证性研究采用的方法以及产生的结果而展开。无论是在自然科学领域还是在社会历史领域，研究的结论都与传统的人道主义和宗教信仰相似。真理不再是一种信仰，只存在于想象之中，而是现实的一种产品，可以通过谦卑以及不断努力地学习得到。当这一原则运用到宗教绘画领域中时，前拉斐尔派面临着德国圣经学识中最痛苦的信仰危机和理解危机。对亨特而言，这位前拉斐尔派始终如一的思想家，认为对批评的挑战似乎和虔诚与否没有丝毫关系。亨特相信艺术应该反映当下社会的担忧，他试图去证明人们对现实世界的理解可以提高宗教虔诚和道德热情。早期的统一迅速破裂了，如果前拉斐尔派有达成共识的地方，那就是他们一致同意人类感知到事物的重要性。

与法国的现实主义者不同，英国的前拉斐尔派艺术家相信人类具有通过谦卑学习和勤奋研究揭示真实历史的能力。他们和实证法学家一样，都相信如果不了解过去，人类无法完全理解现实社会。无论在绘画还是在社会科学研究领域，现实主义的观点无法将艺术家或是科学家从对历史的理解中解放出来。这样看来，英国现实主义者的观点，相比于 19 世纪法国画家居斯塔夫·库尔贝（Gustave Courbet，1819—1877）的严肃现实主义，反而与爱弥尔·左拉（Emile Zola，1840—1902）倡导的自然主义更为接近。库尔贝认为只有所处当下时代的画家才能刻画出真正反映当时社会事件的历史画作（Novotny，1996：246）。但是，前拉斐尔派的艺术家认为，在他们这个年代，历史画作看似逼真的问题已过于紧迫，不能忽视。圣经故事的真实性是一个颇有争议的现实问题。亨特坚定地认为，如果艺术创作是一个严肃的职业，那么它就不能回避这个问题。在整个中东之旅中，他一直在思考这个问题，他为保护可信的模型和正确的风景画背景所作的努力都是因为他相信，只有捕捉到场景的细节之处，才能刻画出真实详尽的画面。前拉斐尔派理论的一个鲜明的现实视角在于：内在现实和事件的重要性都具有反映它周围细节的一个历史功能。

19 世纪 50 年代后，先进知识分子和其他社会人士都已经了解了当时社会思潮的方向，他们承认，但是抗议人们想要再现过去历史的尝试。其中，狄更斯对约翰·埃弗里特·米莱斯（John Everett Millais，1829—1896）作品《基督在他父母家中》（*Christ in the House of His Parent*，1849—1850）（见图 3-2）基督形象的抨击尤为著名。不过，反对这一观点的意见却在 1855 年，或许稍微早些时候才在《威斯敏斯特评论》（*Westerminster Review*，1854）的自由期刊上出现：

> 最初，前拉斐尔派主义受到赞扬，因为它真诚，把作品和思想与时间单纯地相联系；因为它决心和我们在一起，决心生活在我们之中；因为它拒绝让所谓的理想和美丽的迷雾遮蔽它的双眼，而屈从于我们所处世界的粗糙现实；因此，对我们而言，它不是为了追求美丽，……而是为了追求实用和真理。（Haight，1968：221-223）

图 3-2　《基督在他父母家中》

米莱斯的画作是对当时主流思想的一个直接回应，与此同时也证明了他本人也陷入当时的辩论之中。与多数亨特的作品和但丁·加百利·罗塞蒂（Dante Gabriel Rossetti，1828—1882）的早期作品一样，米莱斯的画作也试图调和历史的严谨与现实持续信仰间的关系。用亨特的话来说，这幅画作是米莱斯想要展示更为精准现实的公然尝试，这种现实和额外的知识与现代人的思想相呼应。因此，现实主义本身就是一种信仰行为。狄更斯认为有意夸大优雅是一种令人憎恶的卑劣行为，但在批评家眼中，平淡无奇才是对神性最贸然的否定。这种平淡无奇在前拉斐尔派的意识里却成为对最高要求的敬畏。木工车间的真实场景，没有遗漏任何的痛苦，肮脏，甚至于疾病，用同样细致令人憎恶的笔调将其刻画出来，它的渺小正是基督生命谦卑动人的地方，这样刻画对反映 19 世纪中期的社会非常重要。罗斯金在 1833 年评论罗赛蒂的《圣约翰家的圣女》（*Virgin in the House of St. John*，1859）时强调：尽管非常虔诚和真实，但却是极为严格的唯物主义，在所有绘画学派中，英国前拉斐尔派构想出了基督生活的场景。该文此后收录在《约翰·罗斯金全集》第 33 卷中。

1851 年，罗斯金为前拉斐尔派主义的辩护仅仅是基于前拉斐尔派画家精湛的绘画技巧及其画作所展现的精确现实主义。事实上，他为人们讨论前拉斐尔派的作品营造了一个新的氛围，他将前拉斐尔派作品与其自身的现实主义信条，以及他对拉斐尔和后拉斐尔主义绘画的看法相联系，并把它们深深地印在人们脑海里。他把绘画所需表现的精确现实主义孤立开来，并坚持表明绘画的现实主义要比任何浪漫主义和宗教教义更为重要，在这一方面，罗斯金是权威。毋庸置疑，1851 年后，罗斯金对前拉斐尔派有着深深的影响。一方面，他给前拉斐尔派画家提供建议与资助；另一方面，他也是继《萌芽》（*The Germ*，1850）之后，前拉斐尔派主义运动的主要发言人。

1852 年，艾略特在参观皇家艺术学院时，也就是前拉斐尔派刚刚成立几年之时，就表示了对这一画派的兴趣。同年，艾略特写信给约翰·查普曼（John Chapman，1801—1854）说，她很仰慕《英国季刊》中赞扬前拉斐尔派的一篇文章（Haight，1968：107）；1854 年，她重温了罗斯金关于建筑与绘画的演讲。据艾略特所言，在这些演讲中，第四次演讲表达了罗斯金“最新的‘传教使命’……关于前拉斐尔派原则的交互性”，并赞扬了前拉斐尔派在绘画中体现的关于自然主义和现实主义的细节描述（Eliot，1854：545-546）。到 1856 年，如艾略特在伊尔弗拉库姆（Ilfracombe）日记中所记录的，她已经内化了前拉斐尔派的风景透视法。她说道：“我谈论伊尔弗拉库姆的小路时，却不对它们加以描述，因为描述它们我需要知道所有长在路两旁繁密而可爱的野花的名字。几乎路两旁的每一寸土地都是一幅‘狩猎图’：成群的芬芳的苔藓，精致的三叶草，野生的草莓和大小不一的蕨类。”（Andres，2005：97）艾略特在《现代画家》第三卷的评论中总结了罗斯金教学的影响和主要价值，这篇评论于 1856 年 4 月刊登在《威斯敏斯特评论》上。罗斯金有关真理教导的重要价值是现实主义。现实主义认为真理和美丽都是通过人类对自然谦卑而真诚地学习而获得的，它无法通过模糊的形式，基于感受的想象来取代明确实质的客观现实。

第二节　艾略特现实主义思想的艺术实践

19 世纪 50 年代，艾略特作为英国实证主义思想家的一员已非常明显。英国实证主义思想家都希望能够为艺术找到一块崭新的经验主义基石。由于艾略特翻译了大卫·弗里德里希·施特劳斯（Davis Friedrich Strauss，1808—1874）的著作《耶稣生活，批判性审视》（*The Life of Jesus, Critically Examined*，1846）和路德维希·安德列斯·费尔巴哈（Ludwig Andreas Feuerbach，1804—1872）的著作《基督教的本质》（*The Essence of Christianity*，1853），因此，她被认为与法国、德国的圣经派学者一样，也想要试图验证福音书的历史真实性。查普曼是《威斯敏斯特评论》名义上的管理者，艾略特实则为幕后真正的主编。艾略特继承了报刊创始人米勒的“哲学激进主义”，并将之进一步发扬光大。无论是在社会上，还是在精神上，艾略特与诸如赫伯特·斯宾塞（Herbert Spencer，1820—1903）以及刘易斯这样的科学实证法学家都有着千丝万缕的联系。刘易斯《文学的成功法则》（*The Principles of Success in Literature*，1847）的构想是从科学家和哲学家的角度出发，温和地陈述了英国现实主义美学。基于此，艾略特提出了自己的艺术理论。在刊登于 1856 年至 1857 年的《威斯敏斯特评论》一系列的文章和评论中，艾略特将自己的想法与她第一部虚构作品《阿莫斯巴顿牧师的悲惨命运》（*The Sad Fortunes of the Reverend Amos Barton*，1856）结合起来。

艾略特在评论德国社会科学家威尔海姆·海因希里（Wilhelm Heinrich Riehl，1823—1897）对社会有贡献的文章中，明确指出了某些现实主义艺术和诸如里尔文学作品技巧在方法论上的关系：

> 艺术最为接近生活；它是人类跨越命运界限，丰富人生阅历，延伸人际交往的一种模式。艺术家最为神圣的时刻就是他刻画人民生活的时刻。艺术的弯曲捏造比现实生活的人造制品更为可怕有害。我们对稍纵即逝的潮流——花花公子与公爵夫人的言谈举止持有偏见并不是什么大事。但当我们面对身边劳累不堪的同胞，面对他们永恒的快乐与挣扎，他们的汗水，他们生活的悲剧与幽默，我们的同情悲悯却弯曲变样，本末倒置，这就是大事了。（Pinney，1963：271）

《教区生活场景》（*The Scenes of Clerical Life*，1858）中的三个故事努力尝试并成功引入艺术的概念。选择一年 80 磅薪水的助理牧师和不墨守成规的牧师作为小说的主人公，并与女性小说家的无聊小说中常出现的主题背道而驰（Chapman，1856a：442-461），为了商业成功的利益起见（Cross，2008：221-223），威廉·布莱克伍德（William Blackwood，1810—1861）也尝试着影响小说的情节架构。

在早期小说中，艾略特做出的最明智的选择便是采用“平凡性”作为小说人物和场景的特点，避免小说失去独特本质。第三个故事《珍妮特的忏悔》（*Janet's Repentance*，1857）中，酒鬼邓普斯特的暴力使作者陷入了争议，而该主题争议集中在借鉴法德英现实主义小说上。关于该主题最完美的理论讨论来自狄龙·博伊兰（R.Dillon Boylan，1805—1884）所翻译的约翰·沃尔夫冈·冯·歌德（Johann Wolfgang von Goethe，1749—1832）作品《威廉·麦斯特的学习时代》（*Wilhelm Meisters Lehrjahre*，1795—1796），艾略特在为《领导者》（*Leader*，1855）写的评论中写道：

> 无人能断定，艺术最为合适的主题是真理。即使是艺术家本身，其能力也有限。巴尔扎克，这位也许是有史以来世界最杰出的作家，在他的许多小说中也都越出了这个极限。他的魔力引领我们穿越一个又一个极端邪恶的场景，直到我们的道德让我们走上人类尸体腐肉时感到恶心。但是没有人能说歌德也曾沉沦于这样的方式。

> 无论何地，他让我们感觉活着，感觉我们人性的多样，复杂，出错，自欺欺人，但又通过放弃高尚的念头，无私的努力，善良的天性，

将我们从完全的腐败中解救出来，这虽然有些荒诞且平凡。在他的这种处理方式的影响下，我们感觉上述所为其实也并非无道德。

这一点都不夸张；通过极富戏剧性的结尾，他不慌不忙将读者引入了美德的世界。安静地跟随着真理和生命的小溪，耐心地等待着实现物质进步的进程中实现天性道德的进程。（Pinney，1963：146）

在《德国生活的自然历史》（*The Natural History of German Life*，1856）中，艾略特首次描绘英国农民，聚焦于农民和土地的关系，可能促成了描述科学好奇心的小说的诞生（Pinney，1963：269）。这部小说比左拉的《拉特雷》（*La Terre*，1887）提前 30 年诞生。毫无疑问，艾略特会继续坚持社会“自然主义”。她笔下的农民与散文中的里尔形象一样，总是笨手笨脚，浑身湿透，出其不意地出现在小说的各个社会阶层中。这样做的目的便是使农民成为田园风味十足的插曲中的幽默主角，同时避免了现实主义的争议。创作《米德尔马契》（*Middlemarch*，1871）时，艾略特作品中关于各阶级的定义和描述已不再是研究各阶层的独特风俗习惯，而是研究其间的内在联系。这种现实主义小说技巧的转变，并没有使得艾略特从“低俗”现实主义中解脱出来，而是将其作品从她引以为傲的以里尔为代表的乡村工薪阶层的潜在争议研究中摆脱出来。正是在关于里尔的散文中，她竟向前拉斐尔派的创始人亨特的画作《牧羊人》（*The Hireling Shepherd*，1851）（见图 3-3）中的现实主义发起了挑战：

即使作为最卓越的现实主义学派中最优秀的画家之一，亨特的《牧羊人》传递给我们的是极具真实性的田园风光，在最显眼的位置加上一对乡民，像极了我们烟囱装饰中田园诗般的情郎和少女。（Pinney，1963：268）

图 3-3　《牧羊人》

1897年，亨特在读完艾略特的评论后说道："我作为艺术家，第一要务便是画画，不是画德累斯顿的……而是真正的牧羊人，真正的牧羊女……"（Murdoch，1974：318）。这幅田园风光画创作于英国南部萨里郡的尤厄尔（Ewell），画中肖像原型是个不知名的牧羊人，牧羊女的形象是艾玛·沃特金，是尤厄尔的英国外交官乔治·格林（George Glynn，1822—1905）爵士别墅中的一名佣人。当时有批评家对画中表现现实主义没有任何疑问，只是认为画中展现的现实主义太过夸张，无法接受：

> 同斯威夫特一样，（亨特）陶醉在这样的排斥中。这些乡下人，满脸胡子拉碴，令人不快，吃得不好，贫困潦倒……他们的脸，有着过分健康的血色，像是燃烧一般，某一部分脸色特别得红润，彰显着他们对于啤酒和苹果酒桶的过度在意。（Bennett，1969：30）

亨特从不坚持把看到的作为图像道德寓意。教会的失败就在于仅仅抓住教会成员的人性需求。从其影响力来说，图像阐释的道德寓意是一场被剥夺了现实的旅程，充满着对现实生活的实际理解。这幅画是对于诱惑本质的描绘，尝试着用静态概念绘画去描绘"本性的道德化过程"。1864年，艾略特在写给英国作家萨拉·亨内尔（Sara Hennell，1812—1899）的信中发出了与亨特艺术人格和成就的共鸣：

> 昨日，去看霍尔曼·亨特的《埃及的余晖》（*Afterglow in Egypt*，1854—1863）。为此他已辛苦了五六年。该作品最主要的是余晖照耀在什么物体上……她，小麦，鸽子，都是物质生命，在充沛阳光的照耀下，显示出成熟之美。这是一种存在，而非活动，即使煞费苦心精心描绘，却依旧存在缺憾，使得其不能成为一幅成功的作品。付出了很多努力，辛苦的汗水，以及克服困难所必需的英雄气概，最后没有成功，这还是一件令人悲伤的事。但是灵感却是能被累积的——只要一点空气，加上灌溉除草，有一天它终会盛开。到时你便会惊讶地发现，一幅画的完成，备齐所有稀少精美的事物和付出无数努力，却不能成功，原因便是缺少灵感（Haight，1954—1955：4：159）。

努力因素在创作过程中的有效作用表明，现实主义者对于艺术中选择和想象这两者价值的肯定。对于现实的不经大脑地复写，以及无关紧要的细节不经选择地涵盖，从来不是他们的意图。然而，对于想象和选择这两者怎样将现实转变为现实艺术，英国现实主义者却从未定义过准确的方法。关于解决这个问题，最有趣的尝试是罗斯金纯粹道德方面的描述。苛刻和圆满本身不能成为艺术，却使艺术家变得虚荣并且迂腐。

“我们要鄙视为了满足虚荣心而完成的工艺品，要热爱为了追求真理而完成的艺术工作”（Lewes，1865：187）。艾略特在对《现代画家》的评论中写道：

> “完工”的令人钦佩的本质在于，所有真正的完工绝不是简单的加工润色，而是要加入真理。伟大艺术家完成一件作品不是为了显示其技巧，也不是为了产生完美的作品，而是为了更加清楚地表达知识。（Chapman，1856b：631）

第三节　现实主义绘画的道德意蕴

前拉斐尔派并不是以其现实主义的道德力量影响艾略特的唯一艺术派别。《亚当·比德》第十七章中，艾略特主张以更具包容性的视角看待高雅艺术，重视“荷兰画派”的巨大道德意蕴：

> 你能够的话，尽管替我们多画天使。画她穿着飘飘然的堇色长袍，神光衬着一张粉色的面孔。还可以多替我们画圣母像。画她面容十分温和，正向上仰视，伸开双臂欢迎天福。可是，千万不要强迫我们接受下面这一类审美原则。按照这些审美原则，必须从艺术领域里赶出那些用由于活儿干得过多因而变得很粗糙的手刨红罗（萝）卜的老妇人；赶出那些在阴暗的酒店里度节日的愁容不展的粗汉；赶出那些一辈子跟锄头铁铲打交道干过世间许多粗糙活儿的人们的拱背和经受多年风吹雨打的粗黑的脸；赶出那些放着铁锅瓦罐，养着毛发蓬松的下等狗儿，挂着一簇簇洋葱的屋子。（乔治·艾略特，1987：214-215）

当然这些言论，虽然表面上看起来与荷兰和佛兰德斯艺术的当代审美兴趣高度吻合，但不要伪装成对艺术史的客观评价。简言之，艾略特在荷兰画派中找到了她所寻找的。在与刘易斯私奔后，她基本上都住在欧洲大陆。参观美术馆后所写的书信和注释评论中，更多反映的是她在该时期的艺术需求，而非对于艺术史本身的持续兴趣。她在慕尼黑对于彼得·保罗·鲁本斯（Peter Paul Rubens，1577—1640）绘画特征的反应恰好说明了这一点。在德累斯顿，她发现：所有其他的艺术似乎都是为了更多地感受西斯廷圣母而做准备的（Cross，2008：471）。《米德尔马契》第五章描述多萝西亚蜜月访问罗马，暗示了艾略特对拿撒勒艺术更为深刻的认识。1829 年，艾略特在基督教肖像画奥秘中描述的无知游客对于迷惑的感觉，更暗示了一种优越的知识，这知识来源于德国学者及其追随者，如英国布朗科·琳赛（Blanchy Lindsay），其研究所得出的各种可能性。

当然，艾略特来到佛罗伦萨后，她努力阅读，写《罗慕拉》（*Romola*，1862—1863）时，她迸发出一种热情。1860 年 5 月 27 日，她在家书中写道："佛罗伦萨，鉴于其与现代艺术的历史渊源，较之罗马，激发了我们更为浓厚的兴趣。"（Cross，2008：300）由此出发探寻佛罗伦萨和英国前拉斐尔派的关系也许并不奇怪，如 19 世纪英国前拉斐尔派重要代表意大利裔的但丁，在体验了生活环境后，但丁对前拉斐尔派以及身后的画家作出巨大的贡献。

艾略特通过亨特式的信念，深入研究可以克服距离所带来的暂时不利的因素，着手解决历史小说写作的问题（Cross，2008：343-353）。通过积累区域细节、服装和方言，她相信可以实现此类现实主义观念。日常生活是沃尔特·司各特（Walter Scott，1771—1832）之后历史小说家的主要关注点。《罗慕拉》是艾略特最具有前拉斐尔派风格的小说，而其失败之处与她在亨特作品《埃及的余晖》中所发现的相似。问题是，这种失败使我们不能理解事件和周边环境之间的现实联系。尽管罗慕拉和提托的命运在时空上没有全面的联系，萨佛纳罗和梅迪西斯家族的命运是人类命运或多或少已经定下来时的一场意外的风景（Lukacs，2002：152）。

显然这是个风险，特别是对于那些格外注重细节的英国现实主义者而言。为《罗慕拉》画插图的是 19 世纪英国唯美主义画派最著名的画家弗雷德里克·莱顿（Frederic Leighton，1830—1896），其作品有《佛罗伦萨街道上的游行队伍抬着契马布埃著名的圣母玛利亚画像》（*Cimabue's Celebrated Madonna Carried in Procession through the Streets of Florence*，1854）等。他是从前拉斐尔派分离出来的大陆画家，因而受到学者们的欣赏。莱顿虽然不是现实主义者，但他是唯一一位在佛罗伦萨地形和历史知识方面能够与艾略特匹敌的伦敦画家。作家和画家对于15世纪佛罗伦萨的生活细节观念一致，然而创作画作时，莱顿很巧妙地间接迎接他自身风格的文本挑战。他告诉艾略特：艺术的危机必须要防止文字和插图两者之间绝对的一致性（Barrington，2012：97）。他坚持独特道路，创作出自主可行的设计，而这些设计由亨利·林顿（Henry Linton，1815—1899）和约瑟夫·斯文（Joseph Swain，1820—1909）雕刻到木板上。通过简化文字的视觉阐述，莱顿集中力量诠释插图主题，其部分作品，以《死亡的讯息》（*The Dying Message*，1881）和《回家》（*Coming Home*，1879）为例，具有远离现实主义的壮美以及概念的鲜明简洁性，同时还有艾略特所想象的日常情景。

尽管相比《罗慕拉》，《亚当·比德》并不那么详细具体，但却似乎成功地将人物故事与其周边环境联系起来，根本上清楚阐释了波塞太太或亚瑟·顿尼索恩的想象是不可能的，他们希望脱离时代、地点及阶级而存在。从道德角度出发，他们并没有脱离自身的物质世界。描述和判断并行不悖，在其道德教化中，艾略特认为密切关注自然可以通往明智的人类同情：

> 当我们坐车或骑马穿过山谷翻上山坡的时候，眼看着这一片景致，叫人觉得这是多么快乐的一个世界呀！在外国，当这些国度里的田野和森林外貌看来很象我们英国的罗蒙郡的时候，我也往往发生这种感觉。他们那肥沃的土地也象我们国里一样，非常留心地耕过。森林也沿着一些平顺的斜坡，一直伸展到一些绿色的草地处。我常常在大道旁边碰到某件东西，它提醒我，使我想起我不是在罗蒙郡。是什么东西呢？那么一个大痛苦的肖像——十字架的痛苦。它也许竖在一簇簇林檎花的旁边；也许竖在田埂上，迎着灿烂的太阳；也许竖在森林旁边的小路转弯的地方，那里有一条清明如镜的小溪潺潺地往下流。真的，如果有个旅客，他对这个世界的人类的生活历史一无所知，突然走到这个世界里来了，他一定觉得奇怪：为什么这个令人愉快的环境里竟放着这样一个痛苦的肖像，多么不相称啊。他哪里知道，就在林檎花后面，或者在黄金色的稻子丛中，或者在森林的枝枝干干底下，正有一个可怜的人儿忍受着极度的痛苦躲在那里暗自伤心。也许是一个花枝招展的年轻女郎，由于有一件耻辱的事儿越来越遮掩不住了，她想找个藏身之所，可是找不到。她就象在寂寞的荒郊上飘流着

的一只愚蠢的迷途羔羊，夜色已深，它却越走越远。对咱们这个人生，她已经毫无兴趣，可是，又仍然尝着悲苦的人生中最厉害的那一杯苦酒。（乔治·艾略特，1987：453-454）

上述文字通过关注细节，深刻洞视特别之处，是艾略特艺术风格的高度浓缩。它以具体实物意象为基础，而非依赖于观点或者语言的情感力量。就此而言，它是一幅画。和19世纪英国前拉斐尔派最具才华的创始人之一米莱斯的《等待》（*Waiting*，1854）中的女人一样，田园风光中海蒂的形象并非通过其自身传达激情，也不需要通过肢体语言和面部表情再现其烦恼或表达其欲望。亨特的《良心觉醒》通过妇女面部的喜悦和痛苦表情达到生动效果，该画的主要推动作用蕴含于细节之中。罗斯金写道："屋子里没有哪一件物品——平凡，现代，通俗，但如果正确解读的话，它就是悲剧。"（Cook、Wedderburn，2010：334）至于悲剧，是平淡和平凡无比的悲剧达到辛辣尖锐以及前拉斐尔派现实主义的艺术状态的一种。

鉴于罗斯金对《良心觉醒》富有同情地阅读，罗斯金在其后期一部有趣作品《小说、公正与犯规》（*Fiction, Fair and Foul*，1880—1881）中，对《弗洛斯河上的磨坊》（*The Mill on the Floss*，1860）展现的现实主义的态度似乎大相径庭。前者收录在《约翰·罗斯金全集》第34卷。显然，他写下面的话时并没有读过《弗洛斯河上的磨坊》这本书：

几天前从女性朋友那里贸然打听到一个现代故事的情节，经一番踌躇，我明白那主要是因为年轻人"将自己遗忘在船上"。

读了小说后，他补充说：

小说中没有一个人物对于世人来说是无足轻重的，除了他自己；也可以说没有一个人的品质描写需要一排的打印机为其打印。在英国伦敦学校，艾略特完善了自我，他小说里的人物取材于商店的服务员和贫民区的人们，在通过游览列车到达的格雷夫森德取景……（Cook、Wedderburn，2010：282、377-378）

这样的语言和语气显然让人回忆起公众对文学绘画这类现实主义艺术的攻击。这是对不同标准的正当反映。在19世纪关于现实主义研究范围的辩论中，罗斯金坚持认为，艾略特的小说在人类的平凡性上做出了公正评判。

罗斯金认为《罗慕拉》中的人物角色平凡，其日常生活接近于老生常谈：

> 骄傲和固执的磨坊主，及每天在街上与你擦肩而过的路人都有着各自悲伤的故事，但这些故事无人哀悼，被深深隐藏，在家族中传了一代又一代，但又是没有留下记录的痕迹。其悲剧就像年轻人内心的冲突，连早晨也没有给这个沉寂的家庭带来任何希望，厌恶了疲倦而失望的父母将包袱压在孩子身上，就像弥漫潮湿空气的家，既渴望快乐，又会突然地奋发图强……（Eliot，1995：199）

前拉斐尔派淋漓尽致地发挥了面对生活现实的能力，通过看清现实世界，明了生活的不易。画家的创作灵感源于前拉菲尔画派的前辈，如英国前拉斐尔派画家阿瑟·休斯（Arthur Hughes，1832—1915）和罗伯特·马蒂诺（Robert Martineau，1826—1869），他们的绘画中有雄辩的细节、沉默平静的表情、中产阶级不可挽回的财产悲剧和破碎的誓言。米莱斯的绘画《樵夫的女儿》（*The Woodman's Daughter*，1829）（见图 3-4）阐释了英国诗人考文垂·巴特摩尔（Coventry Patmore，1823—1896）的诗歌，但在米莱斯严肃关注孩子关系的本质时，他寄托于《弗洛斯河上的磨坊》。莫德当然不是玛吉，也不是乡绅菲利普·韦克姆的儿子，但是，对社会差异的初步认识却是绘画和小说的共同日常主题。19 世纪 50 年代、60 年代，艾略特与前拉斐尔派艺术家一样从相同的社会环境选取绘画主题，研究家庭悲剧和社会问题。

图 3-4　《樵夫的女儿》

第四节 城市工人阶级的平凡主题

工人阶级主题引起了英国前拉斐尔派风格画家亨利·沃利斯（Henry Wallis，1830—1916）和福德·马多克斯·布朗（Ford Madox Brown，1821—1893）的兴趣，他们俩都深陷于中世纪现实主义的漩涡中无法自拔，并深受卡莱尔影响，感叹人类的工作环境，叹息工人的工作状态同贵族生活的巨大差别。沃利斯的绘画作品《碎石者》（*The Stonebreaker*，1857）（见图 3-5）于 1853 年在皇家美术院展出时内附一段来自《旧衣新裁》（*Sartor Resartus/The Tailor Re-tailored*，1833—1834）的片段：

> 不轻易地恳求兄弟！对我们来说是弯了脊梁骨，原本修长有力的四肢和手指变得畸形，我们的征召士兵很多都倒下了，但我们的战斗留在了这里。因为这里躺着上帝创造的形态，但他没有以完全展开的姿态呈现，……躯壳就像灵魂，不明白真正的自由。（Carlyle，2008：Chapter4）

图 3-5 《碎石者》

反对存在于某些特定行业的煽动，尤其是服装贸易业，他们通过形象设计表达自我反抗，也有通过文学小说来表达的，如查尔斯·金斯利（Charles Kingsley，1819—1875）的《奥尔顿·洛克》（*Alton Locke*，1850）和《水孩子》（*The Water Babies*，1863）。约瑟夫·斯温（Joseph Swain，1820—1909）将斯图尔特·哈里森（Major A. Stewart Harrison，1831—1902）"冰山"（*The Iceberg*）的故事雕刻在木头上，这部作品于 1860 年发表在《每周一次》（*Once a Week*，1860）期刊上，表明裁缝的衣服如果打包时没有商标的添彩——"衬衫”是不好鉴定的。十年后，由米莱斯设计插图的《奥尔顿洛克》的出版清晰阐释了该现实意义，唤起了社会力量的愤慨。前拉斐尔派唤醒的社会良知是一种社会工具，但丁和其他前拉斐尔派团体成员给予工人学院援助和指导。罗斯金亦一同支持这项运动，认为艺术跟任何一种工作都密不可分，因此它既是工人阶级的基础，又有着尤为重要的作用。布朗以卡莱尔式的方法，相信脑力劳动和体力劳动存在分歧，但这并没有贬低后者的意义。其观点在本质上很有见地，认为语言在罗马城外的坎帕尼亚大区和“古希腊”并不用于肖像类比。

> 当我干着挖土或筑路的活时，他就斗志昂扬的告诫自己每天都要观察学习我。他穿着极具男子气概和秀美如画的服装，仿佛在炎热的阳光下就能散发出色彩丰富的光。在我看来他相当擅长英国画，就像亚得里亚海岛屿居民擅长捕鱼一样，就像罗马城四周平原擅长耕种的农民一样，就像那不勒斯的乞丐……这个以健康英俊为傲的年轻工人体魄强建，勤勤恳恳地工作，热爱啤酒；反之，自私的巴彻勒挖土工有着粗壮的四肢，也许有点艰难地驻留在那些被人同情的地区……在绘画的一个小角落里，有两个无所事事的男人。他们是英国工人，看起来没有分配到任务，他们的工作受到严格规定，感觉像在古希腊集市上各抒己见的先贤们一样快乐。（Hueffer，1896：112）

前拉菲尔派画派倾向于从城市社会中寻找绘画主题，这与艾略特的作品《菲利克斯·霍尔特》（*Felix Holt*，1866）、《织工马南》（*Silas Marner*，1861）、《米德尔马契》一脉相承。这些小说将自然史描述原则运用到比德国农村地区具有更大复杂性和快速变化的社会中。在《菲利克斯·霍尔特》和《米德尔马契》时代，城镇正处于改革的热潮中，在很大程度上，政治变革的可能性与基础经济的关系是基本的生存问题。盖斯凯尔的工业小说《南方与北方》（*North and South*，1855）和政治小说《菲利克斯·霍尔特》都介绍了经济利益的两极性与区域对立，展现了南方贵族代表的教会组织的乡村与北方新兴资产阶级代表的蓬勃发展的工业化城市，认为城市的就业前景与工资相对较高的工作吸引工人来到工厂和矿业城镇生活：

> 随着时间的流逝事物发生改变：土地变得像矿煤般黑，村庄里

> 纺织机的咯吱声。有权势的男人膝盖向外弯曲着，以奇怪的姿势走在矿区中，回到家躺在黑法兰绒上，在有阳光洒下来的房间入睡。（Eliot，1997：introduction：6）

《菲利克斯·霍尔特》中很少出现快乐的挖土工人形象。但菲利克斯，这位小说中的主人公，实际是个非常有个性的年轻工人。在某种意义上，他是位激进分子，本应在工人教育运动中被理解，其视觉形象频繁地出现在小说里。听了工会宪章派发言人在选举中提倡激进的原因——“世界上最大的问题是如何让每个人分享到生活中发生的一切”，菲利克斯打断说：“审理！审理！”所有人都看着他，干净的脸颊，有素质的品行，穿着一件节假日里比大部分工人还寒酸的礼服，这些都使其形象引人注目。（Eliot，1997：30）

菲利克斯肖像有些理想化，譬如他外表上的一些生动细节。这些艺术虚构的人物是渐进而深刻理解的一部分，这与工人阶级的美和道德品质相媲美。就此而言，不该消减布朗笔下的年轻挖土工人和艾略特笔下的菲利克斯的真实性，因为这是出于这种精神信念而创造的。

《米德尔马契》提出了一种与此相反的观点。例如，凯莱布·高思在与弗雷德·文西的牵扯中，提供了有关就业问题的貌似合理的答案。弗雷德浮躁的背后隐藏着深深的担忧，在复杂的环境中长大，像传教士那样生活是不可能了。就像凯莱布所说，真实而完整的生活只能通过劳动创造。

> 凯莱布·高思时常摇摇头，怀着无限感慨的心情，想象那有着千万个头、千万只手的劳动的价值，它那不可或缺的力量，而社会这个机体正是靠它提供衣、食、住的。这个观念在他童年时期已深入了他的脑海。建造房屋或船舶时，那大铁锤的回声，工人们互相应和的呼喊声，鼓风炉的怒号声，发动机的震荡声和冲击声，在他耳里都是庄严的音乐；木材的砍伐和装载，沿着大路远远望去仿佛闪动着星光的大运河，在码头上操作的起重机，仓库中堆积如山的产品，在任何地方为完成艰巨的劳动而付出的精确而多样的体力——他年轻时目睹的这一切景象，对他说来都成了不必求助于诗人的诗，不必由哲学家来阐述的哲学，不是来源于神学的宗教意义。他早年的抱负就是尽一切可能，在这宏伟的劳动中贡献自己的力量，而这宏伟的劳动也就是他特别尊重的、被称之为“工作”的东西。（乔治·艾略特，2007：238-239）

凯莱布与菲利克斯的不同之处不是他对劳动本质上的尊重，而是他坚信一分耕耘一分收获。因此凯莱布和菲利克斯对工作的喜爱有不同的表现形式，他们一个为崇尚光荣劳动的工业化欢欣鼓舞，一个则反对其退化。这种在现代社会中关于地位观念的分歧是前拉斐尔派社会意识的特点。艾略特经常重复的那句“工作日的世界”（Pinney，1963：302）总结了复杂的价值观，关注的是身处劳动社会中那些平凡人的现实生活。尽管艾略特和女性主义先驱伊迪丝·西姆科克斯（Edith Simcox，1844—1901）及其他国际劳动社会组织中的积极分子有着密切联系，但她希望社会进步是一种“社会改良”。由此可见，与其说艾略特是个彻底的改革派，不如说她是谨慎保守的。但是在1848年后的英国，在最具活力和现实的经济关系改革运动中常常可以看到这些人的身影，他们的政治主张极为保守，反对激进政治纷争的影响。英国神学家弗雷德里克·莫里斯（Frederick D. Maurice，1805—1872）在危机不断的环境中进行创作，这些危机同时来自基督教社会主义者和与宗教及学术机构的斗争之中。艾略特作为现实主义作家的伟大之处并不在于其政治认同正确与否，而是在于她对人类劳动生活中决定因素的准确描述。对于《丹尼尔·德龙达》，从拉考克修道院的地形背景到米拉自杀未遂的泰晤士河段，她都做了非常详尽的前期研究（Cross，2008：475）。其现实材料令小说中的故事情节有了可靠的依托，也使得故事与背景的因果关系得以清晰再现。核心人物德龙达和格温多伦，来自不同的种族，也是不同社会环境和历史作用下的产物。他们努力寻找自我和生活目的，而这一切都源于各自立场上的虚伪。他们带着担忧向命运挑战。德龙达支持犹太复国主义，而买卖婚姻的格温多伦则用自身认同且不违背道德的方式摆脱了婚姻束缚。

1876年，《丹尼尔·德龙达》分章节刊登出版，正值《安娜·卡列尼娜》（*Анна Каренина*，1877）在俄国出版。《丹尼尔·德龙达》拥有与列夫·尼古拉耶维奇·托尔斯泰（Лев Николаевич Толстой，1828—1910）著作类似的重要形式和主题，历史和当代事实翔实，结构紧凑，情节曲折。英国读者曾质疑“犹太人部分”的相关性，这反映了马修·阿诺德（Matthew Arnold，1822—1888）在英国文化生活中所发现的一种乡下人的无知。就艾略特而言，德龙达和格温多伦的问题在于有思想的个体在不同文化中所共同面对的价值危机。

如同《亚当·比德》或《织工马南》，《丹尼尔·德龙达》也有意教育启发大众。在英国，现实主义小说和绘画都毫无疑问针对的是广大阶层，阿诺德用德语描述它为“庸俗”（Pinney，1963：296），这些阶层中还包括清教徒或那些未受纽曼主义（Newmanism）影响的异见人士（Murdoch，1974：327）。如人们常见的，北部制造业城市为前拉斐尔派画家提供了大量来自政府或民间的资助，而这并非偶然。亨特引用柯林斯对虚构资产阶级需要的描述：“我们希望作品能适合我们自身的智力，同时也能与我们的兴趣一致。”（Hunt，1905：310）不断扩张的艺术品市场也表明了这一点，新买家的态度也发生了重要转变，为了获得图像，他们准备购买复制品。在布朗和亨特对困难的描述中可以看到，自从罗斯金介入评论后，人们很容易就忘记了流行现实主义中的前拉斐尔主义。英国现实主义反映了普通人的日常生活，其实践者和公众紧密而又富有成效的关系产生了各种各样极具创意的作品，如亨特的《迷途的羔羊》（*Strayed Sheep*，1852）和布朗为曼彻斯特市政厅而做的装饰作品，而这一关系中的负面影响远未提及。

英国现实主义的发展与法国很不一样。前者有着发展已久的文学插画传统。在其现代题材中，前拉斐尔派的画家们采用了叙事顺序来展现轶事和“文学”。其现实主义目的是，他们坚信绘画场景不仅本身具有意义，而且因果之外有着长期作用。这是英国现实主义的真谛，它或多或少地直接受到浪漫主义文学传统的影响，这种影响表现在对个人传记的兴趣上，它是从广泛社会关系发展而来的。前拉斐尔派不仅从自身以及前辈的叙事文学中获得了创作题材，而且也关注现实的英国现实主义所独有的时间深度。作为中世纪研究者，甚至19世纪中期工业运动的社会逃避者，前拉斐尔主义的观点一直存在着。这种强有力的特殊化风格并不被当作英国绘画现实主义的主要工具。现实主义画家坚定地尝试宗教或风俗题材，来保证其绘画的真实性。恰当地强调他们自己的新方法和新意图。但是对大多数英国现实主义者来说，如19世纪下半叶法国批判现实主义代表作家左拉那样，以现实主义视角理解这个世界的目的在于结束“粗俗的排他性”，实现与反对阶级的和解（Pinney，1963：270）。

因此，作为19世纪历史中的重要因素，英国现实主义要比公认的重要得多。这场文学知识分子运动主要关注的是新历史和社会方法论的发展，它影响了19世纪50年代、60年代的小说，也决定了19世纪中期最关键的10年中绘画革新的方向。在此语境中，前拉斐尔派绝非古怪奇特的英国国内的次要流派，而是欧洲文化中19世纪重要文化运动的本土体现。

第四章

劳伦斯《虹》与安吉利科《末日审判》

劳伦斯在《小说与情感》（“The Novel and the Feelings”，1925）一文中曾经抱怨英国人“没有表达情感的语言”（Lawrence，1936a：756）。我们不妨把它理解为劳伦斯认定现成的语言形式已经无法传递小说新的情感体验。要传递新的体验，就要用新的语言形式。他在《绘画》（“Making Pictures”，1929）一文中，提到了模仿类似弗兰克·布朗温（Frank Brangwyn，1867—1956）等英国艺术家时所获得的极大乐趣和益处。1882—1884 年，布朗温受雇于威廉·莫里斯（William Morris，1834—1896）的工厂，布朗温关于艺术与设计的观念极大影响了劳伦斯对《虹》中人物威尔的描述。劳伦斯还在《绘画》中建立了精神意识和某些图画之间的联系：“我相信一个人只有通过近距离地与视觉物体本身接触才能获得视觉意识；也就是说，通过了解图画、了解真正的视觉画面，通过细想画面中的内容，甚至仿佛置身其中，若能做到这点，那将会带来强烈的喜悦之情。”（Lawrence，1968：605）劳伦斯的小说《虹》就是一部利用文艺复兴意大利画家安吉利科的《末日审判》表达新体验，突破传统创作手法，实现视觉体验的力作。小说的驱动力来自作者受到安吉利科的绘画强烈震撼的心灵深处。

第一节　劳伦斯的美术情趣

劳伦斯从其最初的小说《儿子与情人》《虹》，到《恋爱中的女人》，直至其最后一部“奇异”小说《查泰莱夫人的情人》（*Lady Chatterley's Lover*，1928），对工业文明背景下生命的探索和性爱场景细致入微的描写，揭示了资本主义工业文明剥离了纯粹的男女关系和人性的“血肉意识”（Boulton，

1993：504-509）。其小说中的这些审美表达源于他长期的美术功底。

劳伦斯的母亲莉迪亚是一位受过良好教育的大家闺秀，在家道中落时，她仍坚持在家教劳伦斯钢琴与绘画。劳伦斯在幼年时期就显露出了绘画天赋（伍厚恺，2000：24），并一直保持着对绘画的兴趣。他一生游历欧洲，如德国、瑞士、奥地利、英国、意大利等艺术重镇。1922 年，他在艺术家梅布波·道奇·卢汉（Mabel Dodge Luhan，1879—1962）的邀请下，在新墨西哥的道斯定居。在道斯，他们与画家多萝西·布兰特（Dorothy Brett，1883—1977）、克努德·梅瑞尔德（Knud Merrild，1894—1954）、沃尔特·厄福（Walter Ufer，1876—1936）结下了深厚的友谊。与这些艺术家的交往，给了劳伦斯一个全新的艺术视角，在那里，劳伦斯重新审视了自己的艺术观。重返意大利后，他重新习画并开始撰写一系列文艺批评文章，直至 1929 年，劳伦斯举办了自己的第一次画展，不幸的是，此次画展因被冠上"淫秽"的罪名而被禁。从劳伦斯的传记中不难发现，他幼年习画。但到了 40 岁，他才再次拿起画笔并开始总结美术理论，完成《查泰莱夫人的情人》时，他 43 岁。亦即他中年习画、研究美术理论与完成最后一部小说，几乎发生在同一时间段。这也是为何他的小说直白而不低俗，因为他把自己理论研究过程中所总结出来的"直觉意识""肉体自我"（劳伦斯，2006：131-224）和"血肉意识"全数融入自己的写作过程中。这一切又都是源于他对绘画不懈的追求。以隐喻的方式，清楚地揭露资本主义工业化社会里男女间的关系。

劳伦斯的早期美术作品大多是临摹大师，当作赠送朋友的礼物。成年后，他也无机会观赏到众多艺术真品，他对艺术作品的欣赏大多来自于书本、杂志和明信片。1906 年，他的朋友杰西·钱玻尔斯（Jessie Chambers，1882—1978）赠予他八件英国水粉画组图中的六件，劳伦斯由此对水粉画有了进一步了解（伍厚恺，2000：387-390）。40 岁之际，他又一次开始"迷恋"美术创作。在他的美术批评中，他曾说明为何自己在中年再次拿起画笔："如果不是玛利亚·赫胥黎坐车来到我在佛罗伦萨的房子，带来废弃在家里的四块很大的画布（其中一块她还弄破了）送给我，我这辈子也不会开始画一幅真正的画。"（劳伦斯，2006：199）朋友赠给劳伦斯的四块画布激发了他重新习画的灵感。1929 年，他在伦敦的瓦伦画廊举办了第一场个人美术作品展，但苏格兰当局以"淫秽"的罪名查封了画展。劳伦斯的美术作品在他生前仅有一次被公开展览过。梅尔文·利维（Mervyn Levy，1887—1976）于 1964 年编辑出版了《劳伦斯油画作品集》（*Paintings by D.H.Lawrence*），这部作品集是劳伦斯艺术理论的具体体现。作品集收录了劳伦斯的 27 幅原创作品，形式涵盖了油画、水彩画和素描（Levy，1964：2）。其中的四幅油画，《薄伽丘的故事》（*Boccaccio Story*，1927）和《复活》（*Resurrection*，1927）曾在 1929 年的展览中展出过。《薄伽丘的故事》还被苏格兰当局查禁。此作品集收录了劳伦斯创作的彩绘瓷盘，这两件瓷盘后被赠与他的朋友凯蒂·海尔德尼斯（Kitty Holderness，1888—1966）。此外，作品集也收录了劳伦斯的一幅风景水彩画和一幅自画像。劳伦斯还为自己诸多战后小说及作品创作封面和插图，如《袋鼠》（*Kangaroo*，1923）、《鸟、兽、花》（*Birds, Beast and Flowers*，1924）和《美国古典文学研究》（*Studies in Classic American Literature*，1923）。他的其他美术作品有为《儿子与情人》做的插图、《逃跑的公鸡》（*The Escaped Cock*，1929）的扉页插图，甚至为英国传统民谣《两个魔术师》（*The Two Magicians*，1912）画的水彩插图等。

《劳伦斯论文艺》（*D.H. Lawrence on Letters*，2006）是一部收录了劳伦斯全部文艺批评的中英文对照文集，展现了劳伦斯对文学批评和美学欣赏的独到见解。作为一位具有深刻洞察力的作家，劳伦斯在一些文艺批评中表达了自己对美国文学巨匠，如詹姆斯·费尼莫尔·库珀（James Fenimore Cooper，1789—1851）、埃德加·爱伦坡（Edgar Allan Poe，1809—1849）等的一些看法。除此之外，该文学集还收录了他的三篇美术批评，即《绘画介绍》（"Introduction to These Paintings"，1928）、《绘画》和《墙上的图画》（"Pictures on the Walls"，1929）。在这些理论研究中，劳伦斯探寻了美术作品中展露的人物个性，显示了自己独到的见解。《绘画介绍》一文中，劳伦斯主要探讨了绘画和"直觉意识"之间的关系。在文章的前半部分，他回顾了英国传统美术的历史，直指"英国画家缺少对视觉艺术的直观感受"，接着用国内外的具体实例来对比"精神意识"与"直觉意识"（劳伦斯，2006：199）。他坚信"身体的直觉意识"对一个艺术家来说是极为重要的。在文章的后半部分，劳伦斯对威廉·布莱克（William Blake，1757—1827）和晚年的保罗·塞尚（Paul Cézanne，1839—1906）不吝溢美之词，他赞美布莱克的"直觉真性情"（劳伦斯，2006：142），赞美晚年的塞尚擅长使用的现代派手法以及他的裸女情结。《绘画》一文中，劳伦斯阐述了自己中年习画的原因和经过。从他的第一幅临摹作品开始，他就一直强调着画家的"精神纯洁"原则（劳伦斯，2006：145）。他坚信，如果一个画家能把一位裸女复制成一个具体形象，他在精神上还是纯洁的。他认为每一个画家都应将自己的绘画能力付诸每一个线条，并以画家而非作家的视角创作了《墙上的图画》，展现了他对不同流派和不同风格美术作品的理解。

劳伦斯对各个时期的画家都很熟悉，他的艺术理论中常常借用具体作品来阐述观点。例如，在《绘画介绍》一文中他谈道：“习惯告诉我们要仰慕波提切利或乔尔乔尼，所以旅行指南上给他们的绘画标上星标让我们去瞻仰。”（劳伦斯，2006：142）又如他借用欧洲文艺复兴画家桑德罗·波提切利（Sandro Botticelli，1445—1510）的《维纳斯的诞生》（*The Birth of Venus*，1482）形容了这样一个现象：很多人站在此画前，却不懂得欣赏。“可怜的英美人在波提切利画的维纳斯面前就是这副瞎相，他们拼命地睁大眼睛，多么想看看啊。要知道他们的视力是没毛病的，可他们看到的只是一个光身子的女人站在碧水托着的一只什么壳子中。”（劳伦斯，2006：143-144）在劳伦斯看来，波提切利用裸体和直觉性呈现了维纳斯的美，但人们只注意到这是一个光着身子的女人，认为这是副淫画，这样的现象同样发生在了劳伦斯的身上。《绘画介绍》一文中，劳伦斯更是尊崇塞尚为“现代艺术中最耐人寻味的也是惟一真正有趣的人物”（劳伦斯，2006：173）。可以说，劳伦斯的艺术审美情趣源自其艺术社交圈朋友，尤其受到诸如布莱克、塞尚等艺术大师的影响，并贯穿于其一生的绘画和小说创作的实践之中。

第二节　《末日审判》与劳伦斯视觉体验

劳伦斯在佛罗伦萨的圣马可修道院看到了安吉利科的画作《末日审判》（见图 4-1），开启了物质世界和精神世界的联系。威尔、安娜和厄秀拉·布兰文以不同的方式“置身”画中，劳伦斯将画视作其理想的视觉展现，《虹》的主题正是世间男女为获得完美的爱情而奋斗。劳伦斯相信德国版画家阿尔布雷希特·丢勒（Albrecht Dürer，1471—1528），以及安吉利科和波提切利都歌颂着完美爱情实现的瞬间，他们中某些人仍然或惊讶或不解于那些未获得完美爱情的人（Lawrence，1936b：460）。劳伦斯像重视自己的小说一样重视艺术，他认为艺术能够从精神上解析人类的全部生活，他对小说中的宗教意象和《末日审判》的视觉品质给予同等的重视。

图 4-1 《末日审判》

《圣经》代表着文学，画作代表图像。而画作则为不断闪现于劳伦斯脑中的光、大门、天使、圆圈、花园、信仰上的狂喜等意象提供了源泉。其小说中的《圣经》典故多数源于《创世纪》（*Genesis*）：亚当夏娃，天使拜访亚伯拉罕，上帝之子和人类的女儿，彩虹代表诺亚和主的盟约。如果说《创世纪》是厄秀拉在《圣经》中最喜欢的部分，天启就是劳伦斯最重要的题材，因为书中提到“早在人类具有思考或者理解《圣经》语言的能力时，《圣经》的这些‘部分’早已经贯穿于我的思想和意识了，直到最后，我的思想和意识完全沉浸在其中，那时这些‘部分’影响着我所有的情绪和思想过程”（Lawrence，1996：3）。

《末日审判》这个插图代表了救赎和定罪、天堂和地狱这些对立势力；在《虹》中，劳伦斯通过对比光明与黑暗、包含与排斥、完美与毁灭，来描述这些极端势力。小说中劳伦斯使用宗教隐喻来描述爱情和快乐的伟大时刻。而且，当他首次在第六章介绍安吉利科的画作时，所有这些重复出现的隐喻汇集成单个画面，并且同时取得了言语意义和视觉意义（Delavenay，1972：354）。整部小说将读者引向厄秀拉对未来的期望中，这个期望表现在厄秀拉对新耶路撒冷的天堂般的愿景中，劳伦斯将其称为“有福之人进入天堂”。由此，《末日审判》出现在《虹》一书中，不仅仅代表叙述中心，而且表达小说主题的“圣经”意象。

《虹》的开篇揭示布兰文家族的女人因为渴望超越自身的事物、更大的体验而在传统上与布兰文男人与众不同。男人性格内向，而女人希望“扩展自身的知识、视野和自由”以成为更高级的生命：“他们怎样才能习得进入更加动人的生活呢？”（Lawrence，1949：10）男人在他们生存的模式中看出了与女人的不同，并且对女人说“变成门口的天使，守护我的经济收入和生活支出”。该绝妙提议为整部小说创造了典范，并将肖像和书本的结构作了联系。三个天堂的入口、耶稣的三种变容和灵魂湮灭的三种方式，均对应布兰文家族的一代人。与由安吉利科创造的形象——天使的完美对比成为主旨，这不仅再现在劳伦斯对《末日审判》的描写中，在威尔的夏娃造人、汤姆的结婚演讲、报喜天使威尔出现在安娜面前，在厄秀拉和火中的天使对照时，以及安东尼拜访站在亚伯拉罕家门口的三位天使时亦是如此。

牛津大学和剑桥大学的美术教授约翰·波普·轩尼诗（John Pope-Hennessy，1913—1994）描述了《末日审判》的独有特征，并且写道：《末日审判》体现了安吉利科在画面布局构想上的智慧和巧思，以及表达了安吉利科对神圣存在的谦卑和敬仰之情。虽然这张图看似很让人信服，且缺少美感上的吸引，但画作直接表达了和谐高尚的内容（Pope-Hennessy，1979：31）。画面拱形中心的彩虹部分，耶稣端坐在大型曼陀林琴上，身边由八位智天使及双层天使守护。圣母玛利亚坐在耶稣的右边，圣徒约翰坐在耶稣的左边，深情严肃的圣者坐在两边，恰好形成半圆。耶稣下方，天使拿着十字架，另外两名天使吹起命运的号角，同时伸向远处的两排坟墓逐渐开放。耶稣的左边，帝王、主教等被恶魔推入地狱，最左边恶人在七层地狱之火的煅烧中受尽折磨。耶稣的右边有福之人逐渐从神灵显灵的惊讶中回过神来，受到了身穿宽袍天使的纯真拥抱，并在天使的引领下来到满是明艳花朵、棕榈树和橘子树的天堂般的花园，这与小湖一起构成汇聚田园风光和平静的完美画卷。天使们手牵手组成圆圈表演优美欢愉的舞蹈，带有福之人进入天堂的大门。天堂的墙是粉红钝锯齿形，有福之人走近金色房顶，通过罗马式的拱门进入新耶路撒冷塔，那里弥漫着天国的光辉。罗斯金在《佛罗伦萨的艺术流派》（“The Schools of Art in Florence”，1874）一文中评论该画作时，强调过色彩的细腻美。此文收录在《约翰·罗斯金全集》第 23 卷中。文中写道：安吉利科是要让他们（有福之人）进入“空中舞池，每个人都有自己的天堂”，但安吉利科的最大成就是让自然变成了绽放的颜色……对于安吉利科来说，一切自然都变成了粉红色，建筑本身、树木、大地都具有了彩虹的色彩（Cook、Wedderburn，2010：260）。

汤姆·布兰文的体验创立了不断出现的完美和耶稣变容模式，尽管有着排斥和消灭的更替，但还是被一代又一代的人沿用。汤姆跟莉迪亚·兰斯基坠入爱河，体验到一种“变容”，好似他位于极喜的边缘，好似进入新的生命形式。但是象征着莉迪亚初次婚姻和波兰生活的结婚戒指，却把汤姆排除在外，因为他没有参与其中，戒指是个闭合的圆圈，捆绑了莉迪亚的生活。她好像行走于地狱，那里黑暗随意地聚集，但却又互不相干。当汤姆为求婚而走进莉迪亚的家时，通过窗射出来的光照亮了莉迪亚和她的女儿安娜，好似一幅圣母玛利亚和孩子的画面。孩子被哄到床上安睡了，而汤姆却求婚未果。婚后莉迪亚有孕在身，开始“无视”汤姆的存在，将他孤身置于一旁；就连安娜亦想要把汤姆从莉迪亚的床上赶走。安娜长大成人后与威尔坠入爱河，汤姆看见谷仓里暗淡灯光照耀着这对恋人，当初汤姆的孩子出生时他曾把幼小的安娜放在这里。此情此景，让汤姆感到备受排斥，犹如初婚前看到《圣母和圣子》（*Madonna and Child*，1508）这幅画作时的感觉。紧随痛苦的排斥感，汤姆感觉到的是安全和庇护感，就如当初安娜在多个天堂之间寻找父母之爱时所获得的、威尔在教堂门廊的拱柱下找到的，以及厄秀拉与安东尼的热恋中找到的那种。

汤姆与莉迪亚情感的第二次升华是结婚后的两年，通过宗教与彩虹意象的融合进行描述。

> 他们在一起生活，这预示着进入了另一种生存领域，是对另一种生活的洗礼，是完全的对两人爱情的见证……。（他们）面对面站在走廊上，迸射出的光芒从他们后面涌到脸上；这是变容，这是增光，也是爱情的升华……。她是走廊，也是出口，她超越了一切，他在她的一切中带她超越一切。通过安娜父母对各自诺言的实现，安娜平安而且安宁。她自信地在火柱和云柱之间玩耍，全身洋溢着这种信心。没人再会叫唤让她幼稚地举起的拱门的一端。她的父亲和母亲在天堂相聚，而作为孩子的她，自由自在地在人间和天堂之间玩耍。（Lawrence，1949：78-79）

走廊和拱门、照亮和拯救这些意象起源于《圣经》和《末日审判》。云柱和火柱指的是《出埃及记》（*Exodus*，《旧约》中的一卷）里的内容：因为以色列人受埃及人的奴役，上帝照亮了以色列人的路。通过大门进入伟大的生命暗指《启示录》（*Revelation*，《新约》中的一卷）里约翰对天堂耶路撒冷的描述：被救赎的民族将在上帝光明的引领下行走，大地的君上将其视为赞美和荣耀；白天，天堂的大门不会关闭，因为那里没有黑夜。

第三节 《虹》与《末日审判》的主体变容

小说人物对宗教艺术作出平行和对比反应诠释了安吉利科《末日审判》的两次描述。威尔的宗教信仰具有神秘和美学色彩，而并非单单具有虔诚和教条性质，他从艺术的角度阐释基督教。罗斯金首先激发了威尔对中世纪事物的兴趣，使威尔意识到弓形石头的重要性，看到一道暗暗的光线，透过这光线，慢慢进入黑暗，有些事情就这样迷迷糊糊地发生了。但是安娜对教堂很在意，威尔也是。当他们在小说《虹》第六章“女胜利者安娜”中观察《圣母怜子》（*La Pietà*，1498—1499）时，安娜看到的尽是现实，如带有撕裂痕迹的尸体，有着被人朝拜的姿态，然而威尔认为“这张图意味着圣餐，一份面包”。在威尔看来，教堂窗户中的羊羔是“耶稣的象征，耶稣的纯真和奉献的象征”，然而安娜驳斥道“我对羊羔的喜爱之情无法让我像对有意义的事物那样对待它们”（Lawrence，1949：163）。安娜相信她就是那艘诺亚方舟，而世上其他的一切都是洪水。女人是唯一真实可靠的事物。安娜和威尔分别从典故与象征的层面被艺术化地定义，两者都被自身的无能或拒绝所束缚，以至于无法认识到他们之间互补的联系。如果没有这种联系，他们就好像拱门破损的两端，而直到结合在一起才完整。和安娜一样，厄秀拉不喜欢这个想法：“耶稣受伤和手脚有洞：这让她讨厌”。厄秀拉的母亲不相信人类以外的事物并且否认威尔所拥有的神秘热情，厄秀拉跟母亲不一样，她更老于世故并超越现实，认为“虚幻且带有圣伤（stigmata）的耶稣：那是她的幻觉”（Lawrence，1949：277）。

“女胜利者安娜”中对于《末日审判》的第一个描述表现了安娜对于身怀六甲的欢乐和满足，或者用她的话来说——变容。在不断的爱恨循环中，安娜跟威尔越走越远；当安娜嘲笑威尔扭曲事实并且说他“把亚当说得跟上帝一样伟大，把夏娃说得像洋娃娃”时，威尔毁掉了他最爱的木雕“夏娃造人”。该雕塑代表了他和安娜之间的关系，是威尔最初坠入爱河时为安娜而刻的。两人的亲密关系结婚时继续着，吵架时燃烧着，但是当安娜逐渐疏远威尔时，这种关系俨然无法回到原初位置，20 年后的一次争吵终于结束了这段情缘。木雕引起的争吵结束后，安娜向父母亲忏悔说威尔的冷酷让她不敢告之自己怀有身孕。两人间有了一丝平静，她不再让威尔踏入家门半步。但是经过苦口婆心的调解，威尔出现时通体光亮，好像无数的落日余晖透过开着的门、照耀着地板。随着他们手牵着手回家，“安娜那新的光辉惊艳至极”。

经过这番精细的酝酿，劳伦斯开始描写的一幕里，言语、画面和视觉图像开始融为一体，此时安娜在威尔的复制画作中发现了安吉利科画作《有福之人入天堂》（*Entry of the Blessed into Paradise*，c.1435）的印刷品，这幅画描写的是《末日审判》中人类获得救赎的场景。这幅画：

> 让安娜倍感幸福。有福之人互相扶持，共同走向满是光亮、绝无虚假、充满天使般动听旋律的世界，这种纯真的场景让她流下了幸福的眼泪。绚丽、光束、牵手，这些对她来说是一种难以置信的纯真。终于有一天，她闪耀着通过了天堂的大门；几天后，她进入了充满光明的世界。她体内的孩子闪耀着，一直到安娜变成一道阳光……她多么快乐啊，活着便是一种福祉啊！已经知道……她唯一一次走过恐怖又纯净的火焰，来到这个金碧辉煌的安宁之地，带着孩子和满是爱意的丈夫，跟众多天使牵手。（Lawrence，1949：150）

该画再现安娜对和平幸福的诉求以及内心灵动的创造感使她体验到天使间的超然和谐。而该画在劳伦斯其他小说，如《恋爱中的女人》与《查泰莱夫人的情人》中均有类似描述。

小说《虹》中，安娜和厄秀拉具有象征意味的舞蹈出现在对每次画作的描述之后，与安吉利科天使般的舞蹈形成了讽刺性的对比。安娜和威尔一起牵手的幸福好景不长，便反目成仇。安娜怀孕后喜欢上大卫王的故事，大卫王在上帝面前舞蹈并高兴地展示自我（《撒母耳记》是《旧约》中的一卷）。安娜幻想与威尔离婚，与未曾谋面的上帝共舞。就像大卫王的夫人米甲，威尔在火炉前怒火中烧，反对这种赤裸的舞蹈，该描写恰好将“女胜利者安娜”提高到了新的层次。安娜的幻想终日折磨着威尔，他躲进了教堂，而此刻用隐含《圣经》和绘画意象的语言来描述，便是安娜从她的毗斯迦山（摩西第一次在这座山上看到了乐土）眺望，看到了一个“若隐若现的地平线，远在天边的一条路，形似拱道的彩虹，隐约带色砖瓦顶的幻影之门”。安娜内心满足，在孩子和与丈夫的分离中找到了平衡，她将这个孩子命名为厄秀拉，代表“圣人之肖像”（Meyers，1975：59）。

安娜和威尔的情感冲突主要表现在他们对艺术和建筑截然不同的反应上，在第七章拜访林肯大教堂时，这种冲突达到了顶峰。狂喜的威尔看到了被罗斯金称作“大不列颠群岛上最珍贵的建筑”（《约翰·罗斯金全集》第

37 卷）的大教堂（Cook、Wedderburn，2010：433），将之视为天堂里环绕在彩虹周围的记号，他像祭坛里的朝圣者一样爬上通往大教堂的陡峭山坡。但是安娜只是关注石刻中表现的狡猾恶毒的笑脸这个细节，坚持认为那张脸就是石匠妻子的脸。虽然威尔对此并不赞同，但安娜只是像当初批评威尔的那个亚当妻子的石雕一样随意一笑。这便摧毁了威尔的幻想，影响了威尔对大教堂的朝拜，因为他把大教堂当作象征物一样爱着。威尔的"夏娃造人"，正如大教堂的石刻，表达了为让想象变成现实所作的努力。这点就好像大卫的舞蹈代表了安娜的狂喜，以及上帝之子代表了厄秀拉的爱情。

大教堂的描写出现在第六章、第十章中对《末日审判》的两种描述之间，在主题上与两个描述相关；因为威尔寻求的是"整体概念"，对画作和大教堂具有相同的看法，而厄秀拉反对父亲的观点并像安娜搜寻林肯市石雕的细节一样，她搜寻画作的细节：

> 他（威尔）喜欢早期的意大利画家，但只是特别喜欢乔托、弗拉·安吉利科和菲利普·李琵。这些人的伟大作品让他着魔……经常地，每每欣赏这些人的画作，他慢慢感受到快乐，这是因为这些作品建立了一个全新的充满神学色彩的建筑概念，而这概念将人物造型看作整体单位。有时他急忙回家欣赏弗拉·安吉利科的《末日审判》。无论是坟墓的入口、路边的一堆泥，还是优美的天堂，无论是歌唱着进入天堂，还是进入地狱，都让他有一种完整感和满足感。他并不关心自己是否相信天使和恶魔。整个概念本身就能给他最深刻的满足，对他而言，这就是一切。……
>
> 从小就对这些绘画烂熟于心的厄秀拉搜寻着其中的细节。她敬仰弗拉·安吉利科画作里的花朵、光线和天使，她喜欢恶魔和地狱。但是一个高高在上、被众天使保护着的上帝的形象让她感到很无趣，主要是高高在上的事物都让她感到无趣，引起她的不满情绪。这个身披褶皱布料的无用之人就是一切生命的最高代表和意义所在？天使们是如此可爱，光线是如此美妙。但是竟然要围绕在上帝这么个庸俗人物周围。（Lawrence，1949：233-234）

威尔推崇伟大的作品、复杂的画作和建筑设想。在他看来，人是个不重要的"单位"。威尔并不因为存在天使和恶魔而担心，但是厄秀拉质疑并且排斥上帝。她喜欢栩栩如生的天使画卷及它们溢于言表的美。不过厄秀拉并不接受《末日审判》画面上半部分生硬的构图，厌倦甚至迁怒于耶稣生硬呆板、拜占庭风格的形象，耶稣“身披绸缎，但面无表情”。图中，天堂里的耶稣被圣人簇拥着，无视弥漫在四周的无垠阴暗。贝伦森写道“安吉利科是从中世纪过渡到文艺复兴时期的典型画家”（Berenson，1952：49），安吉利科的中世纪特色在他对神界的二分法以及画中的人文因素方面表现得最明显。相较哥特式画作，厄秀拉更喜欢彩虹，因其跨越并连接了天堂和人间，彩虹的尖拱总能够表达人类破损的欲望。

厄秀拉的舞蹈反映了安娜的舞蹈，主要描述见于第十一章，紧跟在对《末日审判》的第二个描述之后，它帮助建立了安娜/威尔、厄秀拉/安东尼爱情之间的主题并列。“初恋”时，厄秀拉的生活被分成两部分，一部分来自绘画，另一部分来自工作日的世界，那里有满世界忙碌的人、列车、职责和报道，还有周日世界，充满绝对真理和生活的神秘。纵观《虹》，她的雄心壮志便是让这个视觉世界胜于物质世界；她想象被她喻为上帝之子的安东尼的爱将会引导她进入天堂，就像威尔的爱曾引导安娜进入天堂一样。

厄秀拉告诉安东尼在大教堂示爱并非错事。事后，她与安东尼信步而行，走在当初她爷爷拿着水仙花求婚，她母亲与年轻的丈夫私奔的地方，厄秀拉从前辈的角度审视爱情，布兰文家族的信仰更坚定了她的这个观念。厄秀拉秘密地把项链送给驳船上的婴儿后，和安东尼象征性地共舞一曲。看到这里，读者们会想起第四章中安娜和威尔收集谷束的场景，也就是小说中第二次“变容”的场景。

舞蹈最初是一种沟通形式，随后厄秀拉和安娜开始移动，她俩在湿滑的草地上舞蹈。但是逐渐地，厄秀拉像安娜一样开始独处，远离安东尼，而安东尼不同意她送给孩子礼物。该画面亦类似出现于《恋爱中的女人》第二十六章“椅子”中的场景。厄秀拉喜欢舞蹈，舞蹈让她放松，让她能够出神。但舞蹈只是一种等待，一种用尽介于自身和纯真之间的时空间隙的方法。舞蹈中固有的矛盾加强了厄秀拉和威尔在性上的联系，而其中“她的灵魂随着成功而逐渐凝结成晶，他的灵魂消散在痛苦和毁灭中。她成功了：他名存实亡”（Lawrence，1949：321-325）。

厄秀拉利用其破坏力量，并且在她看似就要在爱情上屈服于安东尼的时候，对他摈弃和毁灭———种对完美的歼灭——她承担起了安吉利科画作中耶稣的角色：厄秀拉会让安东尼起死回生，而不留丝毫痕迹，让他记得自己的灵魂与肉体的毁灭。但是安东尼的毁灭过于彻底，并且厄秀拉缺乏这种回天之力。重要的是，汤姆和威尔的肉体不复存在，但是他们的灵魂能够唤起与莉迪亚及与安娜的爱情，但是安东尼被永久地消灭了。

小说中厄秀拉对威妮弗蕾德·英格的迷恋也好，逃离伊尔基斯顿等四次经历亦罢，这些内容都是以中世纪文艺复兴的形式展现在书上的，劳伦斯对安吉利科的描述亦隐含着哥特式–彩虹这两个极端。一开始，厄秀拉像父亲威尔一样敬仰维多利亚时期大学的哥特式建筑，并且她的灵魂仿佛直接飞回到中世纪时期，上帝的僧侣掌控人类的学习，而且在宗教的影子下传授知识（Lawrence，1949：279）。但她马上回到过去的与伪哥特式幻想的固有价值观中，而且生气地拒绝了具有虚伪的拉丁特色、法国尊严和乔叟式的天真烂漫的中世纪精神。正如被智天使和双层天使包围的耶稣，“她生存和移动之处的光环内部”跟“外部黑暗”截然不同。

发生在厄秀拉身上的一系列不幸遭遇唤起了她对安东尼的爱情。安东尼刚结束戎马生涯（第十五章）时，厄秀拉认为“他们马上会摆脱黑暗进入光明……历经洗礼成为新的金色创造流中的一者”。在安东尼看来，她就像一个灿烂光辉中的变身，并等待着她对他的评价。在威尔和安娜的婚礼上，汤姆讲到天使是男人和女人合二为一的灵魂体：他们在审判日一起位列仙班，成为一个天使。小说末尾，安东尼结婚后驾船驶向印度，厄秀拉给他写信并且接受了他的求婚。尽管她已经看出了他内心的死亡，并决然与其分手，但她还是自欺欺人地想这才是以后真实的她。带着这封信，她将在末日审判日出现在上帝面前。

最终，厄秀拉对安东尼的评价基本是负面的，她必须经历（用劳伦斯的话说）一连串的失败，其在《末日审判》中以图像的形式展现出的——中世纪的、哥特式的、黑暗的、地狱般的失败，这早在她得以进入有福之人的行列，并且受到彩虹美丽光芒的照耀时便已存在。这些让人增长见识的失败经历——大学，与威妮弗蕾德的同性恋，和安东尼陶醉而痛苦之情，甚至流产，与安娜的孩子形成了很大的反差，而厄秀拉将其跟鲁本斯的《繁衍》（*Fecundity*）联系起来，这是她最后的彩虹：

> 彩虹的弧弯曲着、坚强地存在着，不屈不挠地弯曲着，好似形成了光线、色彩和天堂空间的伟大建筑，彩虹的基座在低山的新房上散发着光芒，彩虹的弧挂在天空的最高处。彩虹仍然待在地上……

保证那个全新、干净的身体将会开始重生，开始新一轮的生长，接受阳光雨露以及来自天堂纯净的雨水的滋养。（Lawrence，1949：418）

彩虹并不是小说故事逻辑上的终结，而是跟厄秀拉的不幸经历截然不同的再生标志。彩虹预示着救赎、“变容”和她最终在《恋爱中的女人》里获得的天堂。《虹》通过三代男女描绘了一个虚拟的追求：随着布兰文家族变得越来越有雄心，并且寻求更大范围的生活历练，他们发现达到完美的境界越来越难。莉迪亚在丈夫身上找到了，安娜在孩子身上找到了，厄秀拉在工作中找到了，汤姆在煤矿上找到了，威尔在艺术中找到了，安东尼在战争中找到了。《虹》的成功之处，部分在于劳伦斯连接并分辨布兰文家族每个人的能力；通过画作反映小说中人物的不同反应，使读者对安娜、威尔和厄秀拉的性格有了深入了解。安吉利科的绘画帮助劳伦斯实现了这部极其复杂和极具创新力的小说的构架与统一，并且将迥然不同的意象和三代人的价值观和谐地聚焦在一个画面上。《末日审判》提供了艺术上、视觉上和宗教上的展示，囊括了人类在宗教史上的灾难时刻的体验及角色对物质世界和精神世界构架的重要追求。

劳伦斯此后一直坚持绘画。欧洲之旅中，他结识了已婚的弗里达·凡·瑞赫多芬（Frieda von Richthofen，1879—1956），他们于1914年返回英国，随即在伦敦结婚。此后，他重新审视自己的艺术观，重新习画并开始撰写一系列文艺批评。他用一块玻璃作调色板，用碎布、五指、掌心和画笔创作出《神圣的家庭》（*Holy Family*，1926）、《薄伽丘的故事》、《复活》、《男人再生》（*Renascence of Men*，1928）等大量的绘画作品。虽然1929年6月22日劳伦斯举办的第一次个人画展以警察突袭画廊，没收了其中的13幅作品而告终，但是，该画展体现了劳伦斯小说与绘画的思想共融。总之，他既是位古怪的视觉艺术批评家，又是位卓有成就的画家。

第五章

劳伦斯《恋爱中的女人》与格特勒《旋转木马》

英国画家格特勒与多拉·卡林顿（Dora Carrington，1893—1932）不仅成为英国作家奥尔德斯·赫胥黎（Aldous Huxley，1894—1963）的小说《克罗姆·耶娄》（*Crome Yellow*，1949）中人物的原型，而且给予劳伦斯小说《恋爱中的女人》以创作灵感。弗莱曾这样写道：这（格特勒）是一位非常具有激情的艺术家，也是一位罕见却令人耳目一新的人物（Sutton，1972：417）。难怪劳伦斯在见到格特勒最负盛名的画作《旋转木马》（*Merry-Go-Round*，1916）（见图 5-1）的照片后，就告知格特勒，已将他作品中的旋转木马移花接木，用在自己最新的小说《恋爱中的女人》中。他认为："与雕塑相比，画作要更加隐晦，这也就是为什么我认为画作是表现艺术的更好的媒介，但是，人们既想要画作表现的那种隐晦，又想要雕塑表现的那种大胆。"（Carrington，1965：133）事实上，格特勒与劳伦斯的友谊及他与卡林顿的悲苦爱情，构成了《恋爱中的女人》中的重要情节，其画作《旋转木马》所表

图 5-1 《旋转木马》

现的主题即为该小说的主题：现代社会文明的堕落，机械控制了现代社会，战争将文明引向堕落。劳伦斯将格特勒与卡林顿分别作为小说中洛尔克与米内特的原型。《旋转木马》让劳伦斯在情感上受到了很大的触动，一方面基于作品本身的感染力，另一方面源于把格特勒作为普通人以及作为艺术家的双重认识。

第一节　画家格特勒与小说家劳伦斯

劳伦斯以《旋转木马》定义自己的小说，在此有必要讨论画家格特勒与小说家劳伦斯的关系，以便更好地诠释格特勒的《旋转木马》对劳伦斯小说《恋爱中的女人》的视觉影响。

格特勒留给众人最深的印象就是他充沛的活力、异域之美和作为艺术家的天赋。艺术批评家弗莱、格特勒的赞助人圣约翰·哈钦森（St. John Hutchinson，1884—1972）、传记作家迈克·荷洛伊（Michael Holroyd，1935—）对格特勒的性格魅力都有过描述。他们的只言片语显示出格特勒和劳伦斯性格中一些重要的相似点。格特勒与劳伦斯于1914年邂逅，之后一直保持着友谊，直到1930年劳伦斯与世长辞。他们两人的性格反复无常，缺乏自制力，又专横、傲慢，喜欢控制朋友，常常伤害对方，这些性格上的特点无不与他们早年经历的贫困有关。这两人都保持了他们的地方口音和工人阶级的社会身份，与家庭联系紧密，特别是与他们的母亲，同时他们常常对富有的赞助人忿忿不平。“我认为贫穷就是悲剧！”格特勒对艺术赞助人爱德华·马什（Edward Marsh，1872—1953）如是写道：“真不幸，我出身在一个社会底层家庭，我是说没有收入，作为现代艺术家是必须要有收入的呀。”（Carrington，1965：56）在给他深爱的卡林顿写信时，他这样写道：“是啊，你是个贵小姐，而我只是个穷小子。”（Carrington，1965：47）他对卡林顿的感情和好感与劳伦斯对瑞赫多芬的感情如出一辙。格特勒和劳伦斯都是《回忆托尔斯泰》的译者塞缪尔·S.柯特林斯基（Sameul S.Koteliansky，1880—1955）和美籍英国人艺术活动家多萝西·布雷特（Dorothy Brett，1883—1977）的密友，两人都是和平主义者，他们反对战争。尽管两人极具才华，但是他们与剑桥青年布卢姆斯伯里（Bloomsbury）团体泾渭分明。格特勒于1913年曾愤懑地写道自己与其他人之间总是存在着隔阂（Carrington，1965：57）。其强烈的恨意和自我辩白与劳伦斯对疾病和复活的公开指责非常雷同。1915年劳伦斯在剑桥经历了一个灾难性的周末后这样写道：说实话，剑桥让我非常灰心失落，我无法忍受它所散发出来的腐烂、腐朽的气味。我得了疟疾，非常忧郁。试问一个生病的人怎么会有生气呢，他们必须先经历死亡（Moore，1962：43）。

格特勒和劳伦斯都得过肺结核，又同时接受同一个专家安德鲁·莫兰（Andrew Morland，1896—1957）的治疗。格特勒体质羸弱，在19世纪20年代期间曾多次住院治疗，他对卡林顿解释说："我一生注定是在这样紧张压抑的生活中度过，我必须感到焦虑和不安，这就是我的命啊。因此若见到我面色苍白憔悴，请不要担心，那就是我要经历的。"（Carrington，1965：146）劳伦斯曾拒绝承认自己的病情，他在1918年提醒格特勒，望他也倍加小心（Moore，1962：543）。

劳伦斯首次见到格特勒时，后者正无可救药地爱着才女卡林顿，劳伦斯在斯莱德（Slade）见过的这位女子，奥特兰·莱伊尔（Ottoline Morrell，1873—1938）曾将她比作"荒野中的一匹小马驹，毛色光亮，眼神游离，透着难以琢磨的神情。尽管动作有点奇怪，但是却赋予她一种特别的魅力"（Hardy，1963：277-278）。荷洛伊在传记中亦曾有提及（Holryoyd，1968：187-188）。

在卡林顿的冲动中，最奇怪的就是她的性冲动。她曾长时间地因为所受的极端压抑而举棋不定，有一段时间她讨厌自己美丽的酮体，认为它不过是个躯壳，是女性的累赘；有一段时间她讨厌自己对不明确的性取向做小小的妥协。卡林顿一再拖延格特勒对她的追求，直到5年后，她最终屈服并与他发生了关系。此后，又与英国著名的传记作家里顿·斯特拉奇（Lytton Strachey，1880—1932）等人发生关系未果。卡林顿最终还是回到压抑的状态，不得不放弃绘画，将她的生活奉献给冷酷、严苛的斯特拉奇。斯特拉奇对卡林顿在性爱方面无所需求，但对她却比卡林顿那些玉树临风的情人们还要上心，两人一起生活了14年。1932年，斯特拉奇死于癌症，卡林顿也饮弹自尽。

1916年，格特勒和卡林顿的友情演变成了卡林顿内心激烈的挣扎。他们的性爱斗争更甚于历史上另一对艺术圈中的情人约翰·米德尔顿·穆尔（John Middleton Murry，1889—1957）和凯瑟琳·曼斯菲尔德（Katherine Mansfield，

1888—1923）之间的性爱斗争，这或许也对于劳伦斯对小说主人公杰拉尔德和古德伦“内心挣扎”的描述产生了影响。劳伦斯比格特勒大 6 岁，结婚后给予格特勒有关婚姻方面很好的建议，但是这种建议即使他本人也做不到。劳伦斯不喜欢卡林顿，就像其他不理解卡林顿内心世界的人一样。在卡林顿抛弃格特勒时，劳伦斯感到百思不得其解，而且内心愤愤不平。劳伦斯这样描写卡林顿：

> 这个女人就是憎恨男人，她一直是这样的，她恨男人身上所具有的一切阳刚之气。她就喜欢那种阴柔，这样她就能释放出身体内的被压抑的力量，使人们屈服于她。只有在亲密的恋爱关系中，她才表现得不择手段，无所畏惧，就像魔鬼的化身。但在公共场合或陌生的地方，她又显得惴惴不安，就像一个良心败坏的人，对社会有所畏惧。正因为这样，她一定要有个男人陪在身边，替她挡在自己和他人之间。（Lawrence，1972：186-187）

卡林顿多次拒绝格特勒的求爱，为此格特勒深受折磨，这时他遇到了劳伦斯的朋友——小说家吉尔伯特·坎南（Gilbert Cannan，1884—1955）。坎南邀请格特勒到他在赫特福德（Hertfordshire）的工作室作画，此时格特勒需要与人交流，坎南则需要创作新作品的素材。1916 年，坎南发表了以格特勒的生活和他与卡林顿的关系为原型的小说《孟德尔：一个青年人的生活》（*Mendel: A Story of Youth*，1916），小说中也捎带描写了以劳伦斯和瑞赫多芬为原型的配角。和大多数人一样，劳伦斯不喜欢这部小说，甚至有些生气，并抱怨格特勒像犹太人一样将自己全部的生活细节都告诉了坎南（Huxley，1932：383）。

劳伦斯把格特勒比作犹太人，基于他强烈的反犹情绪。他既有对犹太人传统的偏见，又认为犹太民族是个古老民族，历史积淀深厚，却处于衰落的时代。1917 年，劳伦斯在写给另外一位犹太人瓦尔多·富兰克林（Waldo Frank，1889—1967）的信中，如此重复道：犹太人最优秀的品德是他们能够分辨真相，最差的品德是像奴隶般卑躬屈膝（Moore，1962：520）。在劳伦斯看来，格特勒一方面毫无必要，却事无巨细地向坎南作叙述，另一方面无法赢得自命不凡的卡林顿的芳心，却又不能潇洒放手，这两件事就充分体现了犹太人奴役人的伎俩和像奴隶般卑躬屈膝的品质，而这些都让他非常鄙视。

劳伦斯在给格特勒的关于《旋转木马》的信中，全面阐述了他所谓的犹太人的最优秀品德，即犹太人具有明辨真相的能力，而且也深知他们自己憎恨人类的价值观。在劳伦斯的种族理论语境下，犹太民族最具有以艺术形式来描绘分崩离析这类场景的能力。既然在表达混乱和衰退时灵魂不必存在，劳伦斯就把《旋转木马》看作是以犹太民族为原型的作品。

第二节　《旋转木马》之于《恋爱中的女人》的主题影响

1916 年，劳伦斯和格特勒终于告别贫穷，迎来学术辉煌和艺术成功。此时格特勒饱受与卡林顿的爱情之苦，而劳伦斯和瑞赫多芬的爱情也出现了问题。在这同时，格特勒正在创作《旋转木马》，并尝试创作雕塑作品，而劳伦斯则在写作《恋爱中的女人》。1915 年 2 月，格特勒告诉卡林顿："一天，我无意中看到贝宁的作品——非洲木雕，顿时，它给了我很多灵感，而且同我的作品非常相似。这个作品似乎已收藏于大英博物馆（British Museum）。"（Carrington，1965：85）1916 年 11 月，劳伦斯对格特勒说："科特告诉我，你已经完成了你的第一个雕塑作品《杂技演员》（*The Acrobats*，1916），我很想知道你对这个作品的喜欢程度和评价。"（Moore，1962：133）翌年四月，当劳伦斯亲眼看见这个作品后，又写信给格特勒说："我认为这些摔跤手非常有意思，但是雕塑总是不能真正满足我，它们不够抽象。对于那些讨厌大作品的人来说，这显然破坏了作品想象的空间。"（Carrington，1965：508）这座雕像一定会让劳伦斯想到《恋爱中的女人》中的摔跤场面，或许正是这座雕像为小说的摔跤场面提供了参考（Delavenay，1972：282）。英国艺术批评家昆汀·贝尔（Quentin Bell，1910—1996）也认为《杂技演员》这个雕塑无疑受到了非洲木雕的影响。

洛尔克的雕塑所表现的美感与格特勒画作所体现出来的美感相互呼应，这种美感更多地建立在德国表现主义粗犷的表现手法上，而不是建立在前人塞尚和雷诺阿的表现手法上。法国的画作"过于精致，让人起腻"，格特勒说道："在现代社会中，我们需要一点粗犷……我喜欢那种在丑的深渊里泛出的美感"（Carrington，1965：210-211）。在《旋转木马》中，格特勒刻画了战士、裁缝和年轻女子，共 16 名。在旋转木马转动产生的离心力下，他们呈现出一种木偶般的僵硬。赫胥黎写道：格特勒色彩运用强烈、大胆，有时那种大胆甚至有些过头（Huxley，1932：23）。这些人物如木偶般僵硬，他们坐在木马上，微笑中凝结着一种强烈、残酷和茫然的神色，炫目的暖色将这些渲染得出神入化。旋转木马的顶被涂成了绚丽的橘红色，由 8 根支柱支撑，下面是一个圆形的底座。那个火红色的顶看起来像是在坩埚熔过，突然倒入伞形的模具中形成的。顶的色彩和女子服装上淡淡的藏红花色相得益彰，与军装上的深红色和深蓝色形成强烈对比。如被新月般的光晕染过的云朵，低低地垂在旋转木马的顶上，看起来似乎才刚从天空中采撷下来，它们尖尖的边缘向前伸展。整个画面的前景色采用的是黑色调，那些机械木马上笑脸的背后似乎有个黑黢黢的深渊，肆无忌惮地敞开着。

贝尔对这幅画做了详尽的描述：

> 这幅画称得上是他的问鼎之作，整个画面的色彩浓郁、强烈。格特勒似乎想要通过画面释放出他内心所有想要表达的情感。那些骑在木马上快乐的人儿被故意刻画得如他们胯下的木马般呆板、僵硬，圆顶上的云朵厚重，有一种塞尚画中经常表现的体积感。旋转木马一圈一圈地转着，在空中不断画出椭圆形的光影，所有一切都凝聚在这个旋转的金属迷宫中，这迫使画家不得画出视觉上的重复以展现弥漫在这个游乐场中奇怪的、眩晕的氛围。这幅画理应被尊重。但与其说这幅画容易获得人们的喜爱，不如说它容易获得人们的崇拜。（Carrington，1965：129）

斯特拉奇对《旋转木马》夸张、戏剧式的嘲讽与贝尔的客观分析形成了有趣的对比。斯特拉奇是一个和平主义者，他用战争的隐喻来描述这幅画。这幅画完成于 1916 年底。到这一年，惨烈的战争已持续两年之久，就在夏秋之交，索姆河攻坚战失败了。就像《恋爱中的女人》，这幅画也是对这场凄惨的战争的回应，意象采用的是不同寻常、失去控制的事物，就如威廉·巴特勒·叶芝（William Butler Yeats，1865—1939）在《基督再临》（*The Second Coming*，1921）中表现的意象一样。猎鹰在天空盘旋，一圈圈荡开去，/听不到放鹰人的呼唤；/地心再无法凝聚，万物分崩离析去；/世界陷入一片混沌。

《旋转木马》描绘了士兵的愤世嫉俗。哈钦森警告格特勒，非常担心事情被报纸报道而发生不可预料的结果。而劳伦斯的态度却相反，不仅希望能有机会欣赏一下这幅画，而且还想要一份照片复制品。劳伦斯有力的回应反响强烈，他把格特勒的作品与战争联系起来。劳伦斯从当时英国著名的权威报刊《每日镜报》（*Daily Mirror*，1916）得知诸如齐柏林飞艇坠落等种种令人惊愕的消息，感叹这么多刺耳的谎言和令人作呕的死亡使人产生愤怒，让人筋疲力尽。但劳伦斯坚信他们对友谊的信念是坚固的，而这才是最重要的。

一个月后，劳伦斯果真得到了格特勒寄给他的照片。劳伦斯在回信中把《旋转木马》与其《恋爱中的女人》联系了起来，并且觉得刚刚寄到的照片令人恐惧。《旋转木马》是格特勒画的第一幅画，劳伦斯认为它是最好的现代派画作，既真实又恐怖，看到原作一定更让人肃然起敬。他还分析道：

> 如果别人对你说这幅画低级下流，那他们说的是实话。我认为在庞贝艺术里曾有一些如此可怕又让人灵魂撕裂般低级下流的作品。但既然情色是如今人们创作激情的实质，如果是这样，那它就是艺术唯一的内涵——或者说几乎是唯一的内涵。作为一个有发言权、有自己想法的人，我不会说我从画中读到了什么信息，但我的确认为，在结合火焰，强烈的机械旋转，完全无意识与无知觉的人类感觉中，你对人做了真实与最终的展现。我认为这幅画是你艺术水准达到的新高度——它标志着一个伟大的高度。我也能像考特的狗一样趴在你的画下撕心裂肺地嚎叫。我意识到你的人际关系流于表面，你的内在灵魂一定是毁灭与恐惧混杂交织的。（Meyers，1975：73）

虽然劳伦斯起先的赞美似乎毫不吝啬（“最好的现代派画作”“我认为它棒极了”），但我们从他关于塞尚的文章中了解到他并不喜欢现代派画作。这番赞扬显得模棱两可，便是整封信的特点。因为格特勒这幅画表达的是“感官的极限”，是人（类）肉体的接触而没有精神的交融，所以劳伦斯称这幅画“低级下流”，并把它与庞贝艺术相提并论。古罗马帝国的衰落，色情艺术，维苏威火山喷发造成庞贝古城的毁灭。“色情绘画”与一战造成欧洲的毁灭之间有一种直接的联系。但是劳伦斯指的“色情”并不是完全的贬义，因为他说色情是“如今人们创作激情的实质”，因此也是现代艺术重要的材料。所以他赞扬格特勒揭示真理的能力（“那是犹太人最擅长的——他们深谙这种实质”），这就是“一种真实与最终的展现”。

劳伦斯把画的内容与格特勒的内心状态等同了起来。他挑明了格特勒的“犹太人性质”，揭示了他模棱两可的原因。他需要的是自身与格特勒的艺术区别，坚信自己能理解格特勒的艺术视角。劳伦斯的话虽然听起来都很奇怪——但他觉得应该用一种非英语的语言来说，而且他不想把格特勒的画诠释成意识上的观念，他知道，格特勒的艺术创作必定是毫无意识的，处于强烈的毁灭的感觉中。

劳伦斯的评论似乎暗示只有犹太人的苦难与仇恨才能成就格特勒末世般的画作和劳伦斯本人末世般的小说，而他自己也怀有这种情感。就在劳伦斯完成《恋爱中的女人》后，他告诉苏格兰著名的传记作家凯瑟琳·卡斯威尔（Catherine Carswell，1879—1945）：“这部小说让我很恐惧，因为太有世界末日的感觉了。但这是，也必定是一个新的世界的开始。”（Moore，1962：482）劳伦斯对格特勒艺术表达的极端性怀有崇敬之情，它能产生一种新的生活秩序。

值得注意的是，格特勒在劳伦斯的这封古怪的回信中还是听出些金子般的赞美话语。《恋爱中的女人》最终在 1920 年发表，劳伦斯以格特勒为原形创作了洛尔克这个人物形象，但他们的友谊并没有因这封回信以及《恋爱中的女人》的发表而破裂。

第三节　格特勒 vs 洛尔克，伯金 vs 厄秀拉

与格特勒一样，劳伦斯小说中的洛尔克亦是犹太人，在波兰和捷克交界处的城镇度过了贫困的童年。洛尔克有着与格特勒相同的体态特征：黝黑的皮肤，“男孩子般的”体型，浑圆充实、敏感的头脑和快速闪动的大眼。但他和性格温和的莱特纳之间的同性恋强化了这个卑鄙下流的小恶魔形象，这和格特勒的异性恋取向没有任何联系。格特勒绘画创作的灵感得自一次汉普斯特的游园会，他与洛尔克的艺术相似性极为显著。

与格特勒不同，洛尔克认为：雕塑与建筑一定要相互结合，就像壁画那样，与时代毫不相干的雕塑的时代应该结束了……就像过去艺术诠释宗教一样，艺术也要诠释工业……除了工作别无其他！只有工作，操作一台机器，或者享受机器运转带来的乐趣（Lawrence，1972：474-477）。这就是格特勒的画中被劳伦斯称为“强烈的机械旋转”的东西。洛尔克的性格并不基于格特勒真实的性格，而正如劳伦斯信中所提，是基于他把格特勒作为犹太艺术

家这个理论上的设想。洛尔克像意大利的未来派画家一样，在对机器的“诠释”中把自己与机器和荣耀等同起来。

洛尔克对机器的美化在两方面把他和小说中另一个堕落的世界联系了起来——杰拉尔德·克莱齐的煤矿。因为洛尔克的艺术反映机械化生产的工业,这影射了机械化生产的煤矿和以杰拉尔德为代表的矿工们的机械化生产。杰拉尔德的手绞进了自己操纵的机器中，这具有一定的象征意味。并且旋转木马荒谬的转动使人联想到杰拉尔德家中名为俾斯麦的兔子，它疯狂地绕着屋子跑动：在这之前它挠了杰拉尔德和古迪兰，注定了他们的命运有血光之灾。“它绕着院子跑啊跑，好像被枪弹击中了似的，跑啊跑，好像一颗毛茸茸的陨星，紧张、生硬地转着圈，好像要让他们脑子眩晕。”（Lawrence，1972：273）

洛尔克在给厄秀拉和古迪兰看了一张雕塑的照片后，解释了他有关艺术（艺术品）的理论，这一理论类似于弗莱的“有意味的形式”的观念，认为那匹马是一个特定的形式，是整体形式的一部分。它是艺术作品的一部分，是形式的一部分。就像乔治·奥威尔（George Orwell，1903—1950）的研究专家凯斯·奥德利特（Keith Alldritt，1935—）指出的，劳伦斯在“对这些画的介绍”中抨击了弗莱的理论（Alldritt，1971：158）：如果你想唤起一种美的狂喜的感觉，那就站到一幅马蒂斯的画前去，然后低声、热烈地默念：“有意味的形式！有意味的形式！——然后这种感觉就涌现。对我而言，这听起来就像一种自慰的形式，试图让身体对大脑某种程式做出反应。”（Lawrence，1936b：567）

厄秀拉自身也是一位艺术家（也许她对弗莱 1910 年的首次后印象派画展不感兴趣），她本能地看出了洛尔克理论的错误并且猛烈地抨击了他：“这匹马是你自己的身躯和愚昧的兽行。然后那个女孩是你起初喜欢，转而折磨，最终忽视的女孩……”（Lawrence，1972：485-486）。

像洛尔克的情妇一样，米内特·达琳顿这个女孩留着很有艺术气息的金色短发（Lawrence，1972：68-71），有着蓝色的大眼睛和娇嫩如萌芽的身材，这使得洛尔克这位年轻有教养的艺术学生不仅与达琳顿联系在一起，而且还和格特勒所爱的卡林顿也联系了起来。在劳伦斯看来，是卡林顿对待格特勒无理又残忍。虽然在《恋爱中的女人》中他们的性别角色调换了，但劳伦斯运用了格特勒与卡林顿之间毁灭性的关系来强调艺术的变态与爱的变态之间主体性的联系。《旋转木马》刻画的是毫无思想的人类感官极限的强度，表达了格特勒内在灵魂一定是处在毁灭与恐惧强烈的混杂交织的状态之中。劳伦斯这样看待小说人物伯金：那种在他自己身体里快要迸发的感觉，在数千年前，肯定存在于这些非洲人身上：美德、神圣、对创造与源源不断的幸福的渴望一定已经消失，使得求知的冲动只剩下了一种，那就是逐步体验感官的、没有思想的知识。（Huxley，1932：285-286）

就像洛尔克与古迪兰"在看到埃及人隐约的欲望时燃起自身的欲火"一样，伯金像"一个埃及法老"一样驾驭着厄秀拉。劳伦斯与格特勒相似，对《旋转木马》有强烈的直觉反应，并且把自己与犹太人的"反社会原则"（"我自己感受深刻的仇恨"）联系起来，劳伦斯在给格特勒的信中写道：在你自己先解体之前，你要达到现在的高度，需要国家的历史知识……在这些终极的表达形式中我甘拜下风……超越忍受的限度而成了一种不连贯的艺术形式。就像康拉德笔下的马洛，他凝视着库尔茨的深渊，但及时地退了回来，劳伦斯也感觉到了格特勒的分解，但没有实际体验。

伯金后来有种比感官了解更好的方式，即天堂般地进入纯粹的、单一的存在状态，个人的灵魂先行于爱与欲望的结合（Lawrence，1972：286-287）。厄秀拉觉察到了洛尔克的雕塑代表了她和伯金之间的堕落关系。同样，虽然伯金竭力维持和厄秀拉之间的"完美平衡"，但这件雕塑表达了他在"短途旅行"中和她的性体验：比男性生殖器穿透力更深、更远，进入到不可言喻的黑暗与汹涌的洪流中（Lawrence，1972：354）。

综上所述，《恋爱中的女人》中劳伦斯用格特勒的生活与作品来联系他自己对性、爱、犹太人、艺术与战争的看法。他运用非洲艺术来象征任意的性行为与颓废的爱情，利用犹太艺术来象征再现于机器与战争中的毁灭性的原则。颓废的洛尔克在他的德国雕塑中既仰慕原始艺术，又美化现代机器。劳伦斯把自己紧密地与格特勒等同起来，而格特勒的艺术（劳伦斯感觉）又太令人恐惧，所以劳伦斯不得不把他的朋友转化成罪人洛尔克，使其毁灭感以客观化的方式呈现，并把他自己的"犹太式"的态度与他对伯金和厄秀拉的刻画加以区分。虽然伯金和厄秀拉不能完全免于格特勒画中所表达的分解与颓废，但他们对爱情的定义与小说中三个堕落的世界形成对比——在洛尔克的艺术中相结合的煤矿（指贝尔多佛中部煤矿小镇和矿主家长子杰拉尔德·克莱齐的矿井）与波西米亚——并且这些都直接与《旋转木马》相关联，是《恋爱中的女人》中一个统一的象征。

1922 年，在艺术家卢汉的邀请下，劳伦斯在新墨西哥的道斯定居。在那里他与画家布兰特、梅瑞尔德、厄福结下了深厚的友谊。通过与这些艺术家的交往，劳伦斯获得了一个全新的艺术视角，并重新审视了自己的艺术观。劳伦斯于 1925 年重返意大利，重新习画并开始撰写一系列文艺批评文章。在劳伦斯人生最后的 5 年中，他继续游历，并于 1928 年出版了遭受非议并屡遭封杀的《查泰莱夫人的情人》。1929 年，劳伦斯举办了自己的第一次画展，不幸的是，此次画展因被冠上“淫秽”的罪名而被禁。1929 年末，他搬到法国南部，后于 1930 年 3 月 2 日病逝。

第六章

福斯特小说中的视觉审美

福斯特在《不要观看绘画》（*Not Looking at Pictures*，1939）中这样说道："绘画不易观看。他们引发个人幻想，提供玩笑材料，激起历史回忆……我长年在画廊游荡，便相信在那些涂满颜色的被叫做'绘画'的木板背后必定有某些令人惊讶的东西。"（Forster，1951：140-141）事实上，意大利文艺复兴时期的佛罗伦萨画家，如多梅尼科·基尔兰达约（Domenico Ghirlandaio，1449—1494）、乔托的绘画促成了福斯特的两部意大利小说《天使不敢涉足的地方》和《看得见风景的房间》。福斯特的《不要观看绘画》一书的反讽戏谑之语与这两部小说异曲同工。

福斯特认为文艺复兴时期艺术作品中的个人气息和世俗特质与它们的美学价值同等重要。两部小说中英国人试图通过艺术观察生活，重获视觉与感官感受，在唤醒对绘画幻想的同时也重新获得爱的能力。意大利艺术展现的是美丽的圣吉米尼亚诺（San Gimignano）与佛罗伦萨，更是人类世界的色彩、形式与情感，而两部小说中的这些英国人对后者所知甚少。例如，小说《看得见风景的房间》中的圣克罗彻城中有许多乔托的绘画，但没人告诉露西画的作者是乔托。她轻蔑地四处走动，对那些作者或日期尚不明确的作品毫无热情。但是由于英国人对艺术充满敬意，因而小说中一再提到圣菲娜的母亲及圣约翰的"朋友"。福斯特的世俗化倾向消减了绘画中对宗教内容的解读——圣菲娜的形象及圣约翰的升天。福斯特通过基尔兰达约与乔托的绘画，微妙地表达象征、展现人物、强化主题。小说从绘画的主体或内容中获取典故，形成类比，人物性格的刻画也常与他们对绘画的反应密切相关。基尔兰达约与乔托在一些重要场景中被视作美学典型，使小说中的视觉元素突出了人物行为背后的心理意义。本章将论述这两位画家在福斯特小说中的视觉再现。

第一节 《圣格里高利宣告圣菲娜之死》与《天使不敢涉足的地方》

基尔兰达约（小说中为乔凡尼·达·安波利）的壁画《圣格里高利宣告圣菲娜之死》（*St. Gregory Announces the Death of Santa Fina*，1475）（见图 6-1）和《圣菲娜的葬礼》（*The Funeral of Santa Fina*，1473—1475）（见图 6-2）分别位于牧师会教堂中圣菲娜礼拜堂相对的两面墙上。在前者的画面中，憔悴的圣菲娜躺在木板床上，她有文艺复兴时期意大利人特有的高高的额头和长长的金发，其母亲和朋友在身边相伴。放着铜盆、石榴与酒的长木桌那平行的线条以及由装饰性柱子支撑着的镶嵌的天花板强化了圣菲娜僵硬的卧姿。透过圣格里高利躯体两边的门窗，可以窥见塔斯卡尼（Tuscan）的景色。圣格里高利曾被锁在大海中央的岩石上，因经受肉体的折磨而出名。他穿着罗马教皇的衣服，由六名天使簇拥着，祝福并宣告了圣菲娜的解脱。圣格里高利与两位看护者构成的斜线加强了三位女子定睛向上看的画面。灰白的墙壁与天花板，看护者衣袖上柔和的深红色，小天使周围的红色，圣菲娜朴素的粉色衣裙，共同营造出和谐亲密的氛围。雷蒙德·凡·马尔勒（Raimond van Marle，1887—1936）这样写道：基尔兰达约没有拘泥于女孩受苦时令人厌恶的细节，比如她怎样被老鼠纠缠，甚至被咬掉一只耳朵等，相反，圣菲娜胳膊上的一只可爱的小老鼠，是这段故事的唯一暗示（Van Marle，1938：14）。

图 6-1 《圣格里高利宣告圣菲娜之死》

图 6-2 《圣菲娜的葬礼》

在《天使不敢涉足的地方》的开篇，寡妇莉莉亚与朋友卡罗琳·阿博特即将启程去意大利旅行。小叔子菲利普建议她去意大利观赏绘画，尽管他对艺术一无所知。菲利普虽然喜欢意大利人，却从不期望与他们成为亲戚，但他仍然这样告诫莉莉亚：一定不要抱着旅游者的那种愚蠢想法，认为意大利只是一个充满古迹和艺术品的博物馆，要热爱和了解意大利人，因为他们比那片土地更可爱。富有反讽意味的是，莉莉亚在蒙泰里阿诺（Monteriano）爱上了英俊但贫穷的牙科大夫之子吉诺。菲利普被派往意大利，试图让莉莉亚恢复理智，并回到迂腐沉闷的小镇索斯顿（Sawston）生活。

蒙泰里阿诺由圣吉米尼亚诺、无数的塔楼、罗卡（Rocca）、圣阿古斯蒂诺（Sant Agostino）教堂，以及牧师会教堂（Collegiate Church）构成。这座城镇最初在莉莉亚寄往索斯顿的信中呈现给读者。这位在菲利普眼里品位低俗的莉莉亚竟然迷上了圣迪奥达塔（Santa Deodata）教堂及教堂里的壁画。小说中巴德卡尔的旅游指南七次提到那些壁画,称它们为“充满魅力的壁画”。菲利普和姐姐哈里特前往蒙泰里阿诺的途中，那些壁画又被重新描述。菲利普“从伯恩琼斯（Burne-Jones）看到普拉克西特列斯（Praxiteles）”，哈里特则“像受伤的动物在佛罗伦萨的大街上爬行，欣赏着各类杰作”（Forster, 2009：80）。他们没能阻止莉莉亚与吉诺的婚姻，于是试图抢回莉莉亚幸存的孩子。争抢孩子和“拯救团的压力”在之前的情节中有所预示，例如争夺莉莉亚的女儿艾玛的监护权。

> 圣迪奥达塔牧师会教堂的尖塔与其他的一样，凹凸不平，顶上缀有十字架。圣迪奥达塔是黑暗的中世纪时期的一位圣女，是这座城市（蒙泰里阿诺）的守护神。在有关她的传说中，甜蜜与残酷奇怪地交织在一起。她圣洁得终生躺在母亲的家里，不吃不喝，没有娱乐，也不做任何事情。魔鬼嫉妒她的圣洁，千方百计地诱惑她。他把葡萄垂在她的嘴边，向她晃动迷人的玩具，在她隐隐作痛的头部下面垫上柔软的枕头。他见这一切都无济于事，便绊倒她的母亲，当着她的面将她母亲扔到楼下。但是，她非常圣洁，始终没有把母亲扶起，而是一直躺在那里，因而获得了天堂的宝座。……文艺复兴的极盛时期，一位著名画家来此看望他的朋友，蒙泰里阿诺的领主。这位画家在此住了几个星期。在参加宴会、舞会以及讨论拉丁文辞源之余，他常常信步来到教堂。在右边的第五个小礼拜堂里，

> 他画了两幅壁画，一幅展现圣迪奥达塔去世的场面，另一幅则描绘了她入葬的情景。正因为这两幅壁画，导游手册才给这个地名加上了一个星星标志，以示重要。（Forster，2009：80-81）

将自己献给上帝的圣迪奥达塔其实就是圣菲娜。她身体承受的病痛为他者赎罪，并因其完美地承受了肉体之苦而闻名于世。童年时期，她被病魔攫住，“不得不侧躺五年，无法翻身；压住的那一侧身体腐烂了，被蛆虫和老鼠吞食”（Dunbar，1904：317）。死前的8年，她独自躺着，无人照料，圣格里高利向她显灵，他说道：亲爱的孩子，在我的节日那天，上帝会让你安息。……邻居们声称当她的身体从躺着的木板上移开时，那腐烂的木头上开满了白色的紫罗兰……据说在祈祷时出现了许多圣迹。在弥留之际，她伸手抓住了朋友贝尔迪受伤的手臂并且治愈了它。（Thurston，1956：577-578）

小说结束前对壁画再次进行了细致的描写。卡罗琳试图说服菲利普，吉诺应该拥有自己的孩子，因为他爱那个孩子——赫里顿家族的人总是将自己缺乏真情的原因归咎于意大利人，他们很难理解“恶棍也有爱的能力”。卡罗琳带领菲利普进入那个著名的小礼拜堂，由于第一次被她赞扬，他高兴地笑了，并且“他的目光柔和地落在圣迪奥达塔身上。这位圣女躺在那里，圣洁地迎接生命的最后一刻。她身后敞开着一扇窗户，展示的正是他那天上午看到的情景。在她的寡母的一个橱子上，也有那么一把铜壶。圣女既没有看着周围的景致，也没有看那个铜壶，更没有看她的寡母。瞧！她产生了幻觉；圣奥古斯丁的头和双肩像神奇的珐琅质，沿着粗灰泥墙壁滑下来了。这位善良的圣女死前还能见到另一位圣人来探望她，已经心满意足了。她的去世也和在世一样，没有轰轰烈烈的荣耀”（Forster，2009：122）。

显然菲利普将卡罗琳理想化为平易近人的圣徒，“他心满意足地欣赏着美，感受她的温柔与智慧”。尽管他崇拜她，“她的评论具有美学价值”，卡罗琳却正想着吉诺，即使她发誓不会再同吉诺说话。菲利普说：“你真是绝妙极了”，卡罗琳则答道：“我无法承受——你的母亲——她对你可并不好”，影射他几乎瘫痪的情感。正如圣菲娜“没有轰轰烈烈的荣耀”，“他们的谈话尽管起首很精彩，结局却索然无味”。基尔兰达约的壁画和意大利浪漫派作曲家多米尼科·葛塔诺·玛利亚·多尼采蒂（Domenico Gaetano Maria Donizetti，1797—1848）的歌剧一样，为《天使不敢涉足的地方》提供了美学典范。小说正是由一系列戏剧性的场景构建的。“那楼梯平台的远景和两扇打开的门将吉诺衬托得高大而冷漠，如同舞台上的男主角”，英国人于是将意大利视为“异服古装游行”（pageant）或者“盛大演出”（spectacle）。菲利普看着吉诺与卡罗琳为婴儿沐浴时，突然意识到自己爱上了吉诺，这四个人再现了基尔兰达约的壁画——同样的场景、同样的铜壶——这一幕充满戏剧性的美感，饱含宗教意味。

> 她坐在椅子上，背后是 20 英里的广阔景致。吉诺把滴着水的婴儿放在她的膝上。婴儿的身体健美得发亮，看上去像是一件反光的铜器。当年贝利尼画的母亲怀抱中的那个眉眼困涩的婴儿就是这模样；在路加·西诺雷利（Luca Signorelli，1445—1523）画笔下，铺设着大理石的人行道上的婴儿也是这般蠕动；而洛伦佐修士的作品则多几分敬意，少几分神圣的色彩，他精心绘画的孩子躺在百花丛中，头下枕着一缕金草。吉诺站在那里遐想了片刻，然后，为了看得仔细些，他挨着椅子跪下来，两只手扣在一起。就在这时，菲利普走了进来，因此看到了这里的圣母、圣婴和施主。（Forster，2009：114）

这个精彩而微妙的瞬间实现了“未能实现的受孕”这一重要主题——吉诺是孩子及画面的“施主”，他将小说中的三个女人联系在一起。卡罗琳表现得“善良、安静、迟钝、亲切”，在意大利显得尤其纯洁美丽，然而她渐渐爱上了“这个残酷危险的家伙，他有着奇特的优雅”。莉莉亚将丧父的九岁女儿留给她鄙视的“蛮横家庭”照管一年，并留住生性风流的吉诺。恶毒暴躁的老处女哈里特从莉莉亚的感情挫折中获得了力量。三个女人代表了爱的不同层面：哈里特代表压抑的爱本性，卡罗琳代表未能实现的爱情，莉莉亚代表爱情幻想的破灭与瞬间幸福。

基尔兰达约的壁画记录了圣人与魔鬼的斗争，而小说的主题则对绘画主旨进行了讽刺性的转换。吉诺两次被称作“魔鬼”，但同时亦是他者探索自我的动因。如圣菲娜被魔鬼诱惑，莉莉亚、卡罗琳、菲利普也先后被迷人但不忠的吉诺诱惑，他因此成为一种邪恶的力量。莉莉亚的遭遇与卡罗琳爱上吉诺是最为典型的例子。而吉诺对菲利普的诱惑最为微妙复杂。两人都有同性恋倾向，在一系列的暗示与接触中，痛苦也逐渐增强：尽管你们是像大卫和乔纳森那样的莫逆之交，但是你们永远不需要进入对方的家（大卫和乔纳森是源自 1642 年伦勃朗的绘画《大卫和乔纳森》的人物）。莉莉亚结婚后，吉诺曾对朋友提起女人不好，男人总在她们身上花了太多时间。福斯特把吉诺想要一个与自己长得一样的儿子的欲望看作对男人而言最为强烈的欲望。在剧院，菲利普告诉吉诺孩子夭折的消息，将手放在吉诺肩上以示安慰，吉诺却扭住菲利普的臂腕把他击倒，之后又悲悯温柔地向他伸出手臂。菲利普告诉卡罗琳，在婴儿的葬礼之后，吉诺照顾了他，因为他是“吉诺唯一应该好好对待的人”，他们被“令人恐慌的亲密感联系在一起”（Meyers，1972：58-62）。

圣菲娜的传说也是小说的一个重要象征。她死后腐烂的木板床上开满了白色的紫罗兰，而镇上所有的塔楼上也同样盛开着白色紫罗兰。菲利普初到蒙泰里阿诺时，他对卡罗琳尖酸刻薄的质问突然被长长的富有诗意的关于紫罗兰的描写打断，那紫罗兰似乎就象征着意大利：

> 这时，马车驶进一片小树林。这片树林黑压压的，一直穿过开垦了的山坡。树木矮小，光秃秃。然而，有一点引人注目的是，树干站在紫罗兰丛中，犹如夏日海水中矗立的岩石。英国也有这类紫罗兰，可没有这么多。绘画中也没有这么多，那是因为，没有哪个画家有这样的勇气。车辙成了两条水渠，那些凹陷的地方则像是一个个环礁湖，就连白白的路边也被溅上了水，犹如一条堤道即将淹没在滚滚春潮之中。菲利普此时没有心思欣赏这些，他在考虑下一步该说什么。但是，他看到了这里的美景。后来，第二年三月，他还记得，通往蒙泰里阿诺的路边，有漫山遍野的鲜花。（Forster，2009：18）

在同一片树林中，抢夺婴儿这一极度悲剧性的事件导致这个英国贵族家族的衰落，那婴儿与“圣母与圣婴”光芒四射的画面形成了对比，书中是这样描述的：哈里特、傻瓜（idiot，希腊神话中的一类信使，参透万物但无法表达，可以看到圣灵）的出现和无声的夜雨，使菲利普感到无限的懊悔，并且期待着更多的懊悔……他们似乎载着整个人世间的忧伤旅行，似乎种种神秘和无尽的悲痛都来源于此（Forster，2009：133-134）。在这从光明到黑暗，由天堂至地狱的迅疾、危险的堕落中，神圣的树林变得险恶，与但丁·阿利吉耶里（Dante Alighieri，1265—1321）的《黑暗的森林》（*Selva Oscura*，1300，选自《地狱》）联系在一起，造就了那场致命的意外。

小说最后的场景仍是具有象征意义的紫罗兰，它们每年三月都会重新绽放。菲利普将那一串画面与意大利天堂般的一面联系起来，与地狱般的命运形成鲜明的对比："那剧院中的笑声，紫色天空中的银星，甚至那逝去的春日中的紫罗兰，将他们带到一起，悲伤与柔情将他们带到一起。"（Forster，2009：149）这一幕因菲利普与卡罗琳互相了解、交融而形成高潮。火车上、剧院里、教堂中的共同经历使得菲利普最终向卡罗琳求婚，而卡罗琳刚刚才向吉诺表白。此时的卡罗琳被赋予了圣菲娜那超凡脱俗的形象，就如圣女超越了"堕落"的危险，卡罗琳被一种人世间无法实现的崇高而美丽的爱感化了。

第二节　《圣约翰升天》与《看得见风景的房间》

1901 年，福斯特前往希腊、意大利旅行，几乎将这两个美丽国度的主要城市走遍了。德国出版商卡尔·巴德卡尔（Karl Baedeker，1801—1859）的公司作为权威的旅游公司在《天使不敢涉足的地方》和《看得见风景的房间》中被一再提及（7 次），在小说中成了露西"旅游指南的圣经"。文中写道，露西拿起《巴德卡尔的意大利北部手册》，试图记住佛罗伦萨最重要的历史，"她下定决心要在第二天痛痛快快地玩一番"（爱德华·摩根·福斯特，2007：15）。1903 年福斯特回到英国，开始创作《看得见风景的房间》的意大利部分。虽然该小说发表于《天使不敢涉足的地方》之后，但事实上，它的前半部分是福斯特的处女作，创作时间早于《天使不敢涉足的地方》。值得注意的是，《天使不敢涉足的地方》的主题与人物在三年后的《看得见风景的房间》中重现了：吉诺变成了乔治，菲利普是塞西尔，卡罗琳成了露西，哈里特则是夏绿蒂。《看得见风景的房间》中，菲利普与卡罗琳未果的爱情由乔治与露西实现，他们的爱情又通过乔托的绘画得以再现。

小说开篇，远见卓识的艾默森父子将看得见风景的房间真诚地让给了更需要的露西和夏绿蒂，后者极不情愿地接受了帮助。从此，人物被划分为两大阵营，各自代表相对立的价值观：天性与传统，激情与理智，古典时期与中世纪，真相与谎言，阳光与阴影。风景、紫罗兰、音乐和水象征着一方，势利、虚伪、压抑和贫瘠代表着另一方。

《看得见风景的房间》的第二章，"在圣克罗彻，没有带旅游指南"集中围绕乔托的壁画《圣约翰升天》（*The Ascension of St. John the Evangelist*，1311—1314）（见图 6-3）展开叙述。事实上，该画成为小说的中心。诚如乔托通过圣约翰周围的人物呈现了两种截然不同的观察体验，福斯特通过人物对艺术的理解揭示了他们对生活的理解。小说中有一人物抱怨意大利人从出租车司机到乔托，几乎把自己的内心都掏出来了，以此说明意大利人热情、有生活气息。绘画促成了道德。主人公露西从将艺术与生活截然分开，到将两者融为一体，其本人亦成长为能够通过艺术透视内心的成熟女子。

图 6-3 《圣约翰升天》

在教堂前，莱夫安德·埃加，这位与夏绿蒂及塞西尔一样代表“中世纪精神”的人，正在指导他的教友们第二种观赏绘画的方式：“要根据精神上的规范而不是质感方面的价值来对乔托顶礼膜拜……请仔细观察乔托在这些壁画里——现在不幸因修复反而被毁了——并没有被解剖学和透视学所设置的陷阱所干扰。”（福斯特，2007：27）艾默森先生用自己世俗表面化的理解挑衅地打断了埃加先生的高谈阔论：“至于那些壁画，我看一点都不真实。瞧那个穿蓝衣服的胖子！他的体重肯定和我差不多，但是他却像个气球那样升上天空。”（福斯特，2007：28）这令人泄气的评论使埃加先生和他的信徒愤然离开，他们手里还捧着祈祷书和旅游指南。当然，乔治并不完全同意父亲的观点：

> 如果真有这回事，事实的经过就应该是这样的。我宁愿自己进入天国，而不愿被一群小天使推进去；而且如果我到了那里，我希望我的朋友都探身往外看，就像他们在这里做的那样。……有些人只看得见空的坟墓，却看不见圣徒登天，不管是哪一位圣徒。如果真有这回事，事情经过就应该是这样。（福斯特，2007：28）

圣徒升天源于虚构的《圣约翰的善行》（*Acts of St. John*，c.75—85）。人们显然认为这位圣徒“不应该死去”，据说圣约翰在以佛所（Ephesus）最后的日子中只是消失，人们没有找到他的肉体。乔托在《圣约翰升天》中，通过聚集的人群套用了这个著名的传说。“他完成祷告后发出一道如此强烈的光，没有人能够看清他，当光消失时，墓中之人也消失了。”（Sirén，1917：70）乔尔乔·瓦萨里（Giorgio Vasari，1511—1574）在《艺术家的生活》（*Lives of the Artists*，1550）中评论“乔托的一生”时说，佩鲁齐教堂拥有“两个关于传道者圣约翰的故事——一个关于他怎样救了德鲁西阿娜，一个关于他的升天”（Vasari，2009：73）。这些壁画曾受到但丁、乔万尼·薄伽丘（Giovanni Boccaccio，1313—1375）、弗朗西斯克·彼特拉克（Francesco Petrarch，1304—1374）、洛伦佐·吉贝尔蒂（Lorenzo Ghiberti，c.1378—1455）、安杰洛·波利齐亚诺（Angelo Poliziano，1454—1494），以及达·芬奇等意大利文艺复兴人文主义重要代表的赞扬。墙上的壁画是乔托最好的作品之一，说的是浸礼会教徒约翰和传教士圣约翰的故事（Baedeker，1874：336）。乔托的壁画于1849年被发现后，佩鲁齐教堂受到了极大的关注，被刷上了石灰水，用埃加先生的话说，壁画被后来的修复给毁了。画面中，古式的基督教大教堂周围站着正升天的传道者。左边，缺乏想象力的人们惊讶地盯着墓穴，而圣约翰正（靠他自己的力量）从两个柱子间缓缓升向基督和他的友人。基督迎接他的姿势充满爱意，使他沐浴在天堂之光中。画面的右边，倒在地上的人捂住脸面，另一人手遮眼睛，还有一人合掌祈祷。

显然，福斯特的好友，艺术批评家弗莱有关乔托的文章影响了福斯特对该画的兴趣与观点。弗莱的文章首次刊登在1901年的《每月评论》（*Monthly Review*）上。弗莱称圣克罗彻的壁画是乔托“最成熟、最成功的作品”，并声称：很难抑制将乔托视为有史以来最伟大的画家的冲动（Fry，1920：111）。弗莱也提供了关于这幅画最好的描述，否认了埃加先生屈尊的“精神性”，更加接近乔治的充满激情的断言：

> 建筑的阴影用来整合构图，留出深度的想象空间。这也是我提到的极具氛围感的色调的一个例子。塑造圣约翰的形象时，乔托似乎用了一种超前的自由而放松的方式。整个人物没有丝毫拟古。人物那色调完美的头部以及氛围得当的环境，几乎和提香的画一样具有现代感。饱满的泥土红色、人物身上散发出的强烈的甜美蓝调从

残破的灰绿色中解脱出来，整个色彩体系对于 16 世纪意大利的绘画而言是非常奇特、另类的。在这些作品中，乔托似乎完全开拓了他所领导的意大利绘画的希望之地。（Fry，1920：113）

瑞士著名的中国美术史专家奥斯瓦尔德·喜仁龙（Osvald Sirén，1879—1966）曾评论乔托的绘画：画家并没有对主题做任何虚无缥缈的升华，反而试图将画面呈现的奇迹表现得更加真实可信。每一个人物，无论高尚与否，都有一席之地，并且是画面的有机构成体（Sirén，1917：71）。

乔托的绘画是小说《看得见风景的房间》的结构主旨，体现了露西、拉维希小姐、夏绿蒂、艾默森父子以及埃加先生各自的价值观；让露西认识到生活能够因艺术获得升华，她在罗马看到了乔治，看到了“西斯廷教堂的天花板承受的重量”，在艾默森先生的鼓励下，她学会从黑暗走向光明。“放开你自己吧。把你的那些搞不清楚的想法兜底翻出来，在阳光里摊开来，弄清楚它们的含义”（福斯特，2007：32）。

第四章中，露西意识到生活中会出现悲伤，而艺术永远不会。她在阿里纳利（Alinari）博物馆买了一些图片，其中就有《圣约翰升天》，但图片在她见到一个男人被刺杀，突然晕眩并倒在乔治怀中的时候丢失了。乔治将染上鲜血的图片扔进了亚诺河，说道：“我想要生活。”乔治是认为生活高于艺术的典型，就如塞西尔是认为艺术高于生活的典型一样。当然，生活并未摈弃艺术，而是融合到艺术之中。就如埃加先生将安吉利科所画的天使复制品撕碎，《圣约翰升天》的图片作为生活与艺术融合的象征在乔治和露西的房间中再现一样。

旅游手册和紫罗兰等在《天使不敢涉足的地方》中的“结构性”意象亦在《看得见风景的房间》中得以再现。乔治的亲吻发生在苏塞克斯（Sussex），由车夫促成。苏塞克斯如此之美丽，其旷野犹如画中的风景，这正是佛罗伦萨画家阿莱索·巴尔多维内蒂（Alesso Baldovinetti，1427—1499）喜爱描画的对象。露西为一串串紫罗兰动容，承认当你看着一个人，他的背后是如此美丽的景色，一切都会显得不同。她认为塞西尔属于一间没有窗户，也没有风景的画室，塞西尔则感觉露西站在有奇异岩石的景色中：她转了过来，站在他与光线之间，身后是广袤无边的平原。喜爱古代绘画的毕比先生看到弗雷迪与霍尼丘奇夫人围着正在弹钢琴的露西时，想到了一幅名为《圣人交谈》（*Sacra Conversazione*，1510）（见图 6-4）的风俗画，画中的人们相互关爱，

谈论着崇高的话题。（福斯特，2007：229）

图 6-4　《圣人交谈》

塞西尔爱将露西比作达·芬奇画中的女人："我们爱她主要不是爱她本人，而是爱她不愿意告诉我们的那些事儿。可以断言，那些事儿不属于今世。莱奥纳多画中的女性不可能庸俗到有一番'经历'"（福斯特，2007：107）。这一类比显示了塞西尔的诸多本性，他将露西看作一个纯粹的艺术品而没有自我，并以为她急切地想接近他。她必须按照他的观点与标准生活。露西反驳埃加先生的时候，塞西尔就像在西斯廷的天花板上见到了莱奥纳多，但他也明白这种不协调，似乎意味着露西更倾向于乔治与弗雷迪的米开朗基罗阵营，莱奥纳多的特质似乎是自己强加给她的。当塞西尔试图通过婚姻拯救他的"莱奥纳多"时，露西却拒绝成为一件艺术品。她最终取消了婚约，抱怨他"把自己埋在艺术、书本、音乐里，也想把我埋起来"。此时，他惊讶地发现她"从一幅莱奥纳多的名画变成了一个活生生的女人，有着她自己的奥秘与力量，有着一些连艺术也难以体现的气质"（福斯特，2007：208-209）。

露西的艺术与生活的矛盾终于解决。乔治扔掉了沾血的图片后，她同他倚靠在亚诺河边的矮墙上，河流奔腾的声音对她而言是"出人意料的旋律"。乔治在紫罗兰丛中亲吻她时，那画面被小溪、细流和瀑布所记载；当艾默森先生说"你爱乔治"时，那些词像是大海的波浪冲击着露西。小说最后，她与丈夫乔治重返看得见风景的房间，艺术和谐的影响使他们获得了爱情，再次听到了河流正在"将冬日的雪带向地中海"。

在《看得见风景的房间》中，福斯特利用人物对乔托的《圣约翰升天》的反应揭示了主题。然而，随着小说发展，这些纯粹的美学观点与道德问题联系在一起。福斯特对露西和圣约翰进行了绝妙的类比。每当露西听从艾默森先生的建议并向着光明前行（画面上用基督散发出的金色光芒线表示）时，她总是被描绘成一个冉冉上升的形象。当她接受艾默森先生的劝告并开始对乔治产生同情时，"她的精神情感得到了丰富与升华"。露西的音乐天分说明了她的潜在激情在意大利,毕比先生看到露西在努力地挖掘她的这种潜能，于是告诉塞西尔："我可以给你看我在意大利写的日记中的一幅优美的图画：把霍尼彻奇小姐当作一只风筝，巴特利特小姐握着绳子。第二幅画：绳子断了。"（福斯特，2007：112）当毕比先生在一幅壁画里把自己描绘成与上帝并肩的人物时，塞西尔揭穿了他那自私虚伪的真面目，并建议他把自己画成一颗星星，让露西腾空飞起去摘下。而当露西发现乔治既没有嘲笑她，也没有把紫罗兰花丛中的亲吻拿去到处张扬时，她的灵魂获救了，她的灵魂跳跃着仿佛见到了天国的城墙。《看得见风景的房间》一书的主题就是露西力图摆脱压抑，她对生活的呼唤获得了积极的回应，直觉与冲动远远胜过理性和抑制的经验模式。意大利和其艺术氛围在露西身上创造了奇迹：它们激发了露西对同情与爱的渴望，并且证明了它们拥有唤起激情并将之融入现实的能力。

在此，乔托的《圣约翰升天》之于福斯特《看得见风景的房间》的视觉审美的召唤得以诠释。至于《看得见风景的房间》的视觉美将在下章予以论述。

第七章

小说的视觉美——“看”《看得见风景的房间》

美国视觉艺术批评家米歇尔认为我们生活在一种形象文化之中、一个景观社会里，我们的周围都是图像，它铺天盖地从文化的各个层面向我们压来，从最精华的哲学理论到最庸俗的大众媒体生产，我们无法回避这种全面包围（W.J.T.米歇尔，2006：7）。视觉研究在“图像转向”的今天已经深入哲学、文化、艺术等各领域。图像的强势使得米勒提出和阐发了“文学终结论”，引起学界焦虑、思考和争论（希利斯·米勒，2001：131-139）。然而，我们试图把文本语言和视觉艺术这两种完全不同的形式融合在一起，虽然国内学界对福斯特的研究成绩斐然，如《福斯特小说的框架叙述及其文学动力机制》（李建波，2009）、《殖民时代旅行写作与身份认同——E.M.福斯特〈印度之行〉的跨文化解读》（岳峰，2007）、《E.M.福斯特小说理论再认识》（王丽亚，2004）等，但本章并不打算探讨多为人们关注的福斯特的思想理论、作品主题等，仅从视觉美的角度看《看得见风景的房间》，蠡测福斯特是如何把我们带到小说视觉美学之山的峰顶的。

《看得见风景的房间》（小说中“看得见风景的房间”见图 7-1）除了具有内涵丰富性、时空跨越性和无限可读性等构成经典小说的特征外，还打破纯文本的局限而富含图像特点，这与福斯特的两次人生奇缘有莫大关系。其一，他在剑桥大学国王学院就读时曾加入门徒社（The Apostle），后又是布卢姆斯伯里团体 13 位核心成员之一,英国批评家兼画家弗莱也是两个社团的一员。福斯特曾到意大利学画，对塞尚早期绘画做了第一次详尽且严肃的分析。《看得见风景的房间》中读者可以随处感受到风景的存在，受弗莱的影响亦在情理之中。其二，1905 年他应邀为当地剑桥演讲协会做了一次关于意

图 7-1　“看得见风景的房间”（2018 年 8 月摄于乌菲兹美术馆）

大利美术史的讲座。1901 年大学毕业后，凭借着姑姑 8000 英镑的资助，福斯特首次到意大利旅游，旖旎的风光为后来他的小说的背景打下了绘画般美丽的视觉基础。值得注意的是，福斯特当时处在维多利亚艺术思潮——印象主义和象征主义——时期。前者擅长利用光学和色彩学，力求表现光的效果；后者总是赋予普通的意象以无限的深意。在本章中，笔者希望与读者一起领略小说《看得见风景的房间》的视觉美。

第一节　光与影的交响

1910 年，弗莱创造了后印象派这个词。印象派是西方绘画史上一个重要的艺术流派，在 19 世纪 70、80 年代达到了鼎盛，其影响力遍及欧洲，并逐渐传播到世界各地。印象派画家喜爱对景写生，在他们的理念中，风景会随着时间、季节、气候的变化而不断变化，正是这种多变不稳定的神秘感引导着他们不断探索未触及的不可知。印象派绘画的真正主题是光以及光所发生的无穷变化，然后再缩小为水面、河面对光的反映（雅克·德比奇，2000：339）。在福斯特小说《看得见风景的房间》中，我们能处处看到旖旎的风景及光影变化莫测的神秘美，光和影的存在更为每一道风景增添了无尽魅力。

意大利美术史家里奥奈罗·文杜里（Lionello Venturi，1885—1961）谈到浪漫主义绘画的基本特征时指出：浪漫主义绘画以动态对抗静止，以不尽工整对抗极端工整，以强烈的主观性对抗过分的客观性，以空气对抗严密，以光线效果对抗物体……（里奥奈罗·文杜里，1979：49）。浪漫主义相继产生于德国、英国、法国，在德国主要表现于诗歌和音乐中，在英国主要体现于小说和风景画中，在法国则主要表现于绘画和雕刻中（马延岳，2007：258）。

绘画中可以有风景，小说中同样可以充满风景，福斯特《看得见风景的房间》就是此类小说的典范，如文中对水塘的描写：“水塘就在那里，镶嵌在一小片绿色的草坡中——不过是个水塘而已，可是大得足够容纳人的躯体，塘水清得可以照得见天空……”（福斯特，2007：156）

一个绿字主导了小小的水塘，坡地上是根根分明的松针和密密麻麻的绿，草坡上是毛茸茸的绿，清澈的塘水把天空的所有景色倒映在她的怀中。一个满是绿意的水塘世界倒映在了每个读者的脑海里，如天空倒映在水塘的景象一般。天空中的光是蓝色的、变幻的，而水塘表面则有另一个天空以及天空中变化无穷的光。这种景象就像一幅印象派的画，画中有光。由于光的成全，水塘有了不一般的清秀和变幻的美，福斯特的文字超越了文字本身的画境，这画境的存在使读者透过静止的文字看到了一幅鲜活的池塘风景画，并置身于这个宁静、安谧的画面之中。

光影不分家，有光出现的地方总让人期待影的到来，小说中福斯特利用影恰到好处地为读者创造了另一份与众不同的美。“夏天即将过去，薄暮中吹来了衰败的气息，使人倍加感伤……一片猛烈地颤动的树叶在她的身旁飞舞而过，而其他的树叶却一动也不动地躺在那里”（福斯特，2007：204-205）。

薄暮中衰败的气息让露西感到前所未有的感伤和迷茫，从身边飞舞而过的那片树叶也许是秋的第一个使者，而它带来的却是凋零的信息，大地正在急速变暗，没有光，也就没有清晰的方向感和目的感，此情此景正是露西心境的真实反映。松树的阴影在悄无声息中撒开了她黑色的网，本已迷惘不清的景色被这道无声的阴影装饰得更加迷离和未知，原本不明亮的景色变得更加暗淡，原是不明朗的心境变得更加复杂难解。那层薄薄的阴影仿佛也渐渐出现在读者的眼前，慢慢渗透到心中，露西迷惘的心境似乎可以看得见也可以摸得到。

光有光的清晰，影有影的朦胧，当光和影相遇时则又是另一番景象。福斯特小说中有意安排了这样一些光影相逢的场景，但又各有侧重，在那段描写海神像的梦幻景象中，光迁就了影；在描写那本躺着的红书景象时，影则迁就了光。“这片大广场正笼罩在阴影中；当天太阳出来得太晚，未能驱散阴暗。在苍茫的暮色中，那尊海神像好像已成为一个幻影，一半是神，一半是鬼……”（福斯特，2007：49）

迟迟出来的太阳光线不足以把整个海神像一览无遗地展现在露西眼前，光的存在虽然很微弱，这半明半昧的海神像足以引发无尽的联想。读者跟随着主人公目力所及，领略神秘广场的无限风光，各自头脑中勾勒一个只属于自己的广场画面，印证了一千个读者就有一千个哈姆雷特的名言。颇为值得玩味的是，光和影的完美协调使每个细节都有想象和回味的余地，更像一幅值得揣摩的画，激发观者进一步欣赏的欲望。“但是那本书却躺在那里动也不动，整个上午都接受阳光的爱抚，它的封面微微翘起，似乎在对阳光的爱抚表示感谢。”（福斯特，2007：181）

此处微微翘起的封面所产生的阴影更能诱发读者一览其中内容的好奇心。光亮中点缀稍许的阴暗就多了几分变化和生趣，这种渴望揭开未知而产生的神秘感让人心驰神往。虽然读者有时会忽略这些细节，但当它们被真正发现时却充满趣味。傅雷提倡在体验和欣赏浪漫主义艺术时融入自身情感：“历史风景画，是和古典派文学一般给有思想的人观赏的。至于浪漫派的风景画却是为敏感的心灵制作的。”（傅雷，2006：290）阅读福斯特作品的读者总应带着一颗敏感的心去欣赏其中每处风景。风景因为光和影的眷恋而魅力倍增，小说中的人物呈现更因借了光影的奇妙作用而显得鲜活饱满。在那幅意大利文艺复兴时期的经典画作《蒙娜丽莎》（*Mona Lisa*，1503—1506）中，达·芬奇更多地把关注投向了人物的内心世界。福斯特写道：“可是意大利在她身上制造了某种奇迹。它给了她光，并且——他认为更宝贵的是——它给了她影。不久，他发现她异常沉默寡言。她就像莱奥纳多·达·芬奇画中的一位女性，我们爱她主要不是爱她本人，而是爱她不愿意告诉我们的那些事儿。可以断言，那些事儿不属于今世，莱奥纳多画中的女性不可能庸俗到有一番‘经历’。”（福斯特，2007：107）

此时的露西在塞西尔的眼中就是那位光影笼罩下的神秘女子，因为意大利所赋予的光和影，塞西尔无法真正看清，也无法真正懂得露西。蒙娜丽莎的微笑是永远的谜，而从意大利回来的露西则让人联想起了蒙娜丽莎。该形象隐匿在每一段文字背后。蒙娜丽莎的微笑使人一味沉醉，但人们往往忽略了另一个值得关注的地方——背后的风景。事实上，达·芬奇创作人像画时常常用背景衬托人物，岩石和平原是他最常用的两个背景，文中写道：“她让他比往常更想起莱奥纳多的画了，那些奇形怪状的大石头使得她那被日光晒得黝黑的脸蛋儿蒙上阴影；……她转过身来，站在他和阳光之间，背后是一望无际的旷野。”（福斯特，2007：107）

沐浴阳光的露西脸上带着阴影，背后是岩石和平原，她就如同达·芬奇画笔下的女子。整个画面因光而充满了明亮感，些许阴影的笼罩又增添了朦胧的神秘感。这是福斯特笔下的露西的肖像画，而在描写乔治带给露西的感受时，福斯特同样进行了有视觉冲击力的描摹：“他的脸显得粗糙，而且——在阴影蒙上他的脸时——显得严峻。在阴影笼罩下，这脸却突然显出柔情。她想象在罗马看到他，在西斯廷教堂的天花板上，抱着许多橡果。”（福斯特，2007：30）

阴影中显得严峻的脸，犹如西斯廷教堂的天花板上那 20 个裸体青年，乔治的形象充满令人揣摩不透的俊美。众所周知，西斯廷教堂的天顶画由米开朗基罗·博纳罗蒂（Michelangelo Buonarroti，1475—1564）创作，画中的上百个人物结构井然，人物各有独特的表情。值得注意的是，米开朗基罗不仅仅是个伟大的画家，还是个非凡的雕刻家，当达·芬奇的绘画力求表现艺术最高雅的一面时，米开朗基罗却不以为然，他坚持认为绘画必须模仿雕塑的浑圆形式（张敢，2008：283）。阴影笼罩下的乔治的脸庞，就像雕像一样棱角分明，透露出的柔情又使这种棱角不显得尖锐而给人一种圆润感。冷峻却不望而生畏，柔情不乏力度和气魄，这是米开朗基罗绘画的特点，亦是此时露西心中的乔治。福斯特寥寥数笔就把主人公置于可欣赏的画面中，利用光影烘托，使蒙娜丽莎般的露西以及米开朗基罗画笔下那般俊美忧郁的乔治跃然纸上。

第二节　文字的色彩感

英国艺术史家约翰·理查森（John Richardson，1924—2019）认为光和影本身就是色彩的一个组成部分。既然光影和色彩之间联系紧密，我们不妨分析一下《看得见风景的房间》中出现的色彩词汇。读者会被书中变化莫测的颜色折服。金色、灰色、蓝色、黑色……就像画家调色板上的颜料让人目不暇接。色彩词汇的频繁运用是福斯特的匠心独具之处，因为色彩并不仅仅说明颜色属性，还是表达各种信息、情感、理念的载体。保罗·芝兰斯基（Paul Chilansky，1913—1971）《色彩概论》（*Color*，2004）一书中指出："色彩或许是艺术家们能自由运用的最强有力的表现工具。它不但能触动人们心中蛰伏的欲望，也能准确无误地表达出人们从喜悦到绝望的各种纤细的情感。"（保罗·芝兰斯基、玛丽·帕特·费希尔，2004：11）显然，福斯特色彩妙用有其本身目的：勾勒风景，激发想象，传达情感。下文将从色彩象征性和色彩情感表达两方面阐释《看得见风景的房间》中文字的色彩感。

英国著名视觉人类学家、神经机械学、符号学家格列高里·巴特森（Gregory Bateson，1904—1980）认为：色彩是视觉审美的核心，影响着观者的情绪。色彩的联想往往被所处的社会固有化，具有社会固有的象征意义。

米歇尔的《图像理论》（*Picture Theory*，2004）中就图像象征意义有极其精辟的见解：形式、主题、形象和象征相互重叠，从原始主题的前图像描写到传统主题的图像分析，到内在意义的图像阐释到象征价值的图像世界，这是一个从表层到深层的运动（W.J.T.米歇尔，2006：17）。如果说米歇尔从理论出发，那么当代法国艺术史家瑞纳·于格（Rene Huyghe，1907—1997）则从具体事例着眼。于格在《色彩象征》（*Color Symbolism*，1977）中谈到，人类对某种色彩的感知不仅和心理因素有关，而且和经历息息相关，人类的经历又来自于他所处的社会和文化，因此在感知色彩时必然会带上某种先入为主的色彩象征观念。在西方的色彩文化中，白色意味着光明、灵魂和纯洁，蓝色象征着宁静、雅致和高远，黑色则代表邪恶和黑暗。福斯特塑造人物和描绘风景中渗透着象征意义。在罗马见到乔治时，露西把他想象成西斯廷教堂天花板上抱着许多橡果的众神："虽然他看起来身体健壮、肌肉发达，但是他给她一种灰色的感觉，一种也许只有夜幕才能解除的悲哀的感觉。"（福斯特，2007：30）

灰色是一种很不稳定的颜色，朦胧、模糊、略带悲凉。这完全符合乔治的形象：略带忧郁的青年，为世事所困扰，陷于无法言说的哀愁中。乔治亲吻露西时的紫罗兰背景是色彩象征的又一典型例子。"可以看到她脚下的斜坡十分陡峭，大片紫罗兰像小河、小溪与瀑布般往下冲，一片蓝色浇灌着山坡，在一棵棵树的树干四周打旋涡，在洼地里聚积成一个个小潭，用点点的蓝色泡沫铺满草地。”（福斯特，2007：81）优美雅致的风景中，乔治情不自禁的一吻便顺理成章。蓝色的瀑布，蓝色的泡沫，一幅紫罗兰卷轴在读者面前徐徐展开，蓝色溢满纸间亦充斥视野。欣赏色彩是种享受，而色彩对比更让人震惊于福斯特的鬼斧神工。小说中不乏色彩对比描写：“她还来不及开口，几乎还来不及感觉到这一吻，就响起一个声音，‘露西！露西！露西！’巴特利特小姐打破了林间万物的寂静，她的棕色身影站立在景色的前边。”（福斯特，2007：82）

棕色调往往和狭隘、保守、沮丧联系在一起。蓝色花海中的一吻被所谓正统的棕色硬生生地破坏。雅致的蓝色和压抑的棕色形成了强烈的对比和视觉冲击，福斯特的爱憎情感自然也一览无遗。紧随紫罗兰中的一吻后出现的巴特利特小姐的棕色形象堪称经典，福斯特对露西形象的展现则更令人叫绝。露西是个有着一头浓密黑发、面部秀气的年轻女孩，她总爱穿一身高雅的白色衫裙。黑发、白裙，这两种最朴素的对比色烘托了主人公莲花般清新脱俗的气质，与露西被迫去教堂时的形象形成强烈对照：“她穿的那身樱桃色的新衣裙并不生色，……她脖子前别了一只石榴红的别针，手指上戴了一个镶了好几块红宝石的戒指。”（福斯特，2007：181）

一身的红色使她看上去俗艳而无血色，像只红鹳（福斯特，2007：181）。过于艳丽的色彩并不适合露西，白色才适合，红色成了一种无形束缚。红鹳的隐喻让人叹为观止。如米歇尔所言：“它引诱我们给模仿、想象、形式和比喻等术语以鲜明的图画和图像意义，以各种不同的方式把文本看作形象。”（W.J.T.米歇尔，2006：98）色彩有其重要的视觉功能。杰克·弗雷德里克·梅耶（Jack Fredrick Myers，1927—）认为：色彩能够提供一种表达情感的主观和非逻辑性方式，由于潜藏在大脑中的情感的影响，我们会对很多色彩做出本能反应，本质上说来，色彩是个比形式更主观的概念。让形式屈从于色彩能使艺术家更好地表达自己的情感（Myers，1989：213）。显然，小说中的色彩彰显其最大功能，极大丰富了作品内涵，又扩张了蕴藉之美。人物和风景的色彩选择与对比引发读者无尽想象，脑海中勾勒出万种画面。看似普通的色彩词汇背后隐藏了各种视觉元素，于无声处折射出小说的象征意义和作者的情感，使读者在含英咀华中尽享审美愉悦。

第三节 线条的力度

造型艺术常以色彩、体积和线条为媒介，以达到观者期待的视觉效果。小说《看得见风景的房间》的文本中极其丰富地隐含了许多可视的线条（主要表现为隐含的人体线条）。

《看得见风景的房间》以意大利为背景，文艺复兴时期意大利的艺术正处于辉煌顶峰。杰出艺术家不断涌现，伟大作品层出不穷，整个意大利沉浸在艺术的神殿之中。对艺术的崇拜与意大利人的生活态度有密不可分的联系，如丹纳所言：意大利人对生活的理解就是一场快乐的节日盛宴，不到迫不得已决不操心其他事情。他们所关心的就是去享受，高雅美妙地享受，通过心灵、感官，特别是视觉享受。（丹纳，2000：128）意大利许多绘画和雕塑作品体现出“以人体为主题”的共同特点。基督教传统中，赤裸的人体须用衣物遮蔽，裸露是亵渎和诱惑的行为，不被时世接受。但是，文艺复兴时期的意大利则冲破局限，崇尚人的力量，崇拜人性和健美的人体。值得注意是：意大利人为何会对人体表现出如此大的兴趣？为什么是健康有力的人引起强烈关注？对此丹纳认为对人体的眷恋和意大利人的性格密切相关，这里所指的性格涵盖很多方面，如自然的本能、与生俱来的昂扬的情绪、某些方面的敏感度、精力的充沛程度。同时这种性格的形成又和当时的社会环境有莫大联系。当时的意大利社会动荡，根本不存在公正的司法制度，用武力解决一切纠纷习以为常，人们无法想象当时搏斗的残忍和血腥程度，而另一方面，意大利人举止优雅、趣味高尚，性格的两面性共存。犯罪、谋杀、报复在很多意大利人身上时有发生，为能在极度险恶的环境下生存，他们的内心刚硬无比。危机感使意大利人总处于惊惶和激烈的情感中，刚烈与善良的思想意识和行为方式对其绘画、雕塑产生了巨大的影响。人体、肌肉以及人体所展现的各种姿势是他们时刻要关注的点。武艺、斗牛术、体育和骑术是绅士必备技能和应受的教育，因而意大利人对肉体锻炼表现出浓厚兴趣，并深刻理解和欣赏绘画与雕塑两种人体表现方式。腾空而起的骏马、弯曲的大腿、扬起的手臂、发达的肌肉，所有这一切都会唤起他们早已存在于内心的图像。他们关注人体的四肢，本能地去欣赏，丝毫不怀疑自己的眼光（丹纳，2000：134-136）。长期斗争的环境，所受的教育，被压抑的细腻感情，激昂的情绪，使他们对人体顶礼膜拜。

意大利人的绘画情结在《看得见风景的房间》中时有体现。尤其集中于对露西在阿里纳利（Alinari）商店中狂购名画的描写，包括《维纳斯的诞生》（见图 7-2）、《暴风雨》（*Tempesta*，1505—1507）、《小神像》（*Idolino*）、《圣母加冕》（*Coronation of the Virgin*，1434—1435）、《圣约翰升天》等。福斯特如此叙述第一幅画：“维纳斯的形象使人感到遗憾，它破坏了整幅画，其他方面则真是十分动人，而巴特利特小姐曾劝她不要买它。”（福斯特，2007：48）

图 7-2　《维纳斯的诞生》

艺术作品中，“使人感到遗憾”的当然指的是裸体。裸女形象一直贯穿欧洲艺术史。即使在中世纪也不乏其例，如夏娃裸体。文艺复兴时期的维纳斯尤为典型，她融合了先前所有裸女的感官美，波提切利的《维纳斯的诞生》中的维纳斯是最早的裸女形象（Richardson，1980：72）。画的是维纳斯在海上乘着贝壳诞生的情景，她左边是吹着她靠岸的风神，右边是举着花斗篷迎接她的季节女神。女性妩媚的体态和性感诱惑充分体现在典雅的维纳斯身上，飘逸的长发、流畅的线条使维纳斯成为美之化身和象征。《西方绘画这棵树》中有如下评价：“波提切利，创造了早期文艺复兴最具感官魅力的人物形象，在线条节奏中找到了自己的理想，以‘幻忽超越的、非物质的精神’，把装饰美推向极致。”（李磊，2004：74）维纳斯的感官美毋庸置疑，福斯特《看得见风景的房间》中“其他方面则真是十分动人”的风趣更从一个侧面暗示了人物造型的艺术美。值得注意的是，多数学者评价《维纳斯的诞生》

时指出了维纳斯身上存在的两个明显“缺陷”：一是她的脖子过长，二是她的手足比例有些夸张。这种看似显眼的错误，事实上却是波提切利有意而为的创新之处。梅耶剖析了足以引起视觉注意的两大因素：正常秩序、形式和规则的偏离（Myers，1989：105）。波提切利把维纳斯的人物形象作了适度的变形，有意拉长线条能更好地表现女性体态的修长和秀美，恰是非常规的变化让维纳斯比任何肖像都吸引观者的目光。福斯特为读者提供了感受视觉艺术的绝佳平台，激发了读者欣赏世界经典名画的欲望。

小说中，米开朗基罗的雕像和哥特式雕像是除了代表女性体态美的维纳斯之外的另两个视觉意象。米开朗基罗对解剖学的研究入木三分，他的成名作《大卫》（*David*，1501—1504）淋漓尽致地展现了男性的力量和健美，线条产生了强烈的感官吸引力和无穷的挺拔感与力度（Myers，1989：101）。线条的独有魅力在视觉艺术鉴赏中所起的作用不可小视，小说中福斯特用这两个雕塑分别意指乔治和塞西尔，亦是用心良苦。大卫像充满不可抗拒的男性魅力，哥特式雕像虽然优雅却总让人想起禁欲之意，人物并置带给观者最大程度的视觉冲击。

利用绘画和雕塑作品传达视觉美感是该小说的一大特色，福斯特对露西站在领报圣母广场上的描写更是富含视觉惊喜。意大利一下子出现了，使人陶醉：

> 她站在领报圣母广场上，看到那些活生生的赤陶雕塑的圣洁的婴儿，……他们就站在那里，闪闪发亮的四肢从人们施舍的衣服里伸展出来，雪白强壮的手臂高高举向苍穹。露西认为她从来没有看到过这样美丽的景象……（福斯特，2007：22）

露西的惊喜和陶醉源于让人眼前突然一亮的婴儿雕塑，源于婴儿那圆润、雪白的手臂及手臂伸向高空的优美弧线。任何人穿过几条灰褐色的街道后看到这幅图景都会赞叹惊呼一番。用梅耶的话说：在视觉艺术领域，对于感知的一系列研究表明，第一时间吸引我们注意的是与我们常见事物最不相同的物体，因此视觉吸引与视觉领域的独特性或新颖性相关。这种不同之处可以表现在物体的大小、颜色、动作、距离、形状等方面（Myers，1989：198）。正是这些完全不同于英国雕塑的婴儿雕像使露西从不满转变为惊喜，透过文字，读者也同样从主人公不满的情绪中走出来，“看”到了这令人精神为之一振的景象。

第四节 整体感与变化

形式和色彩、光影、线条是视觉艺术不可或缺的四大元素和重要载体。以下两位艺术批评家曾论述艺术形式与情感问题。美国艺术批评家朗格在卡西尔理性符号学的基础上提出了表现性符号的观点,揭示了符号的感性功能。她认为“艺术是人类情感的符号形式的创造”（苏珊·朗格，1986：9），即艺术把人类的主观情感抽象出来，然后再通过具体的形式得以表现。与此一脉相承的是，福斯特曾赞扬英国艺术批评家、布卢姆斯伯里团体成员克莱夫·贝尔。他创造的“有意味的形式”阐述了不同类型的“线、色的关系和组合”使物象成为艺术品的思想。显然，他们的理论成为形式美学的有力支持（Bell，1913：19）。福斯特《看得见风景的房间》中富于变化、和谐共存的形式产生了强大感染力。文本中福斯特两次提到罗斯金。其一，露西质疑圣克罗彻教堂中罗斯金先生曾赞美的那些墓石；其二，露西借助建筑商弗拉克之口表达对罗斯金的推崇。在《威尼斯之石》中，罗斯金曾谈到建筑物可衡量的两大优点：一是建筑的力度感或曰良好架构，二是建筑的美感或曰完美装饰。他认为完美的装饰首先要能够真实地体现建造者的个人情感。装饰本身并不是最重要的，重要的是建造者真正热爱并享受自己建造的事物（Ruskin，1995：238-239）。该理论恰好阐明形式变化所带来的两大情感满足：愉悦感和享受感。世界上没有两片完全相同的叶子，同样世界上也不可能有两个品位完全相同的建筑师，拘泥于某种风格只会导致千篇一律的单调和乏味，只有打破一切束缚，借助变化形式把自己的情感最大限度地表现出来才是艺术之初衷。小说中的弗拉克先生就是以形式表现情感的典型例子。哈里爵士拜访他时，为使房子更具艺术风格，他同意用瓦片盖屋顶，但是他对科林斯式（Corinthian）圆柱像水蛭那样紧附在凸肚窗框上提出不同意见。而当哈里爵士进一步提到柱子的装饰问题时,他告诉爵士所有柱子都已定制,并补充说：“所有的柱顶造型都不一样——有一个是龙伏在叶丛里，另一个接近爱奥尼亚风格，还有一个标有弗拉克太太姓名的第一个字母——每个柱顶都各不相同。”（福斯特，2007：123）

福斯特下文坦言弗拉克这种随心所欲的建筑风格正是源自于他对罗斯金作品的喜爱。科林斯式圆柱柱顶带有叶形装饰，爱奥尼亚风格的圆柱柱顶则带有涡卷形装饰，不同的装饰形式创造了各自独特的审美风格和审美感受。在文字中，我们不难想象这幢房子令人赏心悦目、别出心裁之处。更重要的是，我们能真切感受建造者享受建造的过程中所流露的无尽愉悦和满足，这就是形式表达情感的真谛所在。罗斯金顺应建造者内心情感的思想与意大利艺术史家琴尼诺·琴尼尼（Cennino Cennini，c.1360—1427）如出一辙。琴尼尼认为：正如一个诗人可以根据自己的心情和喜好随意地拆分或拼凑诗句，一个画家同样如此，画家可以让他的想象力自由驰骋，让他画中的人物或站，或坐，或以半人半兽的形象出现，这是画家的自由（Kemp，1997：86）。创作中如天马行空般不受拘束的思路及对艺术的热情和挚爱使一个画家往往会赋予笔下的事物无穷的形式，以此宣泄心中的情感，福斯特小说后半部分“画”的巴特利特小姐的形象就是这样一种淋漓尽致的发挥。“……只见她坐在那里，像个不祥之兆，背后是布满暮色的天空。”“她那细长的头不断前倾后仰，似乎在摧毁某种看不见的障碍。”（福斯特，2007：203）

福斯特选择端正严肃的坐姿。可以想象巴特利特小姐的轮廓因背后暮色而变得模糊不清，她的表情无从推测，或许根本没有表情。没有任何多余的对话或细微的心理活动描写，福斯特选择静默黑暗和不断前倾后仰的矛盾人物造型，以及以这种形式传达给读者的压抑氛围。这些微妙细节让我们感受到创作者的意图和情感。

不仅如此，艺术形式多变性使观者能更深刻地体验创造者的喜怒哀乐，为之而建立了两者之间的联系和交流。如果说多变性更多的是从创造者出发，那么形式的统一性则把焦点放在观者身上。有时为了达到和谐统一的效果，很多设计图或墙纸会采用单一重复形式，虽则这种方法在绘画中并不可取。画家会竭力对形状、间距、位置做相应的调整以使整个画面显得更有趣。梅耶曾讨论能使一幅画更具统一和谐美的四种方法，其中之一是元素互动法（另外三种是单元论法、色调论法、主导光线模式法）——当人物互相看着或朝向对方或是同时朝向同一方向时就能产生最佳的统一整体感（Myers，1989：37）。《看得见风景的房间》中露西坐于钢琴前，双手按键，其弟弟斜躺地面，嘴叼着没有点燃的烟斗。它就是这样一幅让毕比先生想起“神圣的谈话”

的绘画（福斯特，2007：229）。

那是为何呢？其中很大原因就是整个画面产生的和谐静美的张力。一家人相聚时的平常景象，没有任何刺激感官的事物，恰恰是这种和谐安宁所产生的朴素和温馨深深打动了观看的人。这种和谐静美的张力又从何谈起呢？是人物的身体朝向：母亲弯身朝向露西，弟弟的头靠着露西，露西成了他们的聚焦点，同向性产生了一种意想不到的整体美。就此贝尔认为“有意味的形式”是一个和“情感意象相对应的有机整体，从而唤起深刻的审美情感”（Baxandall，2003：69）。

绘画是一种形式建构，一幅优秀的绘画作品除了依赖良好的连接性外，更需要一个共同的焦点，同时它还需要一种有效情感交流的载体。露西就是这幅群像图中的焦点。用鲁道夫·阿格里科拉（Rodolphus Agricola，1444—1485）的话来说：为了捕捉并吸引观者的兴趣，我们要处处制造变化。在统一的框架下，一件作品要尽可能多的展现不同之处。在视觉领域中，我们通常会关注那些独特的事物而非熟悉之物（Bell，1913：19）。但又如何在一个统一的框架下尽可能多的展现不同以此捕捉并吸引观者的兴趣？这又是另一门艺术。处处制造变化，以独特取胜是阿格里科拉认为行之有效的方式。事实确实如此，“变化是生命的调味剂”，视觉艺术中变化同样是出色的调味剂。福斯特小说还为观者描绘了另一幅更具动态性的群像图：乔治、毕比先生和弗雷迪三人在水塘戏水，他们仿佛是《众神的黄昏》(*Götterdämmerung*，1876）里的三仙女（福斯特，2007：158）。整幅画面的统一感不但没有因为相互泼水的嬉闹动作而遭破坏，反而因这种动态的形式增色不少。戏水时人们一致的朝向值得关注。露西、乔治亦是构建和谐统一画面的焦点，乔治这个焦点带动整幅画散发着无限生命活力和激情。不同的动作展现不同的形式，从而连接成统一卷轴，以此传达情感和透视思想。

从以上分析不难看出，在福斯特内心中，艺术成了“座上宾”。他通过《看得见风景的房间》表现了艺术是“实现精神价值的最高尚的手段”，是人类“内在灵魂最壮美的物质表现和延伸”（Advani，1984：13）。视觉图像或曰象征符号为我们认识世界、交流思想、记录活动提供了有力手段，开阔了新的视野。世界艺术史大师贡布里希把艺术视为时代与民族精神的镜子。《看得见风景的房间》正是一部通过视觉艺术之美，透视维多利亚人精神面貌的图像文本。“图像转向”的今天，图像的排挤使文学的生存空间日益缩小，凝视的快感使我们的想象和思考能力逐渐钝化。罗斯金曾把人的思想形象地隐喻为四肢，其寓意给处在图像时代的我们敲响了警钟：我们需要给思想创造一个锻炼的空间，否则思想也会像久不运动的四肢一样变得迟钝。因此笔者认为，阅读经典文学作品，拓宽研究视点，享受视觉艺术不失为一种很好的锻炼，因为文学和视觉艺术可以互融互通，它们不是两条永不相交的平行线。本章通过视觉艺术的基本载体——光影、色彩、线条和形式——在文本中的具体表现，阐述了作为读者如何享受文字背后所隐藏的视觉美的机理。图像社会的现实并没有抹杀文学作品存在的价值，相反它从一个崭新的角度证明了这种存在的必要性和不可替代性。探索文学与艺术之间的关系正日益成为西方文学研究的一个新方向。

第八章

康拉德《黑暗的心》的视觉性

德国文艺批评家和美学家莱辛曾说过，绘画是超越时间的物体，而文学只存在于排序的时间里。因为文学是一件事接一件事地披露情节，读者是在线性框架里品读文学。现在我们不得不质疑/审视这句老话了。《拉奥孔》中，莱辛是这样区别视觉艺术和文学的：在文学中，情节是可视的、发展的，不同的部分在一定的时间顺序里相继发生（彼此相续），然而视觉艺术中，情节是可视但静止的，不同的部分在空间里共存发展（彼此并列）。然而正如乔伊斯所说，我们不能将时间和空间分割开来。现代主义绘画的特点是致力于表现时间和变化，而现代主义文学追求空间构造。爱德华·穆布里治（Eadweard Muybridge，1830—1904）让画家意识到了动作戏剧化的可能。即使仅仅是为了联系其他知识，我们也经常试图将自己的观点置于时间框架内。我们确实归化我们对自己和世界的认识，与此同时，时间通过空间展现延续性是这种认识的必要因素。画作的语法（grammar of a painting）隐含过去和未来，延续一致性，并让我们在模仿阐释学（hermeneutics of mimesis）里将之归化。现代主义绘画也不像温迪·斯泰纳（Wendy Steiner，1949—）声称的那样，“时间、观赏者和表现事物的固定性会变成过去的珍品”（Steiner，1968：123）。正如现代主义文学批评家评论、讽刺、破坏 19 世纪的现实主义文学一样，现代主义画家也是这样对待和改变文艺复兴以来的现实主义的视觉观念的。斯泰纳定义其为“根据相对尺寸、重要性、元素位置安排画面场景的二维平台，却试图给面对面的观赏者以对现实一瞥的感性效果”（Steiner，1968：122）。他还声称，视觉艺术具有叙事性，“故事的构思与产生必须将同一个主题按顺序，不断地重复于现实中不同的时空背景中”（Steiner，1968：144）。现代主义依赖于乔伊斯所说的视差或者我们通常说的多视角。

文学和视觉艺术对话的方法包括研究资料、研究两种艺术形式之间的互文影响关系及由不同艺术和历史现象发展而来的文化结构。本章通过阐释康拉德对高更创作的《诺亚·诺亚》（*Noa Noa*，1893—1894）（见图 8-1）的解读及后者对前者小说创作的视觉影响，提出《黑暗的心》中关于种族、性别、两性关系、殖民主义等问题。康拉德因在 1891—1893 年逗留塔希提岛而了解了高更的绘画创作及其日记。他创作《黑暗的心》时，脑中可能正充斥着高更的日记和其以塔希提为主题的绘画。当康拉德阅读《诺亚·诺亚》时，很可能想起了自己 1890 年的刚果之旅与刚果日记。下文将看到康拉德是怎样把高更的文本和绘画补充进他自己的刚果之旅的。

图 8-1　《诺亚·诺亚》

第一节　康拉德印象主义绘画趣味

文学上的“印象主义”方法，是从印象派画家的创作中借鉴过来的。1874 年，法国画家莫奈在巴黎举行的一次画展中展出了《日出印象》（*Impression Sunrise*，1873）一画，以莫奈为代表的一派画家因此得到了“印象主义”画家的名称，但受到当时某些评论家的嘲讽。印象派画家对精确条理的描写手法不感兴趣，而是主张“将瞬间所得的感觉印象艺术地表现出来；他们追求形式、轮廓、光和色的复杂变化，而不是描绘事物固有的形态特征”（李衍柱、朱恩彬，1987：717）。这传达了一部分画家所持的创作态度。他们认为，画家的任务只是记录观察客体时所体验到的直接的感性印象，而不是根据经验之外的知识对所得印象进行加工。19 世纪末 20 世纪初，印象主义绘画技巧进入文学领域，这是文学与绘画相似关系发展的必然规律，在特定时期内，它们所体现的艺术精神、反映的社会心理和表现的艺术手法都存在着相通性。尽管小说是语言的艺术，通过“语言符号的透义性”可以再现画意与主题（傅星寰，2000：23-29）。1985 年诺贝尔文学奖获得者克洛德·西蒙（Claude Simon，1913—2005）谈及其小说创作时也说：“写作如同画家作画一样，就象画家在作画过程中这里添上一笔、那里抹上一层色彩会产生新的效果一样。”（龚翰熊，1987：337）的确，艺术是相通的。康拉德的伟大之处正在于其成功地把印象主义绘画技巧运用于他的小说创作之中。

小说应该通过对词句的选择和精心锤炼而达到雕塑的造型美、绘画的色彩美和音乐的节奏美（Rye，1970：8）。作为英国历史上最杰出的小说家之一，康拉德在不少评论家眼中都是印象主义在文学中运用的代表。的确，受到 19 世纪 70、80 年代风靡一时的印象主义的影响，康拉德在其小说创作中贯穿着印象主义的创作风格。他自己曾说过小说的魅力在于通过感觉传达印象。1897 年，康拉德在《水仙号上的黑家伙》（*The Nigger of the Narcissus*，1897）的序言中坚信艺术可以塑造我们对生活的回应：“我所要竭力完成的任务是用文字的力量让你们听到，让你们感受到——尤其是让你们看见！”（约瑟夫·康拉德，2001：111）在他看来，小说如果要真正成为艺术，就必须打动人的情绪，创造出一种当时、当地感情上与精神上的气氛。他所说的文字的力量是用来在读者头脑里制造一种经历—— 一种可见的经历——这经历是读者自己的。

事实上，就像人类历史上许多有重大价值和意义的事物的命运一样，印象主义绘画在诞生之时以及后来相当长一段时间内，并没有领受到社会为它准备的鲜花和美酒（Ford，1924：194）。那么康拉德为何会对印象主义表现手法情有独钟呢？他又是怎样表现生活印象的呢？1898 年的秋天，康拉德初遇之后成为其秘书兼编辑的福特·马多克斯·福特（Ford Madox Ford，1873—1939）。后者在谈到自己和康拉德讨论小说创作时曾提到，他们发现生活并不向他们诉说，而是在他们脑海中留下印象。同样，如果希望使读者产生逼真的感觉，他们在小说中就必须克制诉说，并致力于展示印象。在康拉德看来，作者在进行小说创作时要捕捉各种事件在一瞬间给人留下的最强烈的印象，并从这一印象出发，通过时间、立场、视角的转换去展示人物和情节，让读者在一系列流动的印象中去捕获小说隐含的意义。

康拉德的中篇社会小说《黑暗的心》凭借史诗般恢宏的场面、独特新颖的创作手法和丰富的思想内涵成为20世纪的经典之作。下面将从视觉艺术的角度，以色彩、光线、形式三方面作为切入点，诠释小说如何将枯燥平淡的词语幻化成形象、生动的视觉意象，探讨印象主义绘画技巧在该小说中的运用，指出康拉德在情节安排、人物刻画、语言组织上有意使用印象主义绘画技巧，将语词符号幻化为更具直接冲击力的视觉艺术形态，使笔下呈现出一个光影斑驳、构图凝重、色彩鲜明的艺术世界，以诠释其小说对现实生活的多维观照和深刻理解。依靠读者在阅读时产生的“瞬间印象”来挖掘作者所要表达的隐藏在文字背后的情感，进而勾勒出作品的主题。

第二节　色彩与形式的张力

康拉德认为生活实际上并不会有条不紊地向人们讲述一件事情的前因后果，而是不断给人以五光十色的印象。印象派画家通过光、色、影、形在其作品中极力捕捉模糊不清、转瞬即逝的感觉印象。当康拉德、乔伊斯和其他现代主义者在小说创作中做类似实验时，毕加索开创了立体主义，开始用散乱的阴影凸显前景和后景，将色彩从再现形态中解放出来，并从多角度来描写对象物，形诸同一画面。某种程度上，绘画中色彩的力量和区别作用正如康拉德小说中的形容词效果一样。在康拉德创作《黑暗的心》、《吉姆老爷》（*Lord Jim*，1900）和他的马来语小说[包括直到1919年后才出版的《救援》（*The Rescue*，1920），以及《诺斯特罗莫》（*Nostromo*，1904）和《秘密分享者》（*The Secret Sharer*，1911）]之时，几乎在这10年中，高更、毕加索和马蒂斯正在探索人类最原始、返祖的现代主义绘画手法。因此，这些艺术家们创作手法、探索主题等方面的一致性亦在情理之中。

现代主义文学创作强调形容词的重要性，对于现代主义画家而言，近似于发现色彩的意义。现代主义文学中，杰拉尔德·曼利·霍普金斯（Gerard Manley Hopkins，1844—1889）或康拉德的重要性不异于高更发现区分色彩和表现色彩的作用。英国文学批评家利维斯在《伟大的传统》中贬之为康拉德的“形容词偏执”也具有类似的区别能力。康拉德在《黑暗的心》中描述道：“那段时间的记忆在我身边缠绕不去，难以捉摸，就像一片庞大的闲谈声渐渐低了下去，只剩死滞的余音，愚蠢、恶劣、卑鄙、野蛮，或者说是赤裸裸的下流，毫无任何意义可言。”（约瑟夫·康拉德，2016：68-69）他用形容词将细节进一步具体化。但是《黑暗的心》中有些形容词，比如“极坏的”“难以置信的”“野蛮的”“邪恶的”“神秘的”好像提供了细节，但事实上给予读者想象的空间，让读者赋予他们自己的意义，就像当画家不再现实地描摹，他们让观赏者自己理解画上的颜色和意象一样。小说中的形容词与绘画中的色彩同样具有表现力。

德裔美国抽象表现主义艺术的先驱汉斯·霍夫曼（Hans Hofmann，1883—1866）曾说过：“色彩作为一种独特的语言，本身就是一种强烈的表现力量。”“在艺术领域中，色彩是表达各种情感、理念和信息的载体，……色彩的运用是无界限的！色彩对于艺术家来说就像音符对于音乐家、语言对于演说家一样重要……决定了它们自身所要表达的一切”。（保罗·芝兰斯基、玛丽·帕特·费希尔，2004：11、12）作为将印象主义运用在文学创作中的代表人物之一，康拉德深谙色彩的巨大作用，它是艺术家能自由运用的最强有力的表现手段。康拉德在《黑暗的心》中成功运用了印象派画家“用色彩冲击视觉神经”的理论，生动地再现了其在1890年刚果之行时所切身感受到的特殊气氛。

色彩和形状是印象主义绘画艺术的基本表现手段。有时离开了色彩的形状就很难传达画面内在的意境。凡·高曾说过：“色彩自身表达某种东西”（约翰·拉塞尔，1996：38）。实验心理学的研究也指出：“人对色彩的经验和他对情感的体验之间，实际上有类似的地方。”（鲁道夫·阿恩海姆，1998b：454）康拉德准确地把握了这种形与色的辩证关系，游刃有余地将其运用在自己的创作之中,使作品的空间具象和色彩感更富于耐人寻味的意蕴。他在处理作品中景物在空气与光的作用下产生的视觉效果时，手法与印象派画风如出一辙。阅读《黑暗的心》时，读者仿佛在欣赏一幅色彩斑斓的巨幅画卷，有时甚至不得不在这些五彩缤纷的画卷面前流连忘返。

形式与色彩一样，都具有给人的视觉提供传达情感的功能。从赫曼·罗夏克（Hermann Rorschach，1884—1922）的对形式和色彩的选择性的实验中可以得出以下结论：即色彩产生的是情感经验，而与形式相对应的反应则是理智的控制（鲁道夫·阿恩海姆，1998b：455）。前面我们已经分析了不同色彩的使用能在读者心中唤起不同的情感反应，同样，康拉德文中对于物体形象的描写可以激起读者理智的思考。虽然康拉德对于形式的描绘远远没有色彩突出，但是其对形状的真实而巧妙地处理，却值得读者玩味。

在公司总部见到大老板本人时，马洛看到的是“一个穿着旧式礼服的滚圆（plumpness）的东西”，而当马洛快要到达库尔兹所在的站时，远远看到了一些“圆球状的东西”。两个同样为圆球的形状，会引发读者截然不同的沉思。对于老板的“滚圆”，作者没有道出具体部位，可以理解为“滚圆的肚子”，也可以解读成“滚圆的头颅”，抑或是“滚圆的身躯”。但是无论哪儿“滚圆”，呈现在我们面前的始终都是一个贪婪圆滑、颇有心计的奸商形象。而马洛所看到的那些“圆球状的东西”，一方面是对该物体真实客观的写照，另一方面更为接下来发现真相时与预想中的结果出乎意料形成强烈的对比，进而在读者内心造成强烈的震撼效果。

《黑暗的心》中，“阴森黑暗更是压倒一切的色调”（侯维瑞，1985：152）。弗里斯赖文为了两只黑母鸡而在争斗中送了命，非洲内陆茅屋裂开的大口子也是黑洞洞的，公司总部的两个女人手中织的也是黑毛线，库尔兹未婚妻出场时的装扮也是“全身穿着黑服”，更为重要的是，虚弱的黑皮肤非洲人不时闪现在读者面前……黑色成了该部小说的主宰色彩。时时刻刻都不消散的黑色悄无声息地制造了一种令人望而生畏的恐怖感，使得空气中充斥着压抑与不安。这与西方的工业文明中黑色是死亡的象征色不谋而合，能充分使读者在阅读时产生相应的共鸣。

与黑色相对应的白色也不时出现在康拉德的笔下。除了描述欧洲白人殖民者所特有的白皮肤之外，在描述与殖民相关的意象时，康拉德几乎都使用了“白色”这一色彩。在描写布鲁塞尔总部的大老板时用到的是“苍白”“滚圆的东西”，马洛见到在斗殴中被刺死的弗里斯赖文时，“杂草从他的肋腔中长出来，高得足以掩盖他的骨殖”，看守黑暗之门的老妇头上戴着浆过的“白色玩意儿”，殖民者用以征服、威慑当地人的炸弹所散发出来的白色烟雾，再到那些无情地吞噬着生命的险恶的白色海浪……这是怎样一种病态又恐怖的苍白啊！

普遍认同，白色在西方人的眼中象征着和平与纯洁。结婚时新娘所穿的婚纱、代表爱情的百合无一例外都是白色。康拉德在此对白色的运用似乎与西方人对待白色的传统态度大相径庭，但是欧美文学作品中也不乏其他作家视白色为不幸象征的例子，如色彩专家费伯·伯恩（Faber Birren，1900—1988）曾有一段在大多数人眼中无伤大雅的对白色的评论：

> 一位油漆工告诉我白色对于墙壁是最好的颜色，因为它是中性的可以和任何颜色搭配。这简直是荒谬，如果你读过莫比迪克的话，你就记得那毛骨悚然的对白色的描写，白色是所有视觉感知中最可憎、最不吉利也是最悲惨的色彩。（鲁恬恬，2010：18）

伯恩的话很好地阐释了康拉德在《黑暗的心》一书中对白色这一色彩的理解。白色，用以形容残酷的殖民主义者时，体现着他们在面对不同于他们肤色的非洲人时所表现出来的漠然、无情，也体现着他们自身为了追求更多的财富而导致道德沦丧的悲哀。

《诺亚·诺亚》早期草稿中，高更表明，这幅画是基于他看到的女孩如画中的姿势般站着，并且带着恐惧的表情的场景而画的。画中我们无法看出是女孩想到了幽灵，还是幽灵在偷窥女孩，这产生了感染康拉德的复杂的透视效果。这种复杂性从画家的角度框定，高更不加解释地提供了两种可能性。像康拉德一样，高更试图传达一种神秘的梦境，它超过了他的理解力。黄色、紫色……提示了马洛与无法看见的魔鬼的联系（Brettell，1988：281）。他们同样展示了高更对形式和颜色的依赖。

黑白这一对立色彩在康拉德作品中的频繁出现，已得到不少学者关注。但是，细读作品，我们不难发现在康拉德的笔下，其他色彩诸如红、黄、蓝、绿、褐等也在表达作者的感情与唤醒读者的共鸣之间起着非常重要的作用。小说描述马洛进入公司总部，看到墙上挂着巨大的发亮的地图，上面涂着花花绿绿的色彩，红色的、蓝色的、绿色的、橘黄色的、紫色的等，其中马洛要去的是“标有黄色的地方”。这里黄色这一色彩的使用非常到位。就色相饱和度来说，纯黄色为高明度色相，更加鲜亮，因此有着更大的吸引力。这块标有黄色的地方，瞬间就吸引了观众的目光，它沦为欧洲殖民者竞相争夺的原料产地，吸引着成千上万的冒险者纷至沓来。这块明亮的黄色区域更是殖民者眼中发财致富的理想之地，它像黄金一样闪闪发光。此外，从冷暖色的角度考虑，暖色能够产生距离拉近感而冷色则产生距离拉远感。小说中作者写到了白人的蓝眼睛，蓝色属于冷色系，给人冷冰冰的感觉，会引起别人的不安。歌德称蓝色是一种“一点也不迷人”的、空虚和冷酷的颜色，总是传递出一种刺激性与安静性在互相争夺的感觉（鲁道夫·阿恩海姆，1998b：467）。蓝色的眼睛形象地道出了白人殖民者给当地土著人带来的恐慌与不安。在女性化妆技巧上，与黄色和淡绿色适合搭配暖色调皮肤不同，淡紫色则常被用来搭配冷色调肤色。而当读者见到小说中那二十几个食人生番所食用的“几块沾满灰尘的淡紫色的类似半熟面团的东西”时，内心的感受也就不言而喻。另外，“嗜血的红发小乞丐”“乳白色的象牙”“褐色的河水”等都可见康拉德在色彩的运用上有着独到的见解，创立了独树一帜的写作风格。

正是这些缤纷色彩的参与，打破了由黑白二色占据主导地位的单一格局，呈现在读者面前的不再是一幅幅只有黑白色彩的画面，《黑暗的心》给读者展示着清晰逼真、栩栩如生的图画。不同色彩的运用，大大激发了读者的视觉神经，不断促使读者运用已有的常识在头脑中形成相应的画面，进而给读者带来一种身临其境的感觉。一位早期的评论者曾说，他（康拉德）的故事隐藏在语句的迷雾之中，并未完全讲出来。仅在色彩这一方面，我们就不难发现，简单的色彩表象，隐藏在其背后的是深刻的情感意义。小说的这种构图给读者带来了强烈的视觉冲突，从而赋予读者以丰富的视觉想象。

第三节　光与影的追寻

在康拉德看来，小说在本质上和绘画与音乐一样，也是一种感觉艺术。因此，小说必须通过光、影的运用，营造出一种身临其境的氛围，调动读者的感官，激发相应的联想，从而揭示事物的象征意义。他曾说：艺术家应该像思想家和科学家一样，探求真理并发出呼吁……自己所努力完成的任务是通过文字的力量使你听到，使你感觉到，更重要的是使你看到（Peters，2001：35）。

光线的准确运用对一幅作品的成败起着至关重要的作用。因此，无论是画家、摄影师，还是作家，都对此进行精心的构思及巧妙的刻画。康拉德娴熟的光线处理技巧在《黑暗的心》一书中展现得淋漓尽致。作品以描写伦敦泰晤士河上阴沉黑暗的天色以及漫无边际的海岸开始，又以描述远处海面上横亘着的乌云以及乌云笼罩下的天穹收尾，贯穿其中的更是数不胜数的光线描写，笔者将对其中出现频率最高的太阳光线及其阴影进行探讨。

17 世纪，艾萨克·牛顿（Isaac Newton，1642—1727）曾进行过一系列的实验来证实在所有的事物中，只有阳光包含着彩虹所具有的一切颜色。小说的第一部分，作者多次以生动的笔触描写太阳光。但是阳光本身作为健康快乐的形象在文中却并未得到体现。相反，“薄雾慢慢升上来，遮住海水的闪光。烈日炎炎，陆地仿佛也在放光，冒着水汽，湿淋淋的”（约瑟夫·康拉德，2016：16），“阳光忽然变得刺眼，让人什么都看不见”（约瑟夫·康拉德，2016：19）……无不给人郁闷窒息的感觉。而马洛的伙伴离开稍微有点阴凉的地方几英里后，一到酷热的地方马上就晕倒，这就充分说明了阳光之烈、之猛、之毒辣。从另一个层面来说，欧洲白人忍受不了阳光的照射，却仍然不顾性命之危对非洲大陆趋之若鹜，表明了他们对金钱的过度及盲目崇拜而渐趋扭曲的心理，甚至也在一定程度上对他们所标榜的“光明使者”“传经布道的圣徒”等称谓进行了辛辣的讽刺。这些人分明就是“黑暗的化身”，他们在非洲所从事的“事业”是见不得光的无耻、卑鄙的行为。

值得注意的是在小说的第二部分，马洛等一行人沿着刚果河溯流而上去寻找库尔兹的过程中，康拉德有意识地减少了对光线的描述，取而代之的是朦胧模糊、铺天盖地的大雾形象。“我也感觉像被埋在几英里厚的羊毛里一样——窒息，闷热，喘不过气来”（约瑟夫·康拉德，2016：62），即使有光线出场，也都是一些昏暗微弱的。微光与大雾交替出现，就连读者都仿佛置身在浓浓的迷雾中。早在太阳落山之前，昏暗的暮霭便已飘进河谷中，接着黑夜突然降临，把人们的眼睛一下子撞瞎了，浓雾笼罩着整个世界，马洛越看越绝望，心想“它会持续多久？”（约瑟夫·康拉德，2016：56-61）……有时候出现的甚至都是阴影的意象，“向水面投下了一大片长长的阴影”（约瑟夫·康拉德，2016：62）。阿恩海姆曾指出：在人的视知觉中，黑暗看上去并不是光明的缺席，而是与光明直接对立的积极要素，在《圣经》中，光明被用来象征上帝、基督、真理、美德和救世主，而黑暗则被用来象征邪恶和妖魔（鲁道夫·阿恩海姆，1998b：437）。此外，科学研究也表明，当我们注视自己喜爱的东西时，眼睛的瞳孔就会扩张，以便接受更多的光线。相反，当我们看到不喜欢的东西时，瞳孔就会缩小，限制光线的进入。康拉德在第二部分的描述中，光线的大量缺失或是不足都暗示着马洛等人正迈向一条充满黑暗与压迫的道路。在这条路上，他们被剥夺了阳光下所该享有的一切美好与安宁。无需赘言，在看似平静的叙述中，作者已经成功地让阴暗的意象传达出了自己内心强烈的感情。

第四节　小说中的视觉隐喻

几乎可以肯定的是康拉德受惠于先锋派杂志《布朗瑟》（*La Revue Blanche*，1897）上的《诺亚·诺亚》。高更和康拉德一样，对噩梦、幻景和失去知觉着迷。马洛把库尔兹说成是他选择的噩梦。《诺亚·诺亚》中，高更写道：夜晚充满着恶魔、邪恶的灵魂和死者的灵魂，非常喧闹。还有苍白的嘴唇、散发着磷光的亡灵眼睛朦胧出现在床上躺着的年轻女孩的梦中。（Brettell，1988：281）《黑暗的心》中，我们可以看到，康拉德笔下的马洛学会了知觉、本能、祭祀仪式和学问的幽灵形式。康拉德和高更都把艺术看成是部分起源于19世纪80年代的美学观点的神秘的和灵魂的经验。康拉德可能受到高更的影响或仅仅是回应了同样的渴望——通过叙述声音——马洛的和构成框架的叙述者——给予记忆视觉性和表现力。

刚果河像“蛇一样”，这不仅写出了河流蜿蜒流长的形状，“蛇”这一视觉隐喻也给人留下河流充满着危险以及变幻莫测的视觉印象，马洛等人此行绝对不会一帆风顺。总公司那个办事员下巴的形状活像一只“旧靴子尖”，经理的密探是“小八字胡，鹰钩鼻子”……寥寥数笔逼真地勾勒出受到“物质利益”驱使，欧洲殖民者外表下所隐藏着的扭曲的心理。

库尔兹的野蛮妻子形象可能来自于马洛对高更绘画的记忆或者他阅读过的《诺亚·诺亚》：

> 在洒满了金色阳光的岸边，一个狂野豪放，艳光四射的女人，幽灵一般，沿河从右往左走着。……她野蛮却美艳绝伦，狂暴却辉煌富丽。她从容的步子，既含着不祥之感，也透着庄严之气。在忽从天降，笼罩住这片哀土的寂静里，无涯的荒野那肥沃而神秘的身躯，生灵涌动，仿佛正在凝视着她，沉吟不已，仿佛那就是它自己的灵魂，变幻莫测，却热情汹涌。……忽然间，她张开裸露的双臂，高高举在头上，一动不动，好像被无法抑制的渴望攫住，歇斯底里地想要触碰天空。与此同时，阴影迅疾地包裹上来，遮暗了河面，把汽船也裹入怀中。牢不可破的寂静沉沉地笼罩下来。（约瑟夫·康拉德，2016：88-89）

高更人物形象的相似性可以在视觉场景中看出来。对于帝国主义掠夺的例子，康拉德的视觉形象包括法国炮艇射击灌木丛，黑人被链条锁在一起，远处漫无目的轰炸。我们看到处于苦难中的非洲的严酷景象，他们断断续续地进入西方人的意识中：

> 通过完全合法的定期合同，有人把他们从沿岸各个隐藏之处招聘来。他们在这恶劣的环境中茫然无助，食物吃不惯，生了病，无法继续工作，就被允许爬到这里来休息。这些奄奄一息的影子就像空气一样轻飘飘的——也差不多跟空气一样稀薄。我开始看见树下有许多眼睛在泛着光。然后，我低头看时，发现手边有一张脸。一副黑色的人骨挺得笔直，一个肩膀抵着树，眼皮缓缓抬起，凹陷的眼睛翻上来看看我，巨大而空洞，一种盲人似的白光在眼底微微闪烁，慢慢熄灭。（约瑟夫·康拉德，2016：22）

看起来康拉德在想象着荷兰画家希罗尼穆斯·博斯（Hieronymus Bosch，1450—1516），或者比利时画家詹姆斯·恩索尔（James Ensor，1860—1949）画中令人惊愕可怕的形象。

高更和康拉德之间一个关键的联系点是《黑暗的心》包含了一幅与《诺亚·诺亚》类似的画，是库尔兹给他未婚妻画的画。马洛在发现库尔兹时看到了这幅画，并且打算把它送还给库尔兹的未婚妻：“我曾把他看成是会给报纸写文章的画家，或者是擅长绘画的记者”（约瑟夫·康拉德，2016：106）。

马洛在中央车站第一次看到了这幅肖像画：“我注意到在房门的嵌板上钉着一幅小小的油画草图，画的是一个女人，披着布，蒙着眼，拿一个燃烧着的火把。背景一片灰暗——近乎漆黑。那女人的动作庄严神圣，火把的光芒映在她的脸上，很是邪恶凶险。”（约瑟夫·康拉德，2016：34）

在维多利亚后期——可能是受前拉斐尔风格的影响，这幅画像把这位未婚妻理想化和寓言化了：

> 我惊讶于她的美——我要说的是，她的表情很美。我知道阳光有时也会被迫撒谎，但我不禁感到，她脸上那种柔和而真挚的神情，不是靠操控光线和姿势能制造出来的。她看起来随时准备好在精神上毫无保留地倾听，不带丝毫的怀疑，完全把自身置之度外。（约瑟夫·康拉德，2016：107）

可以说，《黑暗的心》创造了一种辩证关系，这种关系存在于欧洲气质和非洲气质之间，存在于强调真实的自然和给出不同的角度、内在主题和画家想象的两种假想之间。画中怪异的视觉意象几乎是超现实的，马洛对丛林土著女人的视觉描绘和库尔兹对稳重、常规肖像的美学假设的评论，正如库尔兹的道德继承（“消灭所有畜生”）和回归野蛮对文明道德假设的评价一样。

这位未婚妻理想化了的肖像影响了马洛在最后一幕中的行为。让读者震惊的是，常规的、模式化的维多利亚后期肖像和现代的、带有象征意义的马洛的视觉隐喻之间的差距。但是我们可以相信马洛是一个观察者吗？通过生动的视觉性描绘女人，似乎她们是可以被凝视的绘画——从莫奈式的对布鲁塞尔编织女人的描绘——“两位女士，一胖一瘦，正坐在垫了草垫的扶手椅里织黑毛线……”（约瑟夫·康拉德，2016：11），到野蛮人妻子，再到被寓言化了的前拉斐尔风格的未婚妻——马洛难道不是在显露一些自己的东西？他不也是个画家吗？马洛对库尔兹的视觉记忆是一种与现代主义相关的光线的扭曲：

> 他看起来至少有七英尺高，盖在他身上的布已经滑下来，露出身体，可怜，可怕，仿佛滑下来的是一块裹尸布。他那鸟笼一般的肋骨起伏着，他手臂的骨头涌动着。（约瑟夫·康拉德，2016：87）

库尔兹的身体占据了整张画布。康拉德预见了 20 世纪超现实主义画家的重要代表马克斯·恩斯特（Max Ernst，1891—1976）和萨尔瓦多·达利（Salvador Dalí，1904—1989）的超现实扭曲和毕加索的《格尔尼卡》（*Guernica*，1937）（见图 8-2）的强大形象。康拉德传达了他的故事的习惯性模式，库尔兹的形象可能是一座非洲塑像，其使灵魂的洞察和狂热的接触得以体现。更重要的是，康拉德的视觉隐喻不仅不受 19 世纪中期表现的形态学（morphology）影响，而且赋予了经历以形式和视角——甚至线条和颜色——后印象派特色。

图 8-2　《格尔尼卡》

马洛的形象反映了 19 世纪后期 20 世纪早期绘画从现实主义转向光线的扭曲、荒诞派和抽象化的运动。他在刚果的经历和其他经历一样，是对他的视觉预期，特别是亲眼所见景象的挑战。我们注意到马洛通过隐喻使他的想象改变了他看到的东西："我在路上碰上一个深埋在草丛里的锅炉，又发现了一条通上山的小路。这条路绕开了所有挡道的大石头，以及一节轮子朝天的铁皮火车车厢。其中一个轮子不见了。这节车厢躺在那里一动不动，就像某只动物的尸体一样。"（约瑟夫・康拉德，2016：19）或者，如同后印象派记录所视之物时，把重点放在光和影上，马洛聚焦于所画主体的线条分明的外形上："许多黑色的人影蜷伏着、躺着或是倚着树干坐在树与树之间，他们仿佛长在地里，一半暴露在地上，一半埋没在阴影中，做出各种痛苦、听天由命和绝望的姿势。"（约瑟夫・康拉德，2016：22）

像高更的绘画一样，这些文字揭示的内容和其隐藏的一样多，并且依靠观察者自己的注视来重新安排它们的含义。中川作一对创作行为曾给出的解释是：作家将自己亲身体验的公众世界，在他人所能理解、体验和审美地接受的形态中，再次公众化的意象（中川作一，1991：120）。小说中，作者完美、协调地运用了色彩、光线及形式的组合，通过这三者所产生的"瞬间印象"，成功地塑造了《黑暗的心》这件艺术品。对于色彩、光线和形式的精心描写，康拉德成功地再现了他在非洲耳闻目睹的一切，还原了殖民主义者在资本原始积累时期对非洲的残酷掠夺与对非洲人民的无情剥削。它像魔术一样"唤起了同类的观念"，殖民主义者为追求"物质利益"所犯下的丑恶罪行暴露无遗，是对殖民主义和帝国主义最无情的鞭笞和谴责。

美国哲学家、心理学家、教育家约翰・杜威（John Dewey，1859—1952）在 1931 年曾提出艺术家、观赏者、主题三位一体的关系理论，即艺术家的行为是一种与观赏者一样的，将从现实中提取的主题进行更深一层的提炼，以提高“人类思考”的操作。康拉德的文学创作就是典型的三位一体的体现。他认为：小说——如果它从根本上渴望成为艺术——会诉求气质。事实上小说肯定会这样，就像绘画、音乐，就像所有的艺术一样，一种气质对其他难以计数的气质的吸引力，它微妙而难以抗拒的能力会赋予那些经历过的事情以真正的意义，并且会制造出时间和地点的精神上和情感上的氛围（约瑟夫·康拉德，2001：110-111）。

康拉德运用娴熟的创作技巧再现了殖民主义对黑人的奴役，道出了黑人的悲惨现状：他们是“那些比驴子还要低贱的动物”，甚至于“他（舵手）的生命价值不过像撒哈拉沙漠中的一粒小砂子”。在光、形、色、隐喻的协调中，《黑暗的心》拥有了更强的生命力和更深的思想深度。无怪乎著名作家老舍称他为一个近代最伟大的境界与人格的创造者（侯维瑞，1985：133）。

第九章

伍尔夫《到灯塔去》之视觉隐喻再现

米勒认为：小说创作对他们（维多利亚小说家）来说是重新进入社会的间接方式。他们受到那个世界排斥，或者说害怕以直接的方式进入（Miller，1968：63）。相反，伟大的现代主义者通过写小说定义社会以外的自己，并证实艺术家的特殊身份。他们并不想重新踏入社会，而是离开社会前往岛上——真实的或想象的。现代主义是传统与创新统一的采石场，充满着记忆、回忆、形象、隐喻。隐喻是用词或印象来表明关于叙事者部分的，或者是画家集中注意的某些事的相似性——他或她真实或是想象的世界——某些夸张或实际包含他或她的思想的部分现象的事。现代主义代表之一的伍尔夫用隐喻的概念定义了小说《到灯塔去》词与现实的关系，它是诗的意象与现实生活之间维持着微妙平衡的小说，本章认为《到灯塔去》通过莉莉·布里斯科的画作实现了现代主义小说中隐喻的作用。小说使我们看到了隐喻是如何在现代主义文学和艺术中发挥作用的。

第一节　伍尔夫与视觉艺术

论及伍尔夫与视觉艺术之关联一定要提到英国著名的文化团体——布卢姆斯伯里团体。学者们众口一词，认为它如今已被证明是现代思想史、文学史与艺术史上最重要的团体之一。在 1993 年版《英汉大词典》（*The English-Chinese Dictionary*）中，它被定义为住在伦敦布卢姆斯伯里区的居民或与之相关的文化圈里的文人，即指伍尔夫、福斯特、里顿·斯特拉奇（Lytton Strachey，1880—1932）等经常聚会的一批文人（陆谷孙，1993：182）。

布卢姆斯伯里坐落于大英博物馆附近。该团体的 13 名核心成员中，有英国画家兼艺术批评家弗莱、艺术史家克莱夫·贝尔、画家樊妮莎·贝尔（Vanessa Bell，1879—1961）。弗莱是形式主义审美理论的开创者，是致力于把后印象主义绘画介绍给英语世界的杰出的艺术批评家，伍尔夫极其尊重和仰慕这位艺术批评家，并为他写传。伍尔夫以一个小说家的视角来描述弗莱——他与他认为的黑暗的力量进行着戏剧性的斗争：敌对者永远存在着。由约翰·皮尔庞特·摩根（John Pierpont Morgan，1837—1913）和英国公众组成的敌对者在他脑中已经建立太长久的印象，使他沉溺于梦想有一个舒适的乌托邦。如果你想要一个更好的世界，你必须为之奋斗。他确实奋斗了（Woolf，1976：184）。莱斯利·斯蒂芬（Leslie Stephen，1832—1904）是伍尔夫父亲的传记作家，在他编写的《英国国家人物传记大辞典》（*Dictionary of National Biography*，1885）中的一篇文章中，20 世纪最富影响力的英国艺术史家之一肯尼斯·克拉克（Kenneth Clark，1903—1983）把弗莱誉为“约翰·罗斯金和威廉·莫里斯真正的继承者”。

如果我们从以上所提的弗莱的生平反观伍尔夫，就不难理解伍尔夫小说创作的印象主义视觉艺术特征。伍尔夫在《班纳特先生和布朗夫人》（*Mr.Bennett and Mrs.Brown*，1927）中写道：1910 年 12 月，人性发生了变革……，人与人之间所有的关系——主仆间、夫妻间、母子间——的关系发生了变革。随着人与人之间关系的改变，人类的宗教、行为、政治、文学也同时转变了（Woolf，1927b：5）。就在 1910 年，弗莱在伦敦格拉夫顿（Grafton）画廊先后举办了两场后印象主义展览。从此，“后印象派”一词的使用就从弗莱开始了。霍加斯（Hogarth）出版社成立于 1917 年，那时弗莱与伍尔夫关系很近。他们有着同样的目标，即将美回归于大规模机械化产品中，并设计出市场上不多见的艺术作品来。像弗莱一样，伍尔夫也积极支持出版有品位的书籍，如克莱夫·贝尔和其他后印象派艺术家的作品，还有其他年轻作家的作品，其实他们凭借当时的名气还不足以被引入商业出版界。弗莱是伍尔夫和伍尔夫出版物的设计与材料问题顾问，并与伍尔夫夫妇合作出版了四部巨作，包括具有开创意义的《十二个原始木刻》（*Twelve Original Woodcuts*，1921）。

伍尔夫一生的小说创作始终围绕着伦敦，但她的“伦敦”意象并没有使其成为“恋家的作家”（“stay-at-home” writer）。透过伍尔夫情有独钟的视觉艺术、艺术批评与柏格森哲学（philosophy of Henri Bergson：

intuitionism），我们可以发现其在文学写作中启用了相关的表达。正如其叙述中所言：写作中的后印象主义绘画的视觉双重、立体主义影视闪回、蒙太奇效果、超现实主义的生活、死亡与欲望的快照等。她的视觉展示了精神思想与客观外界物质的辩证观点，以及城市性别关注之美学的重要意义（Tzu Yu Lin，2009：2）。伍尔夫小说中极力表现的"生活瞬间"与印象派致力于营造的"瞬间印象"殊途同归，即奋力关注生命变化这一瞬间，并把它转化为叙述（Goldman，1998：3）。

伍尔夫在弗莱的印象派画展中见到了多幅凡·高的作品。她认为色彩是花的语言，如同美丽话语那样飘来阵阵清香（Goldman，1998：112）。她还利用色彩，把其多声部内在主观表达联系在一起。她在小说《奥兰多》（*Orlando*，1928）中有关风景的描绘、对"月食"的描写与凡·高的作品《向日葵》（*Sunflower*，1888）（见图 9-1）、《麦地》（*Wheatfield*，1890）（见图 9-2）有着异曲同工之妙。水彩画家沃尔特·理查德·西克尔特（Walter Richard Sickert，1860—1942）是 19 世纪英国印象派举足轻重的人物，虽不是一个典型的印象派，但他致力于那些充满神秘气氛和变化莫测特质的绘画创作。1868 年他举家迁往伦敦，并与伍尔夫结识。伍尔夫在《沃尔特·西克尔特：对话》（*Walter Sickert：A Conversation*，1934）一书中坚持认为绘画与文学有着亲密关系，并把西克尔特誉为当时活着的画家中的卓越代表。她还在该书的结尾处作了艺术类比：小说家总是在追问如何把太阳转为文字，文字又如何表达色彩？……威廉·莎士比亚（William Shakespeare，1564—1616）的每部剧本都有主导的色彩，所有的作家都是不同的色彩专家（Goldman，1998：114）。她以色彩为隐喻力求达到视觉描述的艺术效果。如 1914 年，伍尔夫参观了伦敦泰特现代美术馆的西克尔特画展之后，感叹眼前看到的色彩，如同火焰般穿梭，又像箭一般落下，穿过夜空。如其小说《到灯塔去》便可以被视为画家莉莉的精神成长与艺术探索史。这位后印象派画家在其自我意识活动中努力寻求画布内的坚固结构与平衡秩序，展现日常生活中的母子图，并将其心目中的形象转化为色彩与线条之间和谐匀称的关系。文中有诸多色彩的叙述，如把莉莉画布上图绘的色彩形容为蝴蝶翅膀上的颜色等。

伍尔夫的《读书随笔》（*The Essays of Virginia Woolf*，1912—1918）中，"印象"成其评论哈代、康拉德、福斯特小说的"座上宾"。例如伍尔夫认为，在哈代的《林地居民》、《还乡》、《远离尘嚣》，尤其是《卡斯特桥市长》

图 9-1 《向日葵》

图 9-2 《麦地》

（*The Mayor of Casterbridge*，1886）中，读者看到的是哈代对生活的印象，而且是未经意识处理的直觉印象（弗吉尼亚·伍尔夫，2007：135）。譬如，当哈代写到苔丝和弟弟一起把蜂箱运到市场上去的时候，弟弟阿伯拉罕问苔丝："你不是说，天上的星星也是一个个世界吗？"苔丝回答说："星星就像那树上结的大苹果，大多是漂漂亮亮的，没有斑点的，只有几个才被虫子蛀了，枯瘪了。"弟弟又问："那我们住在哪个苹果上面？……"此时苔丝严肃地摆出一副思想家的架势回答说："枯瘪的。"（弗吉尼亚·伍尔夫，2007：135）在此，苔丝从刚还是有血有肉的活泼女子变成了一台思想机器。读者看到了"印象"，看到了那略带讽意的描写，并唤起读者对人物的同情。又如康拉德的小说创作多年来一直受他"朋友"马洛的支配。在《吉姆老爷》中，马洛无意中听到法国还远着时，就轻轻嘀咕了一句："天哪！时间过得飞快！"对此，伍尔夫这样分析："这句话再平常不过了；但我突然想到，这句话和某种视觉印象有联系。……就这样，他在昏暗的背景上描绘出一幅又一幅画像。"（弗吉尼亚·伍尔夫，2007：153）

下文以《到灯塔去》为例，剖析视觉手段在伍尔夫小说中的运用。

第二节　线条："生命"之隐喻

《到灯塔去》中，莉莉画作的完成是对现代主义深奥性的隐喻。她怀着自己的理念完成了画作，并放弃了与拉姆齐先生的婚姻以及可能随之而来的改变社会地位的机会。她的艺术成功是以牺牲社会生活为代价的：

> 再回头看看，她想，又回到了这里，远离了闲言碎语，远离了生活，远离了社交圈，那些自己由来已久的强敌——这事，这个真相，这个现实现在降临到她身上，这表象的背后完全呈现在她面前，引起了她的注意。（Woolf，1927a：236）

拉姆齐夫人的胜利与其说是道德上的，倒不如说是美学上的。一想到拉姆齐夫人，莉莉意识到她的朋友把瞬间凝固为永恒，换个角度看，这也是莉莉永恒的追求。它揭示了生命本质。混沌中蕴含着形体：这种不停的流逝被定格，她看着云卷云舒、落木飘飘。（Woolf，1927a：241）

生命被定格时就是艺术给生活打上模式的烙印之时，但同时，这也是死亡的征兆。莉莉是她的创造者的翻版，她自身在绘画中的挣扎也是作者自己的写照。我们意识到伍尔夫对“不停的流逝”的价值追求贯穿于整部小说。

莉莉的画作是该小说意义至关重要的部分。小说中，写作与绘画互为隐喻并且推动着创作进程。莉莉的第二幅画作代表着后现代主义流派，创作于第一次世界大战后，与她的第一幅作品相隔十年。第二幅画作的灵感来自于印象派，诠释了线条与形状的关系，相较于第一幅画，则更为抽象。也许伍尔夫在暗示她的美学理念已经改变，让我们注意她作品的并置性与不可模拟性。莉莉完成了她的画作，其中的线条是拉姆齐先生的偏执性和灯塔的转喻，线条表明拉姆齐先生对垂直线指代的关注，莉莉 44 岁了，还没有十分渴望的恋爱关系（“我有我的理念”）。她以一条直线开始并结束了她的画作，也许这是一种日本水墨画：帆布上的一条线使她时常面临无数的危机和不可撤销的抉择（Woolf，1927a：235）。

绘画时，莉莉迷失在自己的理念中，但没有完全隔断与生活的联系，她试图平衡两种截然不同的力量：拉姆齐先生和绘画。这种平衡是非常必要的。也许在设计上出了些问题？是这样的吗？她困惑了，墙上的线条想要冲破出来，是树的块面太重了吗？（Woolf，1927a：287）在某种意义上，最后一条线为她，也为她的创作者揭示了艺术与生活的关系。就伍尔夫而言，这线条代表了小说的完结。诚然，如果说莉莉之所见激发她创作第一幅画，那么第二幅画的创作动机就源于想象与经验在她对形状的感知和想要表达的事物间的对话。对块面与线条的考虑，她受到了 1910—1912 年弗莱在伦敦的两场后印象主义展览的影响，尤其是塞尚的影响，因为塞尚不止用线条，更是用大量的块面、色块来“绘画”。

作为艺术家，莉莉依赖自己内心视角而不是之前的现实，她画她知道的，而不是看到的。她画出的只是存在于她脑海中的一棵树或者一根线条。“我应该把那棵树挪远些放在中间，这样我就可以避免那个尴尬的境地。”（Woolf, 1927a：128）但是她那艺术的顿悟主要来自于人类的情感，尽管拉姆齐夫人怜悯威廉·班克斯，莉莉却认为：他是最不需要怜悯的。莉莉告诉自己，他有自己的工作。莉莉想起来了，如果在瞬间说出她的一笔财富，那就是自己的工作。（Woolf，1927a：128）因此，莉莉顿悟的基础在于她对拉姆齐夫人对班克斯的怜悯的个性独立的评论。为了表现出莉莉的艺术需要情感的激励，伍尔夫鼓励读者去关注非再现性艺术，它既不是对他者见解的复制，也不是冷冰冰的几何图案。莉莉的非现实主义形式美学是建立在人性的价值上的，了解这点有助于我们阅读小说。

第三节　光与影：“回忆”之隐喻

对于后印象派莉莉而言，“问题在于块面、光与影之间的联系”，对于塞尚也是如此，但是对莉莉而言，艺术不止如此（Woolf，1927a：82）。艺术对莉莉和伍尔夫一样，是“每天生活的积淀与一些比她的所言所为更为神秘的事物的混合”，并且这个积淀与混合表达了她最深的情感（Woolf, 1927a：81）。有学者可能会说拉姆齐夫人影响或者塑造了莉莉的美学观，因为莉莉引导读者对小说的这些叙述做出反应：

> 拉姆齐夫人也许会这样问，难道说出来事物就会被破坏了吗？（她身边似乎时常充满了寂静），难道我们就因此变得非常善于表达了吗？这一瞬间至少看起来十分充足。她填埋沙地上的洞，借此完美地填补了瞬间。这就像在一滴银光中，有人可以挖掘并且照亮过去的黑暗。（Woolf，1927a：256）

回忆过去不只是对正在进行的事情的一个隐喻，也是伍尔夫写下莉莉胜利时的一种状态的表现。言多必失不只是拉姆齐夫人，也是伍尔夫作为创作者的观点。伍尔夫的存在辅助了我们的阅读进程。

莉莉的第二幅画作来自于印象派的灵感，第二幅画的创作是对第一幅画作的互文记忆：

> 她隐约记得那里有些什么，一些与这些线条相关的事物，切割着、交织着，在密织网格里有蓝色和棕色组成的绿色的洞穴，都还存留在她的脑海中，不断纠结以至于在零星的时间段，在她走在布朗普敦大道上时，在她梳头时，她发现自己的目光不自主地掠过那幅画，描绘着，一一打开想象的结。但是，漫无目的构思与真正在画布上画出第一笔是有天壤之别的。（Woolf，1927a：234-235）

对莉莉而言，色彩——“蓝色和棕色组成的绿色的洞穴”——至少部分可以从形态学中解放出来了。从莉莉强调空间关系上，我们可以确定伍尔夫看过塞尚、高更和马蒂斯的作品。2005 年世界最具影响力的艺术史家、评论家之一约翰·艾尔德菲尔德（John Elderfield，1943—）如此评价马蒂斯 1908—1912 年的风格：有时候，他不像调试颜色那样调整形状，只是先把所有的都画上，再细细地把色彩填入每个合适的部分（Elderfield，1978：60）。把意义与形式神奇地融入每天的经历是莉莉第二幅画的重点：

> 她想，小心地蘸着她的笔刷，要达到返璞归真的境界，仅仅简单地感知这是一把椅子，那是一张桌子，然而同时，这也是一个奇迹，更是一种狂喜。（Woolf，1927a：299-300）

莉莉通过她的艺术获得顿悟。她那富有创造力的想象，不仅将拉姆齐夫人从过去拉回，并把其转换成象征性的、模糊的现代形象，作为艺术家，她希望达到像拉姆齐夫人在其生活中达成的那种统一。赋予普通的经历以丰富意义是伍尔夫艺术追求的重要目标，一个可以不断接近却永远不能触及的目标。

莉莉的艺术价值追求和拉姆齐夫人的个人价值追求中再现了伍尔夫本人。前者的绘画与伍尔夫作品之间的等同关系十分重要，而后者对众人的影响与伍尔夫想要达到的目标之间也存在着这样的关系。后者诉求在人际关系中达到整体性与统一性，前者则是要去完成她的画作，伍尔夫在两者间建立了一种关系。不仅是别人，拉姆齐夫人自己也想创造这样一种统一，给她的晚宴赋予意义："表现出她的全部努力。"（Woolf，1927a：126）她把自己的任务视作一次重要的启航："在对班克斯的怜悯中，生活重又变得有足够的力量支持她前进，她开始尽女主人的职责，就如一名疲惫的水手看到吹起其风帆的风，但并不想要再次启航，却在想若是沉船，他会如何随着水流打旋，沉入海底找到安息。"（Woolf，1927a：127）这样一幅景象延续下去且最终成为一种徒然的追求，那是人类在大千世界中想要掌握自己人生的方位。这幅景象用海洋来表现，对诉求与目标却漠不关心。

莉莉最后想通过画作强调幻象的短暂，强调再现过去："我曾见到。"（Woolf，1927a：310）我们从小说的叙述中了解到，特别是当我们一读到使拉姆齐夫人产生顿悟的景象，我们了解到她的死，以及她无法成功地建立保罗和明塔之间的关系，而这种景象并不能使两人在现实中感到痛苦。拉姆齐夫人形象所获得的巨大成功，给予了小说《到灯塔去》最好的结尾。结尾部分，莉莉画出了回旋的线条，所描述的事实警示我们不要被莉莉的顿悟，或那些声音所带来的如诗如画般的经历误导。世俗的景象总是受到正在错过的东西的讽刺：追寻者实现自我的那种对上帝的强烈情感，换句话说，那种感觉中世界与话语成为一体，那是莉莉最后的想法。（"结束了"）回应了耶稣十字架上的话语，强烈地突出了伍尔夫对这种意识的讽刺。垂直的线条——莉莉模仿的线条、那灯塔（人造的来代替上帝所创造的光），卡米歇尔先生的存在，等同于发现这个世界里上帝不再是最终影响因素。如同该时期所有重要作者，文本所创造的想象世界里，上帝的概念一直都是个缺席的能指，我们回想起拉姆齐夫人对宗教的怀疑态度，如她对死亡与磨难的思考："任何一个神是如何创造这个世界的？"（Woolf，1927a：98）就像《达洛维夫人》（*Mrs. Dalloway*，1925），小说中并不存在对上帝的信仰缺失，这是小说明显的事实。但不像哈代、劳伦斯、乔伊斯和叶芝，伍尔夫不信上帝并不是真正与信仰较劲。拉姆齐夫人听到自己对着传统的维多利亚口号喃喃自语："我们生活在上帝的手中"（Woolf，1927a：97），她驳斥这是个谎言，以她的想法，她认为有这样一个事实：没有原因、秩序、公平；但有苦难、死亡、贫穷。这个世界不会有背叛，她知道这一点（Woolf，1927a：98）。

拉姆齐夫人像艺术家般审视自己的作品，她创造了一种与宗教相关的机遇和瞬间意义的统一性：她看着窗，烛火烧得更亮，窗格的玻璃是黑色的，看着外面，听到外面传来奇怪的声音，像是在教堂做弥撒，因为她并没有听到这样的话语（Woolf，1927a：165-166）。但垂直线条和水平线条都等同于男性力量，需要改进、掌控和征服——拉姆齐夫人想要“从头到尾”穿过字母表——这与小说竭力赋予现实平面和立面动态、瞬息、变化、互联、交错的效果形成对照。因此把去灯塔的旅行等同于完成这幅画作本身就是承认悖论。在时间中留下印象，却掩饰变迁和现实的可能性。对价值的追求本身就是一个永恒的状态。这是一个追求生命意义的过程——驶向灯塔，试图去解决绘画过程中所存在的问题，试图使小说连接在一起。从另一个角度来说，最终，灯塔的垂直性也因现实的暂时性和人物与叙述者无法拉近能指与所指的关系得以反讽。事实上，《到灯塔去》和完成画作，从拉姆齐夫人的角度看，是一个充满辛酸的却十分重要的接近死亡的过程。例如小说第二部分“岁月流逝”，刻画了时间是如何影响人类的，告诉我们莉莉的绘画和伍尔夫的写作都逃脱不了时间的束缚。但不像画作，文学文本历经改编再出版，这也是一种经受时间磨砺的过程。

第四节　色彩：“记忆”之隐喻

《到灯塔去》的第二部分第五节中，伍尔夫有意将莉莉的记忆和艺术创造这两种行为等同起来。她这样写道：在将毛笔蘸上蓝色颜料的同时，她也陷入了对过去的回忆。这时，她想起拉姆齐夫人已经起身（Woolf，1927a：256）。而正是对拉姆齐夫人的记忆促成了莉莉的这种极端经历。人生到处充斥着过去的身影，这是伍尔夫小说的一个主题。莉莉多多少少盼望拉姆齐夫人从过去返回现在：

> 周遭的一切似乎都融入了清晨时光，幻化成思想，沉淀于池中；幻化成现实，深潜于皿底。如果说卡米歇尔一言便有泪滴落于池面的话，这一点都不出人意料。而后呢？随之便有情况出现。一把手枪插进去，一把刀就会闪出来。（Woolf，1927a：266-267）

你我她消逝了，无物乃存，世事皆变，但不是文字，不是绘画（Woolf，1927a：267）。莉莉希望置身于艺术的永生，但她怕自己的画作不是被悬置于阁楼就是藏匿于沙发下。她落泪了，因为拉姆齐夫人，因为她自身永远无法达到的艺术永生境界，因为她意识到自己终将死去。于是，她静静地问卡米歇尔先生。他的存在已经成为她寻找的另一个客体，这也是因为拉姆齐夫人和班克斯不在场：

> 然后呢？这意味着什么呢？凡事都能面面俱到吗？匕刃都能切割吗？拳都能紧握吗？是否安全感荡然无存？不再默记世事通则？一切都失去准则，没有保护伞，只有奇迹，（人可以）从塔尖腾跃至空中？是否对于年长者来说，这就是生活，扣人心弦、充满变化和未知的生活？（Woolf，1927a：268）

由此，我们不妨这样理解：生命真正的珍贵之处就蕴藏在这些扣人心弦、充满变化和未知的生活之中。这正是伍尔夫美学观的中心所在。文本通过对莉莉泪水和她对韶光易逝的不解的浓墨重彩的描述体现了这一点。从莉莉哀婉的求索心路中，我们也感受到了伍尔夫的哀婉：

> 有时她感到如果他们此时都从草坪上起身并要求得到一个解释，关于为何韶光易逝，关于为何人生有那么多的不解，就像两个人在全副武装而且洞察一切时所采用的强烈言语，那么，美便将愈发明显。空间不再空虚，空虚的华饰终将有形，如果他们的喊声够响，或许能唤回拉姆齐夫人。（Woolf，1927a：268）

艺术之美通过充实空间，在细节之间建构统一，贯通以达顿悟而传递其意义。但是，正如很多现代主义文本，风格和优美只是瞬间，不足以提供丰富的资源。我们可以在这里感觉到，当伍尔夫以画家的术语传达文学思想时，她与莉莉的想法不谋而合：在这个怪异的早晨，文字和其他一切一样，到处写在灰绿色墙上。她觉得只要能将这些字眼拼接起来并通过某个句子加以表达，她就能得到事物的真谛了（Woolf，1927a：219）。莉莉从形和色的角度进行思考。如果我们以文笔替代画笔，莉莉的洞察力也许就是伍尔夫自己的。她认为人类用于作画或感知的器官好比一座劣质且无效率的机器，它常在关键时刻出故障；但人一定要强迫其继续运行，这有点明知不可为而为之（Woolf，1927a：287）。

伍尔夫将叙述看作记忆的一种方式。捕捉记忆与体验失去的原型方式是拉姆齐夫人对万宁的追忆：如今她如魅影行于其间，尽管她已经变了，多了些许安然和妩媚，但这样的行走让她久久不能忘怀，好像这些年来，那一天始终停滞在那儿（Woolf，1927a：132）。这幅景象描写的不仅仅是莉莉、拉姆齐先生和书中第三部分讲到的拉姆齐先生那些回家的孩子等这些人的立场，更是伍尔夫回想起双亲的家和他们的关系时自己的立场。当一切被逆转，当阅读重于生存，想象重于结果，记忆特别容易和阅读等同起来。在晚会用餐时，拉姆齐夫人想：

> 回到那个梦乡，那个虚幻但令人向往的地方——20 年前位于马洛的万宁画室。在那里人们可以不慌不忙、无忧无虑地生活，因为不需要去顾虑将来。拉姆齐夫人知道发生在她和他们身上的事。这好比重览佳作，因事件 20 年前发生过，所以她知道故事的结局；生命，即使从瀑布般桌布盖上的餐桌上倾泻而下，也被尘封在那里，而且像湖水一般平稳地躺在两岸之间。（Woolf，1927a：140）

然而，拉姆齐夫人最后以理智审视虚幻的空想并认为他们无意识地生活着，自己最为厉害，她发现这种想法既“怪异又令人不快”（Woolf，1927a：133）。

小说第二部分“岁月流逝”中的视角变得冷峻、超然和明锐，死亡挥之不去。起初，伍尔夫用来暗指无情时光的“装腔作势”的架子几乎无法影响那无人居住的房子，但是，自从一家人没能返回，装腔作势的“架子”开始将房子占为己有，房子和陈设逐渐衰败、腐烂。第二部分以寓言式的回答回应了拉姆齐夫人寓言式的提问:“事物的价值和意义是什么？”（Woolf，1927a：183）从超然的视角看，拉姆齐夫人的死只是生命进程中的一部分。这句通晓世事、冷淡又充满讥讽的话语正是主观个人存在的对立面，这种存在仿佛可以将人带入角色的意识，尤其是拉姆齐夫人和莉莉的意识。但此处关注的是房子，这座毫无声息的房子，这里的重点都因为小说第一部分而更具传情效果。不安时，莉莉坚信自己看到的：萤火虫是亮紫罗兰色的，墙是显眼的白色，因为我们看到的就是这样子，尽管一切显得苍白、优美和半透明（Woolf，1927a：31-32）。有时，莉莉好像受到马蒂斯的影响，但却不知道如何真正摆脱实证主义者的立场。不过，她能够利用自己的想象：弹指间，她看见了她的相片，想着，是啊，我应该把那棵树挪远些放在中间；这样我就可以避免那个尴尬的境地……她拿了一块盐块再次放在桌布上呈一定式样的花上，以此来提醒自己去挪那棵树（Woolf，1927a：128）。

《到灯塔去》是关于写作本身，而主要的隐喻是莉莉的绘画创作。它反射了一种品质，一种自我意识，一种 18、19 世纪小说里缺失的自我危机感。

社会压力把艺术家们从客观世界驱向了利用文字表达内心的主观世界。绘画隐喻则是向更加抽象的、空间的、色彩的方向转换。绘画与写作互为隐喻，推动小说叙述的进程，成为现代主义小说创作的一道亮丽的风景线。张中载先生曾在《小说的空间美——“看”〈到灯塔去〉》一文中认为，伍尔夫善于营造小说空间美，通过“文字表现空间景物的光色，并使描写色彩、形状的页面文字在读者心中产生联觉和空间感”。（张中载，2007：115-119）我们认为该小说运用绘画隐喻，实现了文字符号所建构的空间性。

第十章

一幅奇异的现代主义三联图——论詹姆斯、曼与马奈的现代主义文化人

文学和其背景的关系，如凤凰涅槃般，已进入文化研究领域。该领域强调性别、种族、阶级间的权利关系。文化人物的构造能给文化历史带来新的理念。从文化人物分离出的现代文化的必要元素往往可以跨越风格和艺术形式的界限。因此，我们有必要去理解、梳理现代主义家谱和那些为文化遗传密码的修改做出贡献的人，特别是存在于当代艺术和文学中与我们息息相关的文化人。与此同时，照相术的发明、宗教和政治信仰的崩溃、达尔文进化论的诞生、约瑟夫·约翰·汤姆逊（Joseph John Thomson，1856—1940）现代物理学思想的发端、西格蒙德·弗洛伊德（Sigmund Freud，1856—1939）精神分析学说的兴起、弗里德里希·威廉·尼采（Friedrich Wilhelm Nietzsche，1844—1900）超人哲学的激辩、德国精神病学教授理查德·克拉夫特·埃宾（Richard Freiherr von Krafft-Ebing，1840—1902）关于性文学的革命性文章等，在新美学理论的形成中扮演着很重要的角色。由此有必要理解并重新厘清现代绘画、雕塑和文学的密切关系——这些关系表现为互为影响、文化平行或者是无意识反应。现代主义文学和绘画有意识地运用许多符号表现、加强和启蒙现实。艺术家们断言他们看到的是事物的本质。本章根据上下文背景勾勒出一幅独特的三联图：马奈、詹姆斯、曼的现代主义小说主题。根据三人的相似点，旨在深入研究哪种文化力量促成了这种布局，以及其所表现的现代主义主题的一致性。

第一节　第一联：家庭女教师

不言而喻，现代主义运动是促成上述三位作家探索相似文学主题的文化力量。艾尔德菲尔德认为：历史并不总是被当成一种小说，而是曾经组成了一种秩序形式，并且可能继续如此（Elderfield，1990：203）。这让我们联想到《文化困惑：20 世纪人类学，文学与艺术》（*The Predicament of Culture: Twentieth-Century Ethnography, Literature and Art*，1988）的作家詹姆斯·克里弗德（James Clifford，1945）在 1900 年写的评论：文化被看作是一个进化过程，人们广泛认为欧洲资产阶级的空想个人主义是长期发展的自然结果，虽然过程中受到各种瓦解威胁，但它肯定仍是人类基本的进步运动（Clifford，1988：92-93）。现代主义者认为他们已摆脱传统的政治历史设想和从小所受教育的文化价值束缚。艺术家和作家经常把艺术从历史中分离出来，推崇美学。尽管如此，现代主义者一边反对那些传统观点，修改和改变他们，一边仍对传统的艺术观点表示敬仰。

在此，我们将《螺丝在拧紧》中家庭女教师的性压抑，19 世纪 60 年代、70 年代和 90 年代马奈的油画，还有曼的怪诞同性恋小说《威尼斯之死》组成一幅三联图。因为所有人都提出这样一个问题："我们该怎么面对孤独？"人们都需要被关注、被看见、被理解，而与这些需求相关联的是 19 世纪晚期的普遍认识：每个人都是一座独立的岛屿，既不与同伴相关联，也不与任何超越次序或者超越目的相关。本章将重点研究"看"与"被看"是怎样和现代社会的孤独，还有单身汉、老处女——家庭教师、妓女的个人孤独联系在一起的。现代主义文学中，这些单身汉、老处女和妓女已成为所有人类的缩影。换句话说，对于那些无足轻重的人来说，看见和被看见是他们追求目标过程中孤注一掷的部分。

"看"与"被看"是詹姆斯《螺丝在拧紧》的主题。家庭女教师由于需要被理解，因而试着学会怎样理解不同。道格拉斯（小说中骇人听闻故事的分享者）希望叙述者的身份成为焦点，詹姆斯以家庭女教师为范例，说明现实屈从于自我放纵时可能发生的事情。对于詹姆斯来说，家庭女教师就是那个不可靠的叙述者，她是极端放纵的唯美主义的自我模仿者。詹姆斯在 1898 年出版了《螺丝在拧紧》，同一年康拉德出版了《黑暗的心》。詹姆斯和康拉德实验性地尝试塑造戏剧叙述者（dramatized narrator），说明了现代主义怎么把重点转移到作为阐释者的主体上，还有旁观者在行动中的思维，观察者作为主体之所见。虽然有一些讽刺性的争议存在，但伍尔夫在她的随笔《班纳特先生和布朗夫人》里写道："在那里花费如此精力来寻找告知真相的方法，真相本身肯定会以一种令人疲惫的、混乱的方式呈现在我们面前。"（Woolf，1927b：117）如今，"寻找一条道路"——对价值、恰当的风格与形式的追求——成为主题。追寻我们的道路正是另一种理解的方式。

詹姆斯在《螺丝在拧紧》中为我们提供了另外一种维多利亚时期女性的叙述选择。就像研究维多利亚时期小说的专家贝思·纽曼（Beth Newman，1955—）写道：在她的意愿里我们可能听到，她可以忍受以伪装的方式来说明她希望被看到这样的揭发方法，一种可以锻炼她监督的责任以及防止她的孩子以暴露她的方式看见鬼的愿望（Newman，1992：49）。家庭女教师渴望被看到、认可和确认的想法贯穿了她的叙述。纽曼评述如下：陷于两种完美的女性气质的定义之间——一个不引人注意的，但警惕的女人；另一个代表作为视觉娱乐物体的合人心意的女性——她有意识的选择了前者。但她不能剥夺希望自己被看到的无意识的心愿，这种愿望影响了她持续不断地看见，也可能——如果那些鬼魂是幻觉的话——影响了她所看见的内容（Newman，1992：61）。

与 19 世纪文学热衷的"看"与"被看"有所不同，《螺丝在拧紧》在分析压抑和移情如何导致自我意识麻痹的同时，还戏仿维多利亚文化习俗形成的还原论二分法，即理智与激情，本我与超我。笔者认为，这类充斥着艳情的"看"可通过研究马奈得以理解，正是马奈将"看"不完美的性客体这一现象呈现在公众面前。

在家庭女教师眼里，昆特是个令人讨厌的性客体，并且威胁着她成为女主人的幻想。也许她明白，在赢得主人感情上，昆特成了她的竞争对手。但毕竟，她"年轻而可爱"，仿佛《草地上的午餐》中的裸体女子，等待着当两人相遇时那来自主人的注视，俘获其芳心。正如马奈展现在《奥林匹亚》（见图 10-1）和《草地上的午餐》（见图 10-2）中的那些女人，家庭女教师也是对性现象的一种艳情式的、讽刺性的批判。这就仿佛詹姆斯在熟知马奈的绘画以及了解自然主义文学创作的前提下，试图去验证性题材是否能置于崇尚性文化的维多利亚时期的传统之中。男主人形容家庭女教师是"豪侠般、优秀的人"（James，2007：287）。宽阔的乡间别墅与家庭女教师的"家徒四壁”形成了对比。而家庭女教师本身的职责更易引起性欲并揭示出主从式恋情的套路。作为现代主义孤立的典型，她孤独、渴望性欲、天真无邪，并乐于给那些“她给予回应的人以愉悦”（James，2007：301）。

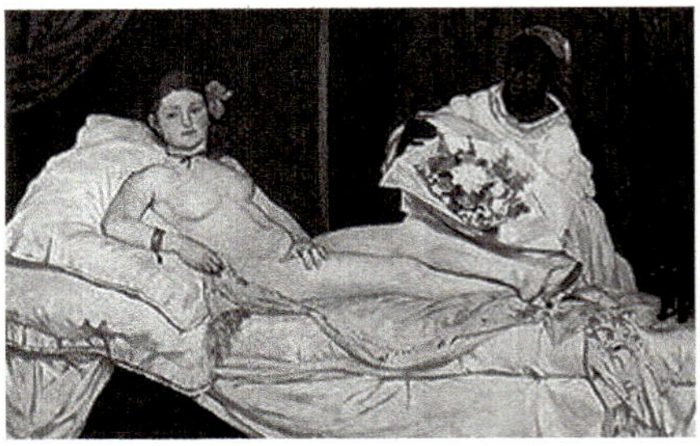

图 10-1 《奥林匹亚》

图 10-2 《草地上的午餐》

我们可以将家庭女教师在《螺丝在拧紧》中的讲述当成一幅自画像。她将自己当作一幅绘画，需要他者将其唤醒。因此她的讲述不仅仅是 19 世纪自画像文学体裁的一部分，也是马奈描绘的充满艳情的注视的一个压抑或移位版本，一个由说话人自我意识麻痹引起的焦虑所塑造的版本。她的观念来自于理想化、神秘化的性文化，那里激情和性欲都被否定了，并不像马奈绘画所要展现的那样。我们也许会回忆起拉康的见解，即将画家的注视作为一种手段，在詹姆斯和马奈的平行关系间建立起联系：“画家将画作展现给看画人，后者必须站在画前，至少站在画的一部分面前，可归结为：你想要看？好，那就看这个吧！画家赋予看画者视觉的满足，但他也要求看画者能撇开注视的双目，犹如卸下伪装，直抵人心。这是古典美的绘画。画家总是给予更多的视觉冲击，而不是注视，包括对这种注视的抛弃。”（Lacan，1981：101）

像爱尔兰作家乔伊斯《死者》（*The Dead*，1907）里的加布里埃尔·康罗伊一样，家庭女教师认为自己凝视的对象是一幅可能会在她居住的房子里，高雅装饰的墙壁上看到的画。她试图描绘“一张反映心理状态的可信图画”（James，2007：318）。她既是小说创造者，又是他者小说的参与者。家庭女教师生活在一个充满图像的世界中；《螺丝在拧紧》是詹姆斯《展览会之画》（*Pictures at an Exhibition*，1898）的另一版本。她希望看到令人振奋的图画，并把自己构想在这些图画中，这是从 19 世纪英国绘画之女性画像中借来的。

《螺丝在拧紧》就像一个博物馆的展品，其描述具有可视性。家庭女教师抓住叙事的瞬间，并用空间的视觉去察觉他们。起先，弗洛拉——家庭女教师负责照看的女孩，被比作“拉斐尔的圣婴”（James，2007：292）。家庭女教师想象生活在一个自己制作的图案画廊里：雇用自己的人会出现在道路的拐角处，并将站在弗洛拉面前微笑和赞扬（James，2007：302）。

如果从另一个视角审视《螺丝在拧紧》，我们可以看到孤独的女主角把感情投入他者身上。小说的开场是在小乡村的一个房子里，在此场景中，詹姆斯把家庭女教师塑造成一个孤单的、压抑的、情感波动很大的角色。家庭女教师的歇斯底里和她的单身男雇主有关，他引起了她的性兴奋。小说中昆特被描述为男主人“自己的人”，但这并不是暗示这两个单身汉是同性恋者。据管家格罗斯太太所言，昆特出现在家庭女教师面前像一个幽灵（James，2007：666），他是个掠夺他者的无知单身汉。作为一个单身男子，他有能力使家庭女教师像她前任一样堕落。昆特看起来像一个好色之徒，当他和杰西小姐私通时还和米尔斯及弗洛拉有染。对于家庭女教师来说，第二个幽灵是杰西小姐——前任家庭教师，对她来说杰西小姐“看起来像个外星人”。纽约大学比较文学教授、现代主义文学权威理查德·斯柏斯（Richard Sieburth，1949—）认为，单身汉在以家庭为中心的文化里没有立足之地：单身汉在19世纪扮演了一个糟糕的角色，那个时代的家庭生活受意识形态思想固化的影响，尤其在社会和经济美德方面。在性方面，他既表现得屈尊俯就，又显得惊恐不安，虽然人们或多或少宽恕他合法买淫，然而，他作为通奸、犯罪引诱或者是非自然性变态的可能机构威胁着社会秩序。经济上，他最多被认为是无关紧要的独立体，因为他没有资格通过获得遗产和嫁妆的方式来转移财富。他还被看作是社会价值的障碍，也是一个发育不良，并沉醉在自我主义中的例子。（Schwarz，1997：71）

当然，家庭女教师是单身汉的一个女性朋友。这就好像家庭女教师把自恋转移到雇主、道格拉斯的单身汉生活上去。我们知道，《螺丝在拧紧》讲述的是精神创伤和紧张型精神分裂症。显然，时间是静止的。作品中米尔斯、弗洛拉和家庭女教师因昆特和杰西小姐鬼魂的萦绕感到持续焦虑不安，这暗示着性怪癖的开始。故事《螺丝在拧紧》发生在挑战西方关于现实与逻辑观念的假设世界里：“我呼吁的答案是瞬间的，但他们的形式非常残酷、非常冷淡。一阵冰冷的强风和房屋的震动与在荒野中的劲风一样猛，连窗扉都哗啦啦地掉下来了。”（James，2007：365）家庭女教师看到了已经死去的女仆的幽灵，昆特说：“这事和一次真正的采访一样具有人性的特点，一样令人惊骇：说这件事令人惊骇因为女仆曾经是个人，和我们平时看到的那些敌人、冒险家、罪犯一样是活生生的。”（James，2007：334）她之所见来自她瘫痪的自我意识。每个寓言故事的讲述者都讲隔代遗传的故事。我们可以通过文化接受的准则来理解画室里听道格拉斯讲述的听众，设想所谓控制原始力量的文明。

家庭女教师的雇主安排给她一个被阉割的任务，即剥夺她参与“看”与“被看”的性欲经济的权利（Newman，1992：61），就像我们看到的那样，是马奈世界里的一个部分，但是她找到了可以参与那个过程的理想的方法。1845 年，马奈在一个特殊的绘画课上结识了安东宁·普鲁斯特（Antonin Proust，1832—1905），后来的法国美术部长，成了马奈的终身朋友。他对马奈的性格、性情了如指掌，据他所言，马奈喜欢女人。十分自然的，马奈的绘画作品大多是描绘女性的。与《奥林匹亚》中显示的一样，马奈毫不掩饰地描绘交际花或“动物的生活”，其中最有名的是《娜娜》（*Nana*，1877）。作品中的女主人公是以女演员海里艾特·郝瑟尔为模特绘制的，其明亮的光线与严肃沉重的《奥林匹亚》相异。另一种解释认为，马奈受左拉的小说《小酒店》（*L'Assommoir*，1877）的启发，其绘画《娜娜》表现的是一个尚未出场的、在镜前梳妆的女孩的场景。当然《娜娜》也被 1877 年的巴黎沙龙拒之门外。

第二节　第二联：马奈的女人们

马奈作品赋予女性以独立的品格与尊严，但又通过主体身份以及场景设置和细节描绘，试图与传统女性认识之间产生一定的关联，这其中隐含着马奈的现实顾虑。这种绘画观念与态度的相互冲突构成了马奈作品中的女性表述。马奈不仅是现实主义到印象主义这个过渡时期的典型代表，也是第一个现代派代表。正如艺术评论家兼艺术史学者迈克尔·弗雷德（Michael Fried，1939—）在《马奈的现代主义》（“Manet's Modernism”，1996）一文中所表述的，马奈在《奥林匹亚》和《草地上的午餐》这两幅画作中突破传统思维，画其所感，混乱、离奇又抽象，比凡·高和法国印象派画家埃德加·德加（Edgar Degas，1834—1917）还要先一步。《奥林匹亚》是关于观察的艺术，画中裸体女子施展着身体。画里马奈隐秘地采用了提香《乌比诺的维纳斯》（*Venus of Urbino*，1538）（见图 10-3）的手法，“马奈在画完之后受了一位文学家的提示而加上去的画题”（利奥奈洛·文图里，2001：222）。奥林匹亚的原型是马奈非常钟爱的模特儿维多琳·默兰（Victorine Meurent，1844—1928）。美国艺术史学者、女性主义者尤妮斯·利普顿（Eunice Lipton，1941—）的研究表明：默兰曾于 1876 年、1879 年、1885 年分别办过画展并获得过法国艺术家协会的资助，她是一个经常混迹于酒吧、生活困顿的同性恋者，是一个具有“不可驾驭的性格”以及“镇定的、凝视的目光”的女人。

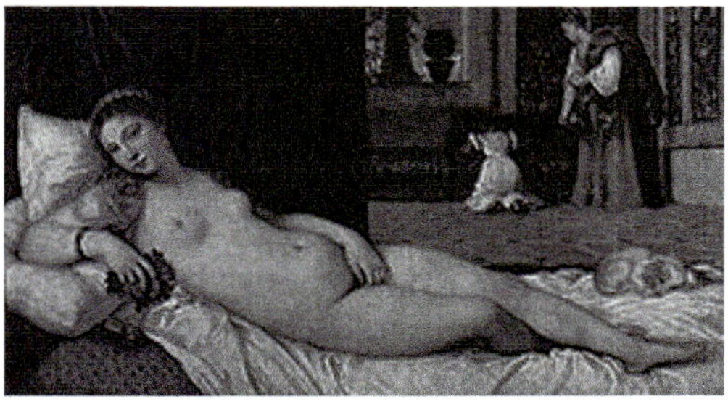

图 10-3　《乌比诺的维纳斯》

当代英国著名艺术批评家、画家、作家约翰·伯格（John Berger，1926—2017）曾指出：“女性自身的观察者是男性，而被观察者为女性。因此，她把自己变作对象——而且是一个极特殊的视觉对象：景观。”（约翰·伯格，2005：47）这就要求女性的外在特征必须符合男性的心理需求与观赏习惯。绘画作品中的女性也必须同样如此。而当绘画作品中的女性以裸体形象出现时，对于形象本身的这种要求则更为苛刻，被观看的裸露身体必先被当作一个观看的对象，借用克拉克在其《裸像》（*The Nudity*，1965）一书中的说法，“裸像则是一种艺术形式。……裸像并非一幅画的出发点，而是作品达到的一种观赏方式”（约翰·伯格，2005：54）。因而，观赏者与裸像之间的沟通必须被安排得相当精确，既不能太远也不能太近，还必须使观赏者洞见画家与裸像之间的关系。

马奈对艺术力量的信仰使之表现得像是现代主义先锋。法国 19 世纪先锋派艺术研究的重要代表、澳大利亚艺术家约翰·拉塞尔（John Russell，1858—1930）强调："印象派全都用明暗手法，使得把颜料涂到画布上去这一动作显得有点滑稽，而这正是那些较温和的、平淡无奇的、在意图上无隙可乘的早期绘画企图加以掩盖的。印象派以它的感受来否定传统思想，而相信直观感觉。"（约翰·拉塞尔，1996：11）这与文人雅士、阿谀奉承的早期传统画家所谓的"真实"南辕北辙。印象派画家对理性及其被视为标准的价值观说"不"。正如乔伊斯和艾略特，马奈比塞尚、马蒂斯、毕加索更早逃避主题伤感化的修辞方法，引导观者作出道德回应，并让观者自己去体会其作品。他也不绘制传统的肖像画来限制观者的反应。可以肯定的是，马奈为自己的观点提供线索，但提供给观者的作品往往又像瑞典式自助餐般繁乱纷杂，让观者凭自己的想法来组合。

法国印象派画家雷诺阿曾这样评述马奈：他对于我们就像吉欧瓦尼·契马布埃（Giovanni Cimabue，1251—1302）和乔托对于意大利的文艺复兴一样非常重要（Litz，1983：17）。弗朗索瓦丝·加香（Francoise Cachin，1936—2011）在对马奈作品的介绍中写道：他是第一个公然为画而画的画家，几乎到达了模仿滑稽作品的顶峰，他把画本身作为注视的对象（Litz，1983：18）。事实上，马奈是现代主义家族的中心，同时他也是视艺术独立于生活的现代主义先驱。不过主题/题材对他来说同样重要：他用无限的手段和激昂的活力为巴黎着色。他自觉地意识到前辈们的思想，认识到作品的题材决定了绘画的方向、主题选择和技巧运用。马奈自觉地重塑前辈们的写作，从某种意义上说，马奈的贡献可与乔伊斯为现代主义小说所做的贡献相提并论。正如乔伊斯喜欢文字，喜欢写作；马奈喜欢画作，喜欢绘画。马奈赞同波德莱尔所说："诗歌……除了它自己没有其他目的，它可以没有含义，所以没有一首诗足够伟大，足够高尚，值得其被称之为'诗歌'，因为诗歌仅是由于写诗的乐趣而产生的。"（Ellmann、Feidelson，1965：101）现代艺术关注的是表达艺术家内在的自我，包括其凌驾于世俗之上的想象力和情感。

马奈的艺术源于现实。的确，马奈在描绘自我反省、矛盾的人物时更着力，如《阳台》（*The Balcony*，1868—1869）右角边上的法国印象派画家中不可或缺的女画家贝尔特·莫里索（Berthe Morisot，1841—1895）。画中莫里索显得富有自我意识，似乎在自我反省，眼神忧虑，嘴巴抿紧。《阳台》的现代主义来源于三个人物之间孤立的空间，即使他们作为一个集体存在着。

这种关系使人们联想到哈代的小说和诗歌中疏远的空间和孤独的人物，他们或走在威塞克斯的大街小巷，或被高墙、橱窗、车流所隔离。在同时期的阿诺德或哈代的小说中，我们也能感受到即使聚集在一起也无法忽视的隔离感，如阿诺德的《多佛海滩》（*Dover Beach*，1867）或哈代的《暗处的鸫鸟》（*The Darkling Thrush*，1900）。不同于弗朗西斯科·戈雅（Francisco de Goya，1746—1828）的《玛雅》（*The Maja*，1777），画中的玛雅是一位西班牙公爵夫人。马奈的《阳台》很可能以此为基础创作。马奈的人物和人与人之间的关系毫不相干。他们的眼中记载着历史、画像和照片。这一固定的形象几乎没有任何背景线索，即便这能唤起人物的神秘关系，也削弱了图像的叙述性。好像人物想要摆出一个姿势，以决定他们如何被看待，并控制观者的视线。马奈笔下的人物又好像是被阿诺德在《致玛格丽特》（*To Marguerite*，1852）中称作“未经探究的，疏离的海”所隔离。马奈作画时未加任何浮夸的言辞，一切由观众自己完成。换句话说，马奈要求来自观众的回应，因为行动是由结果决定的。

我们发现马奈的《草地上的午餐》中两位来自城市的年轻男人——其中一位戴着流苏帽子的学生，正在与一位裸体女子共享野餐；同时，另一位女子站在背景中的小溪旁。画中的两位女子都没有注意画中的两位男子或是她们对方，而是都活在自己的空间里。那位裸体的女子无意识地转移了观画者对她同伴的注意，或者是在引起其他不在画面中的男人、女人们的注意。观画者却是很坦白地被她吸引了，如同窥淫狂症患者一般，本能地同时看她和被她看。如果我们想到《螺丝在拧紧》中家庭女教师是在压制本能的自己，那么这位专注自我且神秘的女子则是自我意识层面的化身。正如法国奥赛博物馆前任馆长、艺术史家法兰西丝·卡湘（Francoise Cachin，1936—2011）提到的：这些静物强调了那位女子的裸体，这堆时尚衣物的出现，表明女子不是裸体而只是未着衣物（Litz，1983：169）。那些野餐也是不真实的，有六月的樱桃也有九月的无花果。提香的《田园的合奏》（*Titian's Concert Champêtre*，c.1510）的影响和拉斐尔的版画作品《帕里斯的审判》（*The Judgment of Paris*，1514—1518）的启发彰显其中，不同的是，马奈作品中的巴黎却被对性的坦白所统治。

关于那位湖边的女子，马奈讽刺地提到波提切利的《维纳斯的诞生》。然而，马奈提醒我们，在当代巴黎，现代维纳斯就是《草地上的午餐》中间的那位裸体女子。这幅画刻画的是性，同时表现了男性的幻想，也表达了女性对自己身体、性欲和情绪的控制。她对性冒险做出决定，却不堪忍受虐待。通过把他的两位兄弟作为画中男子的原型,马奈表达自己对这种幻想的参与。在道德和历史的转换期，马奈提醒我们现代主义是怎样来自于作家自身的创造的。因为对前辈大师作品的仰慕，马奈十分崇尚经典；但从他的挑逗和模仿来看，他的作品却开启了现代主义之窗。实际上，这幅画的背景图案可以看作是一个以日本屏风为背景的舞台。背景不那么真实，它的矫揉造作破坏了户外场景的真实性。其实，它是画室里人为添加的产物。左右两旁的树暗示着它是以窗帘为轮廓，马奈预期达到类似马蒂斯《生活的乐趣》（*Le Bonheur de Vivre*，1905—1906）和毕加索《亚威农的少女们》（*Les Demoiselles d'Avignon*，1907）的效果。他们在此描述的是现代时尚的城市生活，并毫无伤感地把女性描写成充满性欲、情绪波动的物体。他们的创新之处在于关注画家与观者和主题之开放性。

马奈关于女性主题的画作是对窥视主义的叙述。这些叙述吻合詹姆斯《螺丝在拧紧》中专注于观察与被观察的视角。正如詹姆斯深入了解英国贵族的光鲜亮丽和矫揉造作背后的虚假来发掘深层次的事实一样，马奈描绘了19世纪末的巴黎社会生活。他的作品就像一本小说，每幅画就如一个段落或篇章，描绘了巴黎传说般的生活。他关于城市的画让我们想起了乔伊斯《都柏林人》（*Dubliners*，1914）和《尤利西斯》（*Ulysse*，1914）中的插图，尤其是“漫游的岩石”（*Wandering Rocks*）这一章。如段落把插图和小节组成了对话和动作，篇章把段落组成了更长的叙述文章，部分文章把篇章组成了系列小说一样，单独的画可以按相同的主题组成一个系列，而系列作品还可以组成更大的集合。当然，我们是凭着感官兴趣把这些作品分成一个个不同系列的。据此方法，我们可以把马奈关于巴黎和巴黎市民的作品组成一个传说般生活的叙述篇章：《奥林匹亚》《草地上的午餐》《阳台》《娜娜》等。与此同时，在这个被男性主宰的世界，马奈知道女子怎样看待他人和被他人看的方式决定了她的身份。正如詹姆斯的家庭女教师，她们都生活在自己的世界中，用自己的思考方式，依靠别人来给她们身份。总之，马奈对巴黎绘画艺术所做的贡献，就如乔伊斯为都柏林，以及达蒙·鲁尼恩（Damon Runyon，1880—1946）为纽约所做的贡献一样。左拉将《奥林匹亚》视为马奈“个性定型”的标志，而安托万·贡巴尼翁（Antoine Compagnon，1950—）

则认为马奈与“现代传统的一个关键时期、一个危机时期”相关联。

第三节　第三联：音乐文化人

从马奈的巴黎，到詹姆斯的伦敦，并不是一段很长的旅程。第三联是曼的《威尼斯之死》的意大利。《威尼斯之死》确实是名副其实的水晶多棱体；它是一个结构，一个映象，通过如此难以穷尽的回光返影的性质，从如此之多的切面放射出光芒，以致当它成形之时，创作者自己也会被它弄得目眩神迷（Schwarz，1997：63）。正如纽曼所指：这似乎是家庭女教师热切且有意识成为家庭女主人的欲望，甚于取悦她的雇主或赢得他对她的爱，促使她成为一个言语尖刻、规则严密的监护人（Newman，1992：60）。家庭女教师每时每刻都清醒地认识到自己处于雇主、孩子们以及幽灵的监视下。纽曼评论道：类似于《威尼斯之死》（同性恋版本的《螺丝在拧紧》）中塔奇奥与阿森巴赫的关系，昆特与家庭女教师的关系中，昆特代表了压抑的回归，伴随着一切离奇与似曾相识（Newman，1992：53），茕茕孑立，形单影只，渴望被注视、被认可和被需要，这些都贯穿家庭女教师的自述。

曼的小说比《螺丝在拧紧》更明确地表达了它的根本主题：“看”与“被看”都能表现孤独、自恋和自我孤立。就像《螺丝在拧紧》一样，《威尼斯之死》也是描写性的唯美；自相矛盾的是，阿森巴赫否定苦行僧般的生活，又毫无疑问地表现了他的自恋。他对控制力的迷恋，对英雄主义的理解总是不顾疲倦且坚持不懈。《螺丝在拧紧》中，家庭女教师的服务——糟透了的服务——成为一种自恋，过度紧张也造成了她的自我否定。曼提出，禁欲主义和唯美主义都以自恋作为基础。当阿森巴赫遇到塔奇奥时，他把自己那种内敛性格从艺术转移到了生活。就像库尔兹和家庭女教师一样，阿森巴赫抹去了自己与他人之间的界限。

曼害怕自己内心深处的那个资产阶级野心家，知道自己的雄心和愿望就是过以创作事业为中心的舒适生活，他把这些忧虑都倾注到阿森巴赫这个形象中。曼的作品中，阿森巴赫就是一个退化了的无所不知的作家样本。表面上是曼创造了他，似乎要陈述一种通过特殊观点分析而得出的结论，实际上就是陈述一种多角度的观点。阿森巴赫的行为就像寓言一样，他对此有深刻的了解和认识。就像康拉德小说《吉姆老爷》中在帕图桑的吉姆，他也深陷于自己创造的深渊，他的欲望和痴迷使得自己无从逃离。然而，康拉德对他的处理与阿森巴赫处理自己的作品一样："作者用颇有力度的语言痛斥了受遗弃的人，对所有道德上的犹疑不决表达了深切的痛恨，对自作自受所招致的苦难绝不同情。他认为那些同情的话语毫无意义，比如说'了解一切就是原谅一切'。"（托马斯·曼，2008：12）阿森巴赫认为这句话丝毫没有骨气，曾公然加以驳斥。阿森巴赫这种病态的控制欲就是曼所指的与衰弱的文化相关联的欧洲气质的典范。

曼创造的阿森巴赫把塔奇奥看作一件艺术品，只是这件艺术品与他创造的那一件有所不同："他的脸色苍白，神态优雅，蜜色头发，鼻子挺拔，有一张迷人的嘴。表情纯净圣洁，非常迷人，让人想起希腊艺术鼎盛时期的雕塑。……这是爱神丘比特的头颅，有帕罗斯岛大理石淡黄色的光华，有着精致而端庄的眉毛，一头鬈发浓密而柔顺地盖住了鬓角和耳际。"（托马斯·曼，2008：24-28）

具有讽刺意味的是，看起来似乎古典的阿波罗神的日神雕塑却把狄奥尼索斯的酒神元素带进了阿森巴赫的生活，他也从波提切利的《维纳斯的诞生》的角度来看待塔奇奥："他一绺绺的鬈发湿漉漉地淌着水，像大自然怀抱中脱颖而出的年轻天神般英俊可爱：这种景象令人感受到他远古时代神话般的内涵，他像远古时代人类起源或天神降生时的一位诗人。"（托马斯·曼，2008：32）这位阿森巴赫拒绝现代派——未来主义、野兽派、后印象派和德国青骑士（the Blue Rider）学派——因为经典作品总是会告诉我们一些关于他和他艺术的东西。他付出一切辛酸的努力来抵抗现代派的巨大力量，因为如果他不在慕尼黑，他就没有必要努力不去理睬当时的城市生活、工业主义、精神分析学、现代科学，还有性和激情。如果把阿森巴赫的世界与马奈和乔伊斯的比较一下，我们发现前者把自己想象成柏拉图学派的继承人，特别是他的娈童倾向。他对待现代派的冷漠态度就像他对待当代的政治和历史一样；故事叙述开始于 1912 年，"欧洲大陆阴云密布，形势险恶，令人惶恐不安"（托马斯·曼，2008：3）。当他失去明确目标时，他都会具体地表现出欧洲精神，而我们这些观众总是能敏锐地感知并给予回应。他支持那些尽管筋疲力尽却还是坚忍不拔的人。阿森巴赫曾创作过一部颇有感染力的小说《不幸的人》，它告诉整个年轻一代（他们是应当感恩的）：即使一个人达到知识顶峰，他仍可能保持道德上的坚定性。塔奇奥和威尼斯代表了所有阿森巴赫和欧洲的其他部分压制和排除的东西：亚洲、未知的事物、他者、激情、潜在的并正在逐渐侵蚀健康的精神疾病。艺术上，威尼斯代表了色彩、装饰、扩散的光和娱乐。对于正在威尼斯的阿森巴赫来说，塔奇奥的出现——他的存在就像爱神一样——成为一种鼓舞人心的事，但是这种鼓舞又带有好色和激情的成分，正如他自己挖苦性地评论道："世人只知道他这篇文章写得漂亮，并不知道它是在什么情况下产生的，因为一旦了解到艺术家灵感的源泉，他们往往会大惊小怪，困惑混乱，这只会使优秀作品失去诱人的感染力。"（托马斯·曼，2008：44）

单身主义的主题思想对于曼的《威尼斯之死》来说极为重要，因为阿森巴赫一直在抵抗和压制自己的性欲，直到对塔奇奥—— 一个处于青春期边缘的男孩——的性欲以灾难性的激情无情地出现。《威尼斯之死》正是为了说明对艺术的过度陶醉—— 创造者回归自我，而看不到历史和道德——和陶醉于资产阶级生活的危险。

观察同时期的小说，我们发现：阿森巴赫之于塔奇奥，就如家庭女教师之于其主人，如同乔伊斯小说《尤利西斯》中的布鲁姆之于史蒂芬，这些小说也构建了主人公如何回应所窥之人的方式。乔伊斯的"地狱"章节特别容易让人想起曼的文本。布鲁姆驾的四轮马车让人想起卡戎的船——那艘把阿森巴赫从威尼斯载到他房子的两头尖尖的平底船。史蒂芬需要回避柏拉图主义，而阿森巴赫却热切地拥抱它；《尤利西斯》中"进退两难"的章节，暗示了希腊的同性恋男性与他的观众关系亲密，乔伊斯使史蒂芬模仿了苏格拉底式对话以及王尔德的艺术美文：《谎言的衰朽》（*The Decay of Lying*, 1889）中的那些对话，同时也是一种共鸣。因为鬼魂没有以先前的形式来访问，这些女教师们也未必一定要回避柏拉图主义。阿森巴赫与他碰到的陌生人之间的联系是双重主题的典范。对阿森巴赫而言，旅行就是发现他者，发现一个他无法控制的领域，一旦他离开了慕尼黑，他就居住在无人岛上，就像乔伊斯笔下的布鲁姆和詹姆斯笔下的家庭女教师。

艺术对阿森巴赫的感情进行服务、控制和审视，并使他筋疲力尽。一定程度上，他不断努力地压制、压抑和取代着艺术原则，以致穷尽其淫荡之精力：

那是对距离和新奇事物的渴望，对自由的渴求，企图摆脱重担、达到忘我境界的热盼——他不得不承认，这是企图摆脱工作和刻板、冷淡及繁重日常事务的一种渴望，是逃避现实的一种冲动。……难道这种被压抑的情感现在企图通过离开他来报复他，不愿再为他的艺术生涯增砖添瓦，同时还要夺去他在表现形式及内在含义上的一切欢乐与快慰吗？（托马斯·曼，2008：6-7）

曼笔下的阿森巴赫希望像弗朗茨·卡夫卡（Franz Kafka，1883—1924）笔下的格里高利一样。格里高利就像那个家庭女教师，无法逃离因为官员身份为人服务的生活，只好逐渐地屈服于人性，变成了昆虫；自相矛盾的是，当他变成昆虫以后，他居然发现了自己的人性，于是来到了一个比变成昆虫更高的层面：死亡。总之，艺术是对充满激情的、完整的、想象生活的抵抗。阿森巴赫在外观上打扮一下——戴上红领带和草帽——变成了他心目中的他者：那些纵情酒色的，唯我的，对自己感觉之外的一切事物冷漠无情的快乐主义者。作为一个艺术体，与其说他是尼德兰画家汉斯·梅姆林（Hans Memling，1430—1495）或者德国文艺复兴时期重要的画家老卢卡斯·克拉纳赫（Lucas Cranach der Aeltere，1475—1553）笔下的受到控制的北欧人形象，还不如说他是意大利人文主义和古典主义的重要学者瓜里诺·维罗纳（Guarino Veronese，1374—1460）作品中的形象。从德国到意大利、从慕尼黑到威尼斯的旅途，也是阿森巴赫的文学旅途，从强调新古典主义、阿波罗控制力和理性美德的19世纪，到强调现代浪漫主义和酒神精神（Dionysian）的可能性，包括色彩、装饰，以及通过艺术反映其个人生活的表现。他极度痴迷，留在了威尼斯，尽管他知道这里已经被瘟疫笼罩。

《威尼斯之死》中“看”与“被看”的主题有无积极意义呢？回答是肯定的。通过以上分析可以看到，小说展现的并不止于个别人的遭遇，而是理性或审美艺术思维方式的选择过程，这是摆在所有艺术家面前的难题，更是体现了现代主义小说的典型特征。曼毫无疑问也感受到了审美的危机。面对这一处境，他不可能无动于衷。尽管他和20世纪初多数作家一样，只从事展示而不是指引，尽管他倾全力而为之的，是以精雕细琢的笔触，曲尽其致地写出艺术家进退维谷的各种体验与感受，但不应把他当作无倾向性的专以暴露为目的的反讽家，或单纯的审美困惑的鉴赏者。就像丹尼斯·约瑟夫·恩莱特（Danis Joseph Enright，1920—2002）说的：对曼而言，本质上艺术家永远是个意义多重而含糊的人物。但这必须立即加上一句，就像曼对疾病的不间断研究是为健康服务一样，他对艺术家创造活动和心灵的探究也是对生活的某些关节点的真正关注，在那些关节点上，问题最为确实地被摆了出来，并且迫在眉睫（Enright，1957：136）。正是这一关注，体现出小说家积极进取的人生态度。

至此，本章巡视了三联图中的现代主义文化人。画中艺术家们对叙述者的选择是现代主义者聚焦于凝视的例子。他们不仅仅把家庭女教师、马奈的裸女、阿森巴赫重新置于主体位置，还使他们成为读者观赏的客体，其观赏度不亚于读者对故事的欣赏。因为在家庭女教师、巴黎裸女、音乐家身上，读者看见了自我陶醉者的模型、想象形式的转移，寻求与观察者、聆听者的角色转换。我们认为，那些从作家和画家的复杂修辞中解脱出来，根据他/她自己的认识，重新构建他/她所选择的主体，这对认知者——读者来说是有暗示意义的。读者就像家庭女教师、裸女、音乐家一样都是窥视狂。读者的观赏是自我定义的过程，是赋予客体意义的一种方式，它控制着读者所生活的非我世界。读者的观赏由自我心理和价值塑造，并不断得到其修正。如果没有一个懂得欣赏的观察者，绘画就不能生存。但是，阅读时，读者超越了自己的欣赏能力去认识和反思所看到的，随后根据已知再理解。重读那些作品时，读者成了观赏者——窥视狂——但他们仍然被吸引而放弃自己的欣赏观，参与其中。就此而言，我们不仅发现了文学和视觉/绘画艺术之间的紧密联系，而且阐释了不同艺术形式之间是如何产生联系的。因为现代主义不仅仅依赖一个固定的视角，而是依靠乔伊斯所谓的视差或者我们所谓的多元透视。乔伊斯从天文学借词，并创作了视差主题，即从不同角度、观点出发，探讨同一现象产生的不同原因，或者延伸开去，对不同主体而言，人类行为之所以千差万别的原因。像现代主义者一样，我们深知，固定的时间、稳定的观察者以及只有一种意义的客体已不再可能。这亦是撰写本章的初衷：呈现一幅奇异的现代主义三联图。

附编　绘画与文学的关系

绘画与文学是艺术中最重要的两大门类，文学是语言的艺术，是有关文字听觉的艺术。绘画是造型艺术，是有关平面的视觉艺术。文学诉诸人的感觉器官中的耳朵，绘画诉诸人的感觉器官中的眼睛，文学与绘画的作品代表着人类的最高艺术成果，它们是人类通过自己的耳朵与眼睛这两种最重要的感觉器官的辅助创作出来的。关于两者之间的关系，从公元前5世纪古希腊抒情诗人西蒙尼德斯提出“绘画是无声的诗，诗是有声的画”的观点开始，两千多年来在众多学者之间展开讨论。例如东晋时期，绘画与文学的交融，不论是在范围上，还是在程度上，都开创了前所未有的新局面。或是绘画以文学作品为蓝本，或是文学以绘画内容为题材。题画诗即为东晋文学与绘画交融的进一步表现，东晋高僧支遁的《咏禅思道人诗》被视为我国古代最早的题画诗。诗序云：“孙长乐作道士坐禅之像，……余精其制作。……聊著诗一首，以继于左。”（张可礼，2001：285）

宋朝以前的绘画作品，画家一般在完成的画作上仅题上画家姓名、作品题目，再加上画家的印章，长篇的题款和加盖许多印章还是比较少见的。到了宋元时期，中国画发展到了文人画时期。文人成为绘画创作的主体。由于文人、士大夫一般都精通书法、诗词歌赋、篆刻治印，从而引发了中国画诗、书、画、印多种文化内涵的逐渐交叉渗透。这时的画家往往同时是书法家、文学家，文学（主要是诗）成为绘画承载的重要内涵，所谓——诗中有画、画中有诗。这种现象其实在早于宋朝的唐朝已经初现端倪，唐朝著名诗人、画家王维是其中的典型代表。但现在我们仅能看到他遗留下来的诗，他的画的实物已是少之又少，几乎遗失，所以历史上文人画家最为典型的代表人物当推宋朝的苏轼（苏东坡），他关于“神似”的绘画理论影响了当时的文人画。元朝著名画家、书法家赵孟頫就“十分强调书画的相互关系，明确地表示‘书画本来同’，竭力主张把书法用到画法上，所谓‘文人画起自东坡，至松雪（赵孟頫号松雪道人）敞开大门’。”（王伯敏，1982：387）绘画与诗文、书法、篆刻的边缘化交叉融合，在中国历史上经历了几个朝代的不断发展完善，产生了当时中国画由新颖独特的诗、书、画、印四绝构成的经典艺术形式，成为独立于世界绘画艺术之林的中华民族的瑰宝。

在西方，诗歌和绘画间相互依存的艺术早在文艺复兴时期意大利铜版画家吉罗拉莫·波罗（Girolamo Porro，1520—1604）的雕刻中就有显现。我们可以在文艺复兴画作和诗歌的范围内进行权衡，把雕刻中的这些墙想象成西斯廷大教堂的墙，两边是15世纪的壁画和米开朗基罗的《末日审判》的盛大场景。意大利文艺复兴时期的重要诗人卢多维科·阿里奥斯托（Ludovico Ariosto，1474—1533）概念中的诗歌和绘画代表了专属于意大利文艺复兴的一种对艺术的看法。他把诗歌看作一种充满力量且吸引人的图画的媒介，这种媒介只有通过描绘性的文字才能升华。他把绘画视为罗马历史（histories）的描述，并将绘画与诗歌看作两种可互为转换的媒介，从而使城堡君主所讲述的故事与每张画面紧密相连，认为这两种艺术形式会产生同样的感染力。城堡君主目的是显示显贵们的名声，透过他们伟大的艺术才能彰显其伟大。阿里奥斯托的诗歌本身就是一种创作，一种试图将一系列关于绘画、诗歌、模仿、想象、名誉和艺术作用的想法放到一个和谐整体中的尝试。对阿里奥斯托而言，在费拉拉和佛罗伦萨、米兰和威尼斯等距离的位置，它似乎是在说明一种真理，这真理对于意大利，甚至是欧洲，乃至整个世界都是正确的。这艺术的规则，这一整套定义了文艺复兴时期文学、绘画及两者间关系的假设、概念和实践蕴含在阿里奥斯托与他的主人的对话中。这些对话通过对比文学和绘画来描述两者，为每种艺术形式建立了分割开的历史，同时为创作者和艺术消费者的行为提供了佐证。1400—1600年，欧洲美学理论发生了根本性的改变。这种改变最初是始于几个关于模仿的伟大想法。文学和绘画升华到人文科学的范畴，从而使得无论是诗人或画家，或者是任何想要欣赏和品味艺术的观众都需要经过专门的艺术训练。这两种艺术第一次被认为是属于两种知识的范畴，是这种平行的转化使它们获得了相同的知识，进而建立了可以谈论两者关系的学识基础。

我们选取西方艺术史上三次颇具代表性的有关绘画与文学关系的大讨论，为本书阐释分析英国文学视觉再现特点作一个理论上、认识论上的铺垫。我们从文艺复兴时期艺术体制的形成与发展，如意大利文艺复兴时期最具影响力的理论家之一阿尔贝蒂的《论绘画》，英国文艺复兴时期的艺术批评家锡德尼和皇家御用画家尼古拉斯·希利亚德（Nicholas Hilliard，1547—1619）

论诗歌与绘画、英国浪漫主义和现实主义绘画与文学背景、视觉艺术与现代主义文学的关系展开论述。

第一编　文艺复兴——艺术体系的形成与发展

文艺复兴时期，美学发生的巨大转变并非在于内容的具体变化，而在于理论本身的组织结构发生的变化，即艺术首次成为知识主体。现代“美术”（finearts），包括绘画、雕塑、建筑、音乐和舞蹈。正如国际学术界公认的20世纪以来文艺复兴研究领域的权威学者、德裔美国思想家克里斯特勒所证实的，美术是19世纪取得的成就（Kristeller，1980：163-227）。它从人文科学中脱离出来，在19世纪又与社会科学分裂。在文艺复兴时期，“人文科学”的不同学科和艺术形式组合在一起，人文科学主宰哲学、历史、文学和艺术的研究，这些作为人性研究的学科与数学和自然科学区别开来。

作为对中世纪文科体系的回应，文艺复兴时期的人文学科体系依次出现。在中世纪文科体系中，绘画是一种机械艺术，是中世纪工匠手册的语言，反映了绘画在知识和阶级层面上都次于诗歌。然而，某些人文理论家却把可以与神圣修辞这一学科里的语言连接起来的绘画特征孤立起来。当时的理论和物象形态又反过来决定了这些作家和画家的社会角色。对文艺复兴时期艺术知识的考证，对文学和绘画关系的理解必定从这些理论和具体遗址的发掘开始。随后在文艺复兴时期，阿尔贝蒂、锡德尼等人相继出现，他们提出的文学和艺术理论，可被视为中世纪文科体系的强大干涉力，对固定角色、话语和艺术的学科分类提出挑战和重组需要，从根本上改变了它们之间固有的关系。

当时对“艺术”的定义源自古希腊哲学家斯多葛·齐诺（Stoic Zeno，c.336BC—264BC）（见图附1-1），艺术被定义为能通过有序方法教授的东西（Gilbert，1960：11）。根据这一定义，中世纪的文科分为三学科和四学科。齐诺认为艺术是“将感觉印象融合在一起，最终运用到实际生活中的体系”。这里的“艺术”与希腊术语techne意思相近。早在《修辞学》（*Rhetorica ad Herennium*，1BC）出版时，“艺术”一词已经经历了从表象到命令制度的关键变化，即从概念转变为实际有用的东西（Hulse，1990：27）。因此，中世纪人类行为的一大部分都可归类到艺术范畴，任何一项可教授的技能，终将成为一门课程。

图附 1-1　斯多葛・齐诺

12 世纪著名的基督教神学家霍诺留斯把艺术学科从七门扩展到十门，目的在于揭开隐藏于这些学科下的原则。上帝的选民们从巴比伦到了耶路撒冷，这也标志着人类走出黑暗的无知沼泽，来到充满光明和智慧的精神之地。人们在这过程中穿越了十个城市，每个城市其实表征一门学科。其中前三门学科包括语法、逻辑学和修辞学；后四门学科为算术、音乐、几何、天文；最后三门学科为物理学、机械艺术和经济学。霍诺留斯宣称："十"这一数字充满了精神含义。在霍诺留斯眼里，艺术是一切最高神圣和人性的象征。

在霍诺留斯的理论范围内，诗歌和绘画是主从关系。诗歌是服从于语法之城的村庄，而绘画、雕刻、木工和冶金则是机械艺术的主宰。"人文"和"机械"的区别，霍诺留斯并没有尖锐地提出，但与诗歌和绘画的制度地位差异相一致。他把诗歌置于语法之下，反映了诗歌在初级教育中提供分析和模仿例子的作用。根据同一标准，诗歌也可置于二级艺术，如修辞之下（Crane，1952：260-318）。诗歌是最美的语言形式，因为它是最自发的，强化修辞和华丽辞藻。但丁在他的《论通俗修辞》（"Of Vulgar Eloquence"，1304—1307）一文中给诗歌下的定义为"根据修辞和音乐，以诗篇形式所写的小说"（Haller，1973：38）。

通过三学科的划分和学校课程的学习，当时这种变化和进步不可避免地将诗歌置于与辩证法和哲学相邻的第三艺术中。致力于通俗文本语法和修辞研究的法国 12 世纪新柏拉图主义哲学家伯纳德・沙特尔（Bernard of Chartres，1070—1130）认为诗歌和哲学之间没有任何关系。但是研究中世纪哲学和神学的文学理论与批评家阿拉斯泰尔·明尼斯（Alastair J. Minnis，1948—）却指出，大多数的注解、评注都将每段诗歌所属哲学范畴写得清清楚楚（Minnis，1984：13-28）。诗歌是哲学的一个形式，这个观点依赖于由柏拉图提出的 ars 或 techne 这两个更复杂的术语。

12 世纪，沙特尔学派（School of Chartres）作家对诗歌与修辞、哲学的关系进行了深入的探究。他们对柏拉图后期作品的深入研究引导了对象征意义（integumentum/involucrum，包裹或覆盖）的本质探索，他们的研究范畴涵盖了诸多哲学和神学方面的理论。在哲学范围内，诗歌是非哲学因素，是不虔诚的因素，在其周围形成了神之语言。此后，诗歌为争取应有的地位不断与绘画较量。诗歌能在文科中占据一定的地位依赖于它获得和挖掘了绘画之机械艺术的源泉。这种优劣地位很可能被颠倒过来。

纵观欧洲中世纪美术理论发展，虽然其进程缓慢，但是其中也出现了诸如古罗马教皇格里高利一世，法国的建筑家维拉尔·德·奥内库尔（Villard de Honnecourt，c.1225—1250），德国修士西奥菲鲁斯（Theophilus Presbyter，1075—1174），波兰修士、神学家和哲学家威特里欧·图林根波兰（Vitello Thuringopolonis，c.1230—1280）等人，他们分别对艺术教育及绘画的透视、素描、色彩等问题进行了深入探讨。

之后，法国神学家休利用了亚里士多德的“视觉认识论”（visual epistemology）传统，其中思想仍是感官的基础。视觉感官尤其重要，通过视觉，人们可以构建心理图解，转而刺激理论的思考（Hulse，1990：38）。用来构建视觉形象的艺术或技艺是绘画，因而休自然地用了 pingare 这个动词去描绘绘画。他所使用的其他词汇有 “ubi arcam depingere volo” “crucem pingo” “colore vestio” 等（Hulse，1990：31）。休的视觉“图画”是引导其读者思考的，读者又通过“图画”将文字的心理形象深深烙在记忆中。“图像”与文字有着同样的修辞和哲学目的，其空间维度犹如修辞主体，从那儿人（类）开始探索神性和人性本真。

大约在公元 1324 年，巴黎伟大的手稿插画家皮塞尔出版的《贝勒维尔祈祷书》一书中，绘画被提升到自我意识的高度。此手稿别出心裁，它精美又创新的插画描绘了一系列在《新约》中成为现实的《旧约》中的预言。更奇特的是，此手稿还有一篇序言，其中神之词被描绘成一个图画形象，如十二门徒便是例证。神之词首先是由犹太教堂代表的，继而是构建它的石头，石头上的文字慢慢地谱写在卷轴上。在这个并列的石头和卷轴中，代表“文字”的词汇多次同义反复，画家把它们的象征变为物质本质，并接受验证。因而，这种艺术行为日后被重申为并置《新约》《旧约》的一种神圣行为，因为神本身是不同秩序和象征的创始者，涵盖了物质和精神两个层面。处于这些象征中间的是那层被十二门徒揭开的石头和石头上面雕刻的寓言的神秘面纱。那层面纱是语言本身的一种寓言化表达，展示了寓言从一个层面到另一个层面的过程——从物质到精神，从《旧约》到《新约》，从寓言到现实，从图片到文字。

这种寓言不断被重申强调，甚至是以犹太教堂的形式。其中一张 14 世纪的插图采用了皮塞尔的合成图解（Morand，1962：44）。预言者左边的建筑，像是童女站在其中，近似于哥特式建筑风格，融合了意大利风格和 14 世纪的法国风格。皮塞尔是浅浮雕（bas-de-page）插画的伟大倡导者，这种插画大约起源于 1300 年的英国。在此之前，插画家也许会以历史传说图案装饰词的大写首字母，或者以植物的图案在书页的边缘作细线工艺。在两种图式中，插画的装饰都与文本本身息息相关。皮塞尔通过运用浅浮雕，成功地把视觉因素结合起来，一页为插画，一页为文字，它们有着同样的修辞目的。它们是同一冥思形象的物质和精神表达，是身躯和灵魂。理查德·弗尼瓦（Richard de Fournival，1201—c.1260）在描述人的耳朵和眼睛时联想到这两页，耳朵和眼睛如相通的“两扇门”，即图像（painture）和言语（parole）。从中我们可以领会，作品是有声的，我们要朗读；文字或插画有视觉效果，我们要浏览。这两种方式都在我们的记忆中留下深刻的印象，如同作者在场一样（Huot，1987：164-173）。

在皮塞尔的日历中，所有的视觉因素都被集中起来，以使信条在读者的记忆中留下深刻印象。信条由十二门徒和预言者共同完成：

> 既然信条是通往天堂之门，我就把耶路撒冷的十二大门置于十二门徒和圣母玛利亚之上。圣母玛利亚为我们打开天堂之门，手里拿着画板，上面画着十二门徒所写的信条（Hulse，1990：34）。

皮塞尔通过将绘画和书写的结合，既区分又融合了这两门艺术。它们像是唱机上的唱针，同时在书页的唱机上出现。它们的反向运动，从顶部到底部，从底部回到顶部，从书页空白处到中心，构成了平等而不同的艺术。一个倾向于物质性，一个更加倾向精神性；一个通过眼睛，一个通过耳朵；一个再现了过去的手稿时期，一个展现了当代的礼拜仪式。艺术家采用的不同艺术方式后来在寓言神圣的行为中再次结合起来。

皮塞尔不仅将艺术的等级制度扩展到了手稿的形式中，而且也扩展到了艺术家的自我描述中。创造的力量——艺术品的创造和意义的挖掘，在中世纪时孕育而生。无论是教堂祭坛后某位圣人的绘画，还是一位赞助人的书，艺术品的创造都是通过手工完成的。中世纪的绘画充满了想象力，而画家却被限制在书的边缘。法国教会法学家和神学家纪尧姆·杜兰迪斯（Gulielmus Durandus c.1230—1296）提出了一个神圣的主题，使画家获得了充分的自由，画家的丰富想象力，使得其绘画可以被用于书页边，与文字互动。

画家与诗人（pictoribus atque poetis）总是有相同的力量敢于想象一切（Nael，1906：7）。杜兰迪斯错误地引用了贺拉斯的诗句，这告诉我们：诗人和画家被赋予的力量不是敢于做什么事（audere），而是加上自己的想法（addere）。

诗人与画家的角色围绕在创造周围，诗人通过修辞行为完成其创作。诗歌的最具象征意义和修辞风格的特质使自身与语言文本、声音和节奏联系在一起。这种特质是通过象征意义（integumentum/面纱），或杰弗雷·乔叟（Geoffrey Chaucer，1343—1400）借使徒圣保罗的隐喻“果壳”描写诗歌表现出来的。在这两种情况中，这种词汇都是二元性的，“果壳”及面纱，这些比喻都将诗歌与修辞的关系转化为哲学与神学的关系。在 copia（希腊的古代城市）形象之下，诗性语言的扩展通常是对超越物质的向往。但丁是一个典型：但丁在《论通俗修辞》一文中把诗歌同修辞和音乐结合起来，在《致斯加拉亲王书》（*Epistle to Can Grande della Scala*，1318）中他又把诗歌同修辞和道德哲学结合起来。但丁在《飨宴》（*Convivio*，1304—1307）中指出诗歌是“伪装于美丽谎言背后的真实”（Haller，1973：112），而且诗歌寓言与神学寓言大有不同，但丁对此进行不懈的研究。他又大力宣扬《神曲》（*Commedia*，1307—1321）的神学精神及其理论真实性。这并不是说某个观点更加正确，或者更加符合中世纪特点，但是认识到但丁一直徘徊的立场，我们就可以了解朱塞佩·马佐塔（Giuseppe Mazzotta，1942—）将但丁比喻为“沙漠诗人”的贴切之处（Mazzotta，1979：227-237）。

对于 1300 年或 1400 年的画家来说，绘画是神秘物质（mysterium）。把它翻译成手艺（“craft”）或神秘/技艺（“mystery”）都不完全正确，因为神秘物质包含了两种含义。也许技艺“mastery”是最佳翻译。天才和灵感都占了一部分，就像一个不能在商店买到所需工具的画家，灵巧的手工和对科技信息的掌握非常必要。中世纪画家的手册只给画家看，而不是给赞助人、神学家或哲学家看的。画家们一向禁止把他们行业的秘密透露给局外人。的确，当时中世纪画家的守口如瓶使他们卓越超群：没有主题或构思的选择，没有如何欣赏图片的方法，没有艺术形式发展的叙述。中世纪画家手册的作用和神学冥思与想象不同，是为了制造工场里师傅传授给助手、徒弟知识时的气氛。举例来说，一本可追溯到 15 世纪的德国斯特拉斯堡（Strasburg）手稿，它每章的开头都有一段特殊的祈祷：

> 这里是画家师傅亨利·冯·吕贝克（Henrich von lubbege）传授给我的关于颜色的知识。
>
> 以下是由画家师傅安德鲁斯·冯·科尔马（Andres von Colmar）传授给我的。（Borradaile，1966：20）

类似的还有意大利画家琴尼尼的《工匠手册》（*Libro dell'arte*，c.1400）一书中所提到的："我在佛罗伦萨的阿尼奥洛·迪·塔迪欧（Agnolo di Taddeo）师傅那里学习这门手艺长达 12 年，我师傅从他的父亲塔迪欧那里学到这门手艺，而他的父亲又是由乔托洗礼的，随后 20 年都跟随着乔托……我会记录我师傅阿尼奥洛所教授的话，并通过自己的双手实践。"（Thompson，1954：2）

如果假设手册里的技艺信息主要都是通过日常的接触，口头传授的，那么这些手册实际上是助手和徒弟们的笔记，帮助他们记忆。德国修士西奥菲鲁斯曾指出所有他写的东西都是为了帮助读者们"持久记忆"（Hawthorne，1963：13）。西奥菲鲁斯对其他修士进行说教，这些修士也许是在训练一种记忆法。

手册常常被汇编成一部作品，用充满轶事的知识活跃课堂教学，它还是师傅传授给学生的知识的瑰宝。书写文本将个人关系置于一个更广阔的空间，置于多个世纪欧洲的师徒关系网中。这显示了画家与其他行会成员的分离，这些行会成员包括教士、领主、市民等，他们是画家佣金的来源。书写文本是他们独有的法宝。书写文本是一系列的书写文字，在饶舌的非修辞中，处于提炼的修辞言语之下。它不是绘画的历史或理论，也没有如历史和理论将艺术家和受众联系起来的功能。它是"知识"。画家手册的智力划分与中世纪艺术的经济组织关系密切。13 世纪绘画如同诗歌，大部分是修士订购的。

在这种背景下，理论和哲学修辞很明显发挥着主要学科的作用。对不同艺术之间关系阐述最清晰的就是神学家，尤其是法国的神学家，他们对神圣象征主义，如手稿上文字和形象的关系有充分的探索。弗尼瓦对言语（parole）和图像（painture）角色进行阐述。书写与插画演化为两种不同的行业，在寺院外开着不同的店铺。这在法国又相当盛行，巴黎在但丁时期成为艺术插画的著名中心。在其他地方，如英国，寺院生产直到 15 世纪都占据重要地位。但是，此后非宗教的城镇作坊逐渐占据最重要的地位，像城镇的非宗教赞助人或工商界巨头让·杜克·德贝瑞公爵（Jean duc de Berry，1340—1416）、勃艮第的公爵、维斯康蒂（Visconti）家族、英国皇族等。

世俗化意味着专业化，但世俗化不是专业化的唯一推动力，因为寺院里的劳动力划分更加彻底。除此之外，世俗化还意味着说明行业联系的词汇的大量流失。同时，世俗化允许新形式的活动产生，重新联结不同的艺术，以弥补当下描写绘画所缺乏的基本原理。法国人文主义者让·勒贝格（Jean Lebègue，1368—1457）多次担任查理六世德贝瑞公爵的秘书，勒贝格的活动涉及了几乎所有的行业。他研究西塞罗修辞学，翻译文艺复兴重要代表——语言学家莱昂纳多·布鲁尼（Leonardo Bruni，1370—1444）的作品，并管理古典作家的作品和插图（Meiss，1974：19-20）。

在现存的插画中，我们可以看出画家持久的附属地位，画家是“实践和手工的，而不是有智慧的”（Hindman，1983：51）。这样的艺术家是被排除在经济和技术的创新活动之外的。随着历史的发展，从另一角度看，个人形象、空间结构以及其他“无关的”细节等因素都成为阐释画家绘画风格、意义和历史地位的手段。

然而，从中世纪到文艺复兴时期，同时扮演着作家、抄写员和插画家角色的人物不乏其例。薄伽丘写了为其赢得“欧洲短篇小说之父”称号的故事集《十日谈》（*Decameron*，1349—1351），并且手工绘制了许多精美的半身像（Singleton，1974：657-658）。法国新艺术杰出代表纪尧姆·德·马肖（Guillaume de Machaut，1300—1377）把自己的作品保存起来作为新作品的样本。欧洲中世纪著名的女性作家克里斯汀·德·皮桑（Christine de Pisan，1365—1430）致力于为她的赞助人制作展示本、设计插画并监督绘画的进程（Minnis，1983：163-197）。与其说他们是拥有自己作品的现代作家，还不如说他们是“编辑”和“神职人员”（Minnis，1983：10-12）。中世纪文学作家在他们的作品中添加并安排那些与自身出身毫无关系的材料。的确，耶鲁大学教授、中世纪研究权威霍华德·布洛赫（Howard Bloch，1943—）曾说过作家的角色通常是“女性化的”，尤为突出的是教士与女人和修辞之间反复无常的关系（Bloch，1987：24）。“女性化”的作家其实曾受到“高人一等”的男性权威的训诫。尽管作家在字里行间都要表现出隐居于修道院的情境，但事实上还是使自己在社会上变得十分瞩目，充满魅力，为权威传播女性修辞。

这种权威观念使占权威地位的社会仪式变得更加重要，尤其是当作者把书本展示给勋爵或者勋爵夫人的这类社会仪式中。14 世纪和 15 世纪世俗手稿中绝大多数的插画都是人物肖像。赞助人和权威身份越来越世俗化，这促进了肖像表现的发展。同时肖像表现也是词汇的一部分，通过它，作家在创作过程中可以给自己的角色定位。弗尼瓦认为手稿的文本和插画使作者本人再现，并作为演说者的角色去朗读自己的文字。而现在他的肖像是他自己的图像主题。马肖和皮桑为这些赞助商所画的肖像可视为例证。

第二编　阿尔贝蒂视野中的绘画与诗歌

15 世纪中叶印刷术的发展沉重打击了书稿中一整套错综复杂的艺术关系（Eisenstein，1979）。这一打击在不同层面上表现出来。对于画彩饰书稿的人来说，它标志着产业的顶峰的到来；对于手工书的出版商来说，它只是改变了行业的游戏规则；对于诗人来说，它最终开启了一个广阔的新市场，为把握作品表达提供了一种更强有力的手段；而对那些力图理解各种艺术之间关系的文化历史学家来说，它调动了新的一套物质、社会以及概念的因素，使之组成并最终成为诗歌与绘画之间新的联合机制。总之，它将新的行为方式和思维方式都调动了起来。

普遍认同，正是阿尔贝蒂（见图附 2-1）的线性透视理论提供了这样一种新的实践，一种针对新时代的新思维方式。但似乎阿尔贝蒂式空间结构和手稿平面的页面存在着某种基本形式上的冲突。潘诺夫斯基在《早期尼德兰绘画》中论述道：“即使没有古腾堡（Gutenberg）”，书籍装饰“也将因透视的广泛应用而遭淘汰”（Panofsky，1953：28）。潘诺夫斯基的主张源于两种假设。其一，他认为纯粹意义上的形式因素就为艺术史提供了一种妥当的目的论。事实上，书籍装饰作为一种创新的艺术形式，在透视理论的发展过程中存活了一个世纪，直到印刷术凭借足够低的价格和足够高的质量同时征服了低端和高端的图书市场时，才遭到淘汰（Hindman，1977）。其二，他认为透视理论的发展自身也形成了一种认识论上的突破，其相对应的是一种新的原因模式。它充分表现在其他欧洲文化因素中。正如潘诺夫斯基在1925年开创性的文章中表述的那样：作为“象征形式”的透视，在透视上所获得的成就，只是一种基于同时在认识论和自然哲学领域获得成就的具体表达。主观的视觉印象被彻底的合理化了，因而它可以直接构成经验世界的结构基础。（Panofsky，1996：285-287）

图附 2-1　阿尔贝蒂

就其核心意义来说，潘诺夫斯基对于透视的分析，是认真尝试去理解世间想象和现实相互塑造的过程。他深知新康德主义的权重，其观念一定程度上源于德国哲学家、文化哲学创始人卡西尔（Domandi，1963）。他将透视定义为“象征性形式”，并把它当作一种能建构视觉符号系统的基本感知的模式。这种关于崭新而纯粹的视觉形式的知识在透视中得以具体化。它不仅独立于那些从神学、哲学、修辞或者文学等艺术中提炼的知识，并且与之并驾齐驱。但是，潘诺夫斯基的分析没有阐明视觉知识同其他文化形式的直接关系。在这种历史动因和氛围匮乏的情况下，他要是想试着写出一部视觉系统的连续性历史著作是完全不可能的。正如迈克尔·安·霍利（Michael Ann Holly，1944—）所言，他不得不采取行动，要么“将艺术作品隔离于文化影响之外，显然这将影响艺术作品的整体性”，要么“把每件作品都做得比其他作品更出挑”（Holly，1984：136-141）。

线性透视对于文艺复兴融合各种艺术的尝试来说固然重要，但从起源上来说，它是一种技术，完全可以应用于手稿装饰。它可以应用于描述多样的和去中心化的叙述中，也可以应用在相融的学科中，还可以通过各种各样的方式与知识结构结合在一起。诚然，在《早期尼德兰绘画》中，潘诺夫斯基阐述了实际产生的种种困难，他认识到，14 世纪和 15 世纪北欧和意大利在技术和形式上是相互传播、互相适应的，它们在尼德兰与众不同的美学创作中也发挥了作用。而尼德兰画家扬·凡·艾克（Jan van Eyck，1385—1441）的透视与乔托或阿尔贝蒂的透视又大相径庭。《勃艮第玛利公主的时刻》（*Hours of Mary of Burgundy*，1475）中耶稣被钉死在十字架上的装饰采用了文艺复兴式的透视方法。从文体上说，耶稣受难图是完全“文艺复兴”式的；从概念上来说，绘画中精细透视方法的概念并非来源于人文主义，而是来源于一套术语：皮塞尔参照上帝的话语，建立了一个融合文本和形象的系统。诚然，文本首当其冲，被简化为一个在画面中虚构空间边缘上的可视物体。

因此，我们有必要领会潘诺夫斯基关于透视分析的正面意义。透视是否是客观真实或是视觉过程的精确再现，关于这样的辩论还在继续。但是潘诺夫斯基指出，无论精确与否，透视都逃不出的一点——它是人脑中的建构，但并非是人与生俱来的。它是由某个人，在特定的历史环境中，根据特定的历史结果架构出来的，而且同样又作为一种特定的结果为其他人所认可。我们所发现的这些历史特定情况，书写着艺术话语和艺术知识的产生和命运。

至此，透视若要成为一种“象征性形式”，其发展若要成为在艺术史和认识史中一项重大事件，就要满足三个条件。第一，透视本身必须要成为一个能兼有艺术和神学意义的示意符号。第二，在历史上可定义事物的范围内，这个示意符号必须与特定的某个艺术概念或一些概念相联系。通过这两个条件，透视便可以成为广泛意义上的，或是特定时期内绘画作品的本质象征。第三，透视必须要与某方面的本质相联系。也就是说，根据透视所画出来的画，必须要与视觉和空间结构等同起来。只有这样，透视才得以自然化，得以作为一种观赏方法而不是一种画法被看待，进而得以成为人际关系，特别是画家和受众之间的基础。只有这样，才能书写出一部真正的历史著作，或者更具体地说是作为继承象征形式和其意义的一部关于意识与其产物的历史著作。

阿尔贝蒂的著作《论绘画》，正是遵循了这种逻辑顺序。他认为透视是纯视觉符号系统的组成部分，随即定义了这些符号是如何描绘经验现实的，并且详细阐述了视觉系统与再现文字系统的种种关联。他不仅研究可视物体，而且把研究设定在视觉领域是一个符号系统的观念上。只有这样，他才能把视觉本身与绘画的符号系统联系起来。如此一来，他索性也重新定义了那些与一些学者有所关联的画家的社会地位。因此从阿尔贝蒂的著作中，我们可以发现历史的种种特定行为，而在其中，绘画作品以一种边缘形式，尤其是以修辞艺术和文学艺术的形式被重新构造。阿尔贝蒂所表达的是一种新的艺术理论，它采用乌托邦式的视角，唯绘画作品独尊。而这种视角却经历了几个世纪社会实践的验证。阿尔贝蒂与潘诺夫斯基同样都在为回答“艺术形式、透视方法、艺术家写作”等问题而努力。

阿尔贝蒂认识到，绘画作为一种艺术形式，在观念和学术上的再定位，应当从挖掘其物质本性的理论角度出发。迄今为止，这一点在有关其工艺的论述中还是自成一派，并不为人所知。中世纪的画家手册关注的是如何去构图，但从来不说这些构图源自何处。而人文主义者勒贝格给出的对画家的指导中，只涉及构图，而并未谈及实施方法。但阿尔贝蒂站在双重落脚点上，他不仅论述了构图，而且还介绍了实施的法则。尽管以前它们是单独存在的，但他还是将人文主义引入了工作室的范围之内，然后又把手艺人的知识用绘画的理论和故事加以取代。

阿尔贝蒂以一个简单的定义开始了他的说明：“任何存在于表面而可为肉眼所见的事物，都称之为符号。”（Hulse，1990：60）接着，他又阐述了视觉意义上的结构分析，它的组成部分以及这些部分的特性就是：点、线（包括直线和曲线）、面（包括固定和变化的面）和体。从这些元素出发，他随后就建立了一个符号系统。这些符号在本质上是先于它们的艺术再现形式而存在的。而且这些符号有稳定的物理特性，有一定的可信性，因而对于那些有直接的现实依据的绘画来说，它们可以作为其物质修辞的基础。对于这样一个视觉符号系统来说，最明显的问题就在于，视觉符号并不是单凭其本身就能表达的，而是要通过其自身的或是那些经常变化或是不稳定的事物的表象表达出来。

阿尔贝蒂从视线的真实本性中脱离了出来，潘诺夫斯基从中看到了阿尔贝蒂所谓的线性透视其实是一种“象征”形式的基础。但几何结构只是阿尔贝蒂初步的策略，用来做进一步的描述，最后延伸到一系列关于其系统的社会和认识论上的意义中。当我们读到最后这些论断的时候，才能看到它是如何完整证明潘诺夫斯基的结论的，因为这些社会和认识论上的结果只在阿尔贝蒂的第一部书中有所暗示。而阿尔贝蒂早就承认，他的透视结构是从一系列任意的行为开始的，就像作家任意挑了一个视觉领域，或是任意挑了一个人物形象，抑或是任意挑了一个中心点。无论这些最初的行为有多随意，它们必定会成为画家下一步行为的基础，因为绘画内在的连贯性就在于它需要再现现实。“任何有学识的人都不会否认，绘画中的物体不可能和实物完全一样，除非它们彼此之间有一种特定的联系。”（Hulse，1990：59）主观而又客观，任意而又限定的视觉结构证明了阿尔贝蒂视觉符号的理论是真实的。而又因为符号与现实有一种特定的联系，观者反过来可以用这些符号来限定他自己与现实的关系。

如果说阿尔贝蒂《论绘画》第 1 卷建立了画家和观者之间的对称性，那么第 2 卷通过构成历史的系列元素——轮廓、构图、光影角度——描绘现实中画家是如何作画，受众是如何感知的。阿尔贝蒂的“历史”观念，作为一个语言上的建构，是绘画组成部分之间的内在联系，而并非事先存在的外在内容。它是轮廓和构图的最终产物。而轮廓和构图都是在平面、部分、主体、历史等各个层面的基础上实现的。因而，虽然阿尔贝蒂用了与格里高利一世相同的词，但它们的意义是截然不同的。在指责画家应该要去描述一个值得尊敬的故事的时候，格里高利一世假定，在画家开始创作作品前，历史就由神圣或神学的源头完全塑造出来了。对于阿尔贝蒂来说，画家的历史（historia）可能源于诗人、历史学家或是神学家的作品，但画家若要完全体现他们作品中的思想，则要依赖其绘画中代表性元素之间和谐的关系（Spencer，1966：23-27）。就像演讲和诗歌中好的构思一样，历史也有种种特点。只要阿尔贝蒂把轮廓和构图视为构思的过程，把历史作为它们的产物，他便能够把上述特点详细地叙述出来。阿尔贝蒂仔细研读贺拉斯的句子，把诗人比作了画家。鉴于贺拉斯运用绘画来建立诗歌的标准，阿尔贝蒂就把这种相似性转到绘画本身中来，把它当作绘画的规则来处理。透视系统中图像的大小决定了绘画中其他元素的大小，因而在这里，任何一个组成部分的选择都会决定历史的其他组成部分的特质。

阿尔贝蒂的术语显然是诗意的、贺拉斯式的。贺拉斯在《诗艺》中曾提到：绘画展示了所绘人物内心的活动，因而在欣赏它的时候，人心也为之动容（Hulse，1990：60）。所有绘画的原则——通过几何透视、建构历史以及遵守多样性和得体性来真实地描绘自然，都是直接受艺术家、观者和所观察的事物的识别所引导的。难怪当代美国女性历史学家琼·凯利·加多（Joan Kelly Gadol，1928—1982）仿造了西方艺术史学科的创始人之一沃尔夫林的说法，认为阿尔贝蒂的系统“通过自身的合理性，带来一场新的革命”（Hottinger，1950：145）。阿尔贝蒂主张把画家置于与知识结构和社会结构有关的一套新的决定关系之中，这给画家提出了新的要求。它需要画家能把其作品的焦点从机械的着色转换到像修辞学家或诗人那样的精神活动中去。“当我们要描绘历史的时候，我们总要认真的思考顺序上的细枝末节，又要想怎么样把构图做到最好。在图纸上画出模型的草图之后，我们便把整个‘历史’以及其各个部分都做出来了。然后我们就要接受所有朋友对于它的各种建议和想法。”（Hulse，1990：64）绘画和画家的习惯是相互转化的，这种转化是通过井然有序的区分绘画的三个元素形成的：首先，先观察领悟自然；其次，在绘画时，要模仿这种感知领悟；最后，观者要感知画家所绘的对于感知领悟的模仿。艺术作品自身的机构，识别并隐射了所观察的事物以及进行观察的观者。

如果说阿尔贝蒂的《论绘画》要把绘画重塑为一种艺术的话，它同时也进行了关于人文科学，特别是诗学的讨论。阿尔贝蒂对于画家要博学的要求，是与人文主义要求受众运用专业知识，理解和欣赏绘画的要求相符的。因此他坚持认为，绘画与修辞、诗学以及文科的关系是双边的：诗学、修辞与文科本身要以这一种与重制绘画相平行的方法得到重制。

第一位现代意义上的历史学家布鲁尼在《与皮埃尔·保罗·韦杰里奥的对话》（*Dialogues to Pier Paulo Vergerio*，1401—1405）一书中，描写了人文主义重要代表尼科洛·尼科利（Niccolò de'Niccoli，1364—1437）与科卢乔·萨卢塔蒂（Coluccio Salutati，1331—1406）的对话，叙述了关于像哲学、修辞、诗学和历史之类的新研究的核心内容。布鲁尼含蓄地对画家提出了要求——画家要像诗人一样，展现出得体和谐的风范，使得其丰富的构想得到调节。通过回应这个要求，阿尔贝蒂将《论绘画》与人文主义者重建的知识领域联系起来。阿尔贝蒂要寻找一个构图的风格——同时具有语言和图像，又能够表达出用一种新的人文主义文化次序来定位绘画的渴望。他将一种新的绘画形式进行了定义。这种绘画形式在追求精确表达自然的同时，重新将三学科和四学科结合起来。在这个过程中，阿尔贝蒂阐述了另一种融合人文科学的理论，但这种理论只能通过开启迄今还是隐晦的、肤浅的、机械的绘画艺术才得以实现。

在文艺复兴的人文主义中，诗学和绘画的关系走的是从诗学到绘画的路线，但阿尔贝蒂关于绘画的转化创造了终端相互影响的可能性。在布鲁尼的《与皮埃尔·保罗·韦杰里奥的对话》中，尼科利赞扬了萨卢塔蒂的高水准的雄辩术，称他能随口说出演说的主题。巴克森德尔曾说过，阿尔贝蒂关于画家构图优雅和和谐的要求与现代修辞的讨论产生了共鸣（Baxandall，1971：135-139）。在把画家的构图设立为修辞的一种标准的时候，阿尔贝蒂也把它作为诗学的标准。他支持学问之间友好的竞争，这是之前的画家从未想到过的。

文艺复兴时期，各种各样，甚至是相互冲突的诗学和绘画的代表形式被放在一个综合性的符号系统之中，因而构成了一整套题材、观念和社会层面的选择。这里用的“综合性”一词，并非像大多数寻求文化统一的人用直接或含蓄的语言所表达的那样，而且像阿尔贝蒂所预想的诗学和绘画的一致性是固有的、永恒的。在文学形式的整合中，阿尔贝蒂所渴求的文化整体性，经由这些精密的一致性获得了显著的发展。阿尔贝蒂和其他学者做出的综合性符号的宣言，在诗学和绘画形式中，提供了迄今缺席而又十分重要的过渡术语。这个符号系统理论，通过像构图和视觉几何组合等概念得到了表达，因而使得艺术家和受众深信，艺术形式大致的相同性至少可以在风格的细节中体现出来。

一个世纪以后，米开朗基罗的学生，艺术理论家瓦萨里用一种夹杂无知和敌意的手法来描绘阿尔贝蒂，并试图动摇《论绘画》的历史地位，人们也开始对它好奇起来。对瓦萨里这个力图诸事都精准无误者来说，他竟然把这部著作的实际出版时间推迟了 20 年。1457 年，德国人约翰·古腾堡（Johannes Gutenberg，c.1394—1468）发明了现代印刷术；相似地，阿尔贝蒂也发现了描摹自然透视和实现图像缩小的办法，同时也找到了大量复制小型物体的方法。这些发明都是别出心裁，让人叹为观止的，同时对于艺术来说具有很大的意义（Bull，1965：210）。

瓦萨里的这个错误起到了两种效果。首先，把阿尔贝蒂的作品与印刷行业的技术革新联系在一起；其次，否认了阿尔贝蒂在这场革命中的至高无上的地位。取而代之的是描写阿尔贝蒂通常善于构思各种技法，来执行和调整由以前菲利波·布鲁内莱斯基（Filippo Brunelleschi，1377—1446）以及马萨乔（Masaccio，原名乔凡尼·德·西蒙娜，Tommasodi Ser Giovanni de Simone，1401—1428）提出的各种概念上的突破。而这两位学者都是瓦萨里所推崇的。瓦萨里的动机不言而喻，即他不愿意把阿尔贝蒂当作一个理论家来尊敬。瓦萨里曾说道："他关于博学的学者的笔触和演说，影响很大，因而人们都认为，他比那些实际看来优于他的人还优秀。"（Bull，1965：208）表面上看，瓦萨里只是出于其侵犯文人的角度表达其愤慨的情绪，但从深刻的角度审视，他的态度反映了阿尔贝蒂本身具有一种历史的多样性，因为他自己就在阿尔贝蒂的历史视野中写作。

阿尔贝蒂试图通过修正修辞的相关概念将绘画和现实搭配起来，而这些概念也就相当于绘画的一个文本再现。它们是阿尔贝蒂为其自身联系绘画与真实的目的所用的一些中世纪的概念，因而很受重视。比如历史这个概念，从某种意义上来说，从格里高利一世到勒贝格等诸多作家都用过，后来阿尔贝蒂和一些诗学的理论家，将其形式世俗化，把历史放在艺术作品实体中表现了出来。阿尔贝蒂将概念具体化的典型就是他对于"帆"（velum）的处理。瓦萨里认为这一点就是阿尔贝蒂对绘画的主要贡献。在中世纪的诗学理论中，velum 就等同于覆盖物（integumentum）。它是对遮蔽物的比喻，是文字和精神层次符号之间的关系，更为准确地讲，是一个无论是文字，还是图像形式的符号，所具有的协调物质和神圣层面或天性的能力，或是潜力。从《勃艮第玛利公主的时刻》的《耶稣受难图》中可以看出透视自身可以扮演 velum 的角色。在阿尔贝蒂眼中，velum 始终是表意的符号与被表现的事物之间的调节者。

因此阿尔贝蒂的著作具有双重，甚至是三重的历史意义。它具体表现了一个受压制的、与过去联结的连续性，一种现在的历史突破性，以及一个从未被完全接受，但希望被接受的未来前瞻性。虽然阿尔贝蒂的著作是乌托邦式的，甚至看起来有点浮夸和梦幻，但从 17 世纪起，它就成为当时写作的范本，具有重要意义。作品中阿尔贝蒂构想的支配地位一直延续，甚至在当今有关艺术的作品中也是无以复加的。同时它也是学习绘画及其理论的基础。

从某种程度上来说，批评家还是会假定，诗歌中的视觉意象是受画家影响的符号；或者说，绘画构成了某个视觉瞬间的再现，会在阿尔贝蒂建构的框架中活动。这正是阿尔贝蒂著作的三重历史意义所在——它作为一个乌托邦版本，为了被当作现实所接受，埋没了它的过往。因而它引人注目却又很难研究。

第三编　锡德尼和希利亚德论诗歌与绘画

如果说 15 世纪中期印刷术的发展使绘画与诗歌之关系更为复杂紧密，那么 16 世纪英国诗人和画家之间唯一有记录且意义非凡的谈话便是锡德尼（见图附 3-1）与肖像画家希利亚德（见图附 3-2）之间有关绘画的谈话（Hulse，1990：115）。谈话不仅展现了他们二人以及诗歌和绘画之间错综复杂的美学关系和社会关系，而且提到的艺术观确立了之后 20 年，乃至更长时间内伊丽莎白美学的发展轨道，让我们能够清晰地了解伊丽莎白时期英国文学和绘画的关系。而从英国文学和绘画的关系中，我们又能体会到锡德尼和希利亚德的美学追求，即他们对由拉斐尔及其朋友始创于欧洲文艺复兴时期，之后得以风靡于 16 世纪欧洲大陆的美学理论的若干命题的情有独钟。

图附 3-1　锡德尼

图附 3-2　希利亚德

一、诗人与画家的奇缘

英国伊丽莎白时期的诗人和画家雄心勃勃。他们想要重现欧洲文艺复兴时期的艺术辉煌，进而一跃到达人文艺术创作的最高峰。可是当他们直面欧洲严谨的人文思想体系时，更多的时候，他们会先解构犹如大厦般小心构筑的思想体系，然后重新构建具有16世纪英国风格的新体系。锡德尼和希利亚德就是其中的典型代表。他们在各自的领域进行着复杂的美学重构，著书立说，畅想设计各自艺术形式的特定本质，推测该艺术形式与其他艺术形式，与社会、政治、宗教等文化因素之间的关系。在遵守自由艺术秩序的前提下，他们质疑并重构了自己的艺术观。他们之间的关系充分展示了伊丽莎白时期英国文学和绘画，以及文艺复兴时期北欧文学与绘画的关系。

希利亚德和锡德尼在谈话前就已经相识（Farmer，1984：1-18）。锡德尼著有《阿斯菲尔和斯特拉》（*Astrophel and Stella*，1591）与《阿卡迪亚》（*Arcadia*，1590，在诗歌和小说中常被用来指代世外桃源），被同时代的人视为英国最著名的诗人和艺术赞助家。他精通欧洲大陆艺术，深受学者爱戴，人们常常为他画肖像画。其中，最为逼真的是佛兰芒（Flemish）流浪艺术家约翰·德·约卡（John de Critz，1551—1642）于1585年左右画的锡德尼爵士肖像画［现存于彭斯赫斯特（Penshurst）］；而最为人知的是1577年的肖像画，该画当时为锡德尼的朋友爱德华·戴尔（Edward Dyer，1543—1607）所有，他也是位诗人。锡德尼非常看好丁托列托（Tintoretto，1518—1594）和保罗·委罗内塞（Paolo Veronese，c.1528—1588），1574年在威尼斯旅游期间，有意让他们为自己画肖像画（Osborn，1972：143）。法国外交家哈伯特·朗盖（Hubert Languet，1518—1581）曾盛赞此肖像画的古典人文主义价值。此后，诗人们便用艺术比较（paragone）和绘画般描述（ekphrasis，亦有译为“艺格敷词”）之类的修辞，声称他们的诗歌和绘画作品一样，能够将诗歌主题像绘画主题一样直观地展现出来。这些元素首先从阿尔贝蒂起，由文艺复兴时期意大利理论家整合为连贯的词汇，成为人文主义诗人和画家的共同财产。这些词汇，犹如黏合剂，把文艺复兴时期的艺术家们牢牢地联结在一起。这些词出自锡德尼的委托人丹尼尔·罗杰斯（Daniel Rogers，1573—1652）之口，说明这些词也和锡德尼的肖像画一样已经从意大利辗转北欧，传到英国。锡德尼论及其他画作遵循的也是这样一个地理、文化模式。

与此同时，希利亚德是英国当时首屈一指的画家，被同时代人视为古希腊画家阿佩利斯再世。他是唯一能与拉斐尔、米开朗基罗齐名的画家。希利亚德创作的画作在维多利亚与艾尔伯特博物馆的昏暗画廊里熠熠生辉，受人喜爱。如同米开朗基罗和拉斐尔，希利亚德也与权贵结交。他的赞助人有伊丽莎白女王、艾塞克斯、塞西尔一家，几乎囊括了宫廷里所有地位显赫之人。事业初期，希利亚德还是锡德尼的叔叔——莱斯特伯爵罗伯特·达德利（Robert Dudley，1532—1588）的特别赞助对象（Edmond，1983：50）。因为与权贵结交，希利亚德的身上也表露出权贵的神气，这一点希利亚德与拉斐尔具有相似之处。

希利亚德和锡德尼的艺术家身份可以用人文学识和朝臣关系来定义。与锡德尼一样，希利亚德也是四海为家，尽管没有前者那么频繁，却也常常出没于欧洲文艺界。鉴于他放荡的宫廷生活，人们称之为挥霍的天才，是典型的波西米亚人。希利亚德曾与年轻的弗朗西斯·培根（Francis Bacon，1561—1626）一同去法国旅游。在巴黎的时候，他与阿朗松公爵（duc d'Alençon，1554—1584）家族结交，遇到了被誉为法国诗圣的皮埃尔·德·龙沙（Pierre de Ronsard，1524—1585），并得到显贵资助，还清了债务。与锡德尼一样，希利亚德待在富有文化气息的国度——巴黎和荷兰，这为他开启了欧洲文化之门；而意大利无疑是不可比拟的文化黄金国，欧洲文化在这里熠熠生辉。锡德尼也好，希利亚德也罢，他们都比同时代的英国人接触到更多的大陆文化。

实际上，他们正体现了“英国艺术的英国风格”——那种得益于英国独特的岛国位置而形成的，似乎属于欧洲体系，但与之略微不同的风格（Pevsner，1956：11-19）。16 世纪末的欧洲艺术具有欧洲大陆特有的艺术史自觉。而这促使锡德尼和希利亚德去探求、改写这些历史并为己所用，为英国艺术特性与成就在艺术史上争得一席之地。与此同时，欧洲艺术成了艺术的文化理论知识体系，而这又促使希利亚德和锡德尼努力改编这些理论，以适应英国本土创作实践的需要。

二、锡德尼论诗歌与绘画

锡德尼和希利亚德的谈话长短并不重要，重要的是他们确实有过对话，后者的措辞又暗示了他们之间以及他们各自艺术之间不同的关系。前者对后者，好似贵族对平民、勇士对弱者的提问，更似以学者、诗人、学术界品行兼修的权威的身份向后者发问（Van Dorsten，1962：119-121）。希利亚德和他的画一样，渴望在自由艺术中谋求一席之地，所以这次谈话就转变成了希利亚德奉承锡德尼这位艺术界的权威人士。

锡德尼曾向希利亚德提出“高个和矮个能用‘少量的’笔触描述出来吗？”这样一个看似简单，实则深奥的问题。他想知道的是画家如何用统一尺寸的画像来展现现实中不同体形的人。前者的提问里还有一个深层次的问题，即柏拉图提出的关于绘画和其他一切艺术形式的基本哲学问题——艺术能反映现实吗？画家的比例意识能用来区分不同的人吗？绘画真能如阿尔贝蒂所说的那样重现观察到的事实吗？此外它还隐藏着更深层次的问题，这些问题阿尔贝蒂也曾提到过，那就是绘画能如诗歌一样，展现不为肉眼所见的事物的内在本质吗？真的存在能同时显现外表和内在的另一种艺术比例吗？

锡德尼的提问是问题套问题，他还对“美德”和“技巧”（cunning）二词情有独钟。他之所以在绘画中寻找具有导向作用的大智慧和兼具美德的德行，是因为在诗歌创作中也需要这些品质。之前他早已在《诗辩》中设想过应该用这些标准来判断绘画的优劣，进而为诗歌创作提供仿照的模型。他认为，诗人应该融合哲学家的道德理念和历史学家对外部事件的客观陈述。因而，历史学家的事实陈述和诗人的虚构创作之间的关系就是劣质画家与绘画大师之间的区别。劣质画家只会不加选择地拷贝事物，绘画大师却在色调变化中呈现出事物最宜人的一面，他们绘画时不拘泥于章法，尽显智慧（Duncan-Jones，1973：80-81）。

诗人与历史学家的关系正是创造与纯粹地记录事实的关系。最初诗歌与绘画的比较产生了一系列的比例。这些比例组成了模仿的本质，这些模仿的本质、知识领域和社会阶层就按照一定的比例构成。

文艺复兴时期定义艺术为一种为了某种有用的目的而运用的知觉体系或金科玉律。根据这个定义，艺术不是来自经验就是来自逻辑。而无论从哪个角度出发，艺术都要遵循规则。在锡德尼创造的比例系统中，诗歌和绘画被定义为模仿艺术。与此同时，他对模仿的定义却暗示诗人和画家必须违反艺术规则。他是这样定义模仿的：我们所能看到的不是我们应该见到的，而我们从未见过或是不可能见到的才是我们应该看到的。如果诗人或画家描绘了他们肉眼见到的，那么他就得遵循外在模仿的规则和自然法则。但是这样他就是单纯的拷贝，拷贝出来的仅仅是感官幻觉，缺少内涵，只有魅惑的外在美。如此拙劣之作令苏格拉底恐惧。但是，如果诗人或画家描摹的不是肉眼所见的对象，而是对象的内在品质，那么他们就要违反体形特征的描述规则，用自己的创造来进行描摹。

只有诗人不愿意臣服于自然。他们热情创作，在本质上创造出了另一种自然。在他们创造的这个自然里，事物变得更加美好，亦或是出现了原先没有的全新事物。举例来说，有英雄、小神、独眼巨人、妖怪、复仇女神等。诗人尊重自然，但又不受限于它的馈赠，他们自由地漫游在自己的智慧园里。地球从未有过如此绚烂的织锦、如此宜人的小溪……如果自然给我们的地球是铜的话，诗人给我们的就是金色世界（Hulse，1990：117）。

锡德尼在《诗辩》中把诗歌意象从经验和逻辑中解放了出来，把诗歌意象与其他一切直接拷贝自然的艺术形式区分开来。他的《诗辩》是英国诗学的转折点（Waller & Moore，1984：3-16）。从此诗人不再遵循外在的比例规则，转而关注聚焦于自身的模仿美学。通过把诗歌和绘画进行类比（Heninger，1989：646），锡德尼从比例美学转到了亚里士多德的模仿美学。诗人的金色世界是“绚烂的织锦”（rich tapestry）。诗歌是“模仿”艺术，也就是说，是一幅会说话的画，给人启迪和享受（Waller & Moore，1984：79-80）。这次美学转换并不是纯粹的使规则由此及彼。《诗辩》就像是美学革命。锡德尼在文中直接用政治术语来形容美学规则。他把自己描述成摆脱传统美学规则压迫而得以逃离到允许他施加德行和力量的金色世界，这就是借用《阿卡迪亚》进行美学反叛（McCoy，1979：24-25）。他指出，低级的模仿只是纯粹的拷贝，是诗人的力量臣服于自然女王狭隘的馈赠。高级的模仿是诗人自己的活力创作，不拘泥于规则，尽显智慧。这里的诗人不是臣子，真正的诗人和优秀的画家必定都是生活在边缘地带的自律“逃犯”，他们的创作来自于自然，可是却向更辽阔的天地进军。

在欧洲，锡德尼不仅仅因为其在文学界的成就而受到人们的追捧，他还被视为爱尔兰和威尔士的统治者，威廉·奥兰治（William of Orange，1533—1584）未来的继承者和女婿，荷兰总督的外孙。他的地位如此显赫，即便是伊丽莎白女王也要畏惧三分（Osborn，1972：496-497）。他的诗学主张是从一种体系到了另一种体系。叛乱运动本身被来自不同体系的规则所左右，每种体系都源源不断地向运动参与人传递力量。他的第一本书《阿卡迪亚》中对一幅画的描述概括了其《诗辩》中的诗学观点。姆斯多勒斯王子应卡兰德之邀，参观了他家的花园屋，屋内饰有希腊最优秀的手艺人描绘的神话里各种女神的画像，其中有一幅画（北欧的版画风格而不是地中海的湿壁画风格）画的是一位老年人、一位漂亮的中年妇女和一位年轻的姑娘。年轻姑娘的美貌使得身边的所有女神都黯然失色：

> 画中的年轻姑娘（现实中拷贝之人）和画中其他人之间（尽管是女神）的区别似乎说明画家的技艺赋予了这位年轻姑娘新的美，而年轻姑娘的美同时又激发画家新的创作技巧。虽然姆斯多勒斯王子知道作为客人不应该问东问西，但是他真的很好奇，于是就问画中的人是谁，何以出落得如此美丽。（Sidney，1977：74-75）

在《阿卡迪亚》第三章的这段话中，锡德尼确立了模仿对于绘画作品的价值和艺术家的模仿力。而这是在权衡模仿的两个定义之后实现的。文中用一些惯用修辞手法比较了画作之美与描摹对象的自然美。比较中包含了模仿的两个定义。一方面，菲洛克莉的美貌是超自然的，这样的美单凭画家的艺术智慧是创造不出来的，而画家能做的就是一五一十地重现这份美。故而菲洛克莉本身就是这幅画的创造者，正是她的美貌带给画家技艺上的创新。另一方面，菲洛克莉的美是妩媚和美感共存的，只有通过诗歌的修饰力才能明确并最终确立起来。就像锡德尼在金色世界里提到的其他作品一样，只有通过奥维德（Ovid，43BC—17BC）的叙述和彼特拉克体十四行诗的明喻才能展现这份美。

因此，锡德尼对希利亚德的提问实则包含了他在《诗辩》中探讨的基本问题，包括模仿的本质，艺术家的性格和社会状态。和前者一样，后者也预先把绘画设定为一种模仿艺术，因而前者对后者的提问本质上问的是艺术模仿的问题。

希利亚德意识到锡德尼的提问不仅仅是高矮之间是否有区别的问题，同时也是艺术家如何区分与描摹，观者如何辨认的问题。锡德尼的实际问题是比例是否是艺术，这就引出了另一个问题，即模仿身体比例的绘画是不是艺术？希利亚德对这个问题的反应很激烈，甚至有点敌意。他说比例是我们不用思考就能从经验中获得的。这个观点正是意大利诗人、散文家彼得罗·阿雷蒂诺（Pietro Aretino，1492—1556）用来阐明人文艺术鉴赏家比画家更懂画的论点。阿雷蒂诺认为，原因在于鉴赏家明白什么是美，能够辨认哪些符合美的规则。然而希利亚德的观点却与阿雷蒂诺把眼力归功于学识不一样，阿雷蒂诺的艺术原理基于拉丁的学术规则，希利亚德则使比例与拉丁的学术规则相脱离，他认为身体比例犹如母语，不用规则也能理解。

希利亚德曾引用吉安·保罗·洛马佐（Gian Paolo Lomazzo，1538—1592）《论绘画的艺术》（*Trattato Dell'arte Della Pittura*，1584）一书中光学章节的观点来证明：作画之时，比例透视总是在变，这种变化与画家和被画之人的位置变化有关。透视过程中的调整可能会导致透视规则的改变，从阿尔贝蒂的透视规则转到丢勒的透视画法。洛马佐对透视画法的讨论总结了阿尔贝蒂的传统透视画法，声称“画家不懂透视就如同文人没有语法一样”（Gent，1981：81）。阿尔贝蒂认为透视规则可以减少光学失真，这与比例规则可以减少体形扭曲一样。阿尔贝蒂创建了所谓客观而又稳定的图示模仿体系——视觉真相模式。希利亚德却认为这种真相只是表面的，认为透视就是来自于眼力判断或眼力效果的艺术，人们用相对较短的线条以及光影效果表现事物，表现的不是真相而是理解偏差和视觉偏差……透视就是用谬误来表现真相（Hulse，1990：120）。希利亚德这种对透视的理解在 16 世纪 70—90 年代的英国很流行（Gilman，1978：37-68）。

三、希利亚德论模仿

有人试图用临摹和创造性模仿这两种截然不同的作画方式来对比希利亚德和锡德尼。然而从希利亚德以模仿的形式保留画作风格的意图中可以清楚地看到，他的创作远比纯粹的自然主义要复杂得多。他说：“一切画作，皆模仿事物的特质和神韵”（Hilliard，1983：22）。希利亚德这里所说的神韵，包括绘画主体的内心生活、情绪及情感。绘画主体的外貌及特质鲜明地在肉体中体现。希利亚德渴望将外貌与神韵包含在他的艺术创作之中，他认为:许多毕其一生寻求真实规范和判断的画家常常在追求准确比例上失败了，这比他们没有模型直接作图的失败更频繁（Hilliard，1983：25）。这里的模型是指能在眼中直接成像并能动手画出来的模型，而非纯粹在脑中形成的图像（Alpers，1983：40-41）。对于画家来说，只有形成事物的模型或只按比例素描的想法是远远不够的，还需要画家脑中的东西，换言之，就是画家掌握的作画技巧、具有的性格和社会地位。

希利亚德在作画过程中，需要不断调整作品与眼前的模特。首先，他在画布上做出记号，标示出被画人的前额，这种任意性的标示就是画家的标尺，是其构建肖像中其他所有比例和关系的基本度量。其次，他不断调整和把握被画人的位置，使其回归到最初被标示的那条线上。与此同时，他也不断调整脑海中的意象。从标尺这一点可以看出，希利亚德的准确比例的艺术是关于人体面部三要素的构建，面色或肤色、肖像或比例、面容或表情。肖像画三要素的构建可以通过三个方面来进行衡量，即画的相似度、比例及其生动性。从宽泛的角度来讲，这三要素刚好和希利亚德所讲的三个方面相契合：从嘴上可以看出相似程度，从鼻子上可以看出是否成比例，从眼睛中可以看出是否具有生气。

他还认为“优秀的画家除了要有创造美德的技艺，也要有一颗能赏鉴美德的聪慧之心……”（Hilliard，1983：23）。在此，希利亚德所说的优秀画家按照这种方式作画，除了画作的相似度外，还融合了人物的神韵，这种创作手法可以与锡德尼对诗歌意象的处理手法相比较。锡德尼的著名的诗句中，援引了这种思想或创作思路，这也是艺术家技艺的体现。对于锡德尼来说，诗人具有将头脑中的思路生动具象化的能力，这种能力是回归伊甸园式的精神的印证。“虽然智慧让我们知道什么是完美，但世俗的想法让我们不能达到完美。”（Hulse，1990：136）祷告后，锡德尼重新鼓起勇气来分辨真实世界与艺术世界。真实世界与艺术世界的差距包含了一个重要的部分，即模仿的不对称性。这种差距首先反映在历史层面，人类堕落前的世界和人类堕落后的世界是不同的；其次反映在艺术家的主观性上。诗人的睿智使他能跨越这种距离，从而确立自己的身份和权威（Levao，1985：139-140）。和锡德尼一样，希利亚德认为人物与意象的正确比例不是通过简单的机械模仿就能实现的。被画人的瞬时动作会改变他自己与画家的联系，会不时地改变视觉效果，从而导致从不同的角度观察到不同的面部特征的结果。

显然，希利亚德摒弃了人文主义理论的规则和体系，转而以画家能表现事物神韵的特点为新的中心重建规则和体系。他对德国、法国、意大利等国艺术的了解，撰写的专题论文，以及他在英国艺术家中享有的声望，无疑会成为英国绘画艺术和欧洲绘画艺术媒介人的不二人选，就像锡德尼是英国诗歌和欧洲诗歌的媒介人一样。尽管他的模仿力使他进入当时社会优秀画家之列，但他对透视法和比例构图的反传统艺术想法使他处于尴尬境地，即他的作品该被看成是文艺复兴时期自由艺术画作，还是中世纪时期机械艺术画作。这种尴尬的境地从他对洛马佐的作品《论绘画的艺术》的引用和态度就可以看出。洛马佐指出绘画是理解人类的主要途径，而写作不过是白纸上的一些黑色记号，是图画的一种形式。他认为绘画是一种高等艺术，这与锡德尼的诗学一脉相承。

如果说锡德尼和希利亚德同样将诗歌和绘画置于艺术体系的边缘的话，那他们恰好以相反的方式将诗歌和绘画置于相对的边缘。前者超越了艺术类别的局限，升华了诗歌的艺术性，在诗作中融合了其他艺术。后者虽然认同绘画是一种艺术形式，但是他并没有接受绘画作为一种艺术必须有其形式和内在组织的观点。评论家认为《诗辩》的结构从头到尾在一些关键问题上都是自相矛盾的，特别是在模仿问题上，还有柏拉图和亚里士多德的地位优先问题上（Ferguson，1983：137-162）。尽管如此，在人文主义知识体系中仍有其一定地位。锡德尼没有选择专题论文的形式，而是根据论著标题写了贺拉斯《诗艺》的意义中的艺术。他的文章首先是倾向于修辞而非哲学，以达到说服的效果而不是逻辑上的严谨。

希利亚德的《线描艺术》（*Art of Limning*，1600）有着两种，甚至三种声音的特例。它是一本中世纪艺术的食谱书，是一本米兰风格主义的专著，将文艺复兴时期的自我吹捧成分放置于美学的汤底。这些在人文主义者看来有些混乱，但希利亚德将它们作为其与无法完全掌握的知识结构保持距离的机制。他没有沿袭锡德尼的风格。专著中，他不断变换其人文主义艺术家、朝臣和手工艺者的身份，发表想法，并从中确立了自己鲜明的风格。

锡德尼的出生环境使其免于所有独立文学机构，即大学、宫廷学院、戏剧公司和伦敦书商的束缚，而事实上，伊丽莎白时期的其他有影响的作家都在这种束缚中确立了他们的文学形象。锡德尼在经济上和社会上都独立于这些机构，然而其宫廷上的独立性平衡了他与这些机构的关系。他在欧洲政治及美学上的失败与成功，玩忽职守与尽心尽力，都源于那挥之不去的朝臣身份。希利亚德则相反，他为君王、贵族、绅士、学者和中产阶级赞助人绘制微型画、大幅肖像画、文本彩绘和扉页版画，为他们设计珠宝和印章。尽管在其专著中，他主要以线描画家的身份写作，也是因为线描艺术而闻名，但事实上他还是一个有着自己专长，同时又有其他艺术特长的习艺者。他的身份或许更接近斯宾塞为自己伪造的那个身份。斯宾塞当时是在剑桥大学接受教育的人文主义者、闻名遐迩的诗人和殖民资本家。又或许希利亚德的身份接近于莎士比亚的身份：一个只有小学文凭，为国王服务的人，拥有一家戏剧合资公司的股份，为公共剧院创作喜剧、悲剧、历史剧，为更有素养的贵族阶级观众创作十四行诗和叙事诗。无论从社会学角度，语言学角度还是美学角度，希利亚德的专著都如阿尔贝蒂的专著一般有规可循。确实，在三者复杂纷繁的样式中，他将自己的艺术描绘成“准确的比例”。

希利亚德是艮特–布鲁日（Ghent-Bruges）学派的伟大彩绘家的艺术继承者，这些彩绘家曾受亨利七世和亨利八世聘用。他使用的画纸或描图纸就像文稿纸，既能在上面书写文字，也能进行彩绘。他常常把起源于文本彩绘的肖像画称之为“线描艺术”。该词源于拉丁语“流明”（lumen），即手绘彩饰之意。他将艺术形式称为“最适合装饰皇家书籍的形式”（Hilliard，1983：16），并认为这种艺术形式必然伴随着金匠的工作。

肖像画家的高贵地位在其自画像中得以充分体现，并渗透到其生活的方方面面。达·芬奇就拿雕刻家的工作状态和画家的工作状态进行对比，雕刻家工作繁重，常常汗流浃背，而画家则“衣着华丽，安逸地坐在画架之前，手执一支画笔轻轻地沾上色彩绚丽的油彩。他可以穿自己喜欢的衣服，屋子里干净整洁并摆满了美丽的画。他常常可以兴致盎然地听着音乐或听别人朗读优秀的作品，而不用担心敲锤声或其他声音的干扰”（Clark，1959：83）。希利亚德则更奢侈，他建议画家穿丝质的衣服，认为适当的谈话、阅读，轻快的笑声或音乐不仅不会打扰到画家作画，反而能够缩短作画时间，使画家和被画的人都心神愉悦。当然要避免面露愠色、提问或手指不安地动来动去，这是一个绅士必须具备的常识和使用的权威，所以说线描艺术是最适合绅士的艺术。（Hilliard，1983：22）他们不计较到手钱数的多少，宽宏大量是贵族品质的重要特点，确实，就像锡德尼死后留下巨额债务一样。

希利亚德将他的模仿理论和艺术权威建立在伊丽莎白时期的经济等级、宫廷社会等级、信仰选择的精神等级制度上。他就像斯宾塞和莎士比亚，将艺术上的造诣作为获取高贵地位的敲门砖。然而在内心深处，他却酷似锡德尼，就像锡德尼要以贵族的身份考虑其他人不用考虑的事情。希利亚德与生俱来的天赋和灵感使他常常超越束缚别人的规则，他从事艺术的本质总是把他变回挥霍之人。他抛弃构图比例的规则后，以协调、对称、真实代替以欧几里德式和西塞罗式获得感知力的方法，他推崇建立在传统和天性上的方法，并从视觉的角度重新定义了画家和人物之间的关系。阿尔贝蒂认为，视觉是单向的，当画家或看画的人在他的视网膜中看到事物时，能将自身和情绪反射到图像上。而作为肖像画家的希利亚德认为，视觉是画家和被画的人之间的双向交流。情绪反映在面容上，这是美的重要组成部分，只有聪慧的画家才能捕捉得到。他总结道：肖像画家需要有一颗聪慧的心，如果他内心感情充沛就能创作出好的画作（Hilliard，1983：23）。

四、锡德尼与希利亚德的艺术成就及其意义

作为欧洲人文主义的传播者、新诗歌主观性的支持者，锡德尼从诗歌世界中得到了力量。他常常被看成是第一个早期英国现代主义者，是诗歌启蒙的奠基人，其成就足以和雪莱相提并论。希利亚德是文本彩饰艺术的继承人，在某种意义上是丢勒的学徒，同时被人称为英国艺术的新中世纪主义者。他是文艺复兴感伤主义真正意义上的代表艾萨克·奥利弗（Isaac Oliver，1568—1617）到来之前人们津津乐道的人物，是凡·戴克和鲁本斯席卷而来前的伟大插曲。在希利亚德和锡德尼自己的历史观中，他们两者并非对立而是相似，他们把自己看成是艺术的破冰者，各自抓住了话语权，把自己的艺术置于人文科学的系统之中，并很好地享受了这种地位带来的乐趣。他们终于打破了各自的艺术形式，跳出局限的框架，对自己的艺术形式有了更好的了解。他们各自建立了适应文艺复兴时期社会和经济的新的艺术家地位，在自己的艺术领域创造了新的历史，并成为英国和欧洲艺术的联系人，真可谓前无古人。他们填补空白的过去，同时又给未来添上了光辉的色彩。

锡德尼认为诗歌和写作源于同一时代，先于历史。诗歌最初作为传播理论，扮演自然科学组织和民间社团的媒介，因此诗歌的历史从某种角度上来说与所有学科和艺术的历史相同。他认为“真正的诗人”是模仿的诗人，因此真正的诗歌历史是以人文主义者模仿的方法发展的，在这个历史发展中，每个诗人都先尝试模仿伟大的首创者，再试图向他们挑战并超过他们。诗歌成就的这种线性的发展是相当复杂的，并建立在国家历史的发展之上。首先是希腊和希伯来人创造了诗歌，接着罗马人在对希腊人的模仿中创造了他们的诗歌，意大利人又在罗马人的基础上创造了他们的诗歌，就这样诗歌传到

了欧洲西部和北部。因此诗歌的历史从它本身的发展来说也是各个国家的文学发展史，在发展的过程中，每个时期都产生了许多伟大的诗人，并分享了诗歌的共同形式。

在英国这种形式受到了威胁，因为英国诗歌历史的每个发展阶段，诗人都试图打破诗歌原有的规律。乔叟毫无疑问是首创诗人，但他的创作形式并没有很好地流传下来。舞台是充满历史性和悲剧性的，他们都被亚里士多德"所谓的感知和理性"蒙蔽了双眼（Hulse，1990：138）。斯宾塞创作了巨著《牧羊人日历》（*Shepheardes Calender*，1579），却没能成功模仿古希腊诗人、牧歌创始者忒奥克里托斯（Theocritus，c.310BC—250BC）的风格，或古罗马诗人维吉尔（Vergil，原名普布留斯·维吉留斯·马罗，Publius Vergilius Maro，70BC—19BC）的风格以及意大利诗人雅科布·圣纳扎罗（Jacopo Sannazaro，c.1457—1530）的风格，其诗歌并不被欧洲文学体系接受，因此就停止了创作。锡德尼通过对历史的完全忽略，从而解决了英国诗歌历史和欧洲通用形式之间的问题。锡德尼被认为有两点突破：首先，他生于英国，并在这块贫瘠多石的土地破土而出；其次，他以"诗人的身份"进入了欧洲诗歌的体系。

希利亚德和锡德尼都认为英国所处的位置应该是和欧洲体系相对的，因此需要创造异乎寻常的理论和艺术历史。至此，英国被认为是一个故步自封的国家。然而，英国和欧洲一样具有相同的艺术特质，有足够的能力来挑战整个欧洲大陆的成就。他们都明确表达这些自然能力来自于英国的社会秩序，并强调英国有漂亮的女士和阳刚的男士。他们认为情色的艺术形式可以是自发的，是自身情感的体现。英国艺术的发展前景，就在那些像他们一样的艺术品爱好者和聪明人身上。考虑到他们独特的艺术地位，英国艺术的命运好像就落在了像他们这样具有创造力的人身上。因为艺术上的鲜明特点，他们在英国受到限制和约束，但正是这种艺术上的鲜明性，他们受到了欧洲大陆艺术体系的尊敬，尽管他们是英国人。

出乎意料的是，作为破冰人物，他们展示了早期现代主义的风格特征。随着艺术的发展，从《诗辩》中和希利亚德专题论文中分离出来的理论知识体系，成为独具风格的知识结构，这种结构逐渐有别于当代德国哲学家尤尔根·哈贝马斯（Jürgen Habermas，1929—）所称的"社会生活"（Lawrence，1987：1-22）——日常生活中不被自我意识所控制的领域。这种社会生活和艺术体系的分离强调了希利亚德和锡德尼艺术及欧洲艺术之间形式和内容的区别。

艺术体系从社会生活中分离首先在许多展示理论和模仿理论中得以明证。这宣告了艺术品和外在世界的区别，定义了艺术的特点，同时也宣告了试图探求和弥补这两者之间的裂缝的意图。当压力的迹象出现在这种模仿关系中时，艺术性格的投射和诗歌性格的投射对其进行协调，这两者之间出现了一种断层线。当艺术主体中重现欲望冲突时，新的社会秩序，甚至是新的世界对其进行协调，从而保留艺术风格。因此文艺复兴时期诗歌艺术和绘画艺术的表现正是一种创造英国新形式主观主义、社会等级的新概念，甚至是新历史的行为。时至浪漫主义时期，文学与绘画的这种关系就相当明显了。

第四编　浪漫主义背景下绘画与现实主义文学

如果说 16 世纪绘画与文学的关系在锡德尼和希利亚德的对话中得以管窥，那么，英国批评家巴特勒指出：没有哪个时代（浪漫主义）曾涌现这么多确实举足轻重而又各具特性的诗人、小说家、批评家，每个人都发出独到的声音（玛里琳·巴特勒，1998：3）。这个论断可以说明 18 世纪及之后视觉艺术与文学创作的关系。在英国浪漫主义艺术中，绘画和文学的关系颇为紧密。之前绘画与文学领域产生过与该时期同样伟大，甚至更伟大的艺术家，如荷马（Homer，c.9BC—8BC）、莎士比亚、达·芬奇、米开朗基罗、约翰·弥尔顿（John Milton，1608—1674），但是没有哪个时代曾涌现这么多确实举足轻重而各具特色的诗人、小说家、画家、散文家以及批评家，他们不是某些更了不起的人的追随者，也不隶属哪个派别，每个人都发出独到的声音。我们应该透过艺术看文学，通过文学看艺术。从中不难发现，无论是印象派画家，还是浪漫主义作家，虽然他们以不同形式表现作品，但其本质是一致的。简·奥斯汀（Jane Austen，1775—1817）、布莱克、威廉·华兹华斯（William Wordsworth，1770—1850）、乔治·戈登·拜伦（George Gordon Byron，1788—1824）所探索的技巧与主题是对约翰·康斯特布尔（John Constable，1776—1837）、托马斯·科尔（Thomas Cole，1801—1848）、约翰·马丁（John Martin，1789—1854）、特纳这些画家模仿能力的挑战。例如，约翰·济慈（John Keats，1795—1821）的朋友、画家约瑟夫·塞文（Joseph Severn，1793—1879）把济慈画成注定应存于另一个世界的柔弱少年。又如，雪莱的溺水提供了一系列触目的视觉形象：在狂风巨浪的摧折下，脆弱的小船上那轻柔的形象；在荒凉的意大利海滩上的火葬柴堆旁，站着拜伦。同时，画家们也不断挑战古典主义叙事手段和诗歌概念，并为作家在色、线、面及呈现转移方面提供了参考案例。我们认为浪漫主义是采石场，游离于过去与现在，强调树立自我意识，风景画的道德性、中世纪的神秘性、自由意志的永恒性成为这一时期的主旋律。

一、商业与艺术的结合

18 世纪英国浪漫主义时期，艺术事业于 1786 年 11 月，由伦敦的版画印制商、经纪人乔赛亚·波伊代尔（Josiah Boydell，1752—1817）在一次晚宴上揭开序幕。他是当时的市政官、后来的市长约翰·波伊代尔（John Boydell，1719—1804）的侄子，他通过镌刻并印制本杰明·韦斯特（Benjamin West，1738—1820）的《沃尔夫将军之死》（*The Death of General Wolfe*，1770）发了一笔小财。他意在建造一座画廊，展出由当时最优秀的艺术家创作的取材于莎士比亚戏剧的绘画，将邀请公众预订根据这些作品制作的系列雕版复制品，并购买一本精美考究的插图版莎士比亚剧本。

波伊代尔叔侄一心要用一种已变得重要的国际商品来获取利润。以往，英国只是进口这类商品。从 18 世纪中期以来，莎士比亚就驰誉欧洲，他的声望为英国绘画标版复印与法国产品并驾齐驱提供了一个极好的机会。对于波伊代尔叔侄准备委托作画的画家而言，这种设想也是宏伟且有益的。要以最崇高、最有威望的当代风格创立历史绘画的民族画派，莎士比亚戏剧正是合适的素材。这项事业使得艺术与商业联姻，莎士比亚画廊是它的第一部分。该画廊于 1789 年开门揖客，很是成功。当时最杰出的艺术家、皇家美术院首任院长约书亚为画展取得各种成效而感动，他认为，这证明他同时代人的才艺具有真正莎士比亚式的多样性。参展的除了约书亚本人，还有两位最重要的历史题材画家韦斯特和詹姆斯·巴里（James Barry，1741—1806），以及绝大多数著名艺术家，包括托马斯·斯托瑟德（Thomas Stothard，1755—1834）、约瑟夫·莱特（Joseph Wright，1734—1797）和安吉莉卡·考夫曼

（Angelica Kauffmann，1741—1807）。有些画家就此名声大振，比较突出的是亨利·富赛利（Henry Fuseli，1741—1825），他使他所热爱的莎士比亚独具狂飙运动的炽热和米开朗基罗式的力量。以国际风格见长的画家和坚持本土朴实传统的艺术家同时登台献艺。弗朗西斯·维特利（Francis Wheatley，1747—1801）为《冬天的故事》（*The Winter's Tale*，1610）和《错误的喜剧》（*The Comedy of Errors*，1626）中的场景作画。他以作品《古老伦敦的哭泣》（*Cry's of London*，1792—1795）而闻名于世，两个世纪以来，这张画为很多餐桌上的垫板和巧克力盒增色。罗伯特·斯默克（Robert Smirke，1752—1845）出身十分寒微，他参展的 26 幅画大多描写喜剧人物。在英国政论家莫里斯·摩根（Maurice Morgann，1726—1802）撰写的《论约翰·福斯塔夫爵士的戏剧性格》（*Dramatic Character of Sir John Falstaff*，1777）的文章驰名一时的年代，斯默克为福斯塔夫塑造了一个永久的视觉形象。波伊代尔被人夸张地称为商业界的盖尤斯·克莱尼乌斯·米西纳斯（Gaius Clinius Maecenas，70BC—8BC，古罗马政治家，贺拉斯和维吉尔的文学赞助人，后引申为文学“艺术”赞助人）。米西纳斯是罗马贵族、著名的文学赞助人，与贺拉斯、维吉尔等诗人交谊深厚。事实上，那些 18 世纪 90 年代初期涌入莎士比亚画廊的人们，那些从 1791 年开始通过订购而得到各种尺寸的雕版复制画的人们，其实是新时代最大的艺术恩主。

在这个注重人性的时代，资助艺术的问题在约翰·威尔克斯（John Wilkes，1725—1797）生活的英国和艺术沙龙创始人狄德罗生活的法国出现了。具体表现如下：其一，1777 年威尔克斯在下议院呼吁，向大英博物馆调拨更多资金，为公众提供更好的服务设施，并建立一个全国性的绘画展览馆；其二，狄德罗的理论是艺术应该促进公共道德，艺术家不应该依附于由一个小集团式的学术院把持的等级制度，他的学说后来在法国国民大会上由著名的激进艺术家、新古典主义者雅克·路易·大卫（Jacques-Louis David，1748—1825）提出；其三，波伊代尔的经历就是 18 世纪 80 年代末那种开拓艺术市场的自信以及商业意识的明证。如其事业所示，雕版复制画和书籍的交易被认为是最容易开发的市场，它们是富裕的家庭里的装饰品，对准的目标是被称之为喝下午茶的那类人。因此，无论是商业市场、艺术理论发展，还是公众艺术设施的建立，都说明了当时的英国正处在承前启后、继往开来的浪漫主义艺术时代。

二、浪漫主义传统中视觉艺术唤起

“英国直到18世纪中叶，‘浪漫主义’这个词才具有了某种形容野蛮、陌生或诗情画意的意义，并且，它应用到绘画和自然风景中的时候比应用到诗歌中还多。”（哈罗德·布鲁姆，2000：159）这就意味着：我们对于英国浪漫主义的印象和认识不仅来源于文字的文本，同时来自于视觉艺术的文本，勃朗特姐妹的研究可以作有力说明。很少有人知道勃朗特姐妹还是绘画能手，对美术有着强烈爱好和高度鉴赏力。1995年，新南威尔士大学的英国文学副教授克里斯汀·亚历山大（Claude Alexander，1880—1954）和勃朗特牧师故居博物馆馆长简·莎拉（Jane Sellars，1968—2019，她在勃朗特故居博物馆工作了7年）合著了《勃朗特艺术》（*The Art of the Bronte*，1995），该书探讨了勃朗特姐妹从小所受的美术熏陶，以及对其以后文学创作的影响，并对现已收藏的勃朗特姐妹的每一幅美术习作加以详尽的考证，如绘画的时间、地点与背景，所有的绘画材料，画中的人物是谁以及与勃朗特家的关系等。从这些考证中，作者获得许多有关勃朗特姐妹的意外新发现，如夏洛蒂·勃朗特（Charlotte Brontë，1816—1855）的习作最多，她擅长水彩画，并曾有两幅作品参加过正式美术展览；夏洛蒂与安妮·勃朗特（Ann Brontë，1820—1849）都喜欢临摹，喜欢描绘典雅温淑的少女与清新纤秀的植物花卉，她们的风格属于传统美术风格。通过对勃朗特美术作品的展示、分析与认识，人们不仅可以欣赏领略勃朗特姐妹的绘画才能，进而可以理解三姐妹文学作品中时常出现的鲜明、强烈、富有感染力的如诗如画之意境。三姐妹视觉艺术修养的形成主要源于三个方面的影响：故乡荒原风光长期的潜移默化，维多利亚时期绘画艺术的熏陶，以及三姐妹各自不同风格的绘画实践。亚历山大与莎拉于1995年在英国伦敦、北威尔士，1996年在美国纽约召开了新闻发布会，并同时举办勃朗特艺术展。该举措得到美国勃朗特协会的支持，就在纽约举办艺术展期间，美国影院放映1996年新版电影《简·爱》与其相呼应。这是文字与视觉艺术、新媒体的一次互动，也是经典阅读研究的新方向。基于上述社会情境，当时英国文学中的浪漫主义视觉艺术召唤亦在情理之中。

18世纪后半期到19世纪前半期，是英国水彩画的繁荣时期。几乎所有杰出的水彩画家都出生在这一时期，如被誉为“英国水彩画之父”的保罗·桑德比（Paul Sandby，1725—1809）、康斯特布尔、特纳、安东尼·旺代克·科普利·菲尔丁（Anthony Vandyke Copley Fielding，1787—1855）等。另外还有神秘主义诗人兼插画家布莱克和讽刺画家托马斯·罗兰森（Thomas Rowlandson，1756—1827）等人，一时群星灿烂，景象万千。这一时期，不仅是英国水彩画的黄金时期，同时也是英国美术的黄金时期。1768 年成立的皇家美术院是带有全国性和代表性的艺术家组织，因此它的展览会场也就成为全国艺术家竞技的场所。1808 年同时出现了两个水彩画团体：一个是水彩画家联合协会（人称新协会），另一个是速写协会。这两个团体到维多利亚时期都被官方接受，改称皇家水彩画协会和皇家水彩画学会，是英国两个最大的水彩画组织，水彩画到此才得以和油画平起平坐。英国水彩画到维多利亚时期停滞不前了，不是因为这一时期没有天才出现，其真正的原因是维多利亚时期的英国资本主义为文化发展带来了障碍。它在英国资产阶级学者看来是繁荣的时代，实际上是停滞，甚至是衰颓的时代。包括水彩画在内，整个美术界是这样的状态。艺术家开始寻找新的艺术表现形式，维多利亚小说成为表现这个时代的文化生活的主要手段，小说中蕴含视觉艺术特色亦在情理之中。

三、小说创作中的荷兰画派

19 世纪的英国小说中，荷兰画随处可见，这反映出了类比的运用在当时已经相当自由。如李敦、赫顿、阿奇柏德艾莉森（Archibald Alison，1757—1839）、约书亚等在评论小说中荷兰画式的细节时，已经在使用类比的批评范式。艾莉森认为：静物描述关于——风景、风格、建筑物和衣服的绘画——是主体，就像浪漫史一样。这些主体（风景、风格、建筑物和衣服）不是静物画的灵魂，虽然前者在叙述中有其位置，“熟练的艺术家”会将“它们看成其艺术的内在部分”，适当地服从宏大情感以推动情节发展。艾莉森阐明了这样描述等同于荷兰和佛兰芒绘画的口头意义，这也说明了风俗画本身的基本特征已危若累卵。把叙述小说与 17 世纪荷兰人的视觉艺术相联结，诸多 19 世纪的评论家都非常不安地替换之前一直认可的“形式现实主义”小说(伊恩·P.瓦特，1992：2）。按文史学家所论，他们反对在书页边缘画图，因为这样做像希腊悲剧中的仆人和中世纪手稿中所描写的拘谨乡巴佬（Becker，

1963：4），尽管如此，小说似乎在现实主义所组成的整个艺术作品的世界中应属第一位。许多 17 世纪的荷兰画家所创作的人物形象都非常清晰明朗，这为之后的艺术创作开创了一个重要先例。然而，这些荷兰画家对类比的概念却相当模糊。19 世纪的作家们注意到了这点。那些被具体刻画了的题材，那些对朴素真实而非夸大虚构出的人与事的描写，那些对日常习俗礼仪的仔细观察，特别是对中产阶级家庭的观察，所有这些现实主义小说中常见的特征都与所谓的荷兰画派黄金时期的作品有着真实的相似之处。从 1580—1680 年这 100 年间，艺术家们创作出了许多人物形象，它们中的许多在之后几个世纪的欧洲广为流传。

那期间创作出的作品大都意义重大。据估计，超过五百万件的作品都是在 17 世纪的荷兰创作出来的（Bok，1999：244），其中有一部分不但被完好无损地保存，还被临摹复制。18 世纪，在法国收藏的荷兰和佛兰芒画派的画作首先在贵族收藏家或经常出入巴黎展会的普通平民中成为一种时尚；18 世纪末 19 世纪初的英国,许多法国人收藏的作品卷入了法国大革命与拿破仑战后的余殃。这两个时期，对于荷兰艺术的欣赏都因那些极具影响力的版画作品而被大为推广，就更不用说那些个人临摹作品了（Haskell，1976：205-213）。其中包括《艺术家画廊》（*Galerie des Peintres*，1812）、《荷兰和德国》（*Hollandais et Allemands*，1792—1796）、《最杰出的 17 世纪荷兰画家作品目录》（*A Catalogue Raisonné of the Works of the Most Eminent Dutch Painters of the Seventeenth Century*，1902）、《佛兰芒画与法国画》（*Flemish and French Painters*，1829—1842）。那些惟妙惟肖的人物形象可以促进人们与同时期数量激增的小说进行对比,这也意味着 19 世纪的作家们可以期待读者对当时的艺术评论有所了解。在文学中的“现实主义”存在之前，荷兰画作就已经作为一种现象和批判范式而存在了（Yeazell，2008：8）。

19 世纪中期是英国现实主义小说盛行的时期。尽管荷兰画派的黄金时期出现于 17 世纪，但我们仍能在 19 世纪英国小说中找到荷兰画派的缩影。当时出现了许多荷兰画派式作家，诸如奥斯汀、哈里特·马蒂诺（Harriet Martineau，1802—1876）、盖斯凯尔、玛格莉特·奥里芬特（Margaret Oliphant，c.1789—1854）、艾略特、狄更斯和安东尼·特罗洛普（Anthony Trollope，1815—1882）等。这类作家擅长选取生活中的日常情景进行描绘，看似平凡普通的风俗生活场景，无不折射出当时时代背景下的观念、阶级、宗教等。

正如黑格尔在《美学》第2卷中的描述："对于葡萄，花，鹿，沙丘，海，太阳，天空，日常生活中的器具上的雕饰，马，战士，农民，抽烟，拔牙乃至各种各样的家庭场面，我们原先就已看得很够了，这类对象在自然界到处都是。"（黑格尔，2009：369-370）对这些静物的描述，构成了小说的日常生活叙述。17世纪的荷兰画家所创作的风俗场景与人物，为19世纪英国小说家的创作提供了模板与范例。平淡真实的劳作场景，乡绅与农民的娱乐，对妇女仪态的刻画，尤其是对中产阶级的观察，无不造就了19世纪英国小说与荷兰绘画的相似之处。

荷兰绘画多以家庭为重心，这与19世纪英国小说中所体现的男权社会相呼应。如弗美尔的《倒牛奶的女佣人》（*The Milkmaid*，1658—1660）、《持水壶的女人》（*Young Woman with a Water Pitcher*，1662）、《持天平的女子》（*Woman Holding a Balance* ，1664）折射出女性宁静、家庭温馨平和的日常生活状态，同时渗透出维多利亚时期现实主义中男权社会的特点，这些画面在19世纪英国小说中都得以再现。就伦理道德、追名逐利而言，荷兰绘画与19世纪英国小说亦映射了现实主义思想的同源性。"荷兰画家的艺术表现的内容是从他们本身，从他们的当前现实生活中选择来的。"（黑格尔，2009：216）现实生活少不了金钱，少不了阶层。阿迪恩·凡·奥斯塔德（Andrian van Ostade，1610—1685）的《酒店狂欢》（*Peasants Making Merry in a Tavern*，1648）、《流浪艺人》（*Wandering Musician*，1648）、《酒店内景》（*Tavern Interior*，1680）画的大多是下层人民的生活，表面看似欢愉，如果欣赏者自己加以思考和加工，也许会看到图片中渗透出的那么一丝丝阶级不公的意味。当然，这里面不乏心胸开朗、乐观向上的底层人民。正如黑格尔所说："举早期荷兰画派为例，这派绘画在它的坦率与真实里以及在它所表现的坚定的信心里，都不由自主地表现出一种心境的和谐，但是这种坚实却还没有达到艺术理想所特有的明朗和愉悦。"（黑格尔，2009：203）在19世纪英国小说中，农民的劳作场景与乡绅贵族的娱乐场景的对比，在大部分小说中俯拾即是。如《名利场》（*Vanity Fair*，1847—1848）、《呼啸山庄》（*Wuthering Heights*，1847）、《华伦夫人的职业》（*Mrs. Warren's Profession*，1894）等。

19世纪的英国小说与荷兰画派的联系远比想象的紧密，《爱玛》（*Emma*，1816）中描写了生活与自然的各个细节方面，没有过分夸大的语气、恢宏的气势、繁冗的描写，却让读者真真切切感受到了普通人日常生活的一举一动。

而这正符合荷兰画派的特点，对细节的细微刻画，对日常生活琐事的描绘，绘画题材也是选取日常生活劳作娱乐的场景，把生活中自然本真的一面展现给欣赏的人。再如《亚当·比德》中含有许多类似于荷兰风俗画手法的描写，艾略特模仿司各特定义的风俗画，借荷兰风俗画的手法，描绘了 17 世纪农民生活的卑微以及资本家的落魄。“正如思考和领会的心灵用观念和思想来再现（反映）世界，现阶段艺术的主要任务也在于用颜色和光影这些感性因素来对客观世界的外在方面作主观的再现——不管对象本身如何。”（黑格尔，2009：371）有些法国作家把司各特与其小说《韦弗利》（*Waverley*，1814）中的尼德兰绘画传统联系在一起。按照丹纳在《英国文学史》（*Histoire de La Litterature Anglaise*，1863）中的说法，司各特就像一个刚刚完成重大仪式画作的作家找到了乐趣，这些乐趣就好比资产阶级屋檐下的垃圾和一个由芜菁、甜菜构建的农场。“正如那些即将兴起的语言资本主义一样，佛兰芒人把室内布景和风俗画创作得如此狭隘。”（Yeazell，2008：5）对丹纳而言，司各特的真正贡献不在于其在想象中重塑历史，而在于他对“近代现实社会”的描绘，这些描绘对往后整个文学界都有极其深远的影响——虽然并非都是积极影响。又如在《亚当·比德》中，作者描写了树叶、阳光、老夫人的头巾、纺车、石壶这些再平凡不过的事物，和 17 世纪荷兰画对光与影的应用相类比，无疑呈现出一幅典型的荷兰风俗画，用这些平凡的事物刻画了老夫人孤独的心境。奥斯汀、勃朗特姐妹、盖斯凯尔、艾略特、萨克雷、狄更斯等后来者，都如司各特那样，对整个社会各阶层生活的描绘不加任何雕琢，这些生活场景通常就出现在普通人身边，尤其是中产阶级身边；同样的原因，他们写的社会风俗小说也取得了很大成功。他们是过于细致的抄写员、过于固执的道德家，他们的想象过于刻板，评论也过于直白。他们没有很好的悟性，对于历史也没有无偏见的同情。然而正是这种刻板使得他们开辟出了一种新型小说的道路。这种小说已快速发展出了庞大的分支。然而人们却只能把其中最原始的作品与荷兰画派辉煌时代的作品作比较（Yeazell，2008：4）。

17 世纪荷兰画派画家对整个社会各阶层生活的描绘不加任何修饰与润泽，女性在家中写信、农民劳作、家庭晚餐甚至妓院奢华的场景，都只是细节上纯粹的记录。“荷兰画就能把现前的自然界飘忽的现象表现成为千千万万的境界，好象是由人再造出来似的”（黑格尔，2009：208）。这样的绘画是真实的、中肯的。英国现实主义小说尽管不是绘画，但将其与荷兰绘画进行类比互融，能够唤起读者的视觉再现，使得文字更为具体化，并具有叙述的功能。就此，19 世纪现实主义思想反映出荷兰画派与 19 世纪英国小说的同源性。现实主义文学思潮是西欧资本主义制度确立和发展时期的产物。1832 年英国实行了议会改革，英国资产阶级的统治地位得到了进一步巩固，这与 17 世纪荷兰画派有着类似的资本主义源头。随着荷兰画派在 18 世纪后期到 19 世纪初期涌入英国，英国的小说家们不免受到当时荷兰画派的影响，有意无意地将其风格应用到自己的小说中去。英国小说家沿袭荷兰画派对细节描写的注重以及对家庭题材的偏爱，形成了自己独特的风格。当时的荷兰画派"开始侧重现实生活，真正反映了资本主义时代新兴市民的精神，可以说是在绘画中开创了现实主义风气"（黑格尔，2009：327）。

可以说，"荷兰画派的黄金时期"预示着小说新纪元的到来。当时"新型"小说数量的激增正是视觉传统类比产生大量题材的原因。正如哥伦比亚大学教授、艺术史家西蒙·沙玛（Simon Schama，1945—）所评论的，如果荷兰绘画是欧洲"艺术市场的第一批大众消费者"，那么 19 世纪英国小说一定是第二批消费者。这两类消费者数目的不断增多向传统鉴赏规则和等级制度价值观发出了挑战（Schama，1997：318）。丹纳虽然写的只是英国文学的评论，但他非常清楚荷兰绘画不仅局限于英国，并指出，正是英国人提高了绘画的水准与德行（Yeazell，2008：4）。可以说丹纳是发现英国小说处处与荷兰绘画相关联的艺术评论家之一，他对荷兰画派黄金时期的画家杰瑞特·窦（Gerrit Dou，1613—1675）、勃朗特姐妹的评论在之后的几十年间从来就没有间断过。

四、艺术协会成立后的英国视觉艺术与小说创作

19 世纪中期的英国艺术在经历了浪漫主义思潮的洗礼之后，随着社会问题的日益突出，开始逐渐步入以现实主义与自然主义为主导的文化运动当中。维多利亚时期艺术徘徊于现实主义与浪漫主义两种思想之间，表现出彷徨与困惑。它们在内容上、风格上的中世纪回归和神话追溯，尽管带有唯美主义的表征，但丝毫掩饰不住当时艺术家对传统和现实表现出来的焦躁不安与深层思考。这个时期仿佛是江河与大海汇合形成的时期，一方面产生明显的社会批判意识，而另一方面也保留着浪漫主义的余温。浪漫主义继承卢梭"回

到自然”的口号大抵出于“对城市文化与工业文化的厌恶”（朱光潜，2013：728），而维多利亚时期的艺术家则包裹着其艺术革新思想与社会批判意识的外罩。只消看一眼福斯特小说《看得见风景的房间》中的塞西尔，就能发现欧洲中世纪人体艺术品的典型特征，用丹纳略带戏谑的话说：“身体瘦小，狭窄，僵硬……有时只剩一副骨骼；凹下去的眼睛，鱼白色的大角膜，薄嘴唇，瘦长脸，窄额角，软弱而不会动弹的手，给人的印象是一个痴呆混沌，整天苦修的痨病鬼。”（丹纳，2000：404-405）

显然，绘画艺术的形象化语言与诗歌艺术抽象化意象在小说中的广泛使用不谋而合。我们若以作为画家的诗人但丁的诗歌为例，就会发现其字里行间中流露出的用语言完成绘画的痕迹。陈嘉先生在其《英国文学史》当中论及但丁诗人兼画家的双重身份时说，“他的绘画具有叙述的特征，而其诗歌则具有画面的质感”。但丁的诗充满了颇为感性的琐碎和可以触摸的无形（陈嘉，1986：314）。

19 世纪中期的艺术能很好地将“文化守成”和“向现实挑战”结合起来。其文学在类别、主题和风格上与同时期的绘画基本是对应的，而且两者的艺术理念和批判意识存在很大的一致性。艺术家们善于从中世纪的文化积淀中寻找灵感，这可以看作是这个时期大语境下的特立独行。在这方面，这些艺术家显然受到浪漫主义诗人济慈等人的影响，将神话元素和超自然风格注入自己的创作中。但是艺术家们并不是简单地效仿，而是在这些表象之下蕴含深层次的现实思考。在看似陈旧的故纸堆中，像罗斯金、劳伦斯、福斯特等艺术家，他们独辟蹊径，用古典素材和风格展现唯美艺术的外在品性，并借此规避同时代主流诗歌传统，树立前拉斐尔派诗歌的独特风尚。可以说，他们的艺术思想成了展现前拉斐尔派艺术哲学创新的另一个有效舞台。

罗斯金的“唯美主义”或者“为艺术而艺术”的思想与浪漫派中的“艺术自主”思想一脉相承。到 19 世纪下半叶，艺术批评的基本体制（出版机制、从业人员、文体样式等）大致已经形成。在法国出现了以司汤达（原名马里-亨利·贝尔，Marie-Henri Beyle，1783—1842）、左拉、居斯塔夫·福楼拜（Gustave Flaubert，1821—1880）、泰奥菲尔·戈蒂耶（Théophile Gautier，1811—1872）等人，以及最后，也是最重要的批评家波德莱尔为代表的艺术批评传统；在英国，则形成了以罗斯金、莫里斯、佩特等为中坚的艺术批评家群体，从而把浪漫主义艺术推向高峰。

继雷蒙·威廉斯（Raymond Williams，1921—1988）之后，当代文论界最杰出的马克思主义文学理论家和文化批评家特里·伊格尔顿（Terry Eagleton，1943—）考察了从艾略特到劳伦斯的一系列作家的小说，以便揭示意识形态与文学形式的关系，并提出了这样的论点：19 世纪中产阶级意识形态将暮气沉沉的功利主义与一系列主要从浪漫主义的人文主义传统演化而来的社会有机主义概念混合在一起。随着 19 世纪中后期资本主义变得越来越“组合化”，它就越来越需要浪漫主义传统中富有同情心的社会和审美有机主义来支撑。伊格尔顿认为劳伦斯受浪漫主义人文主义的影响，相信小说不会教条地反映完美有序的生活，社会也会呈现出理想的、有机的、有序的状态，与现代英国异化的资本主义社会处在完全的对立中。第一次世界大战摧毁了自由人文主义，由此发展出“女性”与“男性”二元对立原则，在劳伦斯创作的不同阶段获得了发展和重组，最后在小说《查泰莱夫人的情人》中通过梅勒斯的形象，人性自由问题得以解决。研究小说中的视觉艺术特色无疑是浪漫主义精神永恒性的佐证。

向维多利亚传统道德观发起攻击的文学家兼画家哈代大胆地揭露、批判社会丑恶现象。苔丝是哈代女性画廊中最优秀的形象，她是美的象征和爱的化身，拥有威塞克斯人的美德。苔丝的独立和坚忍使其区别于以前的女性楷模，她是维多利亚时期新女性的象征。哈代善于借助绘画艺术手段捕捉外部事物独特的本质，用人类心情的某一方面同它关联起来，与单纯的文字描写相比独具匠心。他常年生活在乡村，描写自己熟悉的乡村生活是他的题材风格，跟随哈代的“画笔”，我们能感受到《绿荫下》那幅“荷兰画派的乡村画”。《德伯家的苔丝》中，哈代引用了绘画中的光、色彩和气氛，描写布蕾谷秀丽精致的乡间景象。哈代受西方艺术外向型美学致思的引导，强调文学的真实性。其艺术旨在加深对事物的印象，以便其本质和内在含义得以显现。哈代善于用绘画术语来增加文字表达的形象性和可视性。他本人的艺术目的是“比真实更可信”，而凡·高的原则是“比文字的真实更真实”，两者真可谓有异曲同工之妙。哈代在文字的绘画系统中更加表现出暖色调向冷色调的过渡，画面色调的变幻也被寄予了不同的表现意义。

英国牛津大学默顿学院教授菲利普·沃勒（Philip Waller，1946—）用了 25 年的时间撰写了一部长达 1200 多页的维多利亚文学专著——《作者、读者和文名：英国的文学生活》（*Writers, Readers, and Reputations: Literary*

Life in Britain，1870—1918），该作由牛津大学出版社 2006 年 6 月出版。在沃勒看来，维多利亚时期之所以成为英国历史上的文化高峰期，1870 年通过的《初等教育法》是很重要的因素之一。该法案通过后的半个世纪，形成了大众阅读的高峰期。阅读的普及使得此前已经成名的华兹华斯、司各特等浪漫主义作家再次成为大众读者追捧的对象。这时的大众读者群的形成才催生了维多利亚时期“畅销书”这个新的文化现象。浪漫主义艺术再次深入社会各个阶层的内心，并使得“消费性”的艺术逐渐流行起来。第一批文学艺术经纪人出现了，出版商和作家开始采用广告促销的办法，作家一旦成名，便更加有利于推销他们的作品。找到市场的作品可以使个人财富膨胀，而被人追捧的作家则可以要求得到更大的回报，哈代就是其中一例。1884 年，英国作家协会成立，这在 1786 年伦敦的版画印制商、经纪人乔赛亚·波伊代尔掀起艺术事业后几乎过了百年。浪漫主义思潮对维多利亚艺术的影响不言而喻。

2002 年 9 月 6 日至 2003 年 1 月 5 日，在纽约布鲁克林美术馆举行了一个旷世展览，题为“暴露的：维多利亚时期裸体艺术展”（“Exposed：The Victorian Nude”）。此展是由伦敦泰特不列颠美术馆主办，是一个具有欣赏研究价值的高质量的巡回展。它于 2001 年 11 月在泰特不列颠美术馆首展，然后移至德国慕尼黑的艺术画廊（Haus der Kunst），纽约布鲁克林美术馆为第 3 站，这也是在北美洲唯一的一次展出，最后巡回至日本的神户立美术馆，巡展于 2003 年 8 月结束。“维多利亚时期裸体艺术展”共陈列 150 件展品，包括了绘画、雕塑、素描、摄影和活动影片等，追索和探讨了英国维多利亚时期的裸体艺术，为大众展示了充满神秘感的、尚未广为人知的一段优美动人的裸体艺术史。这次画展提供给读者一个全新的挑战——去了解维多利亚时期的文化与艺术。无论从历史或是绘画的角度来看，画展的确让观众耳目一新。英国艺术家直至 1830 年才将裸体作为主要的创作题材，但其发展迅速，主题和技法多样化，在民间流传，由商贾收购，还被高等美术学府接纳，甚至受到维多利亚女王欣赏。由此可见，美学的进步正是一种普遍的传统道德观的蜕变的表征。至于那些有关道德、福祉、健康、种族、女权、宗教和检查制度的争议，会因各个时代的开放程度及接纳的态度而有所差异。

我们在本书中探讨了艾略特、哈代、福斯特三位作家的视觉艺术特色，以说明浪漫主义艺术思想在维多利亚小说创作中仍然是主旋律。值得注意的是，劳伦斯曾在自己的《托马斯·哈代研究》（*A Study of Thomas Hardy*，

1914）一书中，通过对哈代创作艺术以及哈代小说的人物的分析，系统地提出了他关于两性关系的理论。劳伦斯与福斯特亦曾是金兰之交。

第五编　现代主义视野下绘画与文学的关系

现代主义时期视觉艺术和现代文学的关系不仅表现在绘画的视觉性给文学作品，尤其是给小说带来的巨大影响上，更体现在文学和绘画的关系上，如凤凰涅槃般已上升到文化研究的领域。文化人物的构造能给文化历史带来新的理念。从文化人物分离出的现代文化的必要元素往往可以跨越风格和艺术形式的界限。我们有必要去理解、梳理浪漫主义家谱和那些为文化遗传密码的修改做出贡献的人，特别是存在于浪漫主义艺术和文学中与我们息息相关的文化人。据于此，了解现代主义时期艺术所反映的特征，探索英国小说的视觉再现，重构该思潮下艺术与文学的二联图，阐释浪漫主义的文化力量促使这种布局的形成，就显得尤为必要。无论是立体派画家，还是现代主义作家，虽然他们以不同形式表现作品，但其根本是一致的。康拉德、乔伊斯、伍尔夫、艾略特所探索的技巧与主题是对马蒂斯、毕加索、克利等画家们模仿能力的挑战。同时，画家们也不断挑战传统叙事手段和诗歌概念，并为作家在呈现色、线、面及转移叙述方式等方面提供了参考案例。我们认为现代主义游离于传统与现实，通过记忆、想象、隐喻等手段，如同马蒂斯的拼贴艺术，强调自我意识的存在。

一、存在形态与表现方式

现代主义以各种形态存在于艺术中。绘画与文学是现代主义的两种存在形态。其中，立体派把事物分成平面零碎和戏剧性的各种层面，观者根据推测，按画家想象拼贴并重新构成空间物体。超现实主义者，如德裔法国画家、雕塑家、达达主义先驱恩斯特，深受毕加索影响的意大利象征主义画家、形而上学画派创始人乔治·德·基里科（Giorgio de Chirico，1888—1978），都试图寻求和利用梦想与无意识的感情世界。前者对呈现同一平面的偶然相遇（chance meeting）与遥远现实（remote reality）（Schwarz，1997：17）情有独钟，而根据传统来看，这平面并不符合现实中的具象物体。荷兰艺术家特奥·凡·杜斯堡（Theo van Doesburg，1883—1931）在《具象艺术》（*Art Concrete*，1930）中呼吁艺术在处理过程当中其表现方式应该毫无个人感情，仅依据科学或数学数据。确实，深受野兽派和印象派影响的法国画家、艺术批评家让·梅特津格（Jean Metzinger，1883—1956）和画家埃尔伯特·格莱茨（Albert Gleizes，1881—1953），尤其是后者的《立体派》（*Du Cubisme*，1912）一书，将立体主义与爱因斯坦的相对论、第四度空间、现代主义者的同时性概念联系在一起。然而在19世纪，现实主义者和博物学家们都认为自然是宇宙的中心，很多象征主义者、反唯物论者、反实证论者都拒绝接受理性规则，歌颂感觉、梦想与神秘。象征主义者们同意亚瑟·叔本华（Arthur Schopenhauer，1788—1860）的观点，认为万物是一连串的瞬间现象，而且万物是无限的。

现代主义开始寻求新的表现方式，如同艺术一直所追求的那样，努力分享和世界相融的艺术经验的直觉性。毕加索和马蒂斯从未放弃图像再现，他们相信艺术和世界相通，他们的艺术也引起了人们对艺术虚幻性的关注。艺术所呈现的是一种先验所指的事物，可能是对自我或他人及其先前地点和时间的幻象，但绝不是复制事物。现代艺术建立在本质主义理论的两种形式上。首先，它能有意识地运用一种符号网络/标记网，一种让艺术家们看清事物本质的缩符（condensation），它经过传统习俗，常常调解与传达观者的期望意识。2005年世界最具影响力的艺术史家、评论家之一艾尔德菲尔德讨论过马蒂斯的艺术技巧，此时，我们很可能会联想到艾略特的有关作品。他的画所呈现的不是事物的表面，而是事物激发的感觉，是精神层面的图像，因此所画的图像与精神层面相关。只有当激发的感觉与事物最初所呈现的相符时，画面才会与精神图像相一致（Elderfield，1992：26）。

马蒂斯的画作，就如艾略特的诗歌，是对浪漫主义和现实主义中过激行为的回应，但是他那具有装饰感的油画却并不是朴素古典主义的内容。将马蒂斯与德拉克洛瓦进行比较，发现后者也同样游历至摩洛哥，美国艺术史家、批评家皮埃尔·施耐德（Pierre Schneider，1925—2013）写道：德拉克洛瓦的画作中，充斥着动感、动乱、动态失衡，以及对嘈杂人群或极度孤独的极端追求；而另一方面，马蒂斯则倾向于安静、宁静、静止（Schneider，1990：23）。马蒂斯强调了艺术家作为画的作者，要把他所看到的加以重新创作。作品《摩洛哥咖啡》（*Café Marocains*，1911）“并非代表他倾向于抽象而丢弃写实，而是从写实转为抽象”（Schneider，1990：46）。马蒂斯的摩洛哥绘画阶段具有康拉德特色，我们可以称其为“东方视角或穆斯林视角”，而不能把它称为“西方视角”。正是马蒂斯，使得狄更斯甚至被理解为一个逃离现代城市的形象。狄更斯成了《间谍》（*The Secret Agent*，1907）中康拉德描绘现代城市躁动的范例。

其次，以浪漫主义为先例，现代主义赞成对事物的本质反应是个人的，是感觉与思维的结合体——想象。因此，现代主义叙述中，我们不能一直寻找日益减少的整一性（unity），现代主义依赖于不同读者观点的智性解读。我们应该从后现代主义的观点看待假说，就是以开放的心态对待变动不居的习俗。但我们也应该试着从理解作家和画家们各自领域如何互相干预、交流、改变、修饰文化的角度来理解作家和画家的世界。虽然现代主义诗人和画家对于把历史看作普遍现象非常担忧，但很大一部分画家对当代的社会历史毫无兴趣。他们的艺术作品表现出孤立、终极、利己的特点。与其说他们关心的是建构其场景所反映的社会，不如说他们更关注所建构的场景本身的强度和清晰度（Altieri，1989：387）。因为没有先入为主的形而上学，现代主义把艺术创作理解为自我发现。“你说的话会影响你的思维、你的行为。”（Schwarz，1997：3）在现代主义艺术家看来，写作、绘画、雕刻等艺术手段塑造了艺术家的所思所为。

我们可以以奥古斯特·罗丹（Auguste Rodin，1840—1917）1897 年完成的约 10 英尺高、气势宏伟的雕塑巴尔扎克像为例加以诠释。这座栩栩如生、矗立在美国现代美术馆雕塑馆区的作品在现代主义城堡中颇为耐人寻味，它从很多方面帮助我们理解了现代绘画与文学。罗丹把艺术家描述成一个超人，一个对观众意见漠不关心的巨人。罗丹这种描绘巴尔扎克的方式同样也是看待自己的方式，他写道：“我考虑的是他的热情工作，他的艰难生活，他不息的战斗，他伟大的胆略和精神，我试图表现所有这一切。”（Elsen，1963：93）罗丹已经把一个处境艰难的作家转变成了一个站在底座上，避开人群的上帝般非现实的人（Elsen，1963：101）。他创作巴尔扎克雕塑的方式说明了他把艺术作为一种自我表达，宣布了一种新的审美观。这种审美观向巴尔扎克作为人类喜剧，思想社会历史学家所追求的冷静和客观性提出了质疑。罗丹描述的巴尔扎克不是那个服务社会的巴尔扎克，而是根据他自己的想象和灵魂创作出来的。罗丹并没有模仿现实中的人物，而是通过他所看到的原型加以改变，与其说他是现实主义者，倒不如说他是个空想家。这座雕像也表明了主体与客体不可分割的关系——达到内容（巴尔扎克）和形式（原始石头）间张力的平衡——这是现代主义的核心。最后罗丹明白了艺术需要观众去完成解释，因为他宣告他创作的巴尔扎克雕像暗示的内容需要观察者近看它时，"用想象去修改，理解他的作品"（Elsen，1963：102）。

罗丹的雕塑使我们看到了英国文学，主要是小说，从现实主义到表现主义的巨大变化。这样的变化大约始于1895年，以哈代的最后一部小说《无名的裘德》为开端，以伍尔夫的主要小说《达洛维夫人》和《到灯塔去》的出版为高潮。几乎所有闻名遐迩的英国现代主义小说家，包括康拉德、乔伊斯、劳伦斯、福斯特和伍尔夫，都从以往传统创作方式中撤退出来，消除作家的闯入，转向客观性，坚信非个性化仍然是文学的创作准则之一。就像米勒提到的大多数维多利亚时期的小说几乎没有提到自我意识，"主人公通过别人认识和实现自己"（Miller，1968：5）。然而这些作家试图以自我意识、自我觉悟作为主题，突出意识流，它包含在了直接或间接的内心独白中。因为创作的人物经常是作者的翻版。人物的经历、自我意识反映了作者的经历和意识。其结果是创作出一部比以前更主观、更能表达自己的小说。自然，他们在小说里找到了自己的影子，具体表现方式如下。

其一，小说家消除了艺术和生活的界限。他们不再相信艺术能重新创造一个真实的世界，他们对逼真是最重要的美学价值提出质疑。因而在英国浪漫主义影响下，现代艺术的发展、变动不居的知识分子的社会背景对普遍价值观和客观真理的可能性提出了质疑。

其二，作者与其作品主体之间的挣扎斗争成为决定小说形式最关键的因素。多数20世纪的艺术作品都是作者的自我之歌和焦虑的自我怀疑，一定程度上，他们的作品是把生活转变为艺术的过程。在阅读1890—1930年那些英国主要小说家的作品时，我们只有参与到他们内心挣扎的过程中，才能了解到他们表现的价值和他们对于小说艺术的观念。这就像是康斯特布尔或庚斯博罗和马蒂斯、毕加索之间的区别。现代主义者意识到的则是自我世界的分裂和他们所生活的世界的破碎；画家和作家转变成了分裂的自我。他们是创造者、探索者，是会劝说别人改变信仰的预言者，是在进行自我检讨时还能说服自己的苦恼怀疑者。

其三，现代画家与作家对艺术作品的隐喻性情有独钟。它是一种依靠个人想象，利用典故进行类比和创作的方法。隐喻性能使画家和艺术家在画布上超越主题与形式安排，提出种种关系。例如，绘画依靠暗示的模式——这个模式是我们用对比和比较的手段来理解的一种隐喻性，是互文式理解绘画的另一种表达；他们因先辈和继承者而富足。鉴于毕加索后期的系列作品是根据迪埃戈·罗德里格斯·德·西瓦尔·委拉斯开兹（Diego Rodriguez de Silvay Velázquez，1599—1660）的作品而作，我们可从新的视角解读委拉斯开兹的《宫女》（*Las Meninas*，1656）。如果我们把毕加索的《亚维农的少女们》（*Les Demoiselles d'Avignon*，1907）（见图附 5-1）看作是对马奈《草地上的午餐》或者塞尚《浴女》（*The Great Bathers*，1885—1887）的模仿，那么前者就被赋予了丰富的含义，正如我们要从对马蒂斯的《舞蹈 I 和 II》（*Dance I and II*，1909—1910）（见图附 5-2）和《音乐》（*Music*，1909）（见图附 5-3）反应中去体会《三个音乐家》（*Three Musician*，1920）和《舞》（*The Dance*，1925）的含义一样。再如，《尤利西斯》的重要形式在于作者乔伊斯运用的种种隐喻替代，在把布鲁姆和史蒂芬塑造成文学和历史性人物的同时，也赋予了他们现实与现象相结合的宇宙哲学的因素。阅读这部小说，史蒂芬和布鲁姆是如何成为各自的隐喻或能指的便展现在我们面前，小说正是通过创造性再现隐喻叙述的。然而，乔伊斯对隐喻概念的理解不仅仅包括运用历史典故再现古往的价值观和人性，还包含着通过模仿文体形式创造出的对过去和现在的种种映射。作品中，布鲁姆的形象代替了缺席的奥德修斯、伊利亚或者莎士比亚的形象。《尤利西斯》以共时性审视现代与过去的社会。

其四，自我表达和主观性是这个时期绘画与文学的又一表现方式。现代主义者认为最好的作品的决定性因素是艺术家将自身的生活经历和想象的世界分离。若作者出现在文本中，这往往是出于修辞的目的，即为了加强已经

图附 5-1 《亚维农的少女们》

图附 5-2 《舞蹈 I 和 II》

图附 5-3 《音乐》

用其他元素表达了的意思。这些元素包括文本结构、叙述者、语言、人物塑造和情节背景。在许多现代小说中，话语权分为二元的或者多元的，他们都折射出迥异的身份，就像《水仙号上的黑家伙》中相互竞争的声音所表现的张力一样。康拉德试图通过掌握小说叙述的原材料，即他早年的海上经历，来为读者消除阅读障碍。他的努力如同水仙号的航行，成为小说的主题。对康拉德来说，这次海上航行为他提供了一个关于完成作品的必要典型。该作品也反映了康拉德思维中的二分法（reductive dichotomy），它存在于这块土地和那片海之间。他曾在这块可恶的土地上开创新事业，那时感到相当沮丧；而在那片海上，正如他所记得的那样，他经受住诸多考验，最终获得了成功。这种二分法解释了第一人称叙述者（指其中一名船员）和第三人称叙述者（指努力扮演传统全知全能叙述者的角色）之间的分裂。

1980 年，在现代艺术博物馆（Museum of Modern Art）里举办的毕加索作品展览清楚地表达了“任何拒绝承认毕加索自传成分里的审美现实的批判，都注定是不完整的”（Schwarz，1997：47）。社会压力把艺术家们从客观世界驱向了文字。绘画作品，如毕加索展览的作品，提示人们向更加抽象的、空间的、色彩的方向转换，这并不是一场趋向客观性的运动，而是对为适应不同的生活条件而形成艺术可能性的研究。没有现代战争的残暴就不会有《格尔尼卡》。同样，现代小说的创新是为了给一个似乎已经变得毫无生气和多余的世界注入新的生命，并为此而做出努力。至此，我们发现现代主义者试图表现历史，那么他们是怎样再现历史的呢？

二、象牙塔中折射历史

现代主义者把自己看作本质主义者，常常试图把艺术从历史中隔离出来，甚至把审美理论化。尽管唯美主义对写实主义反讽评判，但它也是本质主义的另一种形式。现代主义聚焦于过去，且把它当作一种可以逃避当今政治和历史的方式。有时候，他们躲进象牙塔以逃离历史，导致看待历史目光短浅。曼在《威尼斯之死》中分析了历史和艺术之间的必然关系。《威尼斯之死》、卡夫卡的《变形记》（*The Metamorphosis*，1915）和托尔斯泰的《伊凡·伊里奇之死》（*The Death of Ivan Ilych*，1886）都讲述了艺术逃离历史的不可能性。马蒂斯、毕加索、史蒂文斯和艾略特试图回避历史，却恰恰通过反讽反映了历史。现代主义者重要的主题之一就是表现过去是一个无情的冤魂或者复仇女神。然而，自相矛盾的是，有时现代主义者看待过去时目光短浅。曼戏剧性地描述了阿森巴赫如何以他特有的风格把神话和历史演变成他自己生活的翻版的。曼编织了新视角：阿森巴赫把自己想象成苏格拉底，这样他不可避免地陷入了自己编织的网中，把主观想象变成客观现实，从而创造了经验之外的神话。另外，马蒂斯的《摩洛哥人》（*The Moroccans*，1915—1916）把社会和政治冲突融入完美境界的幻想中，毕加索的《格尔尼卡》是对法西斯兽行的谴责和抗议。

摩洛哥不仅是马蒂斯的世外桃源，也成了他心中的想象空间："这就是为什么他必须避免细节：因为世外桃源是虚构的地点，而不可能是具体的。这就是为什么他简化了（摩洛哥人）人物的表现，因为他所画的不是现代人，而是非时间性的、有代表性的类型。"（Elderfield，1990：228）1916 年，当他画完《摩洛哥人》的时候，他的黄金时代便已经过去了。他回到法国，当时第一次世界大战正值白热化阶段。画面黑色的背景暗示着战争，分崩离析的概念存在于作品的三个部分，或者说是故事中，它们通过平面抽象形式和黑色背景结合在一起。

《格尔尼卡》是一幅以反对侵略、维护世界和平为主题的画作。通过黑、白、灰三种颜色，以及独特的构图形式，表现出了作者心中的愤怒和一腔正义，它真实地描绘了西班牙城市格尔尼卡遭德军飞机轰炸后的惨状。黑白单色中包含着更强烈的痛苦。事实上，最普通的事物在灌注了最强烈的感情时，一件超越所有流派的伟大艺术作品才会诞生。一次，一群德国兵闯入巴黎的毕加索艺术馆，却受到冷遇，在出口处，毕加索发给每个德国兵一幅他的名画《格尔尼卡》的复制品。一个德国盖世太保头目指着这幅画问毕加索：“这是您的杰作吗？”“不”，毕加索冷峻地说：“这是你们的杰作！”第二次世界大战结束后，该画在 1955 年被送往巴黎和欧洲的其他一些城市巡回展览，但展完后又回到了纽约。直到 1973 年毕加索去世，《格尔尼卡》终于按照毕加索的遗愿，被归还给西班牙，收藏在他曾经担任过名誉馆长的普拉多美术馆内。

马蒂斯具有一种历史感，这种历史感艾略特也有，并且前者更明白艺术的意义是从以往的艺术和风俗中提炼出来的；甚至当他逐渐将东方元素补充进西方主流艺术的影响之时，也未曾停止过与范例之间的斗争。正如乔伊斯想要欧洲了解爱尔兰，康拉德想要英国了解波兰，了解他的航海岁月一样，马蒂斯也想要巴黎理解摩洛哥。无论如何，这一方土地使得这位艺术家能够通过以往的经验来发现在他心灵中深埋的自我，这是一种新的本体论。

西方现代主义观念下的新历史主义和文化研究都将文学看成一种文化产品。从文化人物身上分离出现代文化的必要元素，这些元素往往可以跨越风格和艺术形式的界限。其结果使我们很有必要去理解现代主义家谱和那些为文化遗传密码的修改做出贡献的人，特别是那些与我们息息相关的存在于当代艺术和文学中的人。诚如我们前一章依据马奈、詹姆斯、曼的作品勾勒出的一幅现代主义三联图。

现代主义者经常试图分离艺术与历史，并推崇美学。事实上，新批评的出现不仅仅是对现代主义文本的回应；它部分源于现代主义美学，如艾略特的客观对应物、乔伊斯的顿悟概念，以及劳伦斯对故事而不是讲故事的人的强调，此外詹姆斯还主张美学和伦理道德的不可分割性。似乎现代主义者特别热衷于在其作品中引入历史事件，如第一次世界大战、妇女争取选举权运动、经济大萧条，以及对工业主义和城市化希望破灭后的失望等。英国现代主义对理想的神话式维多利亚家庭提出了质疑，欧洲艺术家也质疑资产阶级的期望和神话。我们应该看到现代主义家谱记录中包含各种历史资料，如《螺丝在拧紧》中家庭女教师的性压抑、19 世纪 60—80 年代马奈创作的油画作品，还有曼的怪诞同性恋小说《威尼斯之死》，这些都要感谢法国小说家若利斯–卡尔·于斯曼（Joris-Karl Huysman，1848—1907）。

除了少数玩弄“政治”的艺术家以外，大多数现代派艺术家迷恋象牙塔。

有时他们把自己置于艺术作品的主人公位置，如伦勃朗的自画像、库尔贝的《艺术家的工作室》（*L'Atelier du Peintre*，1854—1855）等。众所周知，《工作室》聚焦于工作中的库尔贝，正是他，使得这种冲动明朗化，画的中间是神一样的他和一个模型，用朱利安·巴恩斯（Julian Barnes，1946—）的话说："再创世界……也许这样才能帮助解答为什么库尔贝是在工作室里画风景而不是在野外这个问题：因为他并不仅仅是再现这个已知并客观存在的世界，他在创造这个世界。从此，该画表明艺术家创造了世界而不是上帝。"（Barnes，1992：3-5）这种描述也许让读者联想起《尤利西斯》"进退两难"章节中，史蒂芬那有关艺术家职责的争论。

为了表明自己和《尤利西斯》之间的自传关系，乔伊斯借史蒂芬之口，提出了关于莎士比亚艺术和生活之间关系的生动理论。莎士比亚成为艺术天才的原因在于他沉醉于自己幻想之中的"我们所有中的所有中的所有"（Gabler，1984：1049-1050）。乔伊斯根据自己的经验，再创了莎士比亚，于是变成了他自己的艺术之父的父亲，其艺术家想象力如此包罗万象，以至于他包含了莎士比亚"所有中的所有"，附加非常丰富的自我想象。一出以史蒂芬为主角、仅持续一页篇幅的剧本中，史蒂芬只谈论一件事，整个章节把作者的生活及其作品之间的关系置于单人剧形式之中进行论述。根据史蒂芬的理论，如果莎士比亚早期作品明显地隐瞒了自己的身份，这就预示了《一个青年艺术家的画像》（*A Portrait of the Artist as a Young Man*，1916）更加微妙地隐瞒了乔伊斯自己作品的自传性，这就是《尤利西斯》的技巧。

现代主义认同文化的多样性和延续性，企图找到一种美学秩序或历史模式，来替代日益崩溃的逝去的信念。同时，现代主义者们也意识到，所谓的秩序难以驾驭。"现代主义把文化价值的碎片当作自身的问题和机会"（Clifford，1988：117）。正如艾略特所说，文化碎片支撑了现代生活的残垣。按乔伊斯的说法，尤利西斯是一个人性化的和平主义者，是以家庭为中心的城市化犹太人，他的冒险经历是在思想中进行的。毕加索的《亚维农的少女们》刻画了在表面平静的生活之下，欧洲妓院里如画般的面具美人，它展现秩序的追求与艺术初期的无秩序之间微妙的平衡。但是其潜文本中蕴涵着反讽，画中的碎片在《尤利西斯》中表现为 18 种创作技巧，就此而言，《亚维农的少女们》是图像再现和创作视角的现代性突破，动摇了单一视角绘形的可能性。我们认为现代主义超越了当前的他者文化，质疑西方价值观。1900 年，文化仍是单一的革命进程……至世纪之交，另一种文化观念出现了。这个词开始以复数形式出现,意味着一个单独分离的世界和各种生活方式的意义的出现。过去个性独立和自我教育的观点只适合部分人的研究主题，而非所有人的。（Clifford，1988：92）那么现代主义者又是怎样研究文化的呢?

三、传统与创新

现代主义包含了 19 世纪高雅文化的愿望和理想，以及 19 世纪单调乏味的都市生活的现实，这两者均被染上自我意识的色彩。通常，信念受到态度、对完成任务的可能性以及困难程度认识的局限。在现代主义者对此质疑之前，相似的欧洲文化就已存在了。“历史并不是一直都被看成小说的一部分，它是一种有序形式，现在依然如此”（Elderfield，1990：203）。在《传统与个人才能》（*Tradition and the Individual Talent*，1920）中，艾略特写道：传统意味着要用历史的意识创作，历史的意识不但使人写作时有他自己那一代的背景，而且还要感到自荷马以来欧洲整个文学及其本国整个文学的同时存在，组成共时秩序……诗人，任何艺术的艺术家，谁也不能单独具有它完全的意义。它的重要性以及我们对它的鉴赏就是鉴赏它与已往诗人以及艺术家的关系。你不能对其单独评价，你得把它放在前人之间来对照、比较。我认为这不仅仅是历史批评原则，也是美学批评原则。（Eliot，1989：4）

现代主义抽取了高雅和通俗这两种文化中的简约形式以及反讽意味。现代主义强调艺术本土化，如塞尚的玩纸牌者，德加的洗衣女，毕加索的荡妇、马戏表演者等，就像哈代和劳伦斯之类的作家，其作品不仅包含无产阶级，即农民和工人，更把重点放在他们的生活和愿望上。

现代主义通常是柏拉图主义和经验主义之间的对话。不同于艾略特的经验主义（现代主义的分支之一），这里所说的柏拉图主义或柏拉图式张力，即相信艺术的力量能揭示更高层次看不见的现实。作为新一代柏拉图主义者，叶芝认同德籍瑞裔画家克利的说法：“如今可见事物的真实已被揭示，且普遍流传着这样一个观念：相对于整个宇宙而言，看得见的真理只是一个孤立的个体，而那些看不见的真理仍蛰伏着，且占大多数。”（Di San Lazzaro，1957：112）

现代绘画艺术的发展就是通向抽象艺术的旅程。然而抽象主义表达含义，如现代艺术的伟大人物之一、抽象艺术理论和实践的奠基人瓦西里·康定斯基（Wassily Kandinsky，1866—1944）在《论艺术的精神》（*Concerning the Spiritual in Art*，1910）中提到，这些意义常常是些超凡的想法。他认为，现代人已不能看清精神。他的艺术能够唤醒他们沉睡已久的想象力、直觉和灵感。抽象主义常常作为象征运动的一部分，摆脱传统的表现手法，创造出更高的现实、发现了宇宙规律。象征主义者反对 19 世纪后半期的科学理性主义。相反，他们追寻新的信念来源，诉诸异教神话、东方宗教、不加批判的基督教精神。他们坚信人类的真理存在于驱使人类迈向死亡和繁衍的本能上。（Schwarz，1997：6）高更的原始艺术和神秘意象以及马蒂斯自然主义色彩和形式对康定斯基有一定的影响。康定斯基对各感官之间的关系（通感）充满兴趣，并创造出一个总体艺术作品（Gesamtkunstwerk），把绘画、戏剧、音乐和诗歌融于一体。受俄国作曲家、钢琴家亚历山大·尼古拉耶维奇·史克里亚宾（Alexander Nikolaievitch Scriabin，1871—1915）的影响，他创作了一曲《黄色乐章》（*The Yellow Sound*，1912），赋予各种颜色以象征意义：黄色是世俗的象征，蓝色则代表精神意念，和谢尔盖·帕夫洛维奇·佳吉列夫（Sergey Pavlovitch Diagilev，1872—1929）的俄国芭蕾舞、马蒂斯的《舞蹈Ⅰ和Ⅱ》和《音乐》一样，都是试图把绘画、舞蹈和音乐融合于一体。

就连毕加索也从未抛弃人的主题。事实上，除了在短暂的分析立体主义时期，以及此期间与乔治·布拉克（Georges Braque，1882—1963）的对话外，他对以人为主体的创作兴趣甚浓。其原因显然与现代主义文学息息相关。毕加索引领了抽象主义，其早期作品始于艺术研究，而后步入研究柯罗的阶段，最后专心于对马奈的研究。晚年，他专注于传统作品研究，诸如委拉斯开兹的《宫女》和马奈《草地上的午餐》。

现代主义认为人们不可能通过绘画来传达某个特定时刻，特别是当色彩、形式共享绘画主题焦点时。凝视凡·高 19 世纪 70—80 年代的绘画，我们就能发现大块的颜色冲击、活泼跳跃的线条，绘画的物质力量改变了其本质属性。不管是法国第一位印象主义艺术家卡米耶·毕沙罗（Camille Pissarro，1830—1903）的分层设色（layering），还是马奈对光的实验，都体现出绘画可以无限延伸，直至描绘出某个主题。阅读文学作品时，我们常常将文字转化为要表现的主题。同样，现代绘画对实验性和风格创新性的强调并不掩盖主题的集中性。即便如抽象画家克利也相信人类主题的集中性。

对克利而言，正是非视觉概念出人意料地导致了主题的人性化概念：首先，非视觉概念根植于世界，自下而上，到达眼睛。其次，宇宙的非视觉接触方法是自上而下的。结果，对于克利，艺术并不是重现不可见，而是呈现有形之物 。（Schwarz，1997：7）

回顾马奈 1912—1914 年创作的水仙花主题作品，可知意象主义作为印象派的分支，同样努力捕捉对经历瞬时强烈情感的反应。埃兹拉·庞德（Ezra Pound，1885—1972）在 1913 年的宣言中提倡三条原则：第一，直接性，不管是主观还是客观，“对‘事物’要直接处理”；第二，准确性，“若对表达无意，则避免用任何多余措辞”；第三，节奏性，“关于节奏：创作需要跟随音韵节律，而非节拍器”（Ellmann、Feidelson，1965：145）。庞德的两行诗《在地铁站里》（*In a Station of the Metro*，1913）中，他将个人体验作出的反应与他所理解的意象并置：人群中这些面庞幽灵一般显现/如花瓣，驻留在湿润漆黑的枝头，从头至尾，该诗评价和构造了作者对这一时刻经历的特别感受。我们对于文本记忆，尤其短文记忆，通常部分以视觉形式呈现，很少随记叙顺序呈现，即便视觉可能对文中梦幻景象产生曲解。

现代主义文学，诸如《尤利西斯》、《间谍》、《达洛维夫人》、《荒原》（*The Waste Land*，1922）和《J.阿尔弗瑞德·普鲁弗洛克的情歌》（*The Love Song of J. Alfred Prufrock*，1915），都表现了构成现代城市的错综复杂的关系。刻画现代城市的文章都从庸碌中找到自己的空间，他们追寻人际关系中隐秘的痕迹，同时强调社会歧视、隔离和孤立的可怕。人们自我疏远，找不到精神寄托，也常远离家庭，远离公共场所，比如一个村庄，一块田地。受乔伊斯欢迎，遭艾略特和庞德摒弃的犹太人生活成为一幅图景，它消除了毫无归属感的自我意识。在《小老头》（*The Gerontion*，1919）中，艾略特描述布鲁姆的场景展示了他对犹太人的不良印象：犹太人依旧蜷缩在窗台底下，其主人/在安特卫普的小餐馆中/在布鲁塞尔起跑，在伦敦修整和剥落。

可以说哈代之后的英国文化在很多地方深受俄国艺术的影响。20 世纪初，芭蕾在俄国诞生和发展，1909 年在巴黎的演出轰动一时，受到了人们的欢迎。第一次世界大战前，俄国音乐和绘画在伦敦给人们打下了烙印。总体而言，俄国艺术与英国艺术相比，更多地依靠力量而非技巧、浪漫而非现实、艺术家的主观想象而非客观描述、变迁而非停滞、实验而非传统、玄妙而非理智、精神和心理而非道德。正如伍尔夫所理解的，这些特质不可避免地挑战了英国的传统文化："陀思妥耶夫斯基的小说是一片波涛汹涌的大海，一场雷霆万钧的暴风雨。读他的小说我们会情不自禁地被吸引进去，会被转得头晕眼花，气喘吁吁，但是在眩晕的同时，又会感到无比的惊喜。"（Schwarz，1997：33）陀思妥耶夫斯基的创作思想不仅影响康拉德的《在西方的注视下》（*Under Western Eyes*，1911），更微妙的是，他影响了伍尔夫、劳伦斯、福斯特。事实上，劳伦斯有意识地将这些元素注入他幻想的世界中，体现在其《虹》中波兰寡妇莉迪亚这一人物形象上。她神秘、淫荡，是汤姆·布兰文的灵魂伴侣，有着劳伦斯理想中的热情。实际上，劳伦斯运用陀思妥耶夫斯基文风，即尚未成熟的、急迫的、不受控制的"精神"来丰富英国文化。

这一时期的文学，特别是小说，有了很大的改变，因为艺术家们渐渐意识到现代社会需要艺术与文化的多样性。形式与技巧的创新研究与这个世界价值的研究是分不开的。日不落帝国的意识已不复存在，政治领导的信心已遭受重击，与此同时，无产阶级运动也在工业化中孕育诞生。前两者的影响可以在《印度之行》（*A Passage to India*，1924）和《达洛维夫人》中看到，而后者在《间谍》中维尔罗奇这一人物形象中也有显著体现。当代英国批评家乔治·丹杰菲尔德（George Dangerfield，1904—1986）曾讲述英国如何在1914年就成为一个刻板的民主国家。他提到英国国会已毫无作用，政府形同虚设，而他们的反对党为了让更少的人被推上叛国罪的被告席而费尽了口舌（Dangerfield，1961：366）。现代作家意识到自己是在一个充满危机的过渡时期创作，不过危机感也给了《诺斯特罗莫》、《虹》和《尤利西斯》以强烈的表现力。或许小说的大胆创新是对颓废派倦怠、犬儒主义及唯我论的一次强烈回应，因为这些消极的态度已经深深地影响到这些小说家。如前面提到的这些现代主义作家，他们心中都有一种清晰的感觉，感觉在过去的某一刻，自己被永远地孤立了。康拉德意识到物质主义经常以政治为由威胁传统的个人价值。对此，哈代和劳伦斯选择了英国农村的田园场景来展现机械化与功利主义，《无名的裘德》和《霍华德庄园》（*Howards End*，1910）成为乡村文明的挽歌。而乔伊斯、艾略特的作品也强烈表现了当时的恶行正在作践欧洲文化传统的现象。在都市化和物质主义的重压下，乔伊斯、康拉德、伍尔夫以及福斯特所渴望的社会风俗传统及人际关系已被大众所淘汰。

因而，现代主义回应现代城市文明。就如康拉德和艾略特与他们之前的狄更斯描述的那样：城市庞大、乏味、肮脏。艾略特的《J.阿尔弗瑞德·普鲁弗洛克的情歌》中描述某些几近荒废的街道时写道：那儿休憩场所人儿喋喋不休/有夜夜不宁的廉价歇夜旅店/和残留锯末与牡蛎贝壳的饭馆。他要求读者在脑中重组城市碎片。油画与油画间的紧密关系是用独立空间联系起来的，如马蒂斯的摩洛哥与毕加索的格尔尼卡，或者艾略特的《J.阿尔弗瑞德·普鲁弗洛克的情歌》与《荒原》。马蒂斯与高更在作品中对城市文化常作奇特化处理，同时他们不忘描绘想象中的市郊景象。从高更的塔希提式绘画和马蒂斯的摩洛哥式绘画之中，我们可以看到画家希望分析城市生活的差异、多样、繁忙和喧嚣，从而将其纳入统一和还原的图景之中。

现代主义认为，我们缺乏连贯整一性并寻找技巧来表达现代思想。法国20世纪初最具影响力的哲学家之一亨利·柏格森（Henri Bergson，1859—1941）强调：我们每一个人每一刻都在发生变化。他在《创造性进化》（*Creative Evolution*，1907）中写道："持久就是对过去事物的不断发展。过去的事物前进时不断膨胀，不断困扰着将来，过去和更远过去的积累物费力地向前发展。现实中，过去被它自己自动保留。过去的每个瞬间都跟着我们，似乎要联合起来，挤压意识大门。但意识的大门宁愿把它们关在外面。"柏格森继续写道："事实上，我们是什么，我们的个性是什么，我们就是那段从出生开始浓缩的历史。"（Ellmann、Feidelson，1965：725）世界著名的思想家、哲学家、民俗学重要代表人物米哈伊尔·米哈伊洛维奇·巴赫金（Mikhail Mikhailovich Bakhtin，1895—1975）持有类似观点：每个人说话或写作时，自发或者非自发地使用先前的语言系统；考虑到自我性质的多样性和变化性，我们每个人都有多个自我和视角；詹姆斯和康拉德的戏剧意识，乔伊斯《尤利西斯》变化多端的技巧和立体主义的发展都是因为共享了现代认知理念。

至此，我们对1890年到1940年这段典型的现代主义时期以及艺术家们如何理解这段时期内的文化渗透做出了述评，分析这一时期文学与绘画作品的来源、相互的对应物、文艺通感、连续性和亲属关系。我们试图发掘文学与绘画的关系，强调研究策略，并把它们的关系放到一定的文化模式中探讨，即在把文学和绘画作品放到一起研究的时候，我们应该把现代文本——视觉的和文字的——看作是一种不存在绝对界限的，可以无限衍生的文本领域。那么，英国小说为何会在这段时期有如此的变革呢？

四、小说变迁之原因

首先，视觉艺术发生了翻天覆地的变化。《班纳特先生和布朗夫人》中，伍尔夫写道：大约在1910年12月10日前后，人性发生了改变，这源自于弗莱组织的名为“马奈与后印象派画家”的第一届后印象派画展，该画展从1910年12月8日持续到了1911年1月15日。据美国作家塞缪尔·海因斯（Samuel Hynes，1924—2019）所言，伍尔夫选择将那次画展作为爱德华时期欧洲大陆思潮加于英国偏狭的岛国意识之上的恰当象征，英国因此与欧洲大陆产生了联系。在弗莱的展览之前，小说通常和现存的艺术理论相符合，而这些中规中矩的理论（大多数是高贵而正统的现实主义，通常为维多利亚式的虔诚所服务）倾向于服从传统道德。后印象派为放弃现实主义和使艺术家登上中心舞台的运动作出了榜样，他们摒弃客观描写，主张个人心境的表达。例如塞尚的《玩纸牌者》（*The Card Players*，1893），与其说画家是农民生活的观察者，倒不如说他是形式和谐与迥异图案拼凑设计的创作者。而法国新印象派（Neo-impressionism）点彩派（Pointillism）创始人之一保罗·西涅克（Paul Signac，1863—1935）的作品则关心客观采光的可能性。这些画家证明，艺术家可以在一个混乱的世界中创造出他们自己的秩序。他们有意识地忽略掉了一些细节，用简化、扭曲、夸张、强调其他事物的方式来表达他们自身的情感，解决图案空间问题并产生效果。在某种程度上，艺术家的气质和视角成了凡·高、马蒂斯和毕加索这些画家作品的主题。凡·高坚称画家是第一位的，画是第二位的，这是永恒长存的真理。当时已经在巴黎看过这些相似绘画作品的伍尔夫、劳伦斯、福斯特和乔伊斯都超越现实主义，进入更加富有意味的艺术形式中，这一趋势极有可能是受到了突兀的图形分割、传统视角的消除及图案按透视原理缩短的影响。如果我们不知道19世纪英国小说的视觉想象已经发生了改变，甚至不知道连狄更斯也不再继续创造现代城市小说中各种扭曲怪诞的事情，那么我们就无法理解《尤利西斯》或者《间谍》。小说家不再写他们看到的，而是写他们知道的。

其次，俄国艺术对哈代之后的英国小说产生了深刻影响。爱德华时期，俄国影响并挑战了英国岛国偏狭的思想。在1909年，俄国佳吉列夫芭蕾舞团来到巴黎，当时现代舞之母伊莎多拉·邓肯（Isadora Duncan，1878—1927）也在这个城市演出。如同许多现代作家为识别现存的文学而苦苦寻觅，舞蹈设计师们也为重新定义20世纪的古典主义遗产而奋力挣扎（Garafola，1989：273）。第一次世界大战前，俄国音乐和绘画在伦敦给人们打下了烙印（俄国艺术包含在第二届后印象派画展中）。伍尔夫写道：如果我们想在其他的地方（除了俄国小说）理解精神和内心，我们可以发现可与之媲美的深度吗？（Garafola，1989：157）

再次，诺埃尔·安南（Noel Annan，1916—2000）曾写到英国在1880到1910 年间发生的事件对小说主题变化产生影响。宗教对人们的影响日益减弱，人们开始不接受节俭作风和阶级差异的观念，英国社会也开始在金钱的洪流中动荡不安。阶级斗争日趋激烈，并且这种斗争已从原先的奴隶与奴隶主之间蔓延到社会中上阶级之间……政治遭到重创，外交关系也日趋恶化，势利的物质主义以及来势强劲的庸俗远远超过了英国迄今可见的任何事情。如果比较《达洛维夫人》与奥斯汀的小说，我们就会发现伍尔夫小说中主人公的情感深受战争、帝国及商业影响。社会价值的缺失表现在支离破碎的艺术形式上，表现在缺乏有意义目标的权威政治人士身上，如达洛维、布鲁特夫人，而最后表现在塞普蒂默斯·史密斯这个人物形象的成型上。走在伦敦大街上的史密斯就是伦敦人的缩影，在自己的城市中漫无目的、碌碌无为。传统的英国文化价值与其他文化价值之间的比较是小说《印度之行》《黑暗的心》《恋爱中的女人》的中心。

包括伍尔夫在内的转型期小说家，对“书中之事”与“书外之事”都是感兴趣的。这些作家都不再接受传统的基督教观点，认为神圣的上帝是在尘世间传达旨意，认为今生是通往来世不可或缺的前奏。小说也不再受作者的限制，因为作者本身的道德观念也是暂时的、不完整的、缺乏说服力的。因而，《诺斯特罗莫》《恋爱中的女人》《尤利西斯》的诞生掀起了其他小说不可能带来的种种不安与骚乱，我们对此不应感到惊讶。这种不安与骚乱有时反映了尚未解决的社会问题，反映了连作家自身也无法理解的人物，同时也反映了不成熟的艺术形式。

小说家写作的社会历史环境决定了其必须解决的艺术问题。转型期代表如康拉德、劳伦斯、乔伊斯、福斯特和伍尔夫等，都必须找到一种形式，这种形式能解释未被完全理解的动机，指出不是上帝创造了世界，机会也可能决定人的命运，告诉世人欲壑难填，社会机构的无用，还能证明物质主义与工业化正逐步破坏人们的生活结构。因此，他们编造出他们自己也不曾经历过的情节，时不时地反映混乱、变迁、断绝、分裂与崩溃。他们借助《奥德修斯》（Odyssey，8BC）、《哈姆雷特》（Hamlet，1601）、《圣经》，甚至《尤利西斯》中犹太传说“真命天子”，使看似杂乱无章的事件显得有条有理。他们不得不创造各种方法，不仅是为了展现内在生活，而且也为了展现在行为举止中起很大作用又未被承认的自我。所以康拉德把吉姆塑造成连他自己也无法理解的人物，一个冲动、着魔与病态的受害者。他们需要用语言来揭露灵魂深处的秘密，揭露经验带给心灵的撞击，特别是由日常经验带来的、人们认为毫无意义的东西。莫利那种源源不断的意识流在形式与内容上都显示对历史与道德的漠视。

第六编　小说的视觉隐喻性

本书分析了《德伯家的苔丝》《丹尼尔·德龙达》《虹》《恋爱中的女人》《看得见风景的房间》这五部小说，从中我们不难发现：哈代、艾略特、劳伦斯、福斯特小说细腻的描写无疑得益于其个人视觉经验的积累，而 17 世纪的荷兰画派的艺术影响亦是一个重要因素。在《黑暗的心》《到灯塔去》《螺丝在拧紧》等小说的文本阐释中，我们除继续剖析文本的视觉媒介手段的运用外，还将借助视觉隐喻的概念，具体分析康拉德、伍尔夫、詹姆斯现代主义小说中的视觉召唤，以期说明现代主义观念下，小说创作与绘画作品已经上升到文化整体性研究的新领域。

一、语言中的视觉隐喻

隐喻是人类自古以来的思维方式，也是学术研究始终关注的重要理论话题。柏拉图可能是西方第一位有意识地自觉运用隐喻进行思考的人。他借助洞喻、线喻、日喻以及影喻，把抽象的理性思维结果转化为生动具体的视觉形象，为晦涩的哲学表述增添了许多趣味。亚里士多德从修辞学的角度把隐喻解释为：用一个表示某物的词借喻它物，这个词便成了隐喻词（亚里士多德，1996：149）。这里至少涉及三个对象：隐喻词、隐喻词原本表示的事物、隐喻词被借用表示的另一个事物。在隐喻词的连接下，隐喻词原本表示的事物和隐喻词被借用表示的另一个事物之间发生了关联。语言是人类认知世界的工具，借助语言中的隐喻方式，思维就可以将纷繁复杂的大千世界联结成一个彼此相关、易于把握的整体。他的阐释表明：语言是思维的直接现实，语言中的隐喻现象是思维活动的结果。黑格尔延续亚里士多德的思想，认为隐喻作为语言的主要表达方式实质上就是一种显喻，显喻中的意象在上下文中直接而必然地显示出其真正的意义。

隐喻原本是一种语言现象，然而隐喻更是一种人类的认知现象。视觉隐喻也是一种认知现象，含有显著意义的认知表达。我们通过观察一个视觉符号产生新的联想、新的解读和新的体验，我们把这种用一类事物来了解另一类事物的认知历程的视觉语言称为视觉隐喻。美国科学哲学家、语言哲学家纳尔逊·古德曼（Nelson Goodman，1906—1998）在《艺术的语言：符号理论的方法》（*Languages of Art：An Approach to a Theory of Symbols*，1968）中深化亚里士多德和黑格尔的观点，他断定："隐喻渗透于所有话语之中，无论是日常话语还是专门话语。我们在任何地方、任何时候都根本无法找到哪怕是一段只具有纯粹字面意义的话。"（Goodman，1992：80）隐喻不仅仅是语言表达中的一种现象，它本身还是语言结构的深层本质和语言意义的基本呈现方式。隐喻在人类的语言、思想和文化中占据极其重要的地位，但是不同类型的隐喻功能不同，它们的重要性也各不相同。

德里达曾指出，我们在所有的哲学话语中都可以找到"感官类型的隐喻性内容"，当人们进行哲学思考时，"人们实际上是在谈论视觉、听觉和触觉，甚至是嗅觉和味觉的隐喻"（Derrida，1982：227）。在诸种感官隐喻里，视觉隐喻是最为重要、使用最多的隐喻形式。英语中，视觉隐喻虽然表述各异，但所指相同。日常语言中，视觉隐喻渗透于思想之中并在思想中发挥着重要作用。如果我们无视视觉隐喻的重要性，"就会破坏我们审视外部世界和省察内部世界的能力。这一论断并不是无根据的推测或想象的虚构"（Jay，1993：1）。视觉隐喻是人类思想和文化中必不可少的根本结构，对视觉隐喻的研究也自然构成了知识和思想图式的基本前提和必然内容。美国神学教授罗格·哈瑞尔顿（Roger Hazelton，1909—1988）从艺术和神学的角度研究视觉隐喻，肯定视觉隐喻在思想和语言中的认知能力，认为它渗透在我们的语言和思想之中，特别是关于思想的语言中。

视觉隐喻至少包含以下三个层面的含义：首先，视觉隐喻是语言学中的一种修辞手段，作为广泛存在于日常生活话语中的隐喻，它借助指涉视觉感官的词汇转而表达被指代物体；其次，视觉隐喻从语言领域进入观念领域，是用以交流和表达的视觉图像、视觉符号，它确信视觉能够如实反映对象，是诉诸图像、符号等一切视觉形象的心理机制和结构基础；最后，视觉隐喻进入哲学思想和文化领域，用视觉在场的形而上学指代追寻永恒普遍本质的逻各斯中心主义，并由此开启建立西方哲学中世界与存在、此岸与彼岸、肉体与灵魂、客体与主体等一系列二元对立思维模式之路。我们所论的视觉隐喻包含以上三个层面的内容，主要在第二、三层面上进行论述。

传统的视觉观念认为图像产生于眼睛对外部世界的观看行为中。图像的意义和价值有赖于以眼睛为中介，从而真实再现外部世界。在再现外部世界的行为中，图像就拥有了对之进行选择、加工的权利。这与文学文本再现生活和世界本质的描写活动有共通之处。古典的视觉理论主张模仿实物的图像必然就是该实物的再现。基于图像和文字在再现外部世界的过程中和运作原理上所具有的同构性，法国当代著名哲学家、阐释学家保尔·利科（Paul Ricoeur，1913—2005）和法国文学批评家罗兰·巴特（Roland Barthes，1915—1980）对视觉的论述就从分析文学文本中的视觉隐喻开始。在他们看来，视觉隐喻在文学中就体现为模仿，模仿是文学的三种能力之一。用希腊语概括，即知识性、摹拟性与记号性（罗兰·巴特，2001：417-433）。对于模仿，利科认为文学中的模仿是时间与叙事的中介，巴特则认为模仿是文学的一种再现能力。巴特还在文本的大范围内去认识图像的符号性质，认为不仅视觉图像是一种符号，包括文学艺术在内的人类一切精神活动都可以看作是由符号体系构成的文本。在所有这些文本中，文学最具代表性，对文学文本的解读是通向理解一切文本的理想途径。

二、文学与绘画的隐喻性

普遍认同，隐喻是用词或印象表明关于叙事者部分的，或画家关注力焦点的那部分事物（他们真实想象的那部分世界）与实际上并非吸引他们大脑的那部分现象之间的相似性。康拉德、伍尔夫、乔伊斯等英国现代主义小说家关于小说中视觉隐喻的使用，不仅定义了小说《黑暗的心》《到灯塔去》《尤利西斯》中词语和视觉的关系，也使我们看到了隐喻在现代主义文学和艺术中如何发挥至关重要的作用。因为每一件主流文学作品独特的艺术形式产生了批判性质疑，对这些强调语言形式而不注重传统情节的作品，需要严肃地讨论它们的语言和内在言语的关系。这关乎隐喻的创造并以此作为理解人类自身和人类所在世界方式的重要性。

这些现代主义作家应对这种解构表示怀疑，特别是对文字含义的怀疑，同时他们也该理解为什么德里达要引用尼采的暗喻：逻辑学仅仅受到语言范围的束缚。语言又受到一个不合逻辑的元素——暗喻的束缚。隐喻/暗喻的基本力量引起了其对非恒等事物的识别，因而这就是想象力的作用。它是关于概念、形式和其他事物的存在性的问题。（Derrida，1979：83）乔伊斯对想象的过程或是“作用”很感兴趣。在想象中，那些不存在和不相同的事物被视觉召唤从而再现，并且是人赋予或被赋予那些事物。

我们可能把视觉隐喻当成对动词“存在”的基本的解释，因为隐喻仅仅通过宣告而使那些不存在的事物变得存在。都是为了追寻改变，在德里达的文字里，“主观的刺激变成客观的判断，变成一个真理的要求”（Derrida，1979：84）。当然，隐喻要依靠动词“存在”的能力来宣布那些来自幻想领域不存在的事物，使之存在，而这也是作者呈现给读者的。根据定义，隐喻是共时的，且没有时间界限。康拉德、伍尔夫、乔伊斯作品的标题就在宣告小说的隐喻性；小说中写了“这人是尤利西斯”，以此宣告在小说中布鲁姆是主要形象，而不是奥德修斯。通过含蓄地使用系动词“存在”的现在时态，隐喻把文字世界里不存在的事物变得存在，并且通过这个来暗示世界缺乏什么。在库尔茨、莉莉、尤利西斯的例子中，被召唤存在的是历史形象和过去的文学特点；他们以此唤起其所属历史时代的文化环境和历史价值。对于读者，过去和现在的关系在阅读的过程中是一个持续的变量；“隐喻所说的，或蕴含的，或所做的任何东西在某种程度上通过改变上下文总是可变的”（Booth，1979：173）。当然，每一章，甚至每一篇文章，提供历史和文化暗示的不同混合，并且在当代和先前领域的类同之处设置重点。

我们知道，隐喻性能使画家和艺术家提出超越主题与形式安排的关系。绘画也要依靠暗示的模式——这个模式具有隐喻性，我们可以用对比和比较的手段来理解它。是互文式地认识绘画的另一种说法，他们由于其前辈和继承者而富足。普遍认为，毕加索出色的后期系列作品是由委拉斯开兹的作品启发而来，这就有必要以新的视角来分析委拉斯开兹的作品——《宫女》。

如果把毕加索的《亚维农的少女们》看作是对马奈《草地上的午餐》，或者塞尚《浴女》的互文类比，那么前者就被赋予了超出其本身的更丰富的含义。正如要理解毕加索的《三个音乐家》和《舞》，观者就要从对马蒂斯的《舞蹈Ⅰ和Ⅱ》和《音乐》的反应中体会其中的意思。

小说《黑暗的心》《到灯塔去》《尤利西斯》的重要形式在于现代主义小说家运用的种种隐喻替代，在把库尔茨、莉莉、布鲁姆和史蒂芬塑造成文学和历史性人物的同时，赋予了他们现实与想象相结合的宇宙哲学因素。这些小说展现在读者面前的是在他们潜在的融合中，库尔茨与莉莉、史蒂芬与布鲁姆是如何成为各自的隐喻物或者说是象征物的，小说正是通过这个创造性灵魂的隐喻物来叙述的。然而，康拉德、伍尔夫、乔伊斯对隐喻概念的理解不仅仅运用历史典故再现古往的价值观和人性，还通过模仿文体形式创造出对过去和现在的种种映射。以乔伊斯的作品为例，他展现了在隐喻和转喻方面的无所不能，他就像是史蒂芬所述的“太阳的光芒”、人类语言的“创造者”和“施予者”，以及他想象世界中的上帝。通过创造他想象中的原型世界，乔伊斯告诉世人，这位积极向上的艺术家不需要刻意模仿包括莎士比亚在内的那些艺术学鼻祖们，因为他自己就是“艺术群体的创始者”和“鼻祖的鼻祖”。《尤利西斯》是通过两个人物持续不断变化的关系来进行比较的。这种比较可能是从活在想象世界中的某个人（布鲁姆）和源自文学和历史原型（奥德修斯）的人的对比中提炼出来的；可能是从小说中所描述的想象世界里的两个人（布鲁姆和史蒂芬）的对比中提炼出来的；也可能是人物（布鲁姆和史蒂芬）作为一方面，小说的作者（为了表现创造性灵魂，他把人物进行了戏剧化的隐喻）作为另一方面，在这两者的对比中提炼出来的；或者可能是从小说中构造的灵魂和传记式的作者（乔伊斯）两者的对比中提炼出来的。《尤利西斯》中的隐喻吸收了丢勒和茨维坦·托多罗夫（Tzvetan Todorov，1939—）的优点，不仅仅依赖于“各自话语的替代”，还依赖于“语段关系”，以及“相互之间话语的密切关系”（De Man，1979：125）。现代主义小说中，我们可以用“视觉意象/隐喻”来替代前面引语中的“话语”。因此，乔伊斯旨在消除传统中隐喻和转喻的差异，这种差异区分了依靠比喻性替代的隐喻手法和依靠在表现次序上两个因素之间密切关系的转喻手法。

隐喻间性——比喻的一种方法——为了表现类同和不同之处，把两个表面上不相似的事物放在一起。这是一种靠个人想象的方法，尤其被艺术家们以极大的热情巧妙地发展应用，我们由此而增加了经验。它是一种需要个人体验的方法，让我们吸收别人的经验来充实自己，融合自己和前人的长处。乔伊斯的文化经验再现和用语言描述这些经验的研究是19世纪晚期到20世纪文化人类经验研究浪潮的一个典范。如果我们研读英国人类学家詹姆斯·乔治·弗雷泽（James George Frazer，1854—1941）的作品《金枝》（*The Golden Bough*，1890），以及尼采、弗洛伊德和此后的卡尔·古斯塔夫·荣格（Carl Gustar Jung，1875—1961）的作品，也许会感到他们都致力于确定一个共同的神话、个人经验的模式和一个普遍的无意识的定义。达尔文之后，共同的传统信仰失去了支柱，以相同的宇宙发展历程为主线的研究成为从叶芝和艾略特到劳伦斯和福斯特的英国现代主义文学作品的中心主题。

从轮回转生的观念到视差的角度，康拉德、伍尔夫、乔伊斯相信自己已经发现了神话和科学方面的先例，表明隐喻不是以一物替代另一物，而是同时出现。即使乔伊斯没有从文学角度相信“投胎转世”（reincarnation of souls），轮回转生的观念也为他的思想提供了一个范例：人不会改变。在《尤利西斯》这部作品中，隐喻是转生的一种文学翻版。因为它通过一个不存在的人和一个存在的人的比照，以达到使“前者”重现的目的。这样的隐喻性理论给了乔伊斯一个关于《尤利西斯》隐喻性方法的理论基础——值得注意的是，这完全是荷马式的典故模式——这起源于文学上的扩展和历史上的对应事件。正如我们现在看到的，现代画作也以相同的方式运用了前人的方法。

可能有人会说，在相似的关系上，以某件事物代替另一事物，我们可以用转喻而不是隐喻。但是，需要指出的是，转喻仅仅是隐喻的一种，它的主体既可以表现在外，又可以隐含在内。也有人会说，转喻这种以部分代替整体，或以整体代替部分的方法，是一种建立在相似关系基础上的隐喻。也就是说，隐喻是建立在读者的想象世界中各元素相互替代的感知这个基础上的。这种建立在文字和概念结合基础上的平等隐喻方法，使“史蒂芬”和“布鲁姆”能相互替代。而视差（parallax）的观念，即相同的物体从不同的角度或用不同的方法观察呈现不同的现象，吸引康拉德、伍尔夫、乔伊斯的原因，正如转喻的对应一样，它依靠观察者在当时的水平层面上分析表面上的不同之处。正如视差取决于从不同角度观察一个物体时，物体表面所呈现的不同之处一样，历史事件、文学作品，或者个人形象尽管看起来不同，实际上以严格的标准来看，是极其相似的。

在《尤利西斯》中，布鲁姆的形象代替了缺席的奥德修斯、伊利亚或者莎士比亚的形象，如同罗伯特·彭斯（Robert Burns，1759—1796）的著名诗句：我的爱人是一朵红红的玫瑰。“红红的玫瑰”代表“我的爱人”。但是，乔伊斯的神话式的方法中，普遍运用一系列的隐喻——《奥德修斯》、莎士比亚的人生和作品、逾越节（Passover）故事与其仪式、圣经故事——成为一种本身就已经完善的补充，就像史蒂芬和布鲁姆的故事。在修辞学中，这些隐喻方法需要读者不但读过作品，而且要像现代的艺术家一样，从文学理解的角度观察当代社会的每一天，一个缺少目标和意义的社会，需要一些东西，而不单单是隐喻。

现代作家的隐喻理论，特别是乔伊斯的隐喻性理论，通过暗示把过去带回到现在，提供了一种让现时和历史同时展现的方法。因为乔伊斯对先前时代至高无上的人或者权威持怀疑态度，他在历史和文学上运用的暗示不是传统的艾略特的模式。对于乔伊斯来说，布鲁姆的尊严、沉默的勇气、自我的意识、人性和正直就算没有超越，但也至少与荷马，甚至《圣经》中所赞扬的价值观念相同。在乔伊斯看来，《圣经》不是上帝的一种神迹，而是人类的叙述，即《尤利西斯》的叙述模式，展现了人类的信念和渴望。

艾略特在他的回顾《尤利西斯》的《罗盘》（*Dial*，1923）中写道：“华而不实的言语，政治混乱的全景图正是当代的历史”，他比乔伊斯更加准确地描述他自己的作品（Ellmann、Feidelson，1965：681）。乔伊斯的写作比艾略特甚至可能比他同时期的人，如哈代、康拉德、叶芝、劳伦斯、福斯特和伍尔夫更加不注重旧有模式。马奈、塞尚、毕加索和马蒂斯经常用乔伊斯的不注重传统、挽歌般的特点作为自己正式试验的参考。《尤利西斯》的独到之处在于以前的文学和历史特点不仅表现在文章中，而且在文章所展现的世界中被视觉唤起。在《虹》《荒原》的大部分篇章中，只要作者把两个截然不同的世界放在一起，就开始讽刺地比较令人不满的现代社会和过去的社会。劳伦斯和艾略特运用把过去转移到现在的方法，含蓄地探求现象的变化，阐明过去优于现在的论点。相反，《尤利西斯》通过共时标准审视当今社会和过去社会。

艺术是隐喻的。它之所以是类比的，是因为它表明了我们的认知过程是指一些超越自己，所有类似的东西都有其自身扭曲的成分。我们使用类似事物时存在基本难题是因为隐喻与客观事实之间是有鸿沟的。美国漫画家阿特·斯皮格曼（Art Spiegelman，1948—）把大屠杀寓于卡通之中，在《鼠族I：我父亲的流血史》（*Maus I：A Survivor's Tale：My Father's Bleeds History*，1986）和《鼠族II：一个劫后余生的故事：我痛苦的开始》（*Maus II：A Survivor's Tale：And Here My Troubles Began*，1991）中他把犹太人比作老鼠，把德国比作猫，阐述了在客观目标之前隐喻有多么的不尽完美：所有隐喻都是一种谎言，当你创造相同的事物之时，它只会更突出鸿沟，没有东西是完全有关的（Schwarz，1997：133）。然而，斯皮格曼仍赋予他的卡通人物以真正的人物个性，使他的老鼠变成德国猫和波兰猪集中营中的受害者的借喻体。然而一个与之相反的观点呈现在20世纪30年代中期一篇发表在德国报纸上的文章里：米奇老鼠是目前所出现的所有理想事物中最悲惨的一个……健康的情感告诉每个独立而可敬的年轻人，被肮脏淫秽所包围的坏分子，动物王国中最大的细菌携带者，不可能成为一种理想动物……和被犹太教野蛮化的人一样！打倒米奇老鼠！带上纳粹的十字记号！（Schwarz，1997：134）最初我们在相当长一段时期内抵制斯皮格曼叙述性如此强烈的卡通人物，但多少由于对其行为的不满，我们不由得同时记住了意象（犹太人）和想象（老鼠）。确实，续篇《鼠族II：一个劫后余生的故事：我痛苦的开始》中，斯皮格曼给犹太人带上老鼠面具，好像有意使读者意识到隐喻化的过程和能指与所指之间灵活的转换。读者和观众会根据自己的经验，对类似的东西给予不同的回应，并且在画家或作家的形象和其描绘的形象之间的空当里填上不同的东西。伊索寓言中，那只因得不到葡萄而称葡萄酸的狐狸就是那些不能体面地接受失望的人的典型代表。现在，人们依然把它描述成自我安慰者和无法接受失败的自大狂的典型。语言文字——线条和色彩——指的是不同的东西，但是视觉艺术却创造了一个富有目的与意义的结构去影响观者的反应，以及缩小图像与想象之物、所指和能指之间的空间和距离。

总之，“视觉隐喻”是人类思维和表达的重要方式。西方思想对现代、后现代视觉的关注始终没有脱离现代性。现代性的发展进程带来全新生命体验，其后果导致了深刻思想危机，构成后现代视觉理论运思的双重视域，现代视觉理论促成了视觉文化这个学科的发展、成熟和繁荣。在视觉生活世界中，伍尔夫、乔伊斯、普鲁斯特笔下的时间绵延早已被电影、电视、网络中的空间变换取代。在现代主义的视野下，文学与绘画关系的研究正日益向文化整体性研究的方向发展。

结　　语

本书以19世纪60年代至20世纪20年代英国小说的发展为大背景，力图通过对英国小说经典文本的细读，解读小说文本的视觉现象，说明语言是视觉的牢笼，语言文字艺术具有极大感染力和传播力。从柏拉图到福柯，历代哲学家多认为视觉和思想是同一回事，而思想则是语言的囚徒。本书所选的英国作家以及文本均被美国当代著名的文学批评家、文学史家布鲁姆列为经典。在美国耶鲁大学英语系访学和在耶鲁大学研究生院从事博士后项目研究期间，笔者曾多次拜访布鲁姆教授，他耐心地替我答疑解惑。在此，借本书出版之际，深切表达对布鲁姆教授的敬仰和怀念。他的《西方正典》（*The Western Canon*，1994）更使我坚信经典的影响性和经典的无限可读性，并从研究经典中获得了愉悦。

本书的研究着重突出两个理念：第一，以文艺复兴时期为切入口，从艺术史学的角度，历时地论述绘画与文学的关系，把绘画与文学关系的研究安排在附编中，以作为研究英国小说中视觉再现性的理论基础；第二，以20世纪90年代的“图像转向”为契机，探索解读从英国经典小说家哈代到伍尔夫的经典小说的新方式。论述不同时代、不同国家再现可见世界（visible world）时，为什么使用了这些不同的方式，是怎样的视觉经验召唤不同时代的作家，勾勒出如此五彩斑斓的世界。

绘画与文学的关系，可以说是一种动态的关系，是一种认识世界和反映世界的方式。从某种意义上说，考查作家的人生奇缘、艺术教育、视觉经验与记忆所促成的万花筒式的世界就是对人与世界关系的研究。研究从哈代到伍尔夫英国小说的视觉召唤，对语言文化、思维方式、认知习惯提出了挑战，这已成为当今文化形态发展的一大趋势。本书从视觉图像与文学语言的关系入手，分析视觉图像对文学创作的作用及其无法取代的优势，为跨学科研究提供了有利条件，并通过解读经典小说的视觉想象、视觉媒介、视觉隐喻，阐明了一条人类艺术创造与自我认知的道路，揭示了视觉媒介与视觉隐喻从修辞功能到思维领域的认知意义，加强认识深度，创造新的思想，给人类以观察世界的新方法和看待事物的新视角，推动学术研究新领域的发展。

法国最著名的现代派诗人波德莱尔在美学论著中强调：19 世纪人们的精神状态别具一格。诸种艺术，通过借助彼此新的力量和资源元素，都趋向于，如果不能替代彼此，至少也是趋于互为补充。因而诗歌语言和绘画手段的互补不失为实现现代艺术家职责的方式，从日常生活中把美的瞬间转化为永恒。审美类比表达了艺术间的内在关系，增添了小说丰富性与复杂性的新维度，而这一切提高了小说创作的潜在可能性，使其具有包含视觉艺术的再现特征，最终拓宽了阅读的审美空间。比较英国小说中的艺术作品，类似于比较文学中隐喻、象征、原型以及神话的运用。因为它们都是通过影射性的暗示，唤起人们心中更深刻的通感。审美类比，不仅能够强化普通生活，也能升华普通现实的意义。艺术是生活的慰藉，可以说，它聚焦于生活中的相似之处，澄清了各种模糊的关系。正如普鲁斯特所说：绘画能渗透到不变的现实之中，因而才使它成为文学的劲敌之一（Hopkins，1948：64）。

绘画与文学虽然分属于不同的学科，但是它们之间的交叉因缘和边缘化融合从来就没有停止过。在对英国小说的视觉唤起或曰再现的研究中，通过大量典故，我们觉察到在做类比时，小说家对视觉隐喻已了然于心。意象的可视性基于他们所熟知的绘画作品，又决定于其记忆与印象。然而，小说家与读者相比，需要掌握更为专业的知识，具备更为精确的记忆能力。如若读者像小说家们一样，视觉再现绘画，言语描述绘画，图解阐释绘画，关照审视绘画，那读者就能赏其所赏、视其所视。本书试图洞视小说家创作时产生的视觉意象与读者阅读时大脑中形成的视觉意象，并在两者之间形成类比。

研究分析视觉艺术对小说创作的影响可以为文学研究提供一个新的参考角度。小说家通过自身的视觉经验、记忆、专业知识等手段，在大脑中形成视觉意象，并积极做出文字与图像之间的对话。这种对话表现为作者塑造视觉世界，并在读者身上强化这种观赏之道。伍尔夫说过，绘画和写作，彼此之间有很多的话题可以说，因为它们有许多相似之处，而毕竟，小说家是想要让我们对此有所了解（Woolf，1934：22）。通过审视小说家作为灵感源泉的绘画作品，我们可以了解这些绘画作品如何通过小说家们的想象得以转化，也可以理解小说家们的创造性过程如何发挥作用。

19 世纪的英国小说家运用类比批评范式将小说叙述与 17 世纪荷兰视觉

艺术相连，旨在通过反映现实主义思想的荷兰绘画怀念英国繁荣的维多利亚文化。因而 19 世纪英国小说与荷兰风俗画之间存在亲族关系上的相似性。“日常和家庭生活”的密切联系促成小说家把小说比作荷兰绘画。艾略特的小说艺术使得这种传统受人膜拜。哈代将《绿荫下》命名为荷兰绘画，其特别的含义有助于启发我们挖掘更多荷兰艺术和以此为模型的该小说的种种特征，洞视维多利亚人的日常与精神生活。在世纪之交，福斯特进行其意大利小说创作之时，詹姆斯的例子［后来他在《小说面面观》（*Aspects of the Novel*，1927）中也提到过詹姆斯］最为重要。福斯特通过基尔兰达约和乔托表现了圣吉米尼亚诺和佛罗伦萨的精神，他也运用讽刺和反讽来抨击他们的宗教主题。他通过人物对于绘画的反应，定义其作品中的人物，通过人物接触艺术的方法来揭露他们生活的方法。尽管劳伦斯广泛涉及了意大利的创题材并说，“意大利回馈了很多我于自身并未发掘的东西”（Lawrence，1956：122），而他最伟大的创作则植根于英国。在《虹》中，安吉利科的天堂中的天使是布朗文家族世代的纽带，天使象征着对于物质世界和精神世界之间联系的一种追求，有助于人物得到一种可视化的意识。劳伦斯在格特勒的《旋转木马》中，看到了现代世界中由战争的混乱与暴力所主宰的颓废场面，因而把这种感觉写入了《恋爱中的女人》一书中。

我们还意识到，能形成作品象征核心的绘画，有助于理解所有的小说。而审美意识是深刻理解其作品的根本。本书利用视觉媒介或图像分析小说，阐释了这两种艺术形式的不同之处，以及两者的互释性。这种方法展示了一种阐释小说的新途径。绘画作品视觉特质表现在如下文化传统中：《圣经》中的原始资料、圣徒的传说；有关世俗主题的传记，如《圣格里高利宣告圣菲娜之死》《圣约翰升天》《末日审判》；历史（乔托的复兴）；风俗画的繁荣（荷兰绘画的黄金时期）；极为重要的荣誉（罗斯金关于艺术的观点影响了福斯特、劳伦斯，弗莱之于福斯特、伍尔夫的影响）；同时代或不同时代作家之间、画家与作家之间的影响（艾略特对哈代的影响，高更对康拉德的影响）；特别是作家受绘画吸引的原因，在期刊、信件、散文中的叙述及其对比做出的反应，甚至是他们对于艺术家的一些个人感情（劳伦斯对于格特勒的态度）。所有这些都阐明了英国文学经典中一些最受读者青睐的小说中的主题、人物、结构以及意象。

事实上，视觉经验的理解与实现求助于语言的表达与深度。英国小说艺术本身已向这种观点发起挑战。在视觉图像转向的今天，研究绘画与英国小说中的视觉特征是回应这种挑战的方法之一。这种挑战由来已久，它深深地植根于西方艺术的传统之中，有待我们继续深入研究。

最后，借助第一位细致考证荷兰绘画诸多方面，并以写实主义概念定义荷兰绘画的德国哲学家黑格尔的话结束全文：所有艺术的本质在于——艺术“在人类面前展现人类自身（den Menschen vor sich selbst bringen）”（汉斯-格奥尔格·加达默尔，2004：62）。由于艺术作品的创作是一种在人类面前展示人类是什么的方式，因而在人类的思想中就可以找到对艺术作品的普遍需求。

参考文献

保罗·芝兰斯基, 玛丽·帕特·费希尔. 2004. 色彩概论. 文沛译. 上海: 上海人民美术出版社.

曹意强. 1998. 视觉习惯与文化——巴克森德尔的《意图的模式》及其他. 新美术, (1): 76-84.

曹意强. 2005a. 后形式主义、图像学与符号学. 美苑, (3): 2-9.

曹意强. 2005b. 图像与语言的转向——后形式主义、图像学与符号学. 新美术, (3): 4-15.

陈池瑜. 1999. 20 世纪上半叶中国美术史研究概评(下). 美术观察, (12): 56-58.

陈嘉. 1986. 英国文学史. 北京: 商务印书馆.

丹纳. 1996. 艺术哲学. 傅雷译. 北京: 人民文学出版社.

丹纳. 2000. 艺术哲学(插图版). 傅雷译. 桂林: 广西师范大学出版社.

丹尼尔·贝尔. 1989. 资本主义文化矛盾. 赵一凡等译. 北京: 生活·读书·新知三联书店.

德拉克洛瓦. 2008. 论美术与美术家. 平野译. 上海: 上海人民出版社.

E.H.贡布里希. 2003. 秩序感——装饰艺术的心理学研究. 范景中等译. 长沙: 湖南科学技术出版社.

F.R.利维斯. 2002. 伟大的传统. 袁伟译. 北京: 生活·读书·新知三联书店.

费尔迪南·德·索绪尔. 1980. 普通语言学教程. 高名凯译. 北京: 商务印书馆.

弗吉尼亚·伍尔夫. 2007. 伍尔夫读书随笔. 刘文荣译. 上海: 文汇出版社.

福斯特. 2007. 看得见风景的房间. 巫漪云译. 上海: 上海译文出版社.

傅雷. 2006. 世界美术名作二十讲. 天津: 天津社会科学院出版社.

傅世侠. 1999. 关于视觉思维问题. 北京大学学报(哲学社会科学版), (2): 64-68.

傅星寰. 2000. 陀思妥耶夫斯基小说的视觉艺术形态. 外国文学研究, (2): 23-29.

龚翰熊. 1987. 现代西方文学思潮. 成都: 四川大学出版社.

哈代. 1984. 德伯家的苔丝. 张谷若译. 北京: 人民文学出版社.

哈罗德·布鲁姆. 2000. 批评、正典结构与预言. 吴琼译. 北京: 中国社会科学出版社.

汉斯–格奥尔格·加达默尔. 2004. 真理与方法: 哲学诠释学的基本特征(上). 洪汉鼎

译. 上海: 上海译文出版社.
黑格尔. 2009. 美学(1-3 卷). 朱光潜译. 北京: 商务印书馆.
侯维瑞. 1985. 现代英国小说史. 上海: 上海外语教育出版社.
黄堃源, 张文博. 1984. 绘画基础知识. 广州: 岭南美术出版社.
居伊・德波. 2006. 景观社会.王昭风译. 南京: 南京大学出版社.
克莱夫・贝尔. 1984. 艺术. 周金环, 马钟元译. 北京: 中国文艺联合出版公司.
莱辛. 2006. 拉奥孔. 朱光潜泽. 合肥: 安徽教育出版社.
劳伦斯. 2006. 劳伦斯论文艺. 黑马译. 北京: 团结出版社.
里奥奈罗・文杜里. 1979. 西欧近代画家(上). 迟轲译. 苏州: 江苏教育出版社.
利奥奈洛・文图里. 2001. 欧洲近代绘画大师. 钱景长等译. 北京: 中国友谊出版公司.
李建波. 2009. 福斯特小说的框架叙述及其文学动力机制.外语研究, (2): 94-98.
李磊. 2004. 西方绘画这棵树. 上海: 上海书店出版社.
李行远. 2004. 印象派画传. 石家庄: 花山文艺出版社.
李彦. 2009. 民间剪纸中的视觉思维与意象造型. 文艺理论与批评, (3): 132-134.
李衍柱, 朱恩彬. 1987. 文学理论简明辞典. 济南: 山东教育出版社.
列奥纳多・达・芬奇. 1979. 芬奇论绘画. 戴勉编译. 北京: 人民美术出版社.
鲁道夫・阿恩海姆. 1998a. 视觉思维——审美直觉心理学. 滕守尧译. 成都: 四川人民出版社.
鲁道夫・阿恩海姆. 1998b. 艺术与视知觉. 滕守尧, 朱疆源译. 成都: 四川人民出版社.
鲁恬恬. 2010. 浅谈包装设计用色. 文艺理论, (3): 18.
陆谷孙. 1993. 英汉大词典. 上海: 上海译文出版社.
罗杰鹦. 2006. J.希利斯・米勒在中国——20 世纪 90 年代以来国内米勒研究述评. 国外文学, (4): 38-45.
罗兰・巴尔特. 1988. 符号学原理——结构主义文学理论文选. 李幼蒸译. 北京: 生活・读书・新知三联书店.
罗兰・巴特. 2001. 文学符号学//朱立元总主编. 二十世纪西方美学经典文本. 第三卷. 上海: 复旦大学出版社.
马克思, 恩格斯. 1960. 马克思恩格斯全集（第三卷）. 北京: 人民出版社.
马延岳. 2007. 外国美术史. 北京: 人民美术出版社.
玛里琳・巴特勒. 1998. 浪漫派、叛逆者及反动派. 黄梅, 陆建德译. 沈阳: 辽宁教育出版社.
聂珍钊. 1992. 托马斯・哈代小说研究: 悲戚而刚毅的艺术家. 武汉: 华中师范大学出

版社.
欧文·潘诺夫斯基. 2017. 图像志与图像学: 关于文艺复兴时期艺术的研究引言. 邵宏译. 诗与画, (5): 1-17.
乔治·艾略特. 1987. 亚当·比德. 张毕来译. 贵阳: 贵州人民出版社.
乔治·艾略特. 2007. 米德尔马契. 项星耀译. 北京: 人民文学出版社.
苏珊·朗格. 1983. 艺术问题. 滕守尧, 朱疆源译. 北京: 中国社会科学出版社.
苏珊·朗格. 1986. 情感与形式. 刘大基, 傅志强译. 北京: 中国社会科学出版社.
陶东风, 金元浦, 高丙中. 2002. 文化研究(第三辑). 天津: 天津社会科学院出版社.
滕守尧. 1998. 审美心理描述. 成都: 四川人民出版社.
托马斯·曼. 2008. 威尼斯之死. 徐建萍译. 西安: 陕西师范大学出版社.
Vilém Flusser. 1994. 摄影的哲学思考. 李文吉译.台北: 远流出版事业股份有限公司.
W.沃林格. 1987. 抽象与移情. 王才勇译. 沈阳: 辽宁人民出版社.
W.J.T.米歇尔. 2006. 图像理论. 陈永国, 胡文征译. 北京: 北京大学出版社.
瓦尔特·本雅明. 1993. 机械复制时代的艺术作品. 王才勇译. 杭州: 浙江摄影出版社.
维特根斯坦. 2001. 哲学研究. 陈嘉映译. 上海: 上海人民出版社.
王伯敏. 1982. 中国绘画史. 上海: 上海人民美术出版社.
王丽亚. 2004. E.M.福斯特小说理论再认识. 外国文学, (4): 34-38.
王庆生. 1991. 绘画: 东西方文化的冲撞. 北京: 北京大学出版社.
沃尔特·李普曼. 2006. 公众舆论. 阎克文, 江红译. 上海: 上海世纪出版集团, 上海人民出版社.
吴甲丰. 1989. 论西方写实绘画. 北京: 文化艺术出版社.
伍厚恺. 2000. 寻找彩虹的人: 劳伦斯. 成都: 四川人民出版社.
希利斯·米勒. 2007. 文学死了吗. 秦立彦译. 桂林: 广西师范大学出版社.
希利斯·米勒. 2001. 全球化时代文学研究还会继续存在吗? 国荣译. 文学评论, (2): 131-139.
雅克·德比奇. 2000. 西方艺术史. 徐庆平译. 海口: 海南出版社.
亚里士多德. 1996. 诗学. 陈中梅译注. 北京: 商务印书馆.
伊恩·P.瓦特. 1992. 小说的兴起. 高原, 董红钧译. 北京: 生活·读书·新知三联书店.
犹家仲. 1994. 论《在延安文艺座谈会上的讲话》的特色. 南方文坛, (1): 11-14.
约翰·伯格. 2005. 观看之道. 戴行钺译. 桂林: 广西师范大学出版社.

约翰·拉塞尔. 1996. 现代艺术的意义. 陈世怀, 常宁生译. 南京: 江苏美术出版社.

约翰·罗斯金. 2005. 现代画家(I-V卷). 陆平译. 桂林: 广西师范大学出版社.

约瑟夫·康拉德. 2001. 黑暗的心脏·"水仙号"上的黑家伙. 胡南平译. 南京: 译林出版社.

约瑟夫·康拉德. 2016. 黑暗的心. 叶雷译. 南京: 译林出版社.

岳峰. 2007. 殖民时代旅行写作与身份认同——E.M.福斯特《印度之行》的跨文化解读. 河南社会科学, (2): 135-137.

张敢. 2008. 外国美术史简编. 北京: 高等教育出版社.

张可礼. 2001. 东晋文艺综合研究. 济南: 山东大学出版社.

张中载. 2007. 小说的空间美——"看"《到灯塔去》. 外国文学, (4): 115-119.

中川作一. 1991. 视觉艺术的社会心理. 许平等译. 上海: 上海人民美术出版社.

朱伯雄. 2005. 维多利亚人的浮想. 上海: 上海书店出版社.

朱光潜. 2013. 西方美学史(上、下卷). 北京: 人民文学出版社.

左汉中. 1992. 中国民间美术造型. 长沙: 湖南美术出版社.

Advani, R. 1984. E. M. *Forster as Critic*. London: Croom Helm Ltd.

Alberti, L. B. 1991. *On Painting*. London: Penguin Books.

Alldritt, K. 1971. *The Visual Imagination of D. H. Lawrence*. London: Northwestern UP.

Alpers, S. 1983. *The Art of Describing: Dutch Art in the Seventeenth Century*. Chicago: Chicago UP.

Altieri, C. 1989. *Painterly Abstraction in Modernist American Poetry: The Contemporaneity of Modernism*. Cambridge: Cambridge UP.

Andres, S. 2005. *The Pre-Raphaelite Art of the Victorian Novel: Narrative Challenges to Visual Gendered Boundaries*. Columbus: Ohio State UP.

Andrews, K. 1964. *The Nazarenes: A Brotherhood of German Painters in Rome*. Oxford: Clarendon Press.

Arenheim, R. 1969. *Visual Thinking*. Berkeley and Los Angeles: California UP.

Baedeker, K. 1874. *Italy: a Handbook for Travelers*. First Part: Northern Italy. 3rd ed, Leipzig.

Barnes, J. 1992. *Keeping an Eye Open: Essays on Art*. New York: Vintage International.

Barrington, Mrs. R. 2012. *The Life, Letters and Work of Frederic Leighton, Vols. 2*. London: Ulan Press.

Baxandall, M. 1971. *Giotto and the Orators: Humanist Observers of Painting in Italy and the Discovery of Pictorial Composition.* Oxford: Oxford UP.

Baxandall, M. 2003. *Words for Pictures.* London: Yale UP.

Becker, G. J. 1963. *Preface, Documents of Modern Library Realism.* Princeton: Princeton UP.

Bell, C. 1913. *Art.* London: Chatto & Windus.

Bennett, M. 1969. *William Holman Hunt.* Liverpool and London: Walter Art Gallery.

Berenson, B. 1952. *Italian Painters of the Renaissance.* London: Phaidon.

Bloch, R. H. 1987. Medieval misogyny. *Representations,* (20): 1-24.

Bok, M. J. 1999. *The Painter and His World: The Socioeconomic Approach to Seventeenth-Century Dutch Art, in Golden Age of Dutch Painting in Historical Perspective.* Trans. Andrew McCormick, New York: Cambridge UP.

Booth, W. 1979. *On Metaphor.* Chicago: Chicago UP.

Borradaile, R. 1966. *The Strasburg Manuscript: A Medieval Painters' Handbook.* New York: Transatlantic Arts.

Boulton, J. T. 1993. *The Letters of D.H. Lawrence.* Cambridge: Cambridge UP.

Brettell, R. 1988. *The Art of Paul Gauguin.* Washington D.C: Board of Trustees, National Gallery of Art.

Bull, G. 1965. *The Lives of the Artists.* Harmondsorth: Penguin.

Bullen, J. B. 1986. *The Expressive Eye: Fiction and Perception in the Work of Thomas Hardy.* Oxford: Oxford UP.

Burne-Jones, G. 1904. *Memorials of Edward Burne-Jones, Vols. 2* London & New York: Macmillan Press Ltd.

Byatt, A. S. 2001. *Portraits in Fiction.* London: Chatto & Windus.

Byerly, A. 1997. *Realism, Representation, and the Arts in Nineteenth-Century Literature.* Cambridge: Cambridge UP.

Camille, M. 1985. The book of signs: Writing and visual difference in gothic manuscript illumination. *Word and Image* ,(1): 133-148.

Carlyle, T. 2008. *Sartor Resartus.* Oxford: Oxford UP.

Carrington, N. 1965. *Mark Gertler's Selected Letter.* London: Rupert Hart-Davis.

Chapman, J. 1856a. Silly novels by lady novelists. *Westminster Review,* (66): 442-461.

Chapman, J. 1856b. Silly novels by lady novelists. *Westminster Review*, (65): 631.

Clark, K. 1959. *Leonardo da Vinci*. Harmondsworth: Penguin.

Clifford, J. 1988. *The Predicament of Culture: Twentieth-Century Ethnography, Literature and Art*. Cambridge: Harvard UP.

Cook, E. T., Wedderburn, A. 2010. *The Works of John Ruskin*. Cambridge: Cambridge UP.

Crane, R. S. 1952. *Critics & Criticism: Rhetoric in the Middle Ages*. Chicago: Chicago UP.

Crary, J. 1990. *Techniques of the Observer: On Vision and Modernity in the Nineteenth Century*. Cambridge: MIT Press.

Cross, J. W. 2008. *George Eliot's Life as Related in her Letters and Journals*. New York: Harper.

Dangerfield, G. 1961. *The Strange Death of Liberal England 1910-1914*. New York: Capricorn Books.

Davis, N. J. 1972. *Pictorialism in George Eliot's Art*(Unpublished doctoral dissertation). University of Northwestern, Northwestern.

De Man, P. 1979. *Semiology and Rhetoric*. Ithaca: Cornell UP.

Delavenay, E. 1972. *D. H. Lawrence: The Man and His Work*. London: William Heinemann Ltd.

Derrida, J. 1979. *The Supplement of Copula: Philosophy Before Linguistics*. Ithaca: Cornell UP.

Derrida, J. 1982. *White Mythology: Metaphor in the Text of Philosophy*. Chicago: Chicago UP.

Di San Lazzaro, G. 1957. *Klee: His Life and Work*. London: Thames and Hudson.

Domandi, M. 1963. *The Individual and the Cosmos in Renaissance Philosophy*. Philadelphia: Pennsylvania UP.

Dunbar, A. 1904. *A Dictionary of Saintly Women, Vols. 1*. London: Facsimile Publisher.

Duncan-Jones, K. 1973. *Miscellaneous Prose of Sir Philip Sidney*. Oxford: Clarendon Press.

Edmond, M. 1983. *Hilliard and Oliver: The Lives and Works of Two Great Miniatures*. London: Robert Hale.

Eisenstein, E. L. 1979. *The Printing Press as an Agent of Change: Communications and Cultural Transformations in Early Modern Europe, Vols. 2*. Cambridge: Cambridge UP.

Elderfield, J. 1978. *Matisse in the Collection of the Museum of Modern Art*. New York: Museum of Modern Art.

Elderfield, J. 1990. *Matisse in the Morocco*. Washington D.C: National Gallery of Art.

Elderfield, J. 1992. *Henri Matisse: A Retrospective*. New York: Museum of Modern Art.

Eliot, G. 1854. Review of John Ruskin's lectures on lectures on architecture and painting. *Leader*, (10): 545-546.

Eliot, G. 1995. *The Mill on the Floss*. Hertfordshire: Wordsworth Editions Ltd.

Eliot, G. 1997. *Felix Holt the Radical*. Hertfordshire: Wordsworth Editions Ltd.

Eliot, G. 2003. *Daniel Deronda*. Hertfordshire: Wordsworth Editions Ltd.

Eliot, T. S. 1989. *On Poetry and Poets*. New York: Oxford UP.

Ellmann, R., Feidelson, C. 1965. *The Modern Tradition: Backgrounds of Modern Literature*. New York: Oxford UP.

Elsen, A. E. 1963. *Rodin*. New York: Museum of Modern Art.

Enright, D. J. 1957. *The Apothecary's Shop: Essays on Literature*. London: Secker & Warburg.

Farmer, N. K. 1984. *Poets and the Visual Arts in Renaissance England*. Austin: Texas UP.

Ferguson, M. W. 1983. *Trials of Desire: Renaissance Defences of Poetry*. New Haven: Yale UP.

Ford, F. M. 1924. *Joseph Conrad: A Personal Remembrance*. London: Huckworth & Co.

Forster, E. M. 1951. *Two Cheers for Democracy*. London: Penguin Books.

Forster, E. M. 2009. *Where Angels Fear to Tread*. London: Penguin Classics.

Fry, R. 1920. *Vision and Design*. London: Penguin Books.

Gabler, H. W. 1984. *Ulysses: A Critical and Synoptic Edition*. London: Routledge.

Garafola, L. 1989. *Diaghilev Ballets Russes*. New York: Oxford UP.

Gent, L. 1981. *Picture and Poetry, 1560—1620: Relations between Literature and the Visual Arts in the English Renaissance*. Leanmington Spa: James Hall.

Gilbert, N. W. 1960. *Renaissance Concepts of Method*. New York: Columbia UP.

Gilman, E. B. 1978. *The Curious Perspective: Literary and Pictorial Wit in the Seventeenth Century*. New Haven: Yale UP.

Gittings, R. 1975. *Young Thomas Hardy*. London: William Heinemann Ltd.

Goldman, J. 1998. *Feminist Aesthetics of Virginia Woolf*. Cambridge: Cambridge UP.

Goodman, N. 1992. *Languages of Art: An Approach to a Theory of Symbols*. Indianapolis: Hackett Publishing.

Gottfried, L. 1972. Structure and genre in *Daniel Deronda*. In G. Goodin, *The English Novel in the Nineteenth Century: Illinois Studies in Language and Literature*(pp.164-175). Urbana: Illinois UP.

Greenberg, C. 1961. *Art and Culture*. Boston: Beacon Press.

Grundy, J. 1979. *Hardy and the Sister Arts*. London: Macmillan Press Ltd.

Haight, G. S. 1954—1956. *The George Eliot Letters, Vols. 7*. New Haven: Yale UP.

Haight, G. S. 1968. *George Eliot: A Biography*. Oxford: Oxford UP.

Haller, R. S. 1973. *Literary Criticism of Dante Alighieri*. Lincoln: Nebrasks UP.

Hardy, R. G. 1963. *Ottoline: The Early Memoirs of Lady Ottoline Morrell*. London: Faber & Faber.

Haskell, F. 1976. *Rediscoveries in Art: Some Aspects of Taste, Fashion and Collecting in England and France*. Ithaca: Cornell UP.

Hawthorne, J. G. 1963. *On Divers Arts: The Treatise of Theophilus*. Chicago: Chicago UP.

Heninger, S. K. 1989. *Sidney and Spenser: The Poets As Maker*. Pennsylvania: Pennsylvania State UP.

Hilliard, N. 1983. *Art of Limning*. Boston: Northeastern UP.

Hindman, S. L. 1977. *From Pen to Press: Illustrated Manuscripts and Printed Books in the First Century of Printing*. College Park and Baltimore: Arts Departments of Maryland University& Johns Hopkins University.

Hindman, S. L. 1983. The role of author and artist in the procedures of illustrating late medieval texts. *Text and Image: Acta*,(10): 38-51.

Hobbs, J. A. 2004. *The Visual Experience*. Columbia: South Carolina UP.

Holly, M. A. 1984. *Panofsky and the Foundation of Art History*. Ithaca Cornell UP.

Holryoyd, M. 1968. *Lytton Strachey: A Critical Biography*. New York: Holt, Rinehart and Winston.

Holt, D. K. 2001. *The Search for Aesthetic Meaning in the Visual Arts*. London: Bergin & Garvey.

Hopkins, G. 1948. *A Selection from His Miscellaneous Writing*. London: Allan Wingate.

Hottinger, M. D. 1950. *Principles of Art History: The Problem of the Development of Style in Later Art*. New York: Dover.

Hueffer, F. M. 1896. *Ford Madox Brown: A Record of His Life and Work*. London: Longmans,

Green & Co.

Hugstrum, J. H. 1958. *The Sister Arts: The Tradition of Literary Pictorialism and English Poetry from Dryden to Gray*. Chicago: Chicago UP.

Hulse, C. 1990. *The Rule of Art: Literature and Painting in the Renaissance*. Chicago: Chicago UP.

Hunt, W. H. 1905. *Pre-Raphaelitism and the Pre-Raphaelite Brotherhood.* London: Macmillan & Co Ltd.

Huot, S. 1987. *From Song to Book: The Poetics of Writing in Old French Lyric and Lyrical Narrative Poetry*. Ithace: Cornell UP.

Huxley, A. 1932. *The Letters of D. H. Lawrence*. London: William Heinemann Ltd.

James, H. 2007. *The Turn of the Screw and Other Short Novels*. New York: Penguin Group.

Jay, M. 1993. *Downcast Eyes: The Denigration of Vision in Twentieth Century French Thought*. Berkeley and Los Angeles: California UP.

Jourdain, M. 1932. *Diderot's Early Philosophical Works*. New York: Columbia UP.

Keller A. G. 1969. *Leon Battista Alberti: Universal Man of the Early Renaissance*. Chicago: Chicago UP.

Kemp, M. 1997. *Behind the Picture*. New Haven: Yale UP.

Kristeller, P. O. 1980. *The Modern System of the Arts, Renaissance Thought and the Arts Collected Essays*. Princeton: Princeton UP.

Lacan, J. 1981. *The Four Fundamental Concepts of Psycho-Analysis*. New York: Norton.

Lawrence, D. H. 1936a. *The Novel and the Feelings*. New York: Viking Press.

Lawrence, D. H. 1936b. *The Phoenix: The Posthumous Papers of D. H. Lawrence*. London: William Heinemann Ltd.

Lawrence, D. H. 1949. *The Rainbow*. London: Penguin Books.

Lawrence, D. H. 1956. *Sea and Sardinia*. London: Mandrake Press.

Lawrence, D. H. 1968. *Making Pictures*. London: Pheonix.

Lawrence, D. H. 1972. *Women in Love*. London: Penguin Books.

Lawrence, D. H. 1996. *Apocalypse*. London: Penguin Books.

Lawrence, F. 1987. *The Philosophical Discourse of Modernity*. Cambridge: MIT Press.

Lerner, L. 1968. *Thomas Hardy and His Readers*. London: Bodley Head.

Levao, R. 1985. *Renaissance Minds and Their Fictions: Cusanus, Sidney, Shakespeare*. Berkley and Los Angeles: California UP.

Levine, C. 2000. Visual labor: Ruskin's radical realism. *Victorian Literature and Culture*, (21): 73-86.

Levy, M. 1964. *The Paintings of D. H. Lawrence*. New York: Viking Press.

Lewes, G. H. 1865. The principles of success in literature. *The Fortnightly Review*, (1): 85-187.

Litz, A. W. 1983. *Manet 1832—1883*. New York: Metropolitan Museum of Art.

Lukacs, G. 2002. *Studies in European Realism*. New York: Howard Fertig.

Mazzotta, G. 1979. *Dante, Poet of Desert: History and Allegory in the Divine Comedy*. Princeton: Princeton UP.

McCoy, R. 1979. *Sir Philiph Sidney: Rebellion in Arcadia.* New Brunswick: Rutgers UP.

Meiss, M. 1974. *French Painting in the Time of Jean de Berry: The Limbourgs and Their Contemporaries*, *Vols.2*. New York: Braziller.

Merryn, W. 2005. *An Introduction to Hardy*. Beijing: Beijing University Publishing House.

Meyers, J. 1972. Maurice: Forster's Secret Sharer. *Southern Review*(Adelaide), (5): 58-62.

Meyers, J. 1975. *Painting and the Novel*. Manchester: Manchester UP.

Miller, J. H. 1968. *The Form of Victorian Fiction*. Notre Dame: Notre Dame UP.

Miller, J. M. 1973. *Reading in Medieval Rhetoric*. Bloomington: Indiana UP.

Millgate, M. 1984. *The Life and Work of Thomas Hardy*. London: Macmillan Press Ltd.

Minnis, A. J. 1983. *Confessio Amantis: The Poem and Its Pictures*. Cambridge: D. S. Brewer.

Minnis, A. J. 1984. *Medieval Theory of Authorship: Scholastic Literary Attitudes in the Later Middle Ages*. London: Scholar Press.

Mirzoeff, N.1998. *The Visual Culture Reader*. London: Routledge.

Moore, H. 1962. *The Collected Letters of D. H. Lawrence*. London: William Heinemann Ltd.

Moore, R. E. 1967. Reynolds and the art of characterization. In H. Anderson, J. S. Shea, *Studies in Criticism and Aesthetics, 1660—1800*(pp. 336-337). Minneapolis: Minnesota UP.

Morand, K. 1962. *Jean Pucelle*. Oxford: Clarendon Press.

Murdoch, J. 1974. George eliot and pre-raphaelites. *Journal of the Warburg and Courtauld*

Institutes, (37): 313-329.

Myers, J. F. 1989. *The Language of Visual Art*. New York: The Dryden Press.

Nael, J. M. 1906. *The Symbolism of Churches and Church Ornaments*. London: Gibbings.

Newman, B. 1992. Getting fixed: Feminine identity and scopic crisis in the turn of the screw. *Novel: A Forum on Fiction*, (1): 49-61.

Novotny, F. 1996. *Painting and Sculpture in Europe, 1780—1880*. New Haven: Yale UP.

Osborn, J. M. 1972. *Young Philip Sidney, 1572—1577*. New Haven: Yale UP.

Page, N. 1977. *Thomas Hardy*. London: Routledge.

Panofsky, E. 1953. *Early Netherlandish Painting: Its Origins & Character*. Cambridge: Harvard UP.

Panofsky, E. 1962. *Studies in Iconology, Humanistic Theme in the Art of the Renaissance*. New York: Harper & Row.

Panofsky, E. 1996. *Perspective as Symbolic Form*. New York: Zone Books.

Peters, J. G. 2001. *Conrad and Impressionism*. New York: Cambridge UP.

Pevsner, N. 1956. *The Englishness of English Art*. New York: Praeger.

Pinney, T. 1963. *The Essays of George Eliot*. New York: Columbia UP.

Piper, D. 1957. *The English Face*. London: Thames and Hudson.

Pope-Hennessy, J. 1979. *The Portrait in the Renaissance: The A. W. Mellon Lectures in the Fine Arts*. Princeton: Princeton UP.

Praz, M. 1970. *Mnemosyne: The Parallel between Literature and Visual Arts*. Princeton: Princeton UP.

Richardson, J. A. 1980. *Art: The Way It Is*. New York: Harry N. Abrams, Inc.

Roston, M. 1996. *Victorian Contexts: Literature and the Visual Arts*. New York: New York UP.

Ruskin, J. 1995. *The Lamp of Beauty: Writings on Art*. London: Phaidon Press Ltd.

Rye, R. S. 1970. *Joseph Conrad*. New York: Columbia UP.

Schama, S. 1997. *The Embarrassment of Riches: An Interpretation of Dutch Culture in the Golden Age*. New York: Vintage.

Schneider, P. 1990. *Matisse in Morocco: The Painting and Drawings 1912—1913*. Washington, D. C: National Gallery of Art.

Schwarz, D. R. 1997. *Reconfiguring Modernism: Explorations in the Relationship between Modern Art and Modern Literature*.London: Macmillan Press Ltd.

Shapiro, G. 2003. *Archaeologies of Vision: Foucault and Nietzsche on Seeing and Saying*. Chicago: Chicago UP.

Shesgreen, S. 1972. *Literary Portraits in the Novels of Henry Fielding*. De Kalb: Northern Illinois UP.

Sidney, P. 1977. *Arcadia, Book*. Harmondsworth: Penguin.

Singleton, C. S. 1974. *Decameron: Edizione Diplomatico-Interpretativa Dell'autografo Hamilton*. Baltimore: John Hopkins UP.

Sirén, O. 1917. *Giotto and Some of His Followers*. Cambridge: Cambridge UP.

Smart, A. 1961. Pictorial imagery in the novels of thomas hardy. *Review of English Studies*(New Series), (12): 262-280.

Spencer, J. R. 1966. *On Painting by Leon Battista Alberti*. New Haven: Yale UP.

Steiner, W. 1968. *Pictures of Romance: Form Against Context in Painting and Literature*. Chicago: Chicago UP.

Steiner, W. 1982. *The Colors of Rhetoric: Problems on the Relation between Modern Literature and Painting*. Chicago: Chicago UP.

Sutton, D. 1972. *The Letters of Roger Fry*. London: Chatto & Windus.

Taylor, J. 1991. *The Didascalicon of Hugh of Saint Victor*. New York: Columbia UP.

Thompson, D. V. 1954. *The Craftsman's Handbook by Cennino Cennini*. London: Dover Publication.

Thurston, H. 1956. *Butler's Lives of the Saint, Vols. 1*. London: Christian Classics.

Tinker, D. B. 1939. *Painter and Poet: Studies in the Literary Relations of English Painting*. Cambridge: Harvard UP.

Tzu Yu Lin, A. 2009. *Virginia Woolf and the European Avant-Garde: London, Painting, Film and Photography*.Taipei: Showwe.

Van Dorsten, J. A. 1962. *Poets Patrons and Professors*. Leiden: University of Leiden.

Van Marle, R. 1938. *The Development of the Italian Schools of Painting*. Netherland: The Hague Martinus Nijhoff.

Vasari, G. 2009. *Lives of the Most Eminent Painters, Sculptors and Architects*. Cornell: Cornell University Library.

Von Goethe, J. W. 1970. Theory of colors. New York: Van Nostrand Reinhold.

Waller, G. F. ,Moore, M. 1984. *Sir Philip Sidney and Interpretation of Renaissance Culture*. London: Croom Helm Ltd.

Wellek, R. 1942. The Parallelism between Literature and Art. In Wellek, R, *English Intsitute Annual 1941*(pp. 59-60). New York: Columbia UP.

Woolf, V. 1927a. *To the Lighthouse*. New York: Harcourt, Brace and World.

Woolf, V. 1927b. Mr. Bennett and Mrs. Brown. In Woolf, V, *The Captain's Death Bed and Other Essays*(pp. 117-326). New York: Harcourt, Brace and World.

Woolf, V. 1934. *Walter Sickert: A Conversation*. London: Hogarth Press.

Woolf, V. 1976. *Roger Fry: A Biography*. New York: Harcourt, Brace and World.

Yeazell, R. B. 2008. *Art of the Everyday: Dutch Painting and the Realist Novel*. Princeton: Princeton UP.

后　　记

本书的构思、布局、撰写和修正整整经历了 4 个冬夏。它基本呈现了笔者在攻读博士阶段所探索的问题和所取得的一些研究成果。10 年间，笔者对该选题进行了持续探究，在博士论文的基础上进行增删，丰富内容，完善语言，提升科学性。本书的某些思想和研究曾先后以论文形式发表在《国外文学》《英美文学研究论丛》《复旦外国语言文学论丛》等刊物上，选取的研究文本亦均为经典之作。当今，在国家倡导新文科、大外语的新时代要求下，外语学科界对外语专业本科生通识教育的重要性达成高度共识，本书的出版是对这场轰轰烈烈的新文科建构的一个呼应、一次行动，希冀读者和学生通过了解英国现代主义转型期小说家与史上画家、鉴赏家之间的交流互鉴，加深中外文化史的学习，增进学科间的融通。这是本书研究的意义和初心。

令笔者欣喜的是，本书为笔者深度研究文学（文字）与绘画（艺术史）之间的关系提供了学理基础。笔者在完成博士阶段的研究后，经过 7 年的努力，终于在 2017 年获得国家社会科学基金一般项目“英国现实主义小说中荷兰画派的文化记忆研究”（17BWW070）和浙江省哲学社会科学规划重点课题“英国现实主义小说中荷兰画派的文化记忆”（17NDJC042Z）立项。本书是以上两个项目的前期成果。

本书出版的另一重要意义是，它不但构成了“文学与绘画”理论和实践研究的一部分，而且也是笔者为完成国家社科基金项目的又一次重要学术操练。在此，我要由衷感谢本书编辑王丹老师。她在编辑过程中提出种种问题，使我再度重新梳理了写作思路，再度查阅了能够找到的所有参考论著、论文期刊等文献。同时，要特别感谢浙江图书馆、浙江农林大学图书馆的老师们（尤其是徐双副教授），在我查阅文献的过程中给予了极大的方便和宽容，还有我的学生们也在技术上提供了很多帮助。另外，本书的撰写得到了国家社会科学基金和浙江省哲学社会科学规划重点课题的资助，特在此一并致谢。

书稿的最终完成还得益于我的博士生导师曹意强先生，他在我攻读博士阶段为我的研究提出了可行性方案，并说明继续研究的必要性和重要性。为此，我将永远心存感恩。